明代词学批评史

A History of Ci-ology
Criticism in Ming Dynasty

岳淑珍　著

社会科学文献出版社
SOCIAL SCIENCES ACADEMIC PRESS (CHINA)

本书为教育部人文社会科学研究项目成果

（项目编号 09YJA751019）

序

孙克强

　　淑珍的博士论文经修订后以《明代词学批评史》为书名就要出版了，嘱我作序。现就我思考的一些问题以及此书的写作情况略述如下。

　　明词史称"中衰期"，不仅清人如此说，明人自己也多有检讨。如弘治时期人陈霆说："我朝文人才士，鲜工南词。间有作者，病其赋情遣思，殊乏圆妙。甚则音律失谐，又甚则语句尘俗。求所谓清楚流丽，绮靡蕴藉，不多见也。"（《渚山堂词话》卷三）嘉靖时期的王世贞说："我明以词名家者，刘诚意伯温，秾纤有致，去宋尚隔一尘。杨状元用修，好入六朝丽事，近似而远。夏文愍公谨最号雄爽，比之辛稼轩，觉少精思。"（《艺苑卮言》）万历时期人钱允治说："我朝悉屏诗赋，以经术程士。士不囿于俗，间多染指，非不斐然，求其专工称丽，千万之一耳。国初诸老，黎眉、龙门，尚沿宋季风流，体制不缪。迨乎成、弘以来，李、何辈出，又耻不屑为。其后骚坛之士，试为拈弄，才为句掩，趣因理埋，体段虽存，鲜称当行。"（《类编笺释国朝诗余》卷首）万历年间的俞彦说："今人既不解歌，而词家染指，不过小令中调，尚多以律诗手为之，不知孰为音，孰为调，何怪乎词之亡已。"（《爰园词话》）明末陈子龙说："明兴以来，才人辈出，文宗两汉，诗俪开元，独斯小道，有惭宋辙，其最著者，为青田、新都、娄江。然诚意音体俱合，实无惊魂动魄之处；用修以学问为巧便，如明眸玉屑，纤眉积黛，只为累耳；元美取境似酌苏、柳间，然如凤凰桥下语，未免时堕吴歌。此非才之不逮也。钜手鸿笔，既不经意；荒才荡色，时窃滥觞。且南北九宫既盛，而绮袖红牙，不复按度，其用既少，作者自希，宜其鲜工也。"（《幽兰草词序》）清代以及此后的词学家读到这些评论，深以为然，更加固化了明词"中衰"的认识。然而不知人们是否意识到，明人的这些评论则在显示：明词在词史上可能是"中衰"的，但是明代在词学批评史

1

上未必是"中衰"的；具有自我反思和批判精神的明代词学批评不仅不应该是"中衰"的，而且是具有独特价值的。此部《明代词学批评史》向学界证实了这一点。

上述诸人的评论有两点值得注意：第一，以上针对明词的批评概括起来主要有三个方面的内容：其一，明人缺乏端正积极的创作思想和态度，作品立意不高；其二，浅薄尘俗，缺乏含蓄蕴藉；其三，对词体特性认识不到位，词律荒芜，词曲混淆。应该说，他们的认识可以说是深刻的全面的，后世尤其是清人对明词的批评大致没有超出这个范围。第二，以上五人的在世时间覆盖了明代中期、后期的整个时段，在此期间词学家一直在进行本朝词的自我审视和批判，而正是在此期间，明词从低谷开始走向复兴。近年来有研究者将"清词中兴"的时间前推到明代后期，指出此时词坛已经出现振兴的趋势。这说明明代词学批评有针对现实并作用于现实的特点，对词创作具有明显的推动作用。从以上两点可以看出明代词学批评的价值。《明代词学批评史》在前人的基础之上进行了更为系统化、学术化的研究，举凡"起源论""风格论""体用论""创作论""功能论""发展史论"等均加以细致的评析，明晰地呈现了明代词学批评理论的贡献和不足。

这部《明代词学批评史》的重要特色是文献资料扎实。在论文动笔之前，淑珍进行了艰苦细致的资料文献整理工作，将明人的词话、词籍序跋、词选、词谱等典籍进行了逐类、逐人、逐书的细致爬梳，翻检这部《明代词学批评史》，书中多有首次披露的文献资料，如此不仅使论述更为有力，也增加了本书的学术分量。

论文答辩之后，淑珍又在明代词学文献领域进一步开拓，2009 年出版《〈词品〉导读》（上海古籍出版社版）。2012 年与我合作出版《金元明人词话》（南开大学出版社版），其中收录明代词人 307 家的历代总评。2013 年又出版《杨慎词品校注》（中州古籍出版社），这些成果无疑会对这部《明代词学批评史》起到坚固基础的作用。

淑珍自 2005 年从我读博士学位，到本书出版整整十年，这十年她的学术道路走得很坚实，也很辛苦。《明代词学批评史》的出版标志着她迈上了一个新的台阶，希望她在学术的道路上走得更远。

是为序。

2013 年末

目　录

绪 论

词学研究一直是中国古代文学研究领域的一个重点，而词学批评的研究又逐渐成为词学研究的重心所在。但从目前词学领域的研究现状来看，诸多研究者多把注意力集中在词兴盛期的宋代与词学中兴期的清代，而处于两座高峰之间的明代词学理论则成为研究的薄弱地带。明代词学理论上承宋元，下启清代，是宋元词学理论在新环境下的延续；清代词学理论所取得的辉煌成就，离不开明代词学理论的积累、发展乃至创新。因此明代词学理论在中国词学批评史的发展链条上是不可缺少的重要一环。对明代词学理论进行系统的梳理、深入的研究，具有重要理论价值：（1）可以探明明代词学理论发展嬗变的特点、成因及其规律。（2）可以有力地推进明代词学理论的研究，从而有助于我们客观地确立明代词学理论在词学批评史上的地位。这正是本课题的研究意义所在。

一 明代词学批评的研究现状

在中国词学史上，明代词学的地位很特殊，它处于宋代词学和清代词学两座高峰间之低谷。明代的词创作不能与词繁盛的宋代比肩，亦无法与词中兴的清代并驾。正是明代词学这种特殊的位置，造成了后来治词学者对其长久的漠视，这是明代词学研究滞后的一个重要原因。明代词学研究滞后的另外一个原因是清人对明代词学的认识，清人的认识直接影响了近、现代人对明代词学的总体把握，致使在宋代词学与清代词学研究先后进入繁荣局面的形势下，明代词学则陷入长时间的沉寂。清代不同时期的词学家对明词的看法几乎众口一词。高佑钯（1627–1712）云："词始于唐，衍于五代，盛于宋，沿于元，而榛芜于明。"① 丁炜（1635–1696）云："余独

---

① 高佑钯：《湖海楼词·序》，见陈乃乾辑《清名家词》第二卷《湖海楼词》，上海书店，1982，第1页。

慨夫词肇于唐，盛于宋、元，熄于明。"① 朱彝尊（1629－1709）云："词自宋元以后，明三百年无擅场者。"② 郑方坤（1693－？）云："有明一代孰邹枚，兰畹风流坠劫灰。解事王杨仍强作，颓唐下笔况粗才。"③ 凌廷堪（1755－1809）云：词者诗之余也，昉于唐，沿于五代，具于北宋，盛于南宋，衰于元，亡于明。④ 顾千里（1766－1835）云："其在宋元，如日之升，海内咸睹，夫人而知是有学也。明三百年，其晦矣乎？学固自存，人之词莫肯讲求耳。"⑤ 吴衡照（1771－？）云："金元工于小令套数而词亡。论词于明，并不逮金、元，遑言两宋哉。"⑥ 丁绍仪（1815－1884）云："就明而论，词学几失传矣。"⑦ 谢章铤（1820－1903）云："明代词学，譬诸空谷足音，而海滨朴习，更无有肄业及之者。"⑧ 俞樾（1821－1907）云："唐宋以后，至有明一代，而学术衰息，无论其余。即词为小道，亦觕骸无足观。虽以杨升庵之淹博，而所为词，庞乱钩裂，他可知矣。"⑨ 陈廷焯（1853－1892）云："词至于明，而词亡矣。"⑩ "词兴于唐，盛于宋，衰于元，亡于明。"⑪ 纵观清人批评明词及明代词学，几乎异口同声，不是"熄于明""榛芜于明""亡于明""绝于明"，就是明词"晦矣""词学几失传矣"，明代词学之衰敝几成定论。

这种不分青红皂白一边倒的词学批评倾向，严重影响了近、现代词学家对明代词学的客观评价，这些观点多被他们所接受，并左右着很多治词学者对明代词学的研究，因此在近、现代词学家的明代词学批评中，明代词学仍是一无是处，与清人的批评几乎毫无二致。刘毓盘（1867－1927）在其《词史》中为明词专设一章，题目为"论明词之不振"，认为明词"率意而作，绘图制谱，自误误人，自度各腔，去古愈远。宋贤三昧，法

---

① 丁炜：《词苑丛谈·序》，清徐釚编著、王百里校笺《词苑丛谈校笺》卷首，人民文学出版社，1988。
② 朱彝尊：《水村琴趣·序》，《曝书亭集》卷四十，《四库全书》本。
③ 郑方坤：《论词绝句》三十六首，《蔗尾诗集》卷五，清乾隆刻本。
④ 谢章铤：《赌棋山庄词话》续编三引，唐圭璋《词话丛编》，中华书局，1986，第3510页。
⑤ 顾千里：《词学丛书·序》，秦恩复辑《词学全书》卷首，清嘉庆刻本。
⑥ 吴衡照：《莲子居词话》卷三，唐圭璋《词话丛编》，第2461页。
⑦ 丁绍仪：《听秋声馆词话》卷九，唐圭璋《词话丛编》，第2689页。
⑧ 谢章铤：《赌棋山庄词话》卷三，唐圭璋《词话丛编》，第3353页。
⑨ 俞樾：《词律拾遗·序》，万树《词律》，上海古籍出版社，1984，第461页。
⑩ 陈廷焯：《词坛丛话》，唐圭璋《词话丛编》，第3728页。
⑪ 陈廷焯：《白雨斋词话》卷一，唐圭璋《词话丛编》，第3775页。

律荡然"①。王国维（1877-1927）则感慨："有明一代，乐府道衰。《写情》、《扣弦》尚有宋元遗响。仁、宣以后，兹事几绝。"② 吴梅（1884-1939）指出："论词至明代，可谓中衰之期。"③ 王易（1889-1956）《词曲史》亦为明词单列一章，标题为"入病"，认为词至明代，"适当其既终耳"④。王煜（1898-?）云："词自两宋而后，衰于元，敝于明，至清而复振。"⑤ 朱庸斋（1920-1983）亦云："明词鄙陋，多无足道者。"⑥ 龙榆生（1902-1966）在其《选词标准论》中也说道："至于明代，而词学之衰敝极矣。"⑦ 在他们看来，明代词学可谓一片荒芜。

词学批评成就的高低与词体创作的兴衰紧密相连，长期以来，在明词批评领域，榛芜衰敝之声不绝于耳，治词学者自然疏于对明代词学理论的关注，明词已亡，明代词学批评何为？也正因如此，后人多发出明代"词学中衰"的感叹。

当然，近、现代词学家对明代词学的评价也有肯定的声音，只是与贬损之声相较，要微弱得多。况周颐（1859-1926）是在一片否定明词的声音中最早发出异调的词学家："明词专家少，粗浅芜牵之失多，诚不足当宋元之续。时则有若刘文成（基）、夏文愍（言），风雅绝续之交，庶几庸中佼佼。爰及末季，若陈忠裕（子龙）、夏节愍（完淳）、彭茗斋（孙贻）、王姜斋（夫之），词不必增重其人，亦不必以人增重。含婀娜于刚健，有风骚之遗音。昔人谓词绝于明，讵持平之论耶？"⑧ 况氏在指出明代词学不足的同时，肯定了明代词人如刘基、夏言、陈子龙、夏完淳等人的创作成就，指出前人认为"词绝于明"的看法，有失公允。他在《蕙风词话》中对明代不同时期的词人如陈铎、杨慎、夏言、王际泰、陆琰、陆宏定、曹静照、于汝颖等词人的词作亦予以高度评价，以独特的视角发现明词的闪光点。其后，况周颐的得意门生赵尊岳（1898-1965）在其师的鼓励下，搜集明词，终成《明词汇刊》一书，他在《惜阴堂汇刻明词记略》中对明代词学

---

① 刘毓盘：《词史》，上海书店出版社，1985，第169页。
② 王国维：《人间词话》附录一，唐圭璋《词话丛编》，第4272页。
③ 吴梅：《词学通论》，中国书籍出版社，2006，第191页。
④ 王易：《词曲史》，东方出版社，1996，第345页。
⑤ 王煜：《清十一家词钞·自序》，上海正中书局，1947年铅字排印本。
⑥ 朱庸斋：《分春馆词话》，广东人民出版社，1989，第135页。
⑦ 龙榆生：《选词标准论》，《词学季刊》第一卷第二号，民国二十二年8月版，第15页。
⑧ 况周颐：《词学讲义》，《蕙风词话 广蕙风词话》，中州古籍出版社，2003，第152页。

作了客观评价，其中在"明词之特色"一节中指出：

> 今人之治词学者，多为笼统概括之词以评历代，必曰词兆始于陈隋，孳乳于唐代，兴于五季，而盛于南北宋，元承宋后，衰歇于朱明，而复盛于有清。此就大体观之，固无可指摘，然谛辨之，则亦尚有说。陈隋之际，乐律于乐府及词之界义，初未判明。沈休文、隋炀帝诸作，不足即为填词之祖。其唐五代之孳乳日繁，南北宋之境界日拓，自无待言。元代践祚日短，姑无具论。而有明以三百年之享国，作者实繁有徒，必以衰歇为言，未免沦于武断。①

赵氏亦认为作为三百年享国的明代，"以衰歇为言"评价明词，无论如何是过于武断了。下文作者分八个方面阐述明词之特色：一曰明代开国，词人特盛，且词家亦多有佳作。二曰明代亡国时，词人特多，尤及工胜。三曰一代大臣亦多"晏氏珠玉"之作。四曰明代武职多有能词者，并且与"希文巡边"之感、"武穆陷阵"之情异曲同工。五曰理学家之词往往"流美之情，正不亚于广平之梅花作赋"。六曰女史词人"订律拈词，闺襜彤史，多至数百人"，其词"脍炙人口""足资讽籀"。七曰道流为词，"发丹华之玉音""亦鸣鹤所不废者"。八曰"盲人治词，无可征考。明季南陵盛于斯，因盲坐废，家居数十年饶有著述，亦事填词，羁人亡国，返听收视，亦声党之杰出，而前此所未闻也"。② 但在"明词之疵累"一节中，赵氏对明代词学的弊病亦作了毫不留情的批评，并认为明词"为世所轻，信有由矣"。尤其是在《惜阴堂明词丛书叙录》中对明代词学理论的不足有一段颇为详尽的论述。

> 明人填词者多，治词学者少，词话流播，升庵、渚山而已。升庵恒钉，仍蹈浅薄之习；渚山抱残，徒备补订之资。外此弇州、爰园，篇幅无几，语焉不详。即散见诗话杂家者，亦正寥寥可数，以视两宋论词，剖析及于毫芒，金针度之后学，赏音片句，宸赏随邀，红豆拈歌，士林传遍者，相去奚啻霄壤。至其漫跨雌黄之习，好为浮烟涨墨

---

① 赵尊岳：《惜阴堂汇刻明词记略》，《明词汇刊》附录一，上海古籍出版社，1992，第5页。

② 赵尊岳：《惜阴堂汇刻明词记略》，《明词汇刊》附录一，第5-8页。

之词，以自炫其品题，以自张其坛坫，若若士之评《花间》，升庵之评《草堂》者，徒为蛇足，莫尽阐扬，恶札枝言，徒乱人意。而诸家之相互标榜，徒事浮谀者，益更自郐无讥。制义之毒，拦入词林，空疏之弊，充夫瀚海。是则一朝学术之不振，非独所责之于词章，而词学之衰，亦终无可为讳者也。[1]

赵尊岳对明代词学批评文献诸如词话专著、散见于诗话杂家之论词话语以及明人对词之评点一一否定。词话在宋末元初已经取得了很高的成就，沈义父的《乐府指迷》与张炎的《词源》已经摆脱了词话多记轶事、资闲谈的框架，勾勒出了明晰的理论体系，大大提升了词话的理论水平。明人的词话较之《词源》与《乐府指迷》，理论上确有一定的差距，如《渚山堂词话》《词品》又回到了"纪词林之故实""道词家之短长"的地步[2]，不能不说是一种退步，赵尊岳所评陈霆词话的"徒备补订之资"，杨慎词话的"饾饤""浅薄"，王世贞、俞彦词话的"篇幅无几"，从某一方面来说，确也是事实。赵氏还认为明代散见于诗话诸家的论词话语，寥寥可数，并且宋代之词论的"剖析及于毫茫，金针度之后学，赏音片句，宸赏随邀，红豆拈歌，士林传遍者"，明代词话与其"相去奚啻霄壤"，又极力贬损汤显祖对《花间集》的评点、杨慎对《草堂诗余》的评点是"恶札枝言，徒乱人意"，认为其他诸家对词集的评点更是相互标榜，不值一提。赵尊岳辑录《明词汇刊》，并客观地评价明代不同时期、不同词人的词作，对后人研究明词作出了很大的贡献；但他对明代词学理论的一一贬抑，其影响不言而喻。

明代词学也许不及宋代，与清人波澜壮阔的词学思想、词学批评和词学理论的建树更不能相提并论，虽然如此，但就词学批评史而言，有明一代词学之中衰，是与宋、清词学的繁荣相对而言，就明代词学本身来说，自有其价值所在。孙克强师指出："作为词学史上的一环，明代上承宋元，下启清代，自有其历史地位。对明代词学的考察不仅有环补词学史的意义，而且对认识号称'中兴'的清代词学亦有不可或缺的作用。"[3] 可谓中肯之

---

① 赵尊岳：《惜阴堂明词丛书叙录》，《明词汇刊》附录二，第9页。
② 谢之勃：《论词话》，《国专季刊》第一期，1933年5月。
③ 孙克强：《明代词学思想论略》，《河南大学学报》2004年第1期，第59页。

言。明代词学上承宋元，下启清代，是宋元词学在新环境下的延续；清代词学所取得的辉煌成就，不是空穴来风，就像唐诗的高度繁荣离不开魏晋南北朝诗歌创作的铺垫一样，清代词学的诸多建树，也离不开明代词学的积累、发展乃至创新。我们在对明代词学批评文献的研读梳理中，一定会发现明代词学理论并非满目荒芜，而是对宋元词论有所继承，又有所创新，并且不时呈现烂漫喜人的局面，其对清代词学理论的影响亦是有目共睹。

20 世纪前八十年，明代词学理论除赵尊岳对其作了全方位的批评、王易在其《词曲史》中简要评价明代四大词话之外①，几乎无人问津。这期间，治文学批评史者开始在文学理论批评史的专著中设立专章专节介绍、阐述词学批评理论。诸如 1927 年问世的陈钟凡《中国文学批评史》、1934年出版的郭绍虞《中国文学批评史》以及 1944 年问世的朱东润《中国文学批评史大纲》等，但他们在有限的篇幅中仅仅涉及宋代及清代的词学批评理论，对明代词学理论几乎不置一词。仅朱东润的《中国文学批评史大纲》在明代文学理论部分为杨慎与王世贞各设一章，但主要是论述其诗学理论，对其词学理论涉及极少，只在"杨慎"一章提到其《词品》时说道："有明一代论词之作，殊不多见，升庵《词品》，于两宋诸家，择尤摘录，于明人中独具只眼，词品列举《蝶恋花》、《满庭芳》、《鹧鸪天》、《菩萨蛮》诸调，言其得名所由，偶然疏忽，在所不免，至其论词韵者……升庵之说是也。"② 在"王世贞"一章，提到《艺苑卮言》后附有《论词曲》一卷，用"论词无精彩"五字评价王世贞的词论。③ 此后很长一段时期的文学批评史著作再也没有关注明代词论。20 世纪前八十年有关明代词学批评理论研究的论文没有一篇。其间，唐圭璋先生的《词话丛编》已出版，明代四大词话赫然辑入其中，不知人们为何熟视无睹，难道真的是受《惜阴堂明词丛书叙录》中关于明代词学理论评价的影响？

20 世纪八九十年代，明代词学理论批评的研究可谓破冰而出，得到了较快的发展。1984 年出版的龚兆吉《历代词论新编》按专题对历代词论资料进行整理并分类编排。他在前言中"将几位主要词论家对于词的起源、发展、流派、作家评论诸问题的基本观点和论述，理出几条线索并分别做

---

① 王易：《词曲史》，第 348 - 349 页。
② 朱东润：《中国文学批评史大纲》，开明书店，1944，第 234 - 235 页。
③ 朱东润：《中国文学批评史大纲》，第 242 页。

一点介绍"①，其中在论述词体起源时，提到了俞彦、杨慎、陈霆的词体起源理论。1991 年萧鹏《群体的选择》问世，该书在论述明代词选时亦涉及明代的词学思想，时见新意。② 同年出版的梁荣基《词学理论综考》在上编"源流宗派"中，论述到词体起源、诗词之别、词体正变、婉约与豪放等问题时，皆涉及明代的词学理论③，论述虽不多，但使人们认识到明人在这些重大的词学范畴中是有话语权的。

1991 年袁震宇、刘明今的《明代文学批评史》出版，该书第一次在文学批评史中设立"明代词论"专节，这对明代词学理论研究具有开创意义。书中作者把词论与明代的社会现实和心学思潮相联系，从关于词的特征的认识、关于词的起源的探讨、关于词与情的关系的探讨等三方面比较详细地论述了明代的词学理论。④ 至此，明代词学批评研究的局面正式打开。

1993 年谢桃坊的《中国词学史》出版，该书第三章论述明代词学，标题为"词学的中衰"，总体上论述了明人的词体观念，认为明人词体观念的基本定势是出于对南宋和元初词坛雅正与清泚审美理想和审美趣味的反动，趋向于浅俗与香弱，客观评价了张綖对词体风格的婉约、豪放之分，论述了沈际飞的词评点及其词学理论。⑤《中国词学史》为中国千年词学勾勒了一个基本发展框架，充分体现出作者在词学研究领域的开拓精神，但由于体例所限，对明代词论的阐述缺乏系统性。

1994 年，方智范、邓乔彬等合著的《中国词学批评史》出版，这是第一部中国词学理论批评通史。此书分为上、下两编，从此书的章节标题中可看出，本书旨在总结中国词学批评的发展规律，勾勒中国词学批评的演变轨迹。上编分为：唐五代词论——词学批评的发轫期；北宋词论——词学批评的确立期；南宋词论——词学批评的完成期；金元词论——词学批评的分化期；明代词论——词学批评的凝定期。下编中，作者详细论述了清代词学的复兴，而把王国维《人间词话》作为传统词学批评的终结与新变。该书在第五章中，充分肯定了明代词学的成就，认为明代对词谱、词韵的草创功不可没，明代的词学理论批评已进入了具有学术研究意义的层

① 龚兆吉：《历代词论新编》，北京师范大学出版社，1984，第 1-32 页。
② 萧鹏：《群体的选择》，文津出版社，1992。
③ 梁荣基：《词学理论综考》，北京大学出版社，1991，第 39-140 页。
④ 袁震宇、刘明今：《明代文学批评史》，上海古籍出版社，1991，第 831-844 页。
⑤ 谢桃坊：《中国词学史》，巴蜀书社，1993，第 81-122 页。

次，并从词的起源、词的体性、词的正变、词的创作四个方面阐述了明代的词学理论成就。① 但本书涉及的宋代词论与清代词论皆按时间分期论述其发展进程与情况，譬如宋代分为北宋、南宋两个时期，清代分为前期、中期与后期，而对明代词论则是在几个理论框架内进行论述，显然不能更充分地展现明代词学批评的发展变化轨迹。

另外，1996 年出版的《国学通览》一书是一部论文集，其中有《词学》一文，著者刘扬忠充分肯定了张綖、陈子龙的词学理论成就，认为张綖豪放、婉约二体说"在词的风格学上是有首创意义的"，认为陈子龙的论词文章"组成一个理论体系"，"为此后清代词的创作和词学研究的繁荣作了一定的舆论准备"。② 陈良运主编的《中国历代词学论著选》1998 年出版，其中收录有明代的词籍序跋十余篇，每篇序跋后都有"评释"，其论述颇为中肯。

八九十年代，关于明代词论的论文虽然不多，但相较之前，有所增加。80 年代有二篇，且都集中在陈子龙词论方面，它们是王英志的《陈子龙词学观初论》③ 和赵山林的《陈子龙的词和词论》④。前者认为陈子龙的词学观主要有两个方面：词体盛衰观与词以婉约为正，认为陈子龙词体盛衰观的核心是标举北宋婉约词派而鄙薄南宋词，并论述了陈子龙对婉约正宗词的具体要求。后者就陈子龙关于词在诗歌史上的地位、关于词的基本特征、关于不同时期词的评价问题三个方面较详细地论述了陈氏的词学理论。90 年代的论文共四篇：刘明今的《明代的词风和词论》⑤，与其在《明代文学批评史》中观点相同；段学俭的《明代词论的主情论与音律论》⑥ 一文认为，明代词论最显著的特色是对"情"的张扬，并分析明代主情说的生成背景，同时对明代词论中的音律论作了较详细的论述，认为明代词学的发展与明代思想文化的发展同步；李康化的《明代词论主潮辨述》⑦ 一文从明人能在文学源流论的层面上正视词体、在文体本体论的层面上确认词体、在词体起源论的层面上推尊词体三个方面进行论述，认为明人在一定程度

---

① 方智范、邓乔彬等：《中国词学批评史》，中国社会科学出版社，1994，第 149–182 页。

② 刘扬忠：《词学》，《国学通览》，群众出版社，1996，第 662 页。

③ 王英志：《陈子龙词学观初论》，《齐鲁学刊》1984 年第 3 期。

④ 赵山林：《陈子龙的词和词论》，《词学》第七辑。

⑤ 刘明今：《明代的词风和词论》，《中华词学》第一辑，第 122–132 页。

⑥ 段学俭：《明代词论的主情论与音律论》，《学术月刊》1998 年第 6 期。

⑦ 李康化：《明代词论主潮辨述》，《华东师范大学学报》1999 年第 2 期。

上体现出尊体的努力；龙慧萍《〈词品〉的词学贡献》① 主要从四个方面论述了《词品》的词学贡献，包括尊情抑理、兼容婉约与豪放、评论时人时作时有创获、考证辨订及渊该综核，该文对《词品》的评价较为全面客观，有一定的理论价值。

　　进入 21 世纪，明代词论受到更多词学研究者的关注。丁放的《金元明清诗词理论史》2000 年出版，下编为金元明清词论，第二章为明代词论，作者分别论述了陈霆的《渚山堂词话》、杨慎的《词品》、王世贞的《弇州山人词评》及俞彦的《爱园词话》。李康化《明清之际江南词学思想研究》② 一书 2001 年出版，该书论述了明代后期的词学思想，引用材料丰富，论证详尽。张仲谋《明词史》2002 年出版，该书梳理了明词的发展历史，在最后一章对明代词论进行了阐述，就明代论词话语中的几个方面如词史观、体性论、主情说等进行剖析阐述。③ 同年蒋哲伦、傅蓉蓉的《中国诗学史》之《词学卷》出版，此书第四章第二节为明代词学，作者分析了明代词学的生成背景，认为明代词学观念的核心是"主情近俗"，论述了明代词学研究的新发展以及明末词学的"雅化"苗子。④ 同年出版的邱世友《词学史论稿》是一部专题论文集，第三章与第四章为明代词论，著者详细阐述了陈霆论词的绮靡蕴藉的风致与陈子龙"警露取妍，意含不尽"的词学思想。⑤ 2006 年朱崇才《词话史》出版，该书第八章为明代词话，对明代四大词话专著所取得的成就做了有特色的论述，而且对明代前期吴讷《文章辨体》中的"近代词曲序说"及明代中期徐师曾《文体明辨》中的"诗余序说"所蕴涵的词学理论进行了分析，同时还阐释了明代词话的"主情倾向"及"花草之风"。⑥ 余意《明代词学之建构》2009 年出版，该书在论述明代吴中词风以及明代词学思想的变化时，把明代词学思想分为早期和后期。⑦ 因作者的论述对象仅仅为"吴中词学"，所以，无论时间上还是地域上皆缺乏系统性。

　　21 世纪以来，关于明代词学批评的论文亦明显增多，张仲谋《明代词

---

① 龙慧萍：《〈词品〉的词学贡献》，《苏州大学学报》1999 年第 2 期。
② 李康化：《明清之际江南词学思想研究》，巴蜀书社，2001。
③ 张仲谋：《明词史》，人民文学出版社，2002，第 329 – 357 页。
④ 蒋哲伦、傅蓉蓉：《中国诗学史·词学卷》，鹭江出版社，2002，第 167 – 194 页。
⑤ 邱世友：《词学史论稿》，人民文学出版社，2002，第 75 – 120 页。
⑥ 朱崇才：《词话史》，中华书局，2007，第 191 – 217 页。
⑦ 余意：《明代词学之建构》，上海古籍出版社，2009。

学的构建》一文，从音韵谱律之学、词集的选编与丛刻、词学批评三个方面阐述了明代词学的发展。① 孙克强师《明代词学思想论略》一文从明人论词严守诗词之别、崇婉约抑豪放、"小道""卑体"的词体观三个方面论述了明代的词学思想，论述精当充分。② 陈水云《明词的"当代"批评》一文论述了明代前期及后期的当代词学批评，对主要的词学文献作了理论上的剖析与论述。③ 张仲谋《论明代词学的理论建树》一文从词体风格与正宗别调之争、词体个性与诗词异同之辨、词集评点与词曲互证三个方面论述了明代词学在理论上的建树及特色。④

由于《草堂诗余》对明代的词学影响巨大，因此 20 世纪后期与进入 21 世纪后出现了有关《草堂诗余》与明代词学思想关系的论文。孙克强师《〈草堂诗余〉在词学批评史上的影响和意义》一文，论述了《草堂诗余》对明代词学观念的影响，评价了清代的《草堂诗余》批评。⑤ 叶辉《从明代的〈草堂诗余〉批评看明人的词学思想》一文论述了明代词学的批评标准及其审美价值取向。⑥ 刘军政《〈草堂诗余〉版本述略》一文，对明代《草堂诗余》的版本体系、各版本在明代的时间分布、主要版本的收词情况以及参与传播者的情况进行了考察，资料翔实充分。⑦ 张宏生《杨慎词学与〈草堂诗余〉》一文，肯定了杨慎评点《草堂诗余》对词学批评的贡献。⑧ 除此之外，还有一些有关明代词论及词论家个案研究的论文，皆对明代词学批评进行了不同程度的阐发论述。

20 世纪末尤其是 21 世纪以来，人们对明代词学理论的研究，较大地推动了明代词学理论研究的进程。但是，由于受"词学中衰"思想的影响，明代词学理论研究的不足显而易见：（一）论著所及或者是从明代词学理论中的一个或几个方面进行研究，或者是对词学家词学理论的个案研究，至今还没有一部系统阐述明代词学理论发展嬗变史的专著。（二）明

---

① 张仲谋：《明代词学的构建》，《徐州师范大学学报》2000 年第 3 期。

② 孙克强：《明代词学思想论略》，《河南大学学报》2004 年第 1 期。

③ 陈水云：《明词的"当代"批评》，载东岭《二〇〇五明代文学国际学术研讨会论文集》，学苑出版社，2005。

④ 张仲谋：《论明代词学的理论建树》，《文学遗产》2006 年第 5 期。

⑤ 孙克强：《〈草堂诗余〉在词学批评史上的影响和意义》，《中国韵文学刊》1995 年第 2 期。

⑥ 叶辉：《从明代的〈草堂诗余〉批评看明人的词学思想》，《人文杂志》2002 年第 6 期。

⑦ 刘军政：《〈草堂诗余〉版本述略》，《南阳师范学院学报》2004 年第 2 期。

⑧ 张宏生：《杨慎词学与〈草堂诗余〉》，《南京师大学报》2008 年第 2 期。

代词学理论中诸如"婉约与豪放"二体说、"正宗与变体"的区分、诗词曲之辨析等理论,对清代词学理论产生了重大影响,目前还没有引起研究者足够的重视,因而也不能从总体上对明代词学理论的价值进行客观公正的评价。明代词学批评文献就数量而言,虽没有清代多,但不少于宋代,只是在理论系统方面赶不上清代甚至不如宋代,但在明代近三百年的新环境下,明人对词体有自己诸多方面的认识,这种认识是宋代词论通往清代词论的一座桥梁,宋代词论是如何进一步发展的,清代词论是怎样走向辉煌的,只有系统细致地研究明代词论的发展史才能得出更好、更恰当的答案。

二 明代词学批评的发展分期及研究方法

本课题的研究目标是,在对明代词学批评文献进行尽可能全面收集整理的基础上,对明代词学理论进行全面系统的研究,阐明明代词学理论发展演变的规律,肯定明代词学理论在词学史上的地位。

当今学术界在论及明人词学理论的时候,往往把有近三百年历史的明代学人的词学观念归纳在几个理论框架之下,进而加以论述,比如方智范等在《中国词学批评史》中把明代的词论分为四个部分:词的起源;词的体性;词的正变;词的创作。① 张仲谋在《明词史》中则把明代词论分为三个部分:词史观;体性论;主情说。② 这样以"主题"为线索的论述有其好处,即可以从总体上把握明代词学批评的发展状况。有的学者则把明代词学的发展分为前、后两个时期,比如,李康化在《明清之际江南词学思想研究》一书中以嘉靖三年(1524)杨慎被贬云南为界,将明代词学思想发展史划分为前、后两个阶段,原因是嘉靖三年(1524)以后,词人、词选、词评三个方面均超越前期。③ 而陈水云在《明词的"当代"批评》一文中亦把明代的词学批评分为两个时期,分期时间与李康化同,认为前期词体的创作经历了一个由元末明初的繁荣到明初后期的衰落过程,词学批评几乎成为无人问津的领域。后期有价值的词学理论作品多,词学理论批评自觉。④ 李、陈二人按时间划分亦有其合理之处。但笔者在整理研究明代词学

① 方智范、邓乔彬等:《中国词学批评史》,第149-179页。
② 张仲谋:《明词史》,第344页。
③ 李康化:《明清之际江南词学思想研究》,巴蜀书社,2001,第6页。
④ 见左东岭《二〇〇五明代文学国际学术研讨会论文集》,第68-71页。

文献时感觉到，把明代词学的发展按时间分为三个时期进行研究更好，这样能更清晰地勾勒出明代词学的变化历程。明代是中国历史上思想领域发生巨大变化的时期，前期理学的禁锢，中期心学的兴起，后期"异端"思想的泛滥，都对明代的文学批评产生了重大影响，并在明人的词学观念中打上了深深的烙印，致使明代学人的词学观不断发生变化。刘明今指出："词论作为文学批评的一个组成部分，它一方面与整个文学思潮的发展密切相关，与诗歌散文的批评息息相通；另一方面，作为词论这样一个特殊的领域，它又必然以前代的词学批评及当时的词风为其发展的依托。明代的词论正是在这样多方面的影响下产生并发展的。"① 就明代词学批评文献所反映的实际情况来看，笔者认为明代词学理论的发展可以分为三个时期，即明代前期、中期和后期。

（一）明代前期。所谓明代前期，是指从明代开国到成化年间（1368－1487）一百二十年的时间。这一时期，统治者在加强中央集权制的同时，也强化思想文化统治，以程朱理学作为明王朝的统治思想，文人的心灵长期被禁锢，一些文臣儒士迎合统治者的思想，强调文学"明道德""通世务"的功能，文坛上出现了僵化板滞的局面，诗坛上"台阁体"流行即是证明。善于言情的词体在这样的创作环境中自然备受压抑，创作陷入低谷。词学批评以词体创作为基础，由于词体创作的衰微，此期的词学批评文献不仅数量不多，而且表述形式也少，主要有词话、词籍序跋、词集丛编三种，词学批评呈现出衰微的态势。

就现存的词学文献来看，此期的词学观念明显受儒家诗教的影响，强调词体的比兴寄托与教化意义，与中后期不同。但明中后期词坛上争论的有些词学命题在此期已经被提出，如对词体起源的探讨。此期在词体风格取向上宏通达观，没有婉约与豪放的偏嗜。

（二）明代中期。所谓明代中期，是指弘治初（1488）至隆庆末（1572）的八十余年时间。明代前期，由于程朱理学的束缚，文人性格卑弱，文坛一片死气沉沉，形成了统治文坛百余年的"台阁体"诗文。随着时局的发展，尤其是明室遭到"土木堡"和"夺门"之变的猛烈撞击，明室的统治矛盾重重。一批有志之士要求改革政治，并且强烈要求改革文风，因此文坛上的复古之风一浪高过一浪。此期的思想领域更活跃异常，旧的理学思

---

① 袁震宇、刘明今：《明代文学批评史》，第832页。

想与新兴的心学思想发生强烈的撞击，迸发出前所未有的灿烂思想火花。由于心学的影响，身心均受到压抑与束缚的明代士人，主体精神得到了张扬。理学一统天下的局面被打破，文坛生机勃勃，文风郁盛。明代中期政坛、文坛以及思想领域出现的新气象给词学领域以强烈的冲击，使较为冷寂的词学领域出现了复苏的局面。词坛上产生了陈霆、张綖、杨慎、王世贞等词学大家；词学家们创作了三部文献与理论价值均较高的词话，还先后出现了三大词谱及一系列的词集评点著作。种种迹象表明，明代词学复苏的局面已经来临。

丰富多彩的词学文献，刺激着词学家们探讨词学领域的新问题，此期是词学理论的收获季节。词体起源的探讨与前期相比取得了重大进展；在新的社会环境下，词学家对词体体性的认识有了实质性的变化，既强调词体的教化作用，同时又主张词体的达情功能，后者逐步成为词坛的主导理论；在词体风格取向上，既重婉约，同时又不排斥豪放；更值得一提的是此期词学家提出了"婉约与豪放"和"正宗与变体"两对词学范畴，为几百年的词学史奉献了一份厚重的礼品。

（三）明代后期。所谓明代后期，是指从万历初（1573）至明亡七十余年的时间。这一时期词学承接中期复苏的局面，终于出现了人们期待已久的繁荣景象。这种繁荣景象的出现，和明代前期词学的衰微、中期的复苏一样，与当时的社会环境、哲学思潮密切相关。

明代后期商品经济的发达及雕版印刷事业的繁荣，致使词籍大量刊刻，刺激人们对词学的广泛关注。心学的广泛传播，复古思潮的高涨，影响着明代后期词学领域。嵇文甫曾形象地指出："晚明时代，是一个动荡时代，是一个斑驳陆离的过渡时代。照耀着这时代的，不是一轮赫然当空的太阳，而是许多道光彩纷披的明霞。你尽可以说它'杂'，却决不能说它'庸'，尽可说它'嚣张'，却决不能说它是'死板'；尽可说它是'乱世之音'，却决不能说它是'衰世之音'。它把一个旧时代送终，却又使一个新时代开始。"[1] 心学的万道霞光沐浴着被压抑太久的学人心灵，这些学人又对心学进行极端的阐扬，"异端邪说"不断出现。在"异端邪说"的影响下，明代后期引发了一场情理观的大讨论，情理观发生了质的变化，认为天理本于人情，理不违情，一时间"情本体论"泛滥成风。

---

① 嵇文甫：《晚明思想史论》，东方出版社，1996，第1页。

在思想领域尊情观念的影响下，人们更加关注最能表达人之才情的诗余，词学领域出现了前所未有的繁荣景象：词籍刊刻数量空前增多；明人大量编纂词选，借此发表自己的词学主张，传播自己的词学观念；词籍序跋成批增加；大型词集丛编问世；词集评点增多；词韵专著出现。种类繁多的词学文献蜂拥而至。

大量的词学文献蕴涵着富有时代特色的词学观念，体现出与明代前、中期不同的观点。明代后期是词学的繁荣期，又是总结一代词学理论的时期，因而词学家对词学史发表自己的看法，表现出强烈的"史"与"变"的观念；词体体性论带有明显的时代特色，"主情说"充斥词坛，由此引发对词体特性的大讨论，并通过辨析诗、词、曲之别阐明词之特性；在词体风格的论述中，由于受时代风气的影响，强烈地表现出崇婉约而抑豪放的倾向；中期很少论述的词体创作论在此期被词论家所关注。后期的词学理论为清初词学的繁荣奠定了扎实的学术基础。

本课题把明代词学理论的发展分为三个时期，这样可以更好地理顺明代词学批评在各个时期所表现出的不同特点，进而对其进行深入的研究。史的研究必须以资料的全面收集整理为前提，本课题的研究基础是词学理论批评文献，本书尽可能多地搜集整理明代各个时期的词学批评文献，并对其分期解读，然后把不同时期的词论放在明代不同时期的社会大背景下进行观照，清晰地勾勒归纳出明代前期儒家诗教影响下的词学观、中期理学与心学共同作用下的词学观以及后期深受心学及"异端邪说"影响下的词学观这一词学理论发展嬗变线索，从而客观地评价明代词论的价值；同时注意明代词学批评的前后继承性，既要注意明代前期、中期及后期词学批评的继承性，又要注意明代词学批评对宋代的继承与发展以及对清代词学批评所产生的巨大影响，从而客观地确立明代词学批评在中国词学批评史上的地位。

第一章

明代词学批评文献综述

　　本课题旨在探析明代词学理论发展嬗变的特点、成因及其规律，从而有力地推进明代词学理论的研究，客观地确立明代词学理论在词学批评史上的地位，而对明代词学理论研究的依据是明代词学批评文献。明代词学批评文献的种类主要有词话专著、词籍序跋、词选、词集评点、词谱、词韵等，这几种表现形式比较集中地保存了有明一代的词学理论，对勾勒明代词学批评史起着重要的作用。明代诗学与曲学高度繁荣，诗话、曲话大量出现，有很多论词话语散见于诗话、曲话中；明人笔记众多，散见于笔记中的论词话语亦不少。这些散见的词学批评文献同词话专著一样，共同推进明代词学批评的进程。

第一节　词话

　　词话是词体成熟后的产物，也是词学理论最典型、最集中的载体。《词话丛编》辑录的宋元词话有十三种。南宋末年沈义父的《乐府指迷》和产生于元代的张炎的《词源》是宋元词话的理论总结，代表了宋元词话的最高成就。清代是词学理论最为繁荣的时期，词话数量激增，《词话丛编》辑录的清代词话多达六十八种，这还不是清人词话的全部。孙克强师已列出《词话丛编》之外今存清代词话七十七种之目录，清代词话存目四十七种之目录①，其中像邹祗谟的《远志斋词衷》、王士禛的《花草蒙拾》、周济的

---

　　① 孙克强：《清代词学》，中国社会科学出版社，2004，第 403 – 413 页。

《介存斋论词杂著》、刘熙载的《词概》、陈廷焯的《白雨斋词话》、况周颐的《蕙风词话》等，理论水平都相当高。宋代词话与清代词话的整理和研究都已取得了显著的成就，而明代词话的整理与研究要薄弱得多。

明代的词话，长期以来人们一直认为数量极少，仅存四种，即唐圭璋先生收录在《词话丛编》中的陈霆的《渚山堂词话》、杨慎的《词品》、王世贞的《艺苑卮言》、俞彦的《爰园词话》。其实明代词话远不止这些，张仲谋在其《明词史》以及相关论文中提到他收集明人词话达十余种，散见于明人文集、诗话中的词话达六百余条①，应十分珍贵，惜不见出版发表。笔者翻检明代词学文献发现，除了以上几种词话专著外，散见于明代诗话、笔记、曲话以及总集序说中的论词文字相当多，像叶子奇、单宇、黄溥、吴讷、徐伯龄、张綖、陆深、郎瑛、俞弁、田汝成、何良俊、梁桥、徐师曾、汤显祖、许学夷、郭子章、胡应麟、曹学佺、陆时雍、沈际飞、徐士俊、王骥德、蒋一葵、王昌会等人的论词文字均可独立成卷，笔者已辑录整理出二十余种，词话简目见附录一。其数量虽远远少于清代，但绝不比宋代少。除了《词话丛编》中收录的以及已经整理好的词话，我们把从明人文集、诗话、笔记、曲话等书中整理出的论词话语亦称为词话。对散见于明代文献中的词学资料进行整理并加以较系统的研究，正是本课题所要努力解决的问题。

一　明代前期词话

明代前期长达一百二十年，几占明代历史的一半，词体创作除在明开国时一度繁荣外，此后迅速走向衰微，以至到了明代的最低谷。②与词体创作密切相关的词学批评文献不仅数量不多，而且表述形式也少，主要有词话、词籍序跋两种形式。明代前期没有词话专著问世，但此期的诗话、笔记以及总集序说中有比较集中的论词文字，被辑出可以"词话"目之，我们统称为"词话"。

明代诗坛，流派众多，不同派别各树旗帜，纷争不断，各自形成理论体系，因而诗话伴随诗坛的各派争锋而不断涌现，诗话专著大概有一百二十余种。明代前期，诗坛上虽不如中后期繁荣，但已出现了"闽中十子""北郭十

---

① 张仲谋：《明词史》，第 343 页。
② 张仲谋：《明词史》第二、三章。

友"台阁派""性气派""茶陵派"等诗歌派别,以此而派生出近二十种诗话,其中涉及论词文字较多的有单宇的《菊坡丛话》、黄溥的《诗学权舆》、瞿佑的《归田诗话》等。《菊坡丛话》二十六卷,第二十六卷"乐府"为词话,其他卷亦间有论词的文字,共辑得五十六则,名之为"菊坡词话"。"菊坡词话"多是先收录晚唐、五代及宋代的词人词作,然后引用宋代诗话、词话、序文、笔记、词选中的评价,很有特色。《菊坡丛话》有台湾广文书局影印《古今诗话续编》本,吴文治《明诗话全编》全文收录。① 《诗学权舆》卷十二"曲调唱咏叹"的"调"为词话,再加上其他卷中的论词文字,共辑得十三则,名之为"石崖词话"。"石崖词话"可以说是明代前期较为重要的词话,其中多评价唐宋词人词作,如李白、欧阳修、王安石、朱熹、黄庭坚、辛弃疾、文天祥等,表面看来皆属对单首词作的评价,但若把这些词作的评语放在一起加以观照,则会发现黄溥鲜明的词学观,即重词体的教化意义,没有词体风格的偏嗜。"石崖词话"有一定理论意义。《诗学权舆》今有明成化五年自刻本。吴文治《明诗话全编》全文收录。② 《归田诗话》有涉及论词的文字,共辑得十则,名之为"归田词话"。瞿佑是明代前期著名的词人,其"归田词话"与"菊坡词话""石崖词话"不同之处在于,除了叙述宋代词人词作之外,还记有当代词人逸事及词体创作情况,因此对了解瞿佑及明初文人的创作环境具有重要的文学史意义。《归田诗话》有《历代诗话续编》本,吴文治《明诗话全编》全文收录。③

明代前期笔记中涉及论词文字较多的是叶子奇的《草木子》和徐伯龄的《蟫精隽》。我们从《草木子》一书中辑得论词文字四则,名之为"草木子词话"。在四则论词文字中,有两则是辑录宋代词话,另两则比较有价值。叶子奇认为宋词成就高于唐词,此观点与明代诸多词学家之观点相同。他又指出了宋词高于唐词的原因,即宋代在诗歌创作方面有"文字狱",诗人不敢尽情作诗,在诗作中达到"观""群""怨"的目的,而把创作精力用于词体创作上,这种看法很独特。《草木子》有《四库全书》本、《明代笔记小说大观》本④。

徐伯龄的《蟫精隽》中涉及的论词文字较多,共辑得二十九则,我们

---

① 吴文治:《明诗话全编》,凤凰出版社,2006,第664-958页。

② 吴文治:《明诗话全编》,第1017-1262页。

③ 吴文治:《明诗话全编》,第292-332页。

④ 叶子奇:《草木子》,《明代笔记小说大观》第一册,上海古籍出版社,2005,第1-85页。

名之为"蟫精词话"。《蟫精隽》有《四库全书》本。明代有两个徐伯龄，其中一人撰有《蟫精隽》，"蟫精词话"开启了明代尊崇婉约风气之先声，因此就有必要考证徐伯龄所处的时代。徐伯龄，字延之，生卒年不详，自号古剡，浙江嵊县人。《蟫精隽》卷十二之末有《篛冠生传》① 一篇，是张天锡为徐伯龄所作小传，传称："海观为予作《篛冠生小传》，屈指今二十年余，手泽宛然，而海观坟土已干矣。呜呼！是可悼也。予少海观一岁，而犬马齿犹碌碌追思旧游，不觉涕下，岂天丰于才而啬其寿耶？抑精华太著而无停滀悠久之储耶？传曰：生杭人也，不欲显其名于人，故不以氏行，尝集篛为冠，啸歌自得，若不与人世者，虽博学能文，善书、攻琴、熟律，而不肯以技自试。"《四库全书总目提要·蟫精隽》云："《蟫精隽》十六卷，明徐伯龄撰，伯龄字延之，自署曰古剡，盖嵊县人。书中十二卷之末有《篛冠生传》一篇，即张锡（应为张天锡）为伯龄作者……考张锡为天顺壬午举人，官山西山阴县教谕，则伯龄为天顺中人，故所记有成化癸巳癸卯事。"由此可知，徐伯龄为天顺中杭州人。《蟫精隽》卷十三有"杭士甲第"条记载了洪武二十一年（1388）戊辰至成化二十三年（1487）丁未"杭士登名黄甲者"，可知徐伯龄成化末年仍在世。《蟫精隽》卷十一有"鹤窗蕴藉"条记载：明代前期著名词人马洪是其内弟，并且与其同师于刘泰（1422？－1506？），可知其生活年代大概在正统（1436－1449）至成化（1465－1487）间。郎瑛《七修类稿》卷三十一有"徐伯龄"条载："徐伯龄字延之，号篛冠子，钱塘人也。性颖敏，每书一目终身。但疏荡不拘小节，对客每跣足蓬头，夏月非惟祖裼裸裎，而内衣亦不系也，故夫慕名而来者，一见后即倦与往还。然其博学高志，又尝敬焉。平生精于音律，尤善琴，所著有《大音正谱》十卷，《醉桃佳趣》二十卷，《香台集注》三卷，《蟫精隽》二十卷。"② 徐氏与郎瑛为同乡，郎瑛所记当不误。"明末杭州别有一徐伯龄，崇祯庚午举人，官永寿县教谕，名姓偶同，非一人也。"③《明诗话全编》把《蟫精隽》归于明末崇祯年间之徐伯龄名下，当误。④"蟫精词话"除了重复一些宋元旧词话外，其有价值的部分是对当代词人词

---

① 徐伯龄：《蟫精隽》卷十二，《四库全书》本。
② 郎瑛：《七修类稿》，《明清笔记丛刊》本，中华书局，1959，第467页。
③ 纪昀：《四库全书总目提要》卷一百二十二《蟫精隽提要》，河北人民出版社，2000，第3153页。
④ 吴文治：《明诗话全编》，第9册。

作的记载、评价以及表现出的词学观。

明代前期，著名的学问家吴讷编纂了一部大型的文学总集《文章辨体》，其中分体收录历代作品，此集每体前有"序说"，收录词作部分谓"近代词曲"，其前亦有"序说"，论及词体；另外《文章辨体·凡例》中也有少量论及词体的文字，合之共辑得四则①，我们名之为"吴讷词话"。吴讷的词学观典型地体现了明代初期的论词倾向。

二 明代中期词话

明代中期是明代词学的复苏期，词学批评文献无论是形式还是内容都比前期大大丰富了。此期出现了三部词话专著，它们是陈霆的《渚山堂词话》、杨慎的《词品》与王世贞的《艺苑卮言》。

陈霆（1469 前 – 1519）的《渚山堂词话》三卷六十一则，成书于嘉靖九年（1530），是现存最早的一部以"词话"命名的著作。此书最为通行的本子是唐圭璋先生所编的《词话丛编》本，它以嘉靖刊本为底本，前有嘉靖九年秋七月自序，后有民国刘承干《吴兴丛书》本跋语。《渚山堂词话》是明代中期成书最早的词话专著，就其评词范围而言，唐、宋、金、元、明五个朝代都有所涉及，但以当代为主，其对当代词人词作的论述占词话内容的一半以上，亦正因此，《渚山堂词话》显示出与明代其他词话不同的特色，有重要的文献价值。就其评词的形式而言，主要是通过对词人词作的评价，阐述自己的词学观点，看上去虽然缺乏系统性，但其词学思想倾向还是相当明显的。明代中期的词学观念在《渚山堂词话》中有较充分的体现，诸如以宋词为最高标准评价明词，崇婉约而不抑豪放，既重词的思想内容，又重词的"主情"特性等，体现出较高的理论价值。

杨慎（1488 – 1559）的《词品》成书于嘉靖三十年（1551）仲春，首次刊行在嘉靖三十三年甲寅（1554）。前有嘉靖甲寅周逊序及辛亥自序。明刊《词品》现存有七种版本，清乾隆间有李调元校刻《函海》本。今人王幼安在前人校勘的基础上，参校杨慎所引诸书，又用陈继儒本加以补校，纠正其缺失。唐圭璋先生《词话丛编》（1986 年版）收此词话，他以明嘉靖本为底本，参以《函海》本和王校本校订，成为当今《词品》最为通行的本子。《词品》共六卷附拾遗，内容丰富庞杂，涉及面广。从六卷的内容

① 吴讷：《文章辨体》，明天顺八年刻本。

结构来看，虽然庞杂，杨慎还是有所安排的。他根据自己的词体起源论布局六卷的结构：卷一多记六朝乐府曲词，考证词调来源。他认为词体起源于六朝乐府，故为之。卷二记唐五代的词人词作及闺阁、方外之作，解释考证词体中的生僻字词。卷三、卷四、卷五多记宋代词人词作及故实。卷六多记当代词人词作。六卷基本按照时代顺序布局。拾遗一卷多记歌妓、侍妾等女性之词作及故实。在《词品》中，杨慎用一种非常感性的方法考证相当枯燥的词调来源，很有特色；其词体起源论成为一家之言；对词体风格发表了自己的独特见解，他不仅欣赏婉约词，同时赞赏豪放词；评价了花间、草堂词；其词体主情说对明代中期词学产生了很大影响。总之，杨慎的《词品》给人以全新的感觉，不管是其词体起源论，还是其词体创作论、词体风格论，都呈现出一种开放通达、实事求是的精神，不拘一家，没有门户之见，可以说"大家风范"在其《词品》中同样散发光芒。但是，杨慎在编撰《词品》时，远谪瘴蛮之地，检书不便，致使《词品》出现了一定的讹误，如把张翥词误作吕圣求、张元干、石孝友词，把周晴川词误作周邦彦词等，把蒋捷效辛弃疾《水龙吟》全押"些"字词误作效仿辛弃疾《醉翁操》词；再者，《词品》在引述或摘录前人词话时，多有不注原书出处的现象，如卷三有"《木兰花慢》""东坡《贺新郎》词"及卷六的"南涧词"等，全文照录元吴师道《吴礼部诗话》而不注出处，尤其是卷六与拾遗一卷，几乎是全部摘录元明人著述而不注出处，卷六共二十三则，而出自田汝成《西湖游览余》及《志余》者就有十八则之多，拾遗一卷共十六则，而出自陶宗仪《说郛》者也有十二则之多；甚至不标明原作者，致使前人之品评之语与其评语混为一谈，如卷四"姜尧章"条，评姜夔词时，摘录黄昇《花庵词选》续集卷六语而不注出处，与下文己评混同，评高观国词亦然。这些不足也是前人以及时人批评之所在，明代胡应麟、陈耀文指摘尤为激烈；谢章铤在肯定的同时又指出："（《词品》）记刘子寰、马子严、冯艾子，皆以名为字。张仲宗又专举其字，而失记其名，殊误。谓词名多取诗句，虽历历引据，率皆附会，屡为《笔丛》辨驳。"[1] 近代学者王易指出："《词品》五卷，论列引证，颇为详晰。惟根据讹误处，时反自矜创获，以故立论多不坚卓；后之言词者多服其博洽，独胡应麟于《笔

---

[1] 谢章铤：《赌棋山庄词话》卷四，《词话丛编》，第 3372 页。

丛》中驳之，然胡氏不娴于词，虽多纠正，而互有得失。"① 在《词品》中，杨慎摘录他书内容，占原作的四分之一强，从某种意义上来说，《词品》有集评的性质，开了清代集评类词话如《词苑丛谈》与《古今词话》之先河。即便如此，杨慎《词品》中所体现出的文献价值与理论价值在词学史上仍占有较重要地位，正像近代词曲家吴梅所说："《词品》虽多偏驳，顾考核流别，研讨正变，确有为他家所不如者。"②

王世贞（1526－1590）的《艺苑卮言》成书于隆庆四年（1570），隆庆六年付梓。《艺苑卮言》为文艺批评专著。其中附录一，分论词、曲。后人析出其论词部分，题曰《词评》，凡二十九则，有《丛书集成》本。《词话丛编》据《弇州山人四部稿》收录评词部分，仍用《艺苑卮言》之名。笔者从《词话丛编》之名。王世贞为明代著名的词人，其词不仅为明人所推许，清代与近代学人亦对其词评价很高，如钱允治在《类编笺释国朝诗余·序》中云："弇山人挺秀振响，所作最多，杂之欧、晁、苏、黄，几不能辩。"③ 王昶云："杨用修、王元美诸公，小令中调，颇有可取。"④ 吴梅云："其词小令特工，如《浣溪沙》……皆当行语。"⑤ 因此其词话虽然只有二十九则，但皆是当行人评词，其理论价值颇高，后人常将其与杨慎的《词品》相提并论。清人陆鎣说其《艺苑卮言》"辨晰词旨"⑥，吴梅说其中"论词诸篇，颇多可采"⑦，尤其是词论中对词体主情特性的强调以及正宗与变体的划分，对明代中后期词学批评产生了巨大影响。

明代中期除了这三部词话专著外，诗话、笔记、总集叙录以及曲话中亦有不少论词话语。

明代中期的诗坛上，复古思潮此起彼伏，高潮迭起，蔚为壮观，围绕复古思潮亦产生了诸多诗歌流派，主要有"前七子""吴中派""唐宋派""后七子""青溪诗社""嘉隆末五子"等，涌现出了许多著名的诗论家，创作出了一批高质量的诗话专著。此期的诗话比前期要多，有四十余种，可能是因为此期出现了三部词话专著的原因，多数诗话几乎没有论词文字。

---

① 王易：《词曲史》，第 348 页。
② 吴梅：《词学通论》，第 200 页。
③ 钱允治：《类编笺释国朝诗余》卷首，明万历四十二年刻本。
④ 王昶：《明词综·序》，赵尊岳《明词汇刊》，第 1370 页。
⑤ 吴梅：《词学通论》，第 201－202 页。
⑥ 陆鎣：《问花楼词话》，《词话丛编》，第 2544 页。
⑦ 吴梅：《词学通论》，第 201 页。

其中涉及论词文字较多的只有俞弁的《逸老堂诗话》《山樵暇语》、梁桥的《冰川诗式》三种。俞弁（1488－?）撰有《山樵暇语》十卷，《逸老堂诗话》上、下两卷，二书均以说诗为主，兼及词、文、书、画。二书偶有重复，其中除去重复，共辑得词话二十余则，我们名之为"逸老堂词话"。"逸老堂词话"没有什么理论价值，有些条目直接抄录前代词话。值得注意的是其中收录了一些当代词人的词作，这些词作多不存作者别集中，因而给现代学人辑佚明词提供了第一手资料，有一定的文献价值。梁桥（约1550年前后在世）撰有《冰川诗式》十卷。此书分《定体》《炼句》《贞韵》《审声》《研几》《综赜》六门，历叙各类诗歌体式，对各体诗歌炼句、押韵、平仄运用的规律等详加论述，对各体诗歌之创作经验颇有心得。卷一第五十为"诗余"，前有小序，后列词作十二首，以为词体创作之"法式"。辑录《冰川诗式》之论词话语，我们名之为"冰川词话"。《冰川诗式》有台湾广文书局影印《古今诗话续编》本，吴文治《明诗话全编》第五册全文收录①。在"诗余小序"中，梁桥明确地表现出明代中期的词体观念，认为词体的内容与《玉台新咏》《香奁集》所收香艳诗作一样，叙写闺阁之事，抒发艳冶之情；同时又强调词作抒发艳冶之情时要加以节制，不能肆意而发，要合乎儒家的诗教，即要"以理节情"。

　　明代中期，有些笔记中的论词文字较多，主要有陆深的《俨山外集》、郎瑛的《七修类稿》、田汝成的《西湖游览志》及《西湖游览志余》等。陆深（1477－1544）撰有《俨山集》《俨山续集》及《俨山外集》等。其《俨山外集》多为笔记，而陆深之论词文字多存于其中，共辑得词话八则，我们名之为"俨山词话"。"俨山词话"对诗词中由于措辞不同而造成不同的抒情效果予以探讨，同时又通过对词乐失传的思考探究词体衰微的原因，这种思考与探究对明代词学的复苏意义重大。郎瑛（1487－1566）撰有笔记《七修类稿》，凡分天地、国事、义理、辩证、诗文、事物、奇谑七类。其中"诗文"类有较多的论词文字，加上其他卷的词话，共辑得二十七则，我们名之为"郎瑛词话"。"郎瑛词话"记载了明代中期周瑛所制词谱《词学筌蹄》的流传情况，由此可知《词学筌蹄》在当时的影响。"郎瑛词话"还记载了宋代官修词谱（音谱）《乐府浑成集》的情况，说明明代中期人们还能看到宋代的词谱（音谱）。"郎瑛词话"还考证了词体的起源、词调佚

---

① 吴文治：《明诗话全编》，第 5195－5380 页。

失及词调名的来源情况，提出了当时明人在失去词谱后填词时的困惑，同时还认为"艳词不可填"，反映出作者对词体体性的认识。

田汝成（约1551年前后在世）著有《田叔禾集》《西湖游览志》《西湖游览志余》等多种。《西湖游览志》及《西湖游览志余》中论词文字较多，共辑得词话七十五则，我们名之为"西湖词话"。对明代词学来说，"西湖词话"最有价值的是对明代词人词作的记载，有十余条，多集中在明初词人杨廉夫、杨复初、凌彦翀、瞿佑、马洪（字浩澜）、聂大年等人身上，除了其中有两条见于瞿佑的"归田词话"外，其余不见于此前他书。由词话中记载可知，明初词人可能见到了标有平仄的词谱。只是后来随着词体的衰微，人们很少关注词体创作，词谱渐失。又可知明初词人对同一词调以仄声起以平声起所表达的感情不同有相当的了解，如《渔家傲》，范仲淹以仄声起所抒之情悲壮苍凉，而凌彦翀、杨复初、瞿佑等以平声起所抒之情则疏淡旷远。由瞿佑《归田诗话》的记载以及其词作序文与标题可知，瞿氏是一个风流放荡的才子，颇似宋之柳永，从"西湖词话"中也可以看到瞿佑生活的这个方面，这样的记载对我们进一步理解瞿佑的词作有所帮助。"西湖词话"中对马浩澜词作的评价亦相当高，认为马洪词作"皓首韦布，而含吐珠玉，锦绣胸肠，褒然若贵介王孙也"，有富贵气象。"西湖词话"还保存了马洪的《花影集·自序》一文，《花影集》今已不存，其自序如果不是在此词话中得以保存，我们今天也许就难以见到。

"西湖词话"的重要价值是关于明代词人词作的记载与评价，有十余条之多，其中有八条出现在杨慎的《词品》中，而杨慎没有注明出处及著者。杨慎《词品》成书于嘉靖三十年（1551），首次刊行在嘉靖三十三年（1554），而田汝成之《西湖游览志》及《志余》初刻于嘉靖二十六年（1547），前有田汝成嘉靖二十六年《西湖游览志叙》。杨慎《词品》多有引述前人词话不注原出处及著者的情况，因而《词品》中内容与《西湖游览志》及《西湖游览志余》重复部分的原创权应当属于田汝成。

明代中期学问家徐师曾（1530－1593）编纂有大型总集《文体明辨》①，此集是据吴讷《文章辨体》删定增补而成，每文体前亦有"序说"一节。此书之"诗余序说"有词话五则，再加上卷首"论诗余"二则，共辑得七则，我们名之为"鲁庵词话"。"鲁庵词话"中自己的观点不多，往往是肯

———————————
① 见明万历建阳游榕铜活字印本。

定时人的词学观。如在论述词体起源时说："诗余者，古乐府之流别，而后世歌曲之滥觞也。" 与宋元以来及明代前期的词学家之观点并无二致；论述诗词之别时同意何良俊之观点："近时何良俊以为诗亡而后有乐府，乐府阙而后有诗余，诗余废而后有歌曲，真知言哉！要之，乐府诗余，同被管弦，特乐府以矿逐扬厉为工，诗余以婉丽流畅为美，此其不同耳。"在卷首之"论诗余"中引用明代中期朱承爵关于诗词之辨语："大明朱承爵曰：诗词虽同一机杼，而词家意象亦或与诗略有不同。句欲敏，字欲捷，长篇须曲折三致意，而气自流贯乃得。"关于"主情说"则同意王世贞之观点，关于词体风格的论述则同意张綖的看法。从徐师曾在论述时所引用的论词话语，我们可知其词学观：尊婉约而抑豪放，强调词体主情之特性。"鲁庵词话"中对词乐失传对词体演变的影响之论述很现实，亦有理论价值。徐师曾指出："第作者既多，中间不无昧于音节，如苏长公（轼）者，人犹以'铁绰板唱大江东去'讥之，他复可言哉？由是诗余复不行，而金元人始为套数。"他认为，宋词渐渐脱离音乐，致使词体衰落，从而被金元曲子所取代。明代中期的陆深、李开先、刘凤都感慨词乐的失传，并对词体衰微的原因进行思考，但都没有徐师曾论述得明确。不仅如此，徐氏在词乐失传的基础上论述词韵、词格："诗余谓之填词，则调有定格，字有定数，韵有定声。至于句之长短，虽可损益，然亦不当率意而为之。"面对词乐失传的现实，徐氏抛开音乐，把词体限制在格律、字数、声韵等案头文学的层面加以论述，对当时的词体创作具有实际的指导意义。同时徐师曾在词韵方面表现出通融的观点，认为词句在不失其意的基础上，稍作损益是可以的，他用了一个形象的比喻来说明对词体用韵的看法："譬诸医家加减古方，不过因其方而稍更之，一或太过，则本方之意失矣。"在词体音韵要求的范围内变更词句不失为变通的做法。

　　明代中期出现了两部重要的曲话，即王世贞的《曲藻》与徐渭（1521－1593）的《南词叙录》，其中都涉及较多的论词文字，王世贞《曲藻》中的论词文字有二则，他主要从音乐变化的角度论述词体的起源，认为是音乐的变化，致使所依附音乐的文字随之发生变化。我们从《南词叙录》中共辑得论词文字八则，名之为"徐渭词话"①。"徐渭词话"对词体衰微之原因、词体起源、词体风格皆有令人信服的论述。

---

① 徐渭：《南词叙录》，《中国古典戏曲论著集成》第三册，中国戏剧出版社，1959。

三　明代后期词话

明代后期是明代词学的繁荣时期，其他词学文献如词选、词籍序跋等明显超越中期，但词话专著却在减少。目前仅知道一种，即《词话丛编》所收俞彦的《爱园词话》。但诗话和曲话中的论词话语与明代中期相比，明显增多。《爱园词话》虽然只有十五则，但价值很高，涉及词学的诸多方面，诸如对词体的评价、音乐文学的变迁、词体的音调用韵、词体的创作、词史的流变、对词体特性的看法、诗词之别等，均有精彩的论述。

明代后期，诗坛上出现了"公安派""竟陵派""豫章社""几社""应社""复社"等诗歌流派，各派之间论争激烈，非常热闹。著名的诗论家为数众多，纷纷以诗话的形式传播自己的诗学主张，此期出现的诗话专著就有六十余种。在这些诗话中，论词文字较多的有郭子章的《豫章诗话》、胡应麟的《诗薮》、许学夷的《诗源辩体》、曹学佺的《蜀中诗话》、陆时雍的《古诗镜》《唐诗镜》等。郭子章（1542－1618）撰有《豫章诗话》，其中涉及的论词文字较多，共辑得十六则，我们名之为"豫章词话"。《豫章诗话》有"豫章丛书本"，吴文治《明诗话全编》第五册全文收录。① "豫章词话"多记宋代词人逸事、词作、词集，有一定的文献价值，其中有少量记载明代之词人词作。胡应麟（1551－1602）撰有《诗薮》《艺林学山》《少室山房笔丛》《少室山房类稿》等，今并存于世。其中《诗薮》中论词文字较多，共辑得二十则，我们名之为"少室山房词话"。《诗薮》今有中华书局上海编辑所1962年校点本，吴文治《明诗话全编》第五册全文收录。② "少室山房词话"在词学观上强调"变"，文学史观相当强，多辨别诗词之不同，对南唐五代词的评价受王世贞影响很大。许学夷（1563－1633）撰有论诗专著《诗源辩体》三十八卷，《诗源辩体》全书以时代为序，起自《诗经》，迄于元明，探寻源流，考论正变，历评各代诗人诗作，继承前后七子的诗歌理论，主张古诗崇汉、魏，律诗崇盛唐，书中多有独见，并且论述全面系统。作者在论述诗体流变的过程中涉及词体的发端，共辑得词话九则，我们名之为"许学夷词话"。《诗源辩体》前有崇祯五年许学夷自序，有民国壬戌上海耿庐重印本，吴文治《明诗话全编》第六册

---

① 吴文治：《明诗话全编》，第5015－5127页。

② 吴文治：《明诗话全编》，第5435－5742页。

全文收录。① 另有人民文学出版社 1987 年版单行本。"许学夷词话"虽然仅
九则，但很有特色。它不是就词体本身立论，而是就晚唐五代整个诗坛的
"词化"现象立论。许氏认为晚唐五代的五七言古诗，往往为"诗余之渐"。
许学夷从"变"的观点探讨词体的发端很有意义，在词乐失传的晚明，他
完全抛开音乐来探讨词体的发端，走出了一条与其他词学家不同的路子。
曹学佺（1574 – 1647）撰有《蜀中广记》一〇八卷，其中卷一〇一至卷一
〇四为诗话，共四卷，又第四卷为词话，再加上其他卷的论词文字，共辑
得词话五十六则，我们名之为"蜀中词话"。吴文治《明诗话全编》第七册
全文收录，不分卷。② 周维德《全明诗话》亦全文收录，分为四卷。③《蜀
中诗话》与明代其他诗话相比较，有一个明显的优点，即注明诗话来源，
这体现出曹学佺严谨的治学作风。"蜀中词话"由于地理位置所限，其中多
辑录杨慎《词品》中之词话条目。陆时雍（1612 – 1670？）撰有《诗镜总
论》《古诗镜》《唐诗镜》。其中《古诗镜》《唐诗镜》中涉及论词文字，共
辑得六则，我们名之为"陆时雍词话"。《诗镜总论》有《历代诗话续编》
本，《古诗镜》《唐诗镜》有《四库全书》本。吴文治《明诗话全编》第十
册全文收录。④ "陆时雍词话"主要是从词体风格上探究词体的发端，很有
特点。

　　明代后期的曲话主要有徐复祚⑤的《曲论》、张琦⑥的《衡曲麈谭》、凌
蒙初⑦的《谭曲杂札》、祁彪佳⑧的《远山堂剧品》、王骥德的《词律》等，
其中涉及词话较多的是王骥德的《曲律》。《曲律》是一部论述全面、自成
体系的戏曲文学理论专著，对曲的源流及其流变、南北曲风格特征、声律、
修辞、戏曲史、作家作品等都有详尽的论述。在论述的过程中涉及不少词
学理论，共辑得十六条，我们名之为"王骥德词话"。《曲律》的主要版本
有明天启四年原刻本和清道光年间钱熙祚辑《指海》本，出自《指海》本

---

① 吴文治：《明诗话全编》，第 6034 – 6335 页。
② 吴文治：《明诗话全编》，第 7612 – 7678 页。
③ 周维德：《全明诗话》，齐鲁书社，2005，第 4095 – 4149 页。
④ 吴文治：《明诗话全编》，第 10645 – 10778 页。
⑤ 徐复祚（1560 – 1629），江苏常熟人。博学能文，尤长于词曲。著有传奇《红梨记》等。
⑥ 张琦，字楚叔，精通曲，富收藏。辑有《吴骚合编》。
⑦ 凌濛初（1580 – 1644），字玄房，别号空观主人，浙江乌程人。工诗文，尤精于小说戏曲。
⑧ 祁彪佳（1602 – 1645），号世培，浙江山阴人，甲申变后，力图抗清，事不可为，殉国而
　　死。著有传奇《玉节记》。

的《读曲丛刊》本，《中国古典戏曲论著集成》本亦据明刊本校补，今人陈多、叶长海注释的《王骥德曲律》本，汇集各本之长，资料详备，湖南人民出版社 1983 年出版。"王骥德词话"记载了宋代词谱（音谱）《乐府混成集》在明代后期的流传情况，理论方面涉及词体的起源，音乐文学的发展，词体的调名、宫调、音韵，词体的创作、句法，音乐文学的流传，诗词曲之别等众多问题，有较高的文献价值与理论价值。

第二节　词籍序跋

　　词籍序跋是词学批评文献的主要形式。明代学者对词籍的搜集、传抄、整理和刊行等工作皆作出了很大贡献。整理的词集丛编有十余种①，影响最大的是明初吴讷辑的《百家词》和明末毛晋辑的《宋六十名家词》；明人编纂的词选流传至今的不下几十种，明人别集亦不少；另外还有明人刊刻的唐、宋、元代的词总集和别集。这些词丛编、词选和别集大多有序跋，有的甚至一书多序，如杨慎的《升庵长短句》就有四篇序文，夏言的《桂洲集》也有四篇序文，易震吉的《秋佳轩诗余》有三篇序文，等等。另外，颇具理论色彩的词作小序亦归入此类。前人对明代词籍序跋虽然没有进行大规模的收集整理，但也取得了一定的成就。民国时期，赵尊岳受其师况周颐鼓励，收集明词，从 1924 年始至 1936 年方成，历十余年之艰辛，刻成《明词汇刊》，此书中收集了明人的多篇词集序跋，这是研究明代词学批评的第一手文献资料。1933 年 4 月到 1936 年 9 月，龙榆生主编有《词学季刊》，共发行四卷十一期。其中有"词籍提要"栏目，赵尊岳详细介绍了明人的几部词选，如董逢元编辑的《唐词纪》，茅暎辑的《词的》，陈耀文编辑的《花草粹编》，张綖辑的《草堂诗余别录》等，并且都附有序跋，为明代词学的深入研究作出了贡献。新中国成立后，明代词籍序跋的整理几乎没有进展，直到 20 世纪 90 年代，这种局面才被打破，金启华主编的《唐宋词集序跋汇编》收录明人所撰词籍序跋九十二篇②；施蛰存主编的《词籍序

---

① 《中国古籍善本书目》卷三十，上海古籍出版社，1989。
② 金启华：《唐宋词集序跋汇编》，江苏教育出版社，1990。

跋萃编》，收录明代词籍序跋一百篇。① 二书所辑词籍序跋多有重复，其中施书是目前收集明人词籍序跋最集中也最多的一书，许多词学研究者所引用的明人词籍序跋大多出于此书，可谓嘉惠学林。本课题所要完成的是尽可能全面收集明代各个时期的词籍序跋（笔者所辑录词籍序跋二百五十余篇，篇目见附录二），然后把它们回归于明代词学的不同时期，进行较系统的研究，以客观评价其理论意义。

一　明代前期词籍序跋

明代前期由于词体创作逐渐走向衰微，词学不兴，词籍刊刻不多，因而词籍序跋亦很少。笔者目前辑录仅有十余篇，十余篇中形式亦很单一，多别集序跋。它们是：

① 王蒙（1301－1385）《忆秦娥·花如雪·序》②。由此可知王氏反对淫词哇声，强调词体托兴深远，意义深刻。

② 宋濂（1310－1381）《跋东坡寄章质夫诗后》③。宋濂为明开国文臣之首，著作宏富。此跋虽以诗名，实际涉及的是苏东坡与章质夫二人的咏柳絮词《水龙吟》。说明明建国初的文臣大儒亦不废"小词"。

③ 姜福四有《跋姜忠肃祠堂白石词钞本》④，此序作于1377年。姜福四，姜夔之八世孙。从此跋中可知姜夔词集在明初"经兵火两朝，流离迁播"情况下的存留情况。

④ 刘崧（1321－1381）有《刘尚宾东溪词稿·后序》⑤。此序对刘尚宾词作了高度评价，从中可以看出明初词人在词体风格取向上的宏通观念，对"沉痛忠愤"的稼轩词评价很高。

⑤ 陈谟（1305－1400）有《张子静乐府·序》⑥。序中陈氏给张子静词作以很高的评价："读子静词，孰不曰此月下秦淮海、花前晏小山也！"把张子静之作与宋代著名词人秦观、晏几道相提并论，可惜的是张子静之词集今已不存，我们不能一睹其词作风貌。

---

① 施蛰存：《词籍序跋萃编》，中国社会科学出版社，1994。

② 见张璋、饶宗颐《全明词》，第142页。

③ 见《宋学士文集》卷二十三，《四部丛刊初编》本。

④ 见夏承焘《姜白石词编年笺校》附，上海古籍出版社，1981，第196页。

⑤ 见《槎翁文集》卷八，明嘉靖元年徐冠刻本。

⑥ 见陈谟《海桑集》卷五，《四库全书》本。

⑥ 孙大雅有《天籁集·叙》①，此序作于洪武十年（1377）。文中孙氏把词作与人之经历品格联系起来："先生出处大节，微而婉，曲而肆，庸人孺子所不能识，非志和、龟蒙、林君复往而不返之俦可同日语。"认为白朴有志于天下，不像唐代张志和、陆龟蒙、宋代林逋等怀有隐逸之志，正因如此，白朴才创作出寄托"雅志"的《天籁集》。可见孙大雅没有把词体当作"娱宾遣兴"的娱乐工具，而是把它当作与诗歌一样具有言志功能的文体。

⑦ 叶蕃的《写情集·序》②，是明代前期非常重要的一篇词学批评文献。此序作于洪武十三年（1380）。《写情集》为刘基的词集名③。叶蕃在《写情集·序》中指出，刘基生在元末，有经世之志，但无用武之地，故借诗、词、文来抒发其抑郁不平之气，他的词与诗、文、寓言等文体一样，都是作者内在情感的外化。正因为叶氏没有诗、词、文之间的文体界限，所以在《写情集·序》中他先提到寄寓刘基"经济之大"的寓言《郁离子》，继而提到其诗文集《覆瓿集》，最后具体评论了用"阳春白雪雅调"寓"风流文采"的长短句《写情集》，把刘基之诗文集、寓言集与词集相提并论，可见词体在叶氏的观念中与诗文毫无二致。正像刘明今所言："（叶蕃）所说均与一般的诗歌评论相近，也即是说当时把词看得较高，和诗的地位相仿。"④

⑧ 马洪（生活年代当在 1450－1487）的《花影集·自序》⑤，也是明代前期一篇很重要的词学论文。马洪，生卒年无考，徐伯龄《蟫精隽》中记载其事迹，有词集《花影集》。他的《花影集·自序》保存在田汝成的《西湖游览志余》及杨慎的《词品》中。马洪为自己的词集作序，在序中表述了自己的创作路径与创作观点。他称词为"南词"，这是明代词学文献中较早对词体以"南词"相称的记载。马氏称自己学习词体创作的导师是苏轼和柳永，说明他在创作词作时没有词体风格方面的刻意取舍。马洪在解释其对词集命名时云："法云（应为法秀）道人劝山谷勿作小词，山谷云：

---

① 见徐凌云《天籁集编年校注》，安徽大学出版社，2005，第 207 页。

② 见赵尊岳《明词汇刊》，第 1456 页。

③ 刘基（1311－1375），字伯温，浙江青田人。元至顺进士。协助朱元璋平定天下，为明代开国功臣之一。著有《诚意伯刘文成公文集》。《写情集》是其词集名。

④ 袁震宇、刘明今：《明代文学批评史》，第 834 页。

⑤ 见田汝成《西湖游览志余》，中华书局，1958，第 243 页。

'空中语耳。'予欲以空中语名其集，或曰不文，改称《花影集》。花影者，月下灯前，无中生有，以为假则真，谓为实犹涉虚也。"从其解释中我们可知他对自己词作的评价，他以己词为"空中语"，其用意当是欲与北宋词人一比高低。他在序中还说："四十余年，仅得百篇，亦不可谓不难矣。"可见他对词体创作态度的认真。结合马洪词体创作的实际情况可知，他所追慕的是晚唐北宋词家风调，与北宋词人比高低的想法应当是有的。另外马洪在自己的词作中往往像北宋词人张先一样，爱用"影"字，并善于创造迷离朦胧的意境，这也可能是他把词集命名为《花影集》的一个原因。

⑨ 唐文凤（约 1416 年前后在世）有《跋杨彦华书虞文靖公苏武慢词后》①。这是一篇书法跋文，是观杨彦华书虞文靖公《苏武慢》词后有感而作。唐氏先由虞集"高文大策，醇辞雅论"之文论起，知为"一代大手笔"，于是推而广之，认为其"歌词之丽，亦皆超诣而不凡"。从这种推论中可知，唐文凤完全把词体与诗文置于平等的地位，而没有"诗庄词媚"的偏见。进而评论虞集《苏武慢》词十二阕，"盖和冯尊师所作，其自序，经阅累岁而成，飘飘然有出尘想，如在九霄之上，下视世纷胶扰，曾不足以入其灵台丹府，所谓不吃烟火食，所道乃神仙中人语也"。元道人冯尊师《苏武慢》影响很大，和者甚多，而虞集和词尤为突出，读后确有出尘之想。如《苏武慢·云淡风轻》："云淡风轻，傍花随柳，将谓少年行乐。高阁林间，小车城里，千古太平西洛。瞻彼泱泱，言思君子，流水俨然如昨。但清游、天际轻阴，未便暮愁离索。　　长记得、童冠相随，浴沂归去，吟咏鸢飞鱼跃。逝者如斯，吾衰甚矣，调理自存斟酌。清庙朱弦，旧堂金石，隐几似闻更作。农人告我事西畴，窈窕挂书牛角。"② 此词为怀古词，而词人没有在对古人的向往与钦慕中哀叹自己青春不再，壮志未酬，而是在"暮愁离索"中超脱出来，并以陶潜、李密自况，表现出遗世自乐的隐逸情怀。因此唐文凤评其"超诣而不凡"，可谓深得虞集词之旨意，并表达出对隐逸旷达词风之欣赏。

⑩ 陈敏政有《乐府遗音·序》③，此序作于天顺七年（1463）。此序在评价瞿佑词的同时，发表对词体起源及词体体性的认识。

---

① 见唐文凤《梧冈集》卷七，《四库全书》本。
② 见唐圭璋《全金元词》，中华书局，1979，第867页。
③ 见赵尊岳《明词汇刊》，第1203页。

⑪ 叶盛（1420－1474）有两篇序文：《书草堂诗余后》① 与《李易安春词》。② 从序中可以得知词体在明代初期不被重视的原因以及叶盛评词的理学家面孔。

⑫ 井时有《玉田词·题辞》③，此序作于成化丙午（1486）。从井时的《玉田词题辞》可知张炎词集的存留情况以及词籍的散佚情况。

另外，明代前期还有两篇序文，或为作者不确而有歧义，或已被考证为伪作。一是程敏政之《天机余锦·序》；一是李东阳之《南词·序》。

《天机余锦·序》④，此序文下题"敏政识"。因《天机余锦》"题明程敏政编"，此序当然被认为是程敏政所作。程敏政（1444－1499），宪宗成化二年（1466）举进士，授翰林院编修。历左谕德，侍讲东宫。孝宗时官至礼部右侍郎。弘治十二年（1499）任给事中，主会试，被诬鬻题，下狱。获释后回家，悲愤而卒。程敏政深受朱熹、陆九渊理学影响，学问渊博，著作宏富，与同时之文坛领袖李东阳齐名。王兆鹏考证《天机余锦》是明嘉靖年间的书商或牟利的士人所编，而托名于程敏政，书前所录程敏政序，是从宋曾慥《乐府雅词·序》抄袭而来⑤；乔光辉则认为此序为陈敏政所作⑥。笔者认为二文所提观点还有待于进一步考证。

《南词·序》，题西涯主人所作。李东阳，号西涯，此序托名李东阳所作。序文作于天顺六年（1462），王兆鹏在其《词学史料学》中已对此序的真伪作了辨析。⑦ 此文前半部分抄袭清汪森的《词综·序》，后半部分所述不符合词坛的状况。文中说："予从故藏书家得珍秘善本……目曰《南词》，藏于家塾，庶几可以洗草堂之陋而倚声家知所宗矣。"李东阳⑧，明景泰至正德时期人，就现存的词学文献资料来看，在他生活的时期，除《南词》本《草堂诗余》外，《草堂诗余》的版本流传至今者仅有三种（见下文），吴讷在其《文章辨体·近代词曲序说》中说："昔在童稚时，获侍先生长

---

① 见叶盛《菉竹堂稿》卷八，清初钞本。
② 见叶盛《水东日记》卷二十一，中华书局，1980，第214页。
③ 见《彊村丛书》本《山中白云词》卷首。
④ 《天机余锦》卷首，《新世纪万有文库》本。
⑤ 王兆鹏：《词学秘籍〈天机余锦〉考述》，《文学遗产》1998年第5期。
⑥ 见《中国韵文学刊》1999年第2期。
⑦ 王兆鹏：《词学史料学》，中华书局，2004，第117页。
⑧ 李东阳（1447－1516），字宾之，号西涯。茶陵诗派的领袖。著有《怀麓堂集》《怀麓堂诗话》。

者，见其酒酣兴发，多依腔填词以歌之。歌毕，顾谓幼稚者曰：'此宋代慢词也。'当时大儒皆所不废。今间见《草堂诗余》。"吴讷编辑《百家词》时，收录了三种总集，其中包括《花间集》，如果能得到《草堂诗余》，他可能会编辑其中，也不会发出"今间见《草堂诗余》"的感慨。也就是说，在李东阳生活的时期，《草堂诗余》根本没有形成明中期以后像毛晋所形容的"凡歌栏酒榭，丝而竹之者，无不拊髀雀跃"① 的火爆场景，序文中的文辞显然是清人清算《草堂诗余》给词坛造成不良影响的口吻。此序当属伪作。

二　明代中期词籍序跋

明代中期随着词学的复苏，词籍的刊刻日渐增多，并且多有序跋，笔者目前辑录有六十余篇。这些序跋形式多样，其中有总集序跋、别集序跋、词话序跋、唱和集序跋、词谱序跋、颇有理论色彩的词作小序、名人词墨迹序跋等，不一而足，包含有丰富的词学信息及词学理论。此期词籍序跋明显与明代初期不同，往往一集多序，如《升庵长短句》前有四篇序文，《桂洲集》前有两篇序文，《江南春词》前亦有四篇序文，词谱《词学筌蹄》前亦有两篇序文，这种现象反映出人们对词学的重视。此期的词籍序跋除了含有丰富的词学理论外，还主要涉及以下几个问题。

（一）刊刻词集的目的。从明代中期的词籍序跋中，我们可以得知词籍刊刻的目的。其一，作为词学指南。明代前期，由于词集散佚严重，当词学复苏的时机到来时，词体创作无所依凭，于是刊刻前代词集以及当代名家词人词集成为当务之急，这些词集对当时的词体创作具有实际的指导意义。李宗准在《遗山乐府·跋》中引用李相国的话说道："学者如欲依样画胡芦，不可不广布是集也。"② 《遗山乐府》向来被明人评价很高，把它作为范本进行词体创作当是不错的选择。朱日藩③在《南湖诗余·序》中指出："予每欲择其词之精者，合少游词成一帙，以遗乡人，为词学指南。"④ 南湖即明代中期有名的词学家张綖，从《南湖诗余·序》中可知，张綖"每填

---

① 毛晋：《草堂诗余·序》，《汲古阁书跋》，上海古籍出版社，2005，第 113 页。
② 见赵永源《遗山乐府校注》，凤凰出版社，2006，第 823 页。
③ 朱日藩（1501 - 1561），字子价，号射陂，宝应人。嘉靖二十三年（1544）进士。历官南京刑部主事，兵部、礼部员外郎，迁九江知府。著有《山带阁集》。
④ 见张綖《南湖诗余》卷首，《明词汇刊》本。

一篇，必求合某宫某调，某调第几声，其声出入第几犯，务俾抗坠圆美，合作而出。故能独步于绝响之后，称再来少游"。并且其编纂有指导词体创作的《诗余图谱》，其词作的规范性可以想见，作为词学指南当之无愧。其二，为了词籍的传播。少岳山人①的《三词集·序》云："他日校定，当为刻之以传。"② 任良幹③在《词林万选·序》中云："升庵太史公家藏有唐宋五百家词，颇为全备，暇日取其尤绮练者四卷，名曰《词林万选》。皆《草堂诗余》之所未收者也……遂假录一本，好事者多快见之，故刻之郡斋，以传同好云。"④ 当时《草堂诗余》流传很广，任良幹见到《词林万选》中所选词作"皆《草堂诗余》之所未收者"，于是就刊刻之，并把此集推荐给朋友。宋廷琦的《碧山诗余·跋》："夫美而爱（碧山诗余），爱而传公也，遂锓诸梨，与好艺文者共之。"⑤ 向志同者推荐并且共同切磋，也是一种很好的扩大影响的方式。吴承恩⑥在《花草新编·序》中云："选词众矣，唐则称《花间集》，宋则《草堂诗余》。诗盛于唐，衰于晚叶。至夫词调，独妙绝无伦，宋虽名家，间犹未逮也。宋而下，亦未有过宋人者也。然近代流传，《草堂》大行，而《花间》不显，岂非宣情易感，而含思难谐者乎？"⑦ 由此可知，至明代中期，词坛上《草堂诗余》流行而《花间集》较之逊色，当时学者有感于这种不平衡的情况，为了使词人更全面地了解唐宋词的面貌，于是就有意识地传播《花间集》，从而突破《草堂诗余》独霸天下的局面。其三，刊刻词集以存史。明代中期词学家有刊刻词集以存史的意识，可以说这是有意识地推尊词体。毛凤韶⑧在《中州乐府·后序》中指出："声音之道与政通，固矣。然以三百篇考之，成周治矣，而夫子不无删焉。郑卫乱矣，而夫子或有取焉……《中州乐府》作于金人吴彦高辈，虽当衰乱之极，今味其辞意，变而不移，悯而不困，婉而不迫，达而不放，

---

① 少岳山人，即项元淇，字子瞻，号少岳，秀水人。性狷介，工诗善书，与弟元汴并名于时。著有《少岳山人集》。
② 少岳山人：《三词集·序》，《铁琴铜剑楼藏书题跋集录》，上海古籍出版社，2005，第353页。
③ 任良幹，生卒年不详，字直夫，号南峤，广西桂林人。历官申阳知县、楚雄知府。
④ 见杨慎《词林万选》卷首，汲古阁《词苑英华》本。
⑤ 见赵尊岳《明词汇刊》，第1866页。
⑥ 吴承恩（1500－1582），字汝忠，号射阳山人，淮安人。嘉靖二十三年（1544）岁贡生，授长兴县丞。著有《射阳先生存稿》《西游记》。
⑦ 见刘修业辑校《吴承恩诗文集》，古典文学出版社，1958，第57页。
⑧ 毛凤韶，生卒年不详，字瑞成，麻城（今属湖北）人。正德年间进士。著有《聚峰文集》。

正而不随，盖古诗之余响也。是故俨山陆公有取焉，亦孔子待郑卫之意。"① 毛氏认为陆深刊刻《中州乐府》就像孔子对待乱世之音的郑、卫之诗一样，使处于衰乱之极的金词人的词作得以流传千古，不致散佚，以观其政。把存词者与圣人相提并论："故圣贤之所去取，惟其人不惟其时，惟其言不惟其人，惟其意不惟其言。" 这不仅是对刊刻词籍者的眼光与功劳的一种高度赞扬，同时大大提高了被认为是"小词"的词的社会地位。其四，补遗性质。任良幹的《词林万选·序》云："《词林万选》皆《草堂诗余》之所未收者也，间出以示。"② 《草堂诗余》在明代中期的影响逐渐增大，这种"一叶障目"的现象明代中期的文人已经察觉，吴承恩有意识地传播《花间集》即是证明。富有创新精神、没有门户之见的杨慎在编纂词选时更是思维开放，再加上他评点过《草堂诗余》，对其非常熟悉，所以他在编纂词选时有意识地避开《草堂诗余》所选词作，以扩大词人的视野，就《词林万选》的选目来看，任良幹的评价基本符合事实。

（二）记载词学家之生平事迹及创作情况。此期一些词籍序跋对词学家的生平事迹及创作状况记载颇为详细，可补作家生平之缺。吴一鹏③在《少傅桂洲公诗余·序》中用了相当的篇幅介绍了夏言（桂洲）的为人、学识、才思与其政治才干，虽然有奉迎之嫌，但对进一步理解夏言的创作是有帮助的，并且高度评价了夏言的词作："今观诸一篇之中，许国之志、忧时之诚，溢于言表，虽仓卒寓兴而庄重典雅，婉丽清新，渢渢乎雍熙太和之音也，于乎休哉！"④ 这种以儒家诗学观念评词的方法与明代中期一部分词学家的观点相同。明代中期著名的词学家张綖生卒年历来无载，从朱日藩《南湖诗余·序》中可以推知之。此序还记述了张綖（南湖）诗词集的编撰情况以及其词的创作情况，并且指出："先生从王西楼游，早传斯技之旨，每填一篇，必求合某宫某调，某调第几声，其声出入第几犯，务俾抗坠圆美，合作而出。故能独步于绝响之后，称再来少游。"⑤ 从中我们可以了解到张南湖在当时词学不振的情况下创作出影响深远的《诗余图谱》之原因。

---

① 见元好问《中州乐府》，《彊村丛书》本。
② 见杨慎《词林万选》卷首，汲古阁《词苑英华》本。
③ 吴一鹏（1460-1542），字南夫，号白楼，长洲（今江苏吴县）人，弘治六年（1493）进士，选庶吉士，累进尚书，入内阁典诰敕。著有《吴文端集》。
④ 见赵尊岳《明词汇刊》，第 808 页。
⑤ 见赵尊岳《明词汇刊》，第 84 页。

杨南金①的《升庵长短句·序》记载了杨慎词作在当时的影响："托兴于酒边，陶情于词曲，传咏于滇云，而溢流于夷徼。昔人云：吃井水处皆唱柳词。今也不吃井水处，亦唱杨词矣。"一方面说明杨慎词作传播广远，另一方面也说明当时仍存在唱词之风气。又云："吾闻君子之论曰：公词赋似汉，诗律似唐，下至宋词元曲，文之末耳，亦不减秦七、黄九、东篱、小山。噫！一何多能哉。"② 高度评价了杨慎的文学创作及其词体创作的成就。许孚远③的《升庵长短句·序》记录了杨慎的著作《丹铅辑录》《谭苑醍醐》《艺林伐山》等，论述了杨慎的人品与创作的关系："先生以相家子廷对擢第一，为馆阁之臣，顾无毫发介其胸次，而抗疏议礼，触犯忌讳，甘心贬黜以终其身，此何等人物哉！天生异材，投之闲寂，困之厄穷，达观造化之理，探索经史之蕴，经纶满腹，无所发泄，于致主匡时之略而仅著为文词，其纵横变化，穷极绮丽，有以也。然则尚论先生者，当先知其人品与其学术，而后可以读其文词。"④ 他告诉人们，词体创作亦非轻易可为，必须有丰厚的学术功底与高尚的人格，才能创作出不同凡响的杰作。唐锜⑤的《升庵长短句·序》与吴一鹏一样，用儒家诗教对杨慎的词作作了高度的评价："其思冲冲，其情隐隐，其调闲远悲壮，而使人有奋厉沉窜之心，其寄意于花鸟、江山、烟云、景候、旅况、闺情，无怨怒不平，而有拳拳恋阙之念……其晋魏以上古乐府、离骚之流，风雅之变乎。"⑥ 唐锜把杨慎之词与古乐府、离骚、风雅相联系，肯定其词作所寄托的深厚情感。宋廷琦在《碧山诗余·跋》中高度评价了王九思的词作："详览精思者累日，见其篇少趣多，众体咸备，或慷慨激烈，或舒徐和平，或蕴藉含蓄，或清淑简易，要皆华敏高妙，与李太白、温飞卿为千年友，苏黄而下不论也。始复悚然大骇曰：是何雅且丽也。"⑦ 宋氏对王九思不同风格之词作皆给予很高的评价，从评价中可知，明代中期虽然在词风上逐渐向重婉约的

---

① 杨南金，字本重，号两依居士，登川人。弘治中进士，授泰和知县，累官监察御史。
② 见赵尊岳《明词汇刊》，第345页。
③ 许孚远，字孟中，德清人，嘉靖壬戌（1562）进士。官至兵部左侍郎。著有《敬和堂集》。
④ 见赵尊岳《明词汇刊》，第346－347页。
⑤ 唐锜，字池南，嘉靖丙戌（1526）进士。严明果决，不避权势，以忤权要归。
⑥ 见赵尊岳《明词汇刊》，第345－346页。
⑦ 见赵尊岳《明词汇刊》，第1866页。

方向发展，但对豪放词风是不加排斥的。李濂①在《稼轩长短句·序》②中介绍了辛弃疾的生平、友人对辛弃疾的评价以及辛之人品与词品的关系，对于明人了解辛之为人为词有一定的帮助。

陈文烛③在其《花草新编·序》中形象地记叙了其友吴承恩的生平事迹包括生活细节。这是研究吴承恩生平事迹的第一手资料，同时对研究陈文烛、朱凌溪及吴承恩之间的交游也具有很高的文献价值。

（三）介绍词籍情况。明代中期，往代词集及当代词集刊刻较多，有一部分词集序跋详细地介绍了所刊刻词集的情况。彭汝寔④的《近刻中州乐府·叙》云："《中州乐府》一帙，盖金尚书令元遗山集也。凡三十六人，总一百二十四首。以其父德明翁终焉。人有小叙志之，中间亦有一二怜材者，文亦尔雅，盖金人小史也。"⑤ 这样的介绍对于明代中期词学知识相对较少的人来说有普及词学知识的作用，亦有词集版本考证之价值。李濂在《稼轩长短句·序》中介绍了信州本《稼轩长短句》：

> 余家藏《稼轩长短句》十二卷，盖信州旧本也，视长沙本为多……长短句凡五百六十八阕，余归田多暇，稍加评点，间于登台步垅之余，负耒荷锄之夕，辄歌数阕，神爽畅越，盖超然不觉尘累之解脱也。惜乎世鲜刻本，开封贰郡历城王君诏读而爱之，曰："余忝为稼轩乡后进，请寿诸梓，愿惠一言以为观者先。"余聊掫稼轩之取重于当时后世者如此，其中妙思警句则评附本篇云。

此序不仅介绍了信州本《稼轩长短句》，而且还记述了自己评点稼轩词以及"负耒荷锄"高歌稼轩词的情景，形象生动。由此序可知，当时稼轩词刻本较少。李濂的《碧云清啸·序》是为自己的词集作序，在序中对自己的词体创作及词集进行了介绍："余幼嗜声律，喜诵古人雅曲，抚景触

---

① 李濂（1488－1566），字川父，祥符人。正德九年（1514）进士。嘉靖五年（1526）以谤免归，罢归里居四十余年，著述甚富。词集名《乙巳春游稿》，有《惜阴堂汇刻明词》本。

② 见李濂《嵩渚文集》卷五十六，明嘉靖刊本。

③ 陈文烛，字玉叔，号五岳山人，沔阳人。嘉靖乙丑（1565）进士，除大理评事，历官南大理寺卿，著有《二酉园集》。

④ 彭汝寔，正德年间举人。

⑤ 见元好问《中州乐府》，《彊村丛书》本。

事，潦草效颦，写兴适情，游戏翰墨，陶陶然而乐也。耕锄之暇，积稿渐多，爰命童史辑录，藏之箧笥，漫题其简首曰《碧云清啸》。碧云者，余小子山居之堂名也，清啸其自放云。"① 《碧云清啸》为李濂之词集，今已不传，从序文中可知，其创作词作不少，当时也许就没有刊刻，因而仅有此序我们才知道李濂词体创作的情况。赵尊岳《明词汇刊》收录李濂词为《乙巳春游诗余》②，辑录其词仅十首，《全明词》③ 据《明词汇刊》录入，《全明词补编》④ 亦仅补录其词十首，其词散佚不在少数。就此序所介绍的情况来看，明代中期能见到的词选集与别集不少。刘凤⑤在其《词选·序》中指出："《词选》者，予门人所葺宋元人作。"⑥ 今刘凤所纂辑之《词选》已不存，今人从刘凤此序中才知此选，可知明代词选之散佚情况。

　　吴承恩在其《花草新编·序》中详细地介绍了所选《花草新编》的情况："近代流传，《草堂》大行，而《花间》不显，岂非宣情易感，而含思难谐者乎？余尝欲柬汰二集，合为一编……盖从吾好，只据家藏，呈诸俊赏，庶或有同余者乎？昔人审音乐府，故律吕须精；今兹取玩文房，辞而已矣。是编也，由《花间》《草堂》而起，故以花草命编。"⑦ 此抄本现藏上海图书馆，仅存三卷。从序文中可知吴氏编纂《花草新编》的目的不是想通过刊刻传播词籍，而是"只据家藏，呈诸俊赏"，其目的是赠送志同道合者，彼此文房赏玩而已。明代后期陈耀文在吴本的基础上纂辑成书《花草粹编》，二者的传承关系由二序对照可一清二楚。此序具有考证词集版本的作用。陈文烛在《花草新编·序》中对吴承恩之《花草新编》给予充分的肯定："此亡友胡汝忠（应为吴汝忠）词选也，命名以'花草'，盖本《花间集》《草堂诗余》所从出云。夫词自开元以逮至正，凡诸家所咏歌与翰墨所遗留，大都具备，乃分派而择之精，会通而收之广。同宫而不必合，异拍而不必分，因人而重言，取艺而略类。其汝忠所究心者与！拔奇花于玄圃，拾瑶草于艺林，俾修词者永式焉。"⑧ 并记载了此集刊刻的情况："汝

---

① 见李濂《嵩渚文集》卷五十六，明嘉靖刻本。
② 见赵尊岳《明词汇刊》，第 1937－1938 页。
③ 饶宗颐、张璋：《全明词》，中华书局，2004，第 829－831 页。
④ 周明初、叶晔：《全明词补编》，浙江大学出版社，2007，第 281－283 页。
⑤ 刘凤，字子威，长洲人。嘉靖甲辰（1544）进士，官至河南按察佥事。著有《刘子威集》。
⑥ 见刘凤《刘子威集》卷三十七，明万历刻本。
⑦ 吴承恩：《花草新编·序》，《吴承恩诗文集》，古典文学出版社，1958，第 57 页。
⑧ 见陈文烛《二酉园续集》卷一，明万历刻本。

忠既没，计部丘君抱渭阳之情，深宅相之感，奉使九江，捐俸梓行，遇不佞，语曰：'吾舅氏有属于先生否乎？'忆守淮安，汝忠罢长兴丞，家居在委巷中，与不佞莫逆，时造其庐而访焉。曾出订是编，而幸传于世，汝忠托之不朽矣。"①

何良俊在《草堂诗余·序》中指出："余家有宋人诗余六十余种，求其精绝者，要皆不出此编矣。顾子，上海名家，家富诗书，代传礼乐，尊公东川先生，博物洽闻，著称朝列，诸子清修好学，绰有门风。故伯叔并以能书，供奉清朝仲季，将渐以贤科起矣。是编乃其家藏宋刻本，比世所行本，多七十余调，是不可以不传。"② 何良俊此序传达出丰富的词学信息，从中我们可知明代中期宋代词籍的流传情况，何家有宋代词籍六十余种当为可能。《草堂诗余》的编者顾从敬的家学渊源及事迹史书没有记载，此序可为补阙。尤其我们知道顾本《草堂诗余》与当时世传本不同，"多七十余调"，何并指出"是其家藏宋刻本"，当今学人多认为此为顾从敬所托，未必是事实。笔者认为亦不尽然。"约在宋末元初，《草堂诗余》经历了一个增修笺注的过程"，"何士信至多只能是最后增修者"。③ 也许顾氏家藏的是据何氏本的增编本，也未可知。

明代中期词籍序跋中词学信息丰富，文献价值很高，对我们了解词学家之生平事迹及创作情况以及刊刻词籍的目的、当时流行词籍的情况等都有所帮助。

三　明代后期词籍序跋

明代后期，由于词籍刊刻增多，词籍序跋亦大量涌现，笔者目前所辑录的有近 180 篇。此期序跋内容丰富，形式多样，其中有词集丛编序跋、词总集序跋、词别集序跋、词谱序跋、唱和集序跋等。明代后期的词籍序跋全方位地反映了在新的社会环境中人们对词学的认识以及对各个时期词人词作的评价。由于后期词学繁荣，人们掌握的词学知识相对于前期、中期为多，无论是宏观的把握还是微观的剖析，皆较中期有了很大的进步，词籍序跋中包含了较中期更为丰富的理论内涵，展现了明代后期词学家较为

---

① 见陈文烛《二酉园续集》卷一。
② 见顾从敬《类编草堂诗余》卷首，明顾从敬刻本。
③ 杨万里：《关于〈草堂诗余〉的编者》，《文献》1993 年第 3 期。

宽广的词学视野。除此之外，明代后期的词籍序跋还涉及以下问题。

（一）描述词坛状况。明代后期词体创作繁盛，但词坛明显受尊婉约、主绮艳风气的影响，当时的词评家清楚地看到了这一点，他们在词籍序跋中对当时的词坛流行风进行了详细客观的描述；同时亦对词坛上存在的所谓其他弊端予以理性的分析，由此涉及明代整个词坛情状。关于明代后期的词坛状况，徐沨①在其《秋佳轩诗余·序》中有形象的描述：

> 填词家大率工为纤冶，靡曼自诡，雕章间出，逸态横生，遒峭风流，盖可知矣。月槎独以矜廉洁清之怀，发其历落萧散之思，跨凌阡陌，蝉脱畦径，奇绝异语，往往而有。②

徐氏指出明代后期词坛以纤艳靡曼、逸态风流、雕章丽句为尚，因而他对逆于当时词坛风气的另类词风深表赞同，他认为易震吉的词作与传统的婉约词不同，能独辟蹊径，用奇绝之语抒发其"历落萧散"之思，从而呈现出近似辛词的狂放清疏之词风。

毛晋在《花间集·跋》中亦指出："近来填词家辄效柳屯田作闺帏䙝嫚之语，无论笔墨劝淫，应堕犁舌地狱，于纸窗竹屋间，令人掩鼻而过，不惭惶无地耶?"③认为当时词人往往效仿北宋词人柳永创作闺帏俗艳之作。在《尊前集·跋》中，他亦表述了同样的意思：

> 雍熙间，有集唐末五代诸家词，命名《家宴》，为其可以侑觞也。又有名《尊前集》者，殆亦类此。惜其本皆不传。嘉禾顾梧芳氏采录名篇，厘为二卷，仍其旧名。虽不堪与《花间》、《草堂》颉颃，亦能一洗绮罗香泽之态矣。④

由此可知，毛氏刊刻《尊前集》可能就有一个目的，即荡涤当时词坛上绮罗香泽之词。

---

① 徐沨，字九一，长洲人。崇祯元年（1628）进士。明亡殉国。
② 徐沨：《秋佳轩诗余·序》，赵尊岳《明词汇刊》，第935页。
③ 毛晋：《汲古阁书跋》，第112页。
④ 毛晋：《汲古阁书跋》，第114页。

　　陈龙正①有感于当时的词坛风气，在《四子诗余·序》中用形象的笔调写道："初闻四君以诗余相唱和，窃疑之，及以扇头四望楼见寄，所存与赋，殆皆闲静之思，萧散之致，淫哇嘈杂，毫不涉焉，审皆若是，虽纯以诗余唱和，何伤乎？"②陈氏闻得他的四友以词唱和，认为他们肯定亦像当时的词人一样，创作一些"淫哇嘈杂"之词，但令他没有想到的是所见四君之词"殆皆闲静之思，萧散之致"，与时流之作无涉，作者欣喜之余发出感叹：如果创作这样的词作，用诗余唱和有何不可！

　　李蓘③在《花草粹编·序》中则指出了词坛上的另一弊端，即漫随人后，缺少创新。"北曲起而诗余渐不逮前，其在于今，则亦泯泯也。盖士大夫既不素娴弦索，又不概谙腔谱，谩焉随人后，而造次涂抹，浅易生硬，读之不可解。笔之冗于简册，不知迴视。古法犹有毫末存焉？否也。无怪乎其词湮而书之存者稀也。"④此论述既指出了明词的创作现实，又指出了明词衰落的原因。明代多唱南北词及民歌，词之音谱已失，因此，随人之后是必然的。而"造次涂抹，浅易生硬"之毛病的形成，是词乐失传后按文字谱填词的必然结果，清代是词体及词学的中兴时期，胡适则认为清人创作的词作是"鬼词"⑤，就是这个道理。

　　毛晋则在《草堂诗余·跋》中描述了明代词坛的流行风："宋元间词林选本几屈百指，惟《草堂》一编飞驰。几百年来，凡歌栏酒榭，丝而竹之者，无不拊髀跃雀。及至寒窗腐儒，挑灯闲看，亦未尝欠伸鱼睨，不知何以动人一至此也。"⑥从毛晋的困惑中，我们可以感觉到在明代后期人们已经开始反思《草堂诗余》的传播与接受情况，这种反思可谓清代词学家清算《草堂诗余》的先声。

　　明代后期的词学家由对后期词坛的描述进而观照整个明代词坛的发展情况。如钱允治在《类编笺释国朝诗余·序》中指出：

---

① 陈龙正（1585－1645），字惕龙，号几亭，嘉善人。崇祯七年（1634）进士。明亡愤恨呕血，年余绝食以死。著有《几亭全书》，词附，《明词汇刊》以《几亭诗余》收入。
② 陈龙正：《四子诗余·序》，《几亭全书》卷五十六，清康熙云书阁刻本。
③ 李蓘（1531－1608），字于田，又字少庄，晚号黄谷山人，河南内乡人，嘉靖进士。为明代著名学者，多藏书，著有《李于田文集》等。
④ 见陈耀文《花草粹编》卷首，河北大学出版社，2007，第2页。
⑤ 胡适：《词选序》，《胡适选唐宋词三百首》卷首，胡适选，絮絮注，东方出版社，1995。
⑥ 见毛晋《汲古阁书跋》，第113页。

我朝悉屏诗赋，以经术程士。士不圉于俗，间多染指，非不斐然，求其专工称丽，千万之一耳。国初诸老，黎眉龙门，尚洽宋季风流，体制不缪。迨乎成、弘以来，李、何辈出，又耻不屑为。其后骚坛之士，试为拈弄，才为句掩，趣因理湮，体段虽存，鲜称当行。正、嘉而后，稍稍复旧。而弇山人挺秀振响，所作最多，杂之欧、晁、苏、黄，几不能辩，又何耶？天运流转，天才骏发，天地奇才，不终诎于腐烂之程式，必透露于藻绘之雕章，时乎，势乎，不可勉强者也。①

钱氏把他之前的词坛分为三个阶段，并且对每个阶段的创作作了切合实际的评价。一是明建国初期，此时词坛大家沿承宋词之风，成就较大；二是成化、弘治年间，文人或对词作耻不屑为，或在词作中呈才论理，脱离当行本色；三是正德、嘉靖以后，"稍稍复旧"，即似又见到了明建国初的风貌，词坛上出现了大词人，如王世贞。钱氏对词坛状况的描述基本符合明词的创作实际。

（二）对明代词人词作的评价。明代后期，由于词体创作的繁盛，当代词人的别集刊刻较中期为多，这些别集往往有序跋，并且有的一集多序，因而针对当代词人的词学文献亦多了起来；就是总集序跋中亦多有涉及当代之词人词作。通过这些序跋可以较全面地了解词人及其创作的情况。

施绍莘的《秋水庵花影集》卷首有五篇序文，篇篇写得生动形象，如见其人，如阅其词。沈士麟的《秋水庵花影集·序》评价施绍莘词云："艳句淋漓，藻色飞动……其性灵颖慧，机锋自然，不觉吐而为词，溢而为曲，以故不雕琢而工，不磨涤而净，不粉泽而艳，不穿凿而奇，不拂拭而新，不揉摛而韵。盖直出其绪余，玩世弄物，彼其胸中，宁有纤毫留滞者哉！即其命名'花影'，而其意固已远矣。"② 对其词作评价很高，认为施词达到了近乎完美的程度，溢美之词显而易见。不过其评施词"艳句淋漓，藻色飞动"可谓恰如其分。施绍莘的《秋水庵花影集》是散曲与词的合集，前四卷为散曲，卷五为词。从陈继儒③、顾乃大、顾胤光、沈士麟等人分别为《秋水庵花影集》所作的词中可知，施绍莘是一个才俊情痴、肠柔舌纤、娴

---

① 钱允治：《类编笺释国朝诗余》卷首，明万历四十二年刻本。
② 沈士麟：《秋水庵花影集·序》，明末刻本。
③ 陈继儒（1558－1639），字仲醇，号眉公，又号麋鹿道人，华亭人。长期隐居，屡奉征诏，皆不就。工诗善文，书画兼能，名重一时。著有《眉公全集》。

雅绝伦、风流自赏之人，其词艳句淋漓，藻色飞动，以致青楼偷谱，人人皆知，以致胡应宸感慨道："词至《花影》，旖旎极矣。"① 施氏的词作充分体现了明代后期词坛上主情说对其创作的影响。如其《满庭芳》词："柔梦萦魂，淫香浸骨，半痕潮日帘枕。妖慵扶起，带睡划鞋弓。檀钮全松未扣，影微微，一线酥胸。乌云侧，淡霞斜泛，印枕晕儿红。　　鸦头传报人，海棠开了，春闹花浓。疾忙梳洗者，就看池东。獭髓残膏细劈，向金炉蜜粉先烘。斜窥镜，画眉时样，笼鬓尤工。"② 与柳词相比，有过之而无不及。

明末易震吉③为明代创作词最多的词人，其《秋佳轩诗余》刊刻于崇祯乙亥（1635），前有三篇序文。南洙源④在《秋佳轩诗余·序》中云："虽然长短句五百六十八阕，大都以豪爽见长，若夫柔婉绵丽，一往情深，绮语新声，莺鸣百啭，《金荃》逊美，《兰畹》输香。月槎似轶稼轩而上之。安得谓月槎所得与稼轩同也？"⑤ 其实易震吉之词主导风格是近似辛弃疾，南洙源之评价显然受当时主婉约词风的影响。赵尊岳跋语称震吉"词笔取径稼轩一流，力求以疏秀取胜，虽不能至，犹较颦眉龋齿强增色泽者为善矣"⑥。所论较为公允。可贵的是南洙源在序文中把稼轩与月槎之为人作对比，从而肯定月槎词的内容："稼轩绍兴末，屡立战功，作《九议》暨《美芹十论》上之，皆中时务。方今虏骑滋骄，月槎行且竖无前，伟伐炳朝，宁而靖边圉，当不在稼轩下，然则稼轩讵徒以词见者哉？夫月槎讵徒以词见者哉？"⑦ 南氏论述人品与词品的关系、世事变化对词体创作的影响，跳出了时风的局限。

郑以伟在《灵山藏诗余·自序》中评明人词作兼评己作：

> 余酷爱沈启南咏宋帝敕岳忠武词云："万里长城麟足折，两宫归路乌头白。"每讽数四，谓可敌铜将军铁绰板乱苏学士"大江东去"……

---

① 顾璟芳等编选：《兰皋明词汇选》，辽宁教育出版社，1998，第9页。
② 见张璋、饶宗颐《全明词》，第1460页。
③ 易震吉，字起也，号月槎，金陵人。崇祯七年（1634）进士。存词1180余首，为明人词作最富者。
④ 南洙源，字生鲁，濮州人。崇祯时进士。
⑤ 见赵尊岳《明词汇刊》，第936页。
⑥ 赵尊岳：《明词汇刊》，第1078页。
⑦ 南洙源：《秋佳轩诗余·序》，赵尊岳《明词汇刊》，第936页。

暇搜箧中诗余，半是充饯赠人事，或临小景文，情凡陋，音韵多舛，似棘喉涩吻，故不忍吐弃，非能效前辈胡卢。①

郑氏喜爱沈启南词作中之"万里长城麟足折，两宫归路乌头白"，与其"诤臣风骨"和词学观有联系，观其所引沈启南词，只有粗豪而无蕴藉之致，郑氏所评与时人的词学观判然有别，显然有偏爱沈词的成分。郑氏对自己词作则极力贬抑之，其中有自谦的成分，但的确道出了明人词之弊：酬赠之作较多，不能做到浑化无碍，音律不谐。

潘游龙②在《古今诗余醉·自序》中列出明代他认为有名的词人："若我明之刘伯温、杨用修、吴纯叔、文征仲、王元美若而人，又何敢树帜词坛哉？信乎，诗余之未可以世论也。"③ 他认为唐宋有词体创作的名家高手，明代一样有高人，如刘基、杨慎、吴元博、文徵明、王世贞皆可树帜词坛，领一代风骚。此评有一定的词学眼光，基本符合明代词坛的实际情况。

对明代词体发展作较详细评价的是钱允治，在《类编笺释国朝诗余·序》中钱氏先分析明词创作的情况：虽然明代"悉屏诗赋，以经术程士"，但还是有士子不囿于世俗，创作词体，词坛"非不斐然"。④ 这一看法与明代许多认为词体衰落的词学家不同，很有见地，从现存明代词人词作来看，无疑是正确的。钱氏接下来指出明代词体创作的弱点也是中肯的，他认为创作词作的人很多，但以词名家的专工者少，创作的词能充分体现词体特性"丽"的词人少，明代词体创作中的两"少"，也正是明人以及以后的学人有目共睹的。钱氏又对明代前期与中期词坛进行评价，词体创作的分期亦基本符合创作实际。而对文坛领袖王世贞词作的评价显然有溢美之嫌，王世贞随兴而作之词较多，因而缺少浑成圆满之佳篇，往往立意佳而音韵不协，并且词中存在着曲化的现象。虽然王氏在词论中重婉约而轻豪放，但就其词的创作实际来看，仍近于豪爽一路，并且是苏东坡式的旷达洒脱。他亦想创作出像其《艺苑卮言》中所谓的"宛转绵丽"之作，但往往是浅至僄俏多，而蕴藉含蓄少。⑤ 所以并不像钱允治所谓"弇山人挺秀振响，所

---

① 见赵尊岳《明词汇刊》，第 1828 页。

② 潘游龙，生卒年不详。编辑有词选《古今诗余醉》，另辑有《康济谱》《笑禅录》。

③ 潘游龙：《精选古今诗余醉》卷首，《新世纪万有文库》本。

④ 钱允治：《类编笺释国朝诗余》卷首。

⑤ 见张仲谋《明词史》，第 202－205 页。

作最多，杂之欧、晁、苏、黄，几不能辩"。钱氏把明词放在整个词史上进行评价："而我朝监于二代，郁郁之文，炳焕宇内，即填词小技，遂出宋、元而上，几欲篡其位。兹非国家文运之隆，人才之盛，何以致是哉！"虽出语振振有词，但确实不大符合明词的创作事实。从钱氏的评价中，可以感觉到他对明词期望很高。

明代后期词学家对当代词人词作的评价涉及词体创作的诸多方面，诸如词作家的性格对词体创作的影响、主情说对词坛的影响、对豪放词的欣赏等。我们可以通过对明代后期词籍序跋的探究，了解明代后期词人的创作状况，这对把握明代词史具有不可替代的文献价值。

第三节　词选

选词为集，几与词史同步，从晚唐五代发展到明代，其间经过了漫长的演变过程。从出于唐代乐工之手、重歌词音乐性的歌曲总集《云谣集》的选歌型词选开始，发展到宋代词人有目的地选词，比如借词选保存词史、传播词学理论、评论当代词坛、表现选者的审美理想等。由于选词者各自的目的不同，各种词选争奇斗艳，各显其能，共同丰富了两宋词坛。折射时代审美追求的《梅苑》、重在保存一代文献的《复雅歌词》、意在存史的《花庵词选》、集选歌选史与选派三种倾向于一身的《阳春白雪》，在词选史上都有划时代的意义。到了元代词坛上又出现了两部重咏物与寄托的词选《乐府补题》与《名儒草堂诗余》，对元代及明清的词学理论产生了一定的影响。

词选是词学理论的重要载体，就编纂词选的目的而言，有为歌妓选编唱本者，有以存人或存词为目的的文献式词选，亦有体现某种思想主旨或审美倾向的词选，后者对于词学理论、词学批评更有意义。明代这三种词选都有，并在词学史上产生了重要的作用，如明代中后期词坛上香艳词风的流行与词选的推波助澜有密不可分的关系。明人所编词选形式多种多样，有通代词选，如杨慎的《词林万选》《百琲明珠》，题程敏政编纂的《天机余锦》，陈耀文的《花草粹编》，茅暎的《词的》，陆云龙的《词菁》，卓人月、徐士俊的《古今词统》；有断代词选，如董逢元的《唐词纪》，钱允治的《类编笺释国朝诗余》；有唱和集，如袁表的《江南春词集》，徐士俊、卓人月的《徐卓晤歌》，陈子龙等的《幽兰草集》；有同仁词选，如骑蝶轩辑的《情籁》；有专题词选，如周履靖的《唐宋元明酒词》；有女性词选，如王端淑的《名媛诗纬初编诗余集》等。另外还有明人对《草堂诗余》的各种改编本。

一　明代前期词选

明代前期，由于词学不兴，明人没有编辑自己的词选。但我们可以看到吴讷《文章辨体外集卷五·近代词曲》中所收录的词作，如单独摘出，可当词选看待，其共收录词作三十一首，始于李白的《菩萨蛮》，终于虞集的《无俗念》。其收词标准作者在《序说》中明确指出："庸特辑唐宋以下辞意近于古雅者……好古之士，于此亦可以观世变之不一云。"所选为"古雅"之词，从其所选的词作亦可以看出其用意，吴讷的选词标准亦典型地体现了明代初期的词学观点。

《草堂诗余》在明代流传很广，影响很大，版本繁多，但流传至今的只有三种版本：一是洪武二十五年（1392）遵正书堂刻本《增修笺注妙选群英草堂诗余》；二是题明西涯主人编的《南词》本；三是明成化十六年（1480）刘氏日新书堂刻本《增修笺注妙选群英草堂诗余》，此本据洪武本校刊，题名、分卷、版式、篇数都与洪武本相同。另外还有叶盛《箓竹堂书目》著录之本，此本今已不存。王兆鹏考定《南词》为康熙时期问世，前已提及，因而此时的《草堂诗余》今已知者只有三种版本。明代前期的词话以及词籍序跋中提到《草堂诗余》的仅有三家，即单宇、叶盛和吴讷。吴讷在其"近代词曲序说"中指出"今间见《草堂诗余》"，专门辑录词集的出版家都难以见到，可见当时《草堂诗余》遭受的冷落，与中后期词坛对其追捧的炽热局面简直无法相比，由此可以想见当时词坛的创作情况。此期的词话中所引用的宋代词作也多有与《草堂诗余》不合者，尤其是"蟫精词话"，可见当时徐伯龄所见到的多有《草堂诗余》之外的词集。

二　明代中期词选

明代中期，随着词学的复苏，词选的编纂也热闹起来，但这种热闹与宋代词选的丰富多彩不同，从当时编纂的词选就可以清楚地了解这种热闹的实质。明代中期流传至今的词选有题程敏政编纂的《天机余锦》、杨慎的《词林万选》《百琲明珠》、吴承恩的《花草新编》、杨慎品订的《花间集》

等，还有唱和词集《江南春词》等六种。仅见文献引述的词选有陈霆《草堂遗音》、杨慎《草堂诗余补遗》《填词选格》《词林增奇》《填词玉屑》《古今词英》、刘凤门人所编宋元人《词选》等七种。凡十三种。此期还有《草堂诗余》的众多版本及改编本九种：

① 明祝枝山小楷书本。

② 嘉靖十六年（1537），《新刊古今名贤草堂诗余》六卷，李瑾辑，刘时济刻本。

③ 嘉靖十七年（1538），《草堂诗余别录》一卷，张綖编选，明黎仪抄本。

④ 嘉靖十七年（1538），《精选名贤词话草堂诗余》二卷，陈忠秀校刊本。

⑤ 嘉靖年间，《篆诗余》，高唐王岱翁刊篆文本。

⑥ 嘉靖二十九年（1550），《类编草堂诗余》四卷　武陵逸史编次，开云山农校正，顾汝所刻本。

⑦ 嘉靖三十三年（1554），《草堂诗余》前集两卷后集两卷，杨金刻本。

⑧ 嘉靖末，《增修笺注妙选群英草堂诗余》，前集二卷后集二卷，春山居士校勘本，安肃荆聚刻本。

⑨ 约嘉靖末，《草堂诗余》五卷，杨慎评点，闵瑛璧校订，闵瑛璧刻朱墨套印本。①

从以上所列二十二种词选名录中我们可以看出明代中期词选的特点之一，即基本上是围着宋代选歌变体本《草堂诗余》打转转。②《草堂诗余》是南宋坊间编纂的一部词选，后来经过宋元人的多次再编辑，再刊刻，带着沧桑进入了明代词坛。明前期，程朱理学被推为官方哲学，朱熹的学说被推为圣贤之学，明初的文人受程朱理学的影响极深，"偎红倚翠""淫词艳曲"之语受到限制，因此在明代前期相当长的一段时间，它都处于不被关注甚至冷落的境地。但《草堂诗余》在明代中期以后显示出无与伦比的魅力，明代词体创作是在以《草堂诗余》为词谱、模仿其风格、点评其词作中走向复苏的，且《草堂诗余》所选以北宋婉约绮艳之词为多，因此

---

① 孙克强：《清代词学》，第91页。
② 萧鹏：《群体的选择》，第140页。

《草堂诗余》对明代中期词学批评产生了巨大的影响，此期的词体起源论、词体体性论、词体风格论都带有《草堂诗余》影响的痕迹。

面对词坛的《草堂诗余》热，著名的词学家杨慎试图以编辑词选的方法扭转时风，他编辑了《词林万选》与《百琲明珠》两个词选。任良幹在《词林万选·序》中云："升庵太史公家藏有唐宋五百家词，颇为全备，暇日取其尤绮练者四卷，名曰《词林万选》。皆《草堂诗余》之所未收者也。"① 显然任良幹对此选非常称道，在当时《草堂诗余》充斥词坛的情况下，他通过《词林万选》看到了唐宋词的另一片景象。

杨慎所用《草堂诗余》，当是其评点时所用之本，即吴兴闵映璧刻本，笔者翻检此本，发现任良幹所言并非"夸大欺世"之词，《词林万选》辑录词作二百三十三首，其中与闵映璧本《草堂诗余》重复者仅有两首，一首是题孙夫人的《清平乐·悠悠飏飏》，一首是牛希济的《采桑子·辘轳金井梧桐晚》，其余皆不见于《草堂诗余》。纵观所选词作可发现，选者没有风格上的偏嗜，虽然他所处的时代词坛崇尚婉约词风。词选中辑录了相当数量的豪放词，他在《词品》中提到的"把古文手段寓之于词"的蒋捷之《水龙吟·醉兮琼瀣浮觞些》也被选入。选者还有明显的存人存词意识，从柳永词被选入就可以看出这一点。《词品》对柳永词的批评很是严厉，谓《草堂诗余》选柳永"'愿奶奶兰心蕙性'之鄙俗，及'以文会友'，'寡信轻诺'之酸文，不知何见也"②，但在《词林万选》中，杨慎一下子选柳词十三首，其中有颇为雅致的《凤栖梧·独倚危楼风细细》，更有"鄙俗酸文"，譬如《菊花新·欲掩香帏论缱绻》。

杨慎编辑《词林万选》的目的很明确，他想补《草堂诗余》之遗，他曾经编纂有《草堂诗余补遗》《词林增奇》等词选，可惜没有流传下来，但从书名看，与《词林万选》的编纂目的一样，由于他家中藏有多种（虽然不至于五百余种）词籍，因而他就想把自己以为有价值而不被《草堂诗余》选入的词作以及《草堂诗余》以后有价值的词作辑录成集，以展现词体创作的历程。可以说《词林万选》还没有摆脱《草堂诗余》的影响，是以《草堂诗余》补遗的形式出现的。

与《词林万选》形成对照的是杨慎的另一部词选《百琲明珠》。此选所

---

① 杨慎：《词林万选》卷首，汲古阁《词苑英华》本。
② 杨慎：《词品》卷三，《词话丛编》，第474页。

选有十七位词人与《词林万选》同，但所选词作基本不与《词林万选》重复，所重复的两首是纠正词作者的：一首是《生查子·年年玉镜台》，《词林万选》题为朱希真，而此选纠正为朱淑真；一首是《如梦令·曾宴桃源深洞》，《词林万选》题为吕洞宾，而此选纠正为唐庄宗。与《草堂诗余》重复的仅有一首，即王通叟的《庆清朝慢·调雨为酥》，看起来编者编纂两部词选不是随便为之，而是有安排、有照应的，虽然两部词选内部的安排、照应不是太合理。《百琲明珠》的编纂时间应在杨慎《词品》成书以后（《词品》成书于1551年），原因有二：其一，从作者选入的词作看。《词品》是杨慎词学观的集中反映，其对词体起源有独到的看法，即认为词体起源于六朝，正因如此，《百琲明珠》从六朝梁武帝之《江南弄》选起，与《词品》中所述相一致，虽然《江南弄》并非词作。其二，《百琲明珠》中有评注之语，这些评注多来自《词品》，这是杨慎评点词作的一个特点，往往把词话中语用于评点，他对《草堂诗余》的评点也是这样。①

从《词林万选》到《百琲明珠》，可以看出杨慎在逐步摆脱《草堂诗余》的左右，按照自己的词学观点来选编词选，即用词选宣扬自己的词学主张，这种方法，在词学繁荣的清代成为惯例，如浙西词派为提倡南宋词体、崇尚雅正而编纂《词综》，常州词派为宣扬"意内言外""比兴寄托"的词学主张而编纂《词选》。用编纂词选来传播词学思想，在明代，杨慎为开先河者。

但是，在明代中期，《草堂诗余》对词坛风气的影响正大，仅凭杨慎一己之力是不可能改变词坛风气的，更何况杨慎本人对婉约词所抒发之艳情亦欣赏有加。

三　明代后期词选

明代后期，由于词学的繁荣，词选的编纂热情可谓空前高涨，词坛上出现了众多的词选，流传至今的有近二十种。它们是陈耀文的《花草粹编》，卓人月和徐士俊的《古今词统》，茅暎的《词的》，陆云龙的《词菁》，杨肇祉的《词坛艳逸品》，潘游龙的《古今诗余醉》，鳙溪逸史的《汇选历代名贤词府全集》，长湖外史的《续草堂诗余》，沈际飞的《草堂诗余别集》《草堂诗余新集》，钱允治的《类编笺释国朝诗余》，温博的《花

---

① 杨慎评点《草堂诗余》，明《词坛合璧》本。

间集补》，骑蝶轩的《情籁》，陈子龙、李雯和宋征舆的《幽兰草集》，徐士俊和卓人月的《徐卓晤歌》，董逢元的《唐词纪》，周履靖的《唐宋元明酒词》，王端淑的《名媛诗纬初编诗余集》等。形式多样，各具特色。

　　明代中期，由于词学处于复苏期，词选的编纂几乎没有走出《草堂诗余》的围墙。到了明代后期，《草堂诗余》的影响比中期有过之而无不及，翻检后期众多的《草堂诗余》不同版本就一目了然。

　　① 万历十二年（1584），《类编草堂诗余》四卷，题唐顺之解注，田一隽辑，书林张东川刊本。

　　② 万历十六年（1588），《重刻类编草堂诗余评林》六卷，题唐顺之解注，田一隽辑，李廷机评，勉斋詹圣学重刻本。

　　③ 万历二十二年（1594），《新刻注释草堂诗余评林》六卷，题李廷机批评，翁正春校正，书林郑世豪宗文书舍刻本。

　　④ 万历二十三年（1595），《新刻注释草堂诗余评林》六卷，题李廷机批评，翁正春校正，福建省建阳书林郑世豪宗文书舍刻本。

　　⑤ 万历三十年（1602），《新锓订正评注便读草堂诗余》七卷，董其昌评订，曾六德参释，乔山书舍刻本。

　　⑥ 万历三十年（1602），《新刻增修笺注妙选群英草堂诗余》二卷，余秀峰沧泉堂刻本。

　　⑦ 明万历三十五年（1607），《类编草堂诗余》三卷，胡桂芳重辑，黄作霖等刻本。

　　⑧ 万历四十二年（1614），《精选笺释草堂诗余》六卷，题顾从敬类选，陈继儒重校，陈仁锡参订，翁少麓刻本（钱允治等合刊三种十三卷）。

　　⑨ 明万历四十三年（1615），《新刻题评名贤词话草堂诗余》六卷，题李攀龙补遗，陈继儒校正，书林自新斋余文杰刻本。

　　⑩ 万历四十七年（1619），《新刻李于麟先生批评注释草堂诗余隽》四卷，题吴从先汇编，袁宏道增订，何伟杰参校，书林萧少衢师俭堂刻本。

　　⑪ 万历四十八年（1620），《草堂诗余》五卷，杨慎评点，闵瑛璧校订，朱之蕃刻《词坛合璧》本四种之一。

　　⑫ 万历年间，《类编草堂诗余》四卷，昆石山人校辑。

　　⑬ 万历年间，《类编草堂诗余》四卷，昆石山人校辑，致和堂印本。

　　⑭ 万历年间，《新刻分类评释草堂诗余》六卷，题李廷机评释，李良臣东璧轩刻本。

⑮ 天启五年（1625），《新刻朱批注释草堂诗余评林》四卷，题李廷机评注，周文耀刻朱墨套印本。

⑯ 天启、崇祯年间，《草堂诗余正集》六卷（《古香岑评点草堂诗余》四卷十七卷十二册），沈际飞、钱允治等编，翁少麓刊本。

⑰ 明末，《草堂诗余正集》六卷（《古香岑评点草堂诗余》四卷十七卷十二册），沈际飞、钱允治等编，万贤楼自刻本。

⑱ 明末，《草堂诗余正集》六卷（《古香岑评点草堂诗余》四卷十七卷十二册），沈际飞、钱允治等编，童涌泉刊印本。

⑲ 明末，《新刻增修笺注妙选群英草堂诗余》二卷，钟惺辑，慎节堂刻本。

⑳ 明末，《类编草堂诗余》四卷，毛晋汲古阁《词苑英华》本。

㉑ 明末，《类编草堂诗余》四卷，韩俞臣校正，博雅堂刻本。

㉒ 明末，《类编草堂诗余》四卷，韩俞臣校正，经业堂刻本。

㉓ 明末，《类编草堂诗余》四卷，翻刻顾从敬本。

㉔ 仅见著录的是万历年间，陈第世善堂著录《草堂诗余》七卷。①

明代中期，前代词选中，仅《草堂诗余》版本较多。而后期由于人们词学知识的增多与复古运动的影响，词学家追根溯源，对《花间集》兴趣倍增，因而《花间集》的版本陡然增多。有的词学家推出了"广花间集"笺注本，如钟人杰笺注的《花间集》；还有的词学家编纂《花间集》补遗本，如温博的《花间集补》；又有词学家把《花间》《草堂》合刊之……一时间，伴随着明代后期出版业的兴盛，词选铺天盖地而出，尤其是"花""草"系列，更是"年年呈艳""岁岁吹青"。

但是，时间毕竟到了词学繁荣的明代后期，词学家们对明代中期词选围绕《草堂诗余》打转转的局面进行了理性的思考，开始了一些创造性的词选编纂工作，试图编纂出有自己特色的词总集来，于是明代后期词选的编辑也像此期的词学理论一样，出现了新的气象，呈现出五彩斑斓的局面。词学家受复古思潮的影响，编纂了追溯词祖、词源的词选，如《唐词纪》；受明代后期主情思潮的影响，推其波、助其澜的词选亦应运而生，如《词的》《词菁》《词坛艳逸品》《古今诗余醉》《汇选历代名贤词府全集》等；试图突破"花草"的局限，志在存史的大型词选也如期而至，如《花草粹

---

① 孙克强：《清代词学》，第92页。

编》；面对明代后期词坛上崇婉约抑豪放的风气，词学家试图利用词选改变当时的词坛风气，卓、徐二人就编纂出大型词选《古今词统》；此期明人终于有了选明朝词作的断代词选，如《类编笺释国朝诗余》。另外还出现了唱和集、同仁词选、专题词选、女性词选。

明代后期，"异端邪说"泛滥，波及词坛，词坛上刮起了一股主情思潮，在哲学思潮与词选的合力下，明代后期词学批评中的体性论、风格论走向极端，词体创作推崇"艳情"甚至人的自然之欲，主婉约抑豪放之风达到顶端。茅暎在《词的·序》中宣扬自己的词学观点及去取标准："盖旨本淫靡，宁亏大雅；意非训诂，何事庄严！""圣贤言异，愧非子郁之删除；儿女情长，岂是伯饶之笔削？"编者主旨明确，此选宁取淫艳绮丽之作，而不选大雅庄严之词；宁愧圣贤之庄言，不削儿女之艳语，显然是承袭王世贞之词学观点。编者在"凡例"中又加以强调："幽俊香艳，为词家当行，而庄重典丽者次之；故古今名公，悉多钜作，不敢拦入。"① 可以说《词的》的选词目的典型地反映了明代后期词坛的审美风尚。

卓人月、徐士俊二人编纂的大型词选《古今词统》，婉约、豪放并重。徐士俊在《古今词统·序》中云：

> 日幽日奇，日淡日艳，日敛日放，日秾日纤，种种毕具，不使子瞻受"词诗"之号，稼轩居"词论"之名。②

表现出一种宏通的词体风格取向。编选者的词学观点在此选中得到了充分的体现，更何况"珂月所作诗余甚多，兴会所到，无不曲尽两家之美，故能出其手眼，以与作者之情合"③。因而此选明显加重了豪放词的比重，尤其是辛弃疾豪放词的选入数量明显增多，辛派词人的词作也多有入选。从此选中可以透露出词学风气的转变：明人崇尚婉约"一边倒"的局面即将结束，清初词坛上的各派争锋即是很好的证明。由此可知此选在词学史上的意义所在。明代各个时期的词选皆与词学观念相一致，词选本体现了明人的词学理论与审美趣味，从中可以看出明代词学理论的发展嬗变轨迹。

---

① 茅暎：《词的》卷首，明末刻本。
② 卓人月：《古今词统》卷首，《新世纪万有文库》本。
③ 孟称舜：《古今词统·序》，《古今词统》卷首。

明代许多词选还附有评点。明代是评点文学的全盛时期，词集的评点亦不例外。明人编纂的词选多附有评点，如张綖的《草堂诗余别录》、杨慎的《词林万选》及《百琲明珠》、茅暎的《词的》、卓人月的《古今词统》等。当时非常流行的词选《草堂诗余》，版本多至三十余种，其中不少是评点本。词的评点吸引了当时颇有名望的文学家甚至是画家，像李攀龙、杨慎、唐顺之、汤显祖、卓人月、董其昌等都加入到了词的评点队伍中来，使词的评点呈现出形式多样的局面。汤显祖、卓人月不仅创作词作，而且又是戏曲家，因此他们在评点词时，就会用评点戏曲的语言对词进行评点，这对理解明词曲化的特点应有所帮助；有的评点文字如单独摘出，就是具有一定理论水平的词话，如徐士俊评点《古今词统》之评语、汤显祖评点《花间集》之评语、沈际飞评点《草堂诗余四集》之评语等。明人评点词选的文字，研究者很少把它纳入到明代词学理论的建构中加以研究，这是明代词学批评研究的一大缺失。本课题在相关论述中，把词选中的评点词语作为明代词学批评中的一部分。

第四节　词谱

词谱有两类，一类是音乐性质的曲调谱，即音谱；一类是确定文词格律的文字谱，即现在所谓的词谱，为了区别起见，我们称为文字谱。这两类词谱宋代都有。流传至今的音谱只有姜夔的十七谱，而最早的真正意义上的文字谱是明代中期张綖创作的《诗余图谱》，之后的词学家在《诗余图谱》的基础上，又编纂了几部影响较大的词谱。明代词谱的产生不仅极大地促进了词体创作的复兴与繁荣，而且与一定时期的词学思想密切相关，因此明代词谱也成为其词学批评的代表性成就之一。

一　明代词谱创作的背景

《御定词谱提要》云："词萌于唐，而大盛于宋，然唐宋两代皆无词谱。盖当日之词，犹今日里巷之歌，人人解其音律，能自制腔，无须于谱。其或新声独造，为世所传，如《霓裳羽衣》之类，亦不过一曲一调之谱，无裒合众体，勒为一编者。"①这段论述有些绝对，带有很大的推测成分。宋代

---

① 《御定词谱》卷首，《四库全书》本。

有词谱,即《乐府混成集》(又名《乐府浑成集》),文献有明确记载。周密《齐东野语》云:"《混成集》,修内司所刊本,巨帙百余,古今歌词之谱,靡不备具,只大曲一类,凡数百解,他可知矣。然有谱无词者居半。"① 据此可知此为宋教坊所用乐谱之集大成者。虽然"有谱无词者居半",同时也表明"有谱有词者同样居半"。沈义父《乐府指迷》谓:"古曲谱多有异同,至一腔有两三字多少者,或句法长短不等者。"② 这里的"古曲谱"当不是指音谱,因为每个词牌的音谱只有一个,不会有相同或相异的情况;只有依谱填词之后,才会有"一腔有两三字多少者,或句法长短不等"的现象。因此应该是"裒合众体,勒为一编"的文字谱。明前期《文渊阁书目》卷十三,记有"《曲谱》一部,一册阙"③,或即《混成集》,然未言其总数凡几册。明代中期郎瑛《七修类稿》中已有关于《乐府浑成集》的记载。④ 明末,王骥德曾于都门友人处见到文渊阁所散出的一册,《曲律》卷四载其书名为《乐府大全》,又名《乐府浑成》,"盖宋元时词谱(即宋词,非曲谱),止林钟商一调,中所载词至二百余阕,皆平生所未见。以乐律推之,其书尚多,当得数十本。所列凡目,亦世所不传。所画谱,绝与今乐家不同。"⑤ 这表明在宋代至少有一种修订的词谱,并且这个谱子到明代还能看到,明代初期有"依腔填词"者,说不定所依之腔即出于此谱。宋代也应该存在标注句读、平仄的词谱,虞集在《叶宋英自度曲谱序》中已明确指出:"近世士大夫号称能乐府者,皆依约旧谱,仿其平仄,缀绩成章,徒谐俚耳则可。"⑥ 虞集(1272－1348)为宋元之际人,所谓"旧谱",当为宋代词谱。

明代初期还能看到这两类词谱。吴讷在其《文章辨体·近代词曲·序说》中形象地描述道:"昔在童稚时,获侍先生长者,见其酒酣兴发,多依腔填词以歌之。"⑦ 这里的"依腔填词",可能是依音谱填词。田汝成《西湖游览志余》亦记载了瞿佑、杨复初等词人倚谱填词的情况。⑧ 从此可以看出,明代初期的瞿佑已经见到词谱,即标明平仄的文字谱。

---

① 周密:《齐东野语》卷十,《四库全书》本。
② 沈义父:《乐府指迷》,《词话丛编》,第283页。
③ 见冯惠民、李万健等选编《明代书目题跋丛刊》,书目文献出版社,1993,第138页。
④ 见郎瑛《七修类稿》卷二十四,第362页。
⑤ 见陈多、叶长海注释《王骥德曲律》,湖南人民出版社,1983,第206－207页。
⑥ 见虞集《道园学古录》卷三十二,万有文库本。
⑦ 吴讷:《文章辨体》。
⑧ 田汝成:《西湖游览志余》卷十二,第224页。

明代初期有依音谱填词和依文字谱填词两种，这表明明初词人既可看到填词所依之文字谱，也可看到音谱。但是明代词体创作在初期的短暂繁荣之后，接下来是近百年的萧条期，词体创作"门前冷落"，音谱与文字谱渐渐淡出众多词人的视野而不被关注。

明代中期，词学复苏，词人开始大量进行词体创作，但就在词人开始关注词体、创作词作时，由于词乐的失传，他们产生了很多困惑。刘凤（约1559年前后在世）指出："词今亦不能歌，惟曲用焉，则因所习以求声律不易耶。"① 李开先（1502－1568）亦有同感："唐、宋以词专门名家，言简意深者唐也，宋则语俊而意足，在当时皆可歌咏，传至今日，只知爱其语意。自《浪淘沙》、《风入松》二词外，无有能按其声词者……然《浣溪纱》、《浪淘沙》，名意亦相似，而字格绝不同。至于《卖花声》则句句不殊，无因扣作者名贤而问之，当细阅《词学筌蹄》及《南北词选》，冀或有得耳。"② 郎瑛（1487－1566）也提出了当时词人在失去词谱后填词时的诸多具体问题："予不知音律，故词亦不善。每见古人所作，有同名而异调者，有异名而同辞者，又有名同而句字可以增损者，莫知谓何也？"③ 他们皆认为词乐失传，"词今亦不能歌""求声律不易"，试图倚腔填词，但面对词体同名异调、异名同辞、名同而字句不同等情况，困惑不解，无据可依。但词乐已失，不可复制，正像王骥德所云："宋之诗余，亦自有宫调，姜尧章辈皆能自谱而自制之，其法相传，至元益密，其时作者踵起，家擅专门，今亡，不可考矣。"④又云："唐之绝句，唐之曲也，而其法宋人不传。宋之词，宋之曲也，而其法元人不传。以至金、元人之北词也，而其法今复不能悉传。是何以故哉？国家经一番变迁，则兵燹流离，性命之不保，遑习此太平娱乐事哉？今日之南曲，他日其法之传否，又不知作何底止也？为慨，且惧。"⑤ 在这种情况下，明人就在另一个方面作出努力，即在词乐失传的情况下，尽可能按照文字谱中的平仄格律进行词体创作。因此从明代中期始，词坛上就兴起了一股制定词谱的热潮。仅中期就先后出现了三大词谱，即周瑛的《词学筌蹄》、张綖的《诗余图谱》、徐师曾的《词体明

---

① 刘凤：《刘子威集》卷三十七。
② 李开先：《歇指调古今词·序》，《李开先集》，中华书局，1959，第299页。
③ 郎瑛：《七修类稿》卷三十四，第561页。
④ 见陈多、叶长海注释《王骥德曲律》，第74页。
⑤ 见陈多、叶长海注释《王骥德曲律》，第204页。

辨》，其中张綖的《诗余图谱》影响最大。除此之外，梁桥在其《冰川诗式》中还列有词法十二式。① 明代后期，随着词学的繁荣，出现了专门的词韵专书——胡文焕的《文会堂词韵》。词学家继承明代中期编纂词谱的热潮，又编定了三部词谱，即程明善的《啸余谱》、谢天瑞的《诗余图谱补遗》与万惟檀的《诗余图谱》。

二　《词学筌蹄》

词乐失传，词谱无踪，词人要创作合乎音律的词作，所以此时的词人首先想到了"便歌"协律的歌本《草堂诗余》。周瑛为了使后学能有据可依地填词，就径直把《草堂诗余》当作词谱，并据此编撰了明代第一部词谱《词学筌蹄》②。他在《词学筌蹄·序》中写道：

> 《草堂》旧所编，以事为主，诸调散入事下。此编以调为主，诸事并入调下，且逐调为之谱，圆者平声，方者侧声，使学者按谱填词，自道其意中事，则此其筌蹄也。凡为调一百七十七，为词三百五十三，厘为八卷。③

从周瑛《词学筌蹄·序》中我们可知，他编纂词谱的目的之一是为后学提供一个填词范式，从其用"筌蹄"一词命名词谱，就可见其用心。④ 可以说他这个目的达到了。明代中期的词学家郎瑛在其《七修类稿》中曾经两次提到《词学筌蹄》⑤，李开先在《歇指调古今词·序》中亦强调了《词学筌蹄》的作用⑥，嘉靖间晁瑮（？－1560）的《宝文堂书目》乐府类亦著录《词学筌蹄》一种⑦。就现存文献可知，《词学筌蹄》在当时不止一种版本⑧，可见《词学筌蹄》在当时的影响。

---

① 见吴文治《明诗话全编》，第 5242 页。
② 《词学筌蹄》编定于 1494 年，卷首有周瑛作于弘治甲寅（1494）的序文。
③ 周瑛：《词学筌蹄》卷首，明钞本。
④ "筌蹄"一词出《庄子》："筌者所以在鱼，得鱼而忘筌；蹄者所以在兔，得兔而忘蹄。""荃"，即"筌"，捕鱼的器具；"蹄"，捕兔的器具。后以"筌蹄"比喻达到目的的手段或工具。
⑤ 郎瑛：《七修类稿》卷三十二、卷三十五，第 495、531 页。
⑥ 李开先：《歇指调古今词·序》，《李开先集》，第 299 页。
⑦ 见《晁氏宝文堂书目　徐氏红雨楼书目》，上海古籍出版社，2005，第 146 页。
⑧ 见岳淑珍博士学位论文《明代词学研究》第三章第一节"郎瑛词话"，2008。

由现存《词学筌蹄》可知，周瑛在文中仅仅标注了平仄、句数，且多为一调一体，其编辑体例也与后来的词谱不相同。周瑛在编排词调时，是按照词调字面意思与字数多少进行排列，他往往把后一字一样的词调排列在一起，如把带有"吟"字、带有"春"字、带有"引"字、带有"慢"字、带有"子"字、带有"令"字、带有"花"字等字的排列在一起；前七卷词调多为三个字，第八卷多为四个字以上。这种排列方式的目的可能是考虑到在词乐失传的情况下，人们昧于词体与音乐的关系，初学者可以尽快地查找到所需要的词调。也许作为拓荒者，他自己也没有编纂词谱的更多知识，认为只要有利于词体创作的初学者就可以了，因此编纂的仓促与粗疏在词谱中随处可见，比如词牌、词人、词句等录错较多。因此从词学音律学角度来衡量，《词学筌蹄》不能算作严格意义上的词谱。

周瑛编纂《词学筌蹄》所依据的应当是洪武本《草堂诗余》。笔者比对二书发现，《词学筌蹄》所选词调为一百七十五调，所选词作为三百五十四首（卷五误把谢无逸《千秋岁·栋花飘砌》后半阕作一首词，不计）。其中词作与《草堂诗余》相同者三百五十二首，仅有两首出自《草堂诗余》之外，《草堂诗余》中有十七首没有选入《词学筌蹄》；词调一百七十五调全来自《草堂诗余》，而比《草堂诗余》少《暮山溪》《夏初临》《传言玉女》《六丑》《双双燕》五调。从《词学筌蹄》与《草堂诗余》的特殊关系可知，周瑛仅仅按照自己的编辑体例把《草堂诗余》中的词作注明平仄符号，急匆匆地推到了初学者面前。可以说《词学筌蹄》作为一部词谱存在很多缺陷，但它为明代词学的复苏作出了很大的贡献，更重要的是，它使人们发现了《草堂诗余》的价值，换句话说，明代词学刚刚复苏时，很多词人是依照《草堂诗余》进行词体创作的。

三　张綖《诗余图谱》

较周瑛的《词学筌蹄》而言，张綖的《诗余图谱》要合理得多，影响也大，对推动明代词体创作的中兴作出了很大的贡献。

《诗余图谱》每调先各标示平仄，后列出词作。平声用○，仄声用●，平而可仄者用◑，仄而可平者用◐，同时还标明韵数，首句需押韵者注明"平韵起"或"仄韵起"，词中需押韵者注明"平叶"或"仄叶"，《诗余图谱》亦标明了句数、字数。这样填词者便可按图谱规定的句、字、韵、字声平仄而作词了，在词体音谱失传之后，制定这样填词所依据的声韵格式，可使词的声律趋于规范化，对填词者来说，也是简便可行的方法。

张綖编纂《诗余图谱》的目的是"为词学指南"，其实这只是张綖编纂词谱的目的之一；他还有另外一个目的，即按其谱创作的词作可"合乐而歌"。他在《诗余图谱·凡例》中指出："词调各有定格，因其定格而填之以词，故谓之填词。今著其字数多少、平仄、韵脚，以俟作者填之，庶不至临时差误，可以协诸管弦矣。"其后双行小注云："按诸调字有定数，而句或无常，盖取其声之协调，不拘句之长短，此惟习熟纵横者能之。"又云："今所录为式者，必是婉约，庶得词体，又有惟取音节中调、不暇择其词之工者，览者详之。"① 作者重视的是"音节中调"，谐美婉转，是词体的音乐性，不在于词之文学性如何。他在点评《草堂诗余别录》时亦多次表明这一观点，如在评点周美成《解语花·风销烟腊》一词时指出："其人长于音律，所作皆声歌，叶管弦，无所粘滞，故为词家所宗。"评价张材甫《烛影摇红·双阙中天》时亦指出："此词之悲过于痛哭，而音调谐婉。"在评价鹿虔扆《临江仙·金锁重门荒苑静》时同样指出："此词写感慨之意于蕴藉之词，谓之古作，而音调谐和，谓之今词。而语意高古，愈味愈佳，允为词式。"② 可见张綖对词体音乐性的重视。

《诗余图谱》的编排体例是分调编排，依据词字数的多少，把词分为三类：小令、中调、长调，在词音谱失传的情况下，这一方法较为实用，所以明代后期谢天瑞的《诗余图谱补遗》、万惟檀的《诗余图谱》、清初赖以邠的《填词图谱》皆以小令、中调、长调分类。《诗余图谱》在分调编排的同时，兼顾到了调同名异以及一调数体的情况，标示平仄、句读、叶韵。张綖在《诗余图谱·凡例》中指出："词中字当平者用白圈，当仄者用黑圆。平而可仄者，白圈半黑其下；仄而可平者，黑圆半白其下。其仄声又有上、去、入三声，则在审音者裁之，今不尽著。"又指出："韵脚初入韵者谓之起（平韵起，仄韵起），承上韵者谓之叶（平叶，仄叶），有换韵者曰换（平韵换，仄韵换），有句中藏韵者初曰中韵起（中平韵起，中仄韵起），藏头承上者曰中叶（中平叶，中仄叶）。"③ 作为流传至今的第一部词谱的《词学筌蹄》仅仅标明了词作的平仄、句数，对叶韵没有标识，并且

---

① 张綖：《诗余图谱》卷首，明万历二十七年谢天瑞刻本。

② 张綖：《草堂诗余别录》，明黎仪抄本。

③ 张綖：《诗余图谱》卷首。

所标没有可平可仄变化的符号。而在《诗余图谱》中，张綖于每句皆于行列中标明平仄、句读、字数、叶韵，后附词作，简明扼要，初学者一目了然，易于把握，这种方式可谓首创。因此就词学声律学而言，《诗余图谱》可谓真正意义上的第一部词谱，其影响是划时代的。

《诗余图谱》与《词学筌蹄》的选词范围明显不同，《词学筌蹄》的选词范围仅限于《草堂诗余》，而《诗余图谱》则宽泛得多，除了《草堂诗余》外，作者还从《花间集》《尊前集》《乐府雅词》《唐宋诸贤绝妙词选》《中兴以来绝妙词选》等总集以及词人别集中选取合律的词作二百一十六首，各图其平仄，其中涉及五代至南宋作家六十余位，元代词人一位，即虞集。其中选词数量最多的是欧阳修、张先、秦观、柳永、苏轼、周邦彦、韦庄、毛文锡、李煜、辛弃疾十位词人，表明张綖在词体风格上偏好婉约，这与其词学观一致；又表明张綖重五代北宋词人词作，这也符合制作词谱的选调原则。赖以邠指出："填词，宋虽后于唐，而词以宋为盛，每调之词，宋不可得，方取唐；唐不可得，方及元明。"①《词律·自序》在选词上强调"其篇则取之唐宋，兼及金元，而不收明朝自度"②。《御定词谱·凡例》在这方面论述得更为系统："每调选用唐宋元词一首，必以创始之人所作本词为正体。""引用之词皆宋元选本及各人本集。""图谱专主备体，非选词也；然间有俚俗不成句法，并无别首可录者，虽系宋词仍不采入。"③《诗余图谱》虽然没有交待其所选词作的范围，但从其所选的词人词作可以看出其这方面的用心。

虽然《诗余图谱》在选调范围上比《词学筌蹄》宽泛，但其选取《草堂诗余》中的词作还是占绝对多数，有九十余首，几占其半，并且在词作格律多有参差不同时，以《草堂诗余》为正，《诗余图谱》在卷一《贺圣朝》一调后注云："此调多有参差不同，今惟取《诗余》（即《草堂诗余》）有载者为正。"从此可以看出《草堂诗余》对明代词学的影响。

张綖大量选取欧阳修、秦观、柳永、周邦彦等词人的词作，表现出其词学眼光。柳永、周邦彦既是词人，又是音乐家，在创新词调方面作出了很大的贡献，虽然时人及后人对二人词作中的艳冶之作多有指摘，但对其词

---

① 赖以邠：《填词图谱·凡例》，查继超辑、吴熊和点校《词学全书》，书目文献出版社，1986。
② 万树：《词律》卷一，第8页。
③ 《御定词谱》卷首。

作之协律可歌可谓众口一词。柳永的词作可以说非常适合明人的口味，但不知何因，明人词选却很少选取其词，并且在之前的词话中也很少提到他，张綖独具慧眼，在《诗余图谱》中选取柳词十三首作为词调之正体，发现了柳永词作在协律方面的价值。秦观被称为当时的"最佳词人"，其词"情韵兼胜"，被其师苏轼誉为"虽万人何赎"的难得词人；不仅如此，秦观还是张綖的同乡先贤。嘉靖己亥（1539），张綖重新编校刊刻了四十九卷本秦观《淮海集》，其中包括《淮海长短句》三卷，并为这个本子写了序言和多篇校记题跋。① 其词体创作以秦观词为范式，被称为"再来少游"，对秦词景仰心折，心慕手追，在《诗余图谱》中多选秦观词作为正体是再自然不过的事情。张先词在宋代就有按宫调编排的版本问世，欧阳修词常在歌舞筵席上演唱，元吴师道《吴礼部词话》载："近有《醉翁琴趣外编》……前题东坡居士序，近八九语，所云散落尊酒间，盛为人所爱。"② 可见，欧词在当时可以说是可歌可唱的典范之作；不仅如此，欧阳修之词作还符合张綖追求古雅的审美要求，宋代著名词选《乐府雅词》为张氏所见，其中所选欧词八十三首，为全书之最，曾慥把欧阳修之词作为雅词之矜式，张綖不能不受其影响。欧词的双重标准都符合张綖的要求，词谱中入选其词为第一也就不足为奇了。从而也可以看出词谱与明代中期词学观念的联系。

　　当然，《诗余图谱》存在着很多不尽如人意之处，如所选词调太少、校雠不精、混淆词作与作者、作者名和字运用不统一、叶韵上的疏误等，但作为体例上的开先河之作，错误在所难免，后人在此基础上能后出转精就是其价值所在。

　　四　《词体明辨》与其他词谱

　　徐师曾之《文体明辨》，凡八十四卷，取明代初期吴讷《文章辨体》删订增补而成，集中对古歌谣辞、四言古诗、楚辞、诗、诗余均有论列。其附录卷三至卷十一为"诗余"，作者在"诗余"类前有"诗余序说"，阐明自己的词学观点，而后采择常见词调，列出平仄格律及不同调式，附录词作于后，以示词作规范。徐师曾在《文体明辨·序》中云："撰述始嘉靖三十三年

----

① 见周义敢、程自信《秦观集编年校注》附录，人民文学出版社，2001。
② 吴师道：《吴礼部词话》，《词话丛编》，第292－293页。

（1554）甲寅春，讫隆庆四年（1570）庚午秋，凡十有七年而后成。"①此序作于"万历改元，岁在癸酉三月朔旦"，即万历元年（1573）。清沈雄指出："柳塘词话曰：徐师曾鲁庵著《词体明辨》一书，悉从程明善《啸余谱》，舛讹特甚。"②（实际上，已有研究者指出，《啸余谱》是对徐师曾《词体明辨》的重新编排，而非原创）可见《词体明辨》如其《诗体明辨》一样曾有单行本流行于世，因而我们把徐师曾所撰诗余谱称之为《词体明辨》。

徐师曾在《词体明辨》中所录词调三百三十一调，五百零九体，所录词作五百九十首，是其时选录词调、体式、词作最多的词谱。其选词的范围主要是晚唐、五代以及两宋词人的词作，选取了极少量的金元词人的词作，如金元好问词一首、邓光荐词一首、虞集词二首。

作者在"诗余序说"中表示了自己对词调词格的看法："诗余谓之填词，则调有定格，字有定数，韵有定声。至于句之长短，虽可损益，然亦不当率意而为之。譬诸医家加减古方，不过因其方而稍更之，一或太过，则本方之意失矣。此《太和正音》及今《图谱》之所为作也。"③这里他特意提到了张綖的《诗余图谱》，一表明《诗余图谱》流传广，影响大；二表明他有心关注，非常熟悉。因而他在评价中发表自己的看法："然《正音》定拟四声，失之拘泥；《图谱》圈别黑白，又易谬误。"④他仅仅不同意张綖用黑白圆圈的方法标示图谱，而对其他方面没有提出任何异议，说明他比较认可《诗余图谱》。徐师曾的《词体明辨》在张綖《诗余图谱》的基础上有某些方面的超越，某些方面也可谓倒退。

徐氏在词调编排体例上，一反张綖按小令、中调、长调编排词调的比较科学的方法，而是把词调分为二十五类，这二十五类不是统一在一个标准之下，大概看来有三个标准：其一，把词调中有一相同字的编辑在一起；其二，根据词调内容分类；其三，根据词调字数分类。徐师曾这种词调的编排体例貌似周瑛《词学筌蹄》的编排方法，但显然与周瑛的粗枝大叶不同，为精心推敲而成，次第井然。这种方法很特别，不知作者是出于何种考虑。就其所处的时代与所撰"诗余序说"而言，他不是周瑛所处的词学萧条时期，而是词学已经复苏时期；他不是不懂词学，他对词体的起源、

---

① 徐师曾：《文体明辨》卷首。
② 沈雄：《古今词话》下卷，《词话丛编》，第806页。
③ 徐师曾：《文体明辨》附录卷三。
④ 徐师曾：《文体明辨》附录卷三。

特性、风格以及诗词之别都有自己的见解，虽然这种见解是时人论述过的。推测来看，徐氏采用这种编排方法很可能是出于方便简洁，但就词学发展史来看，与张綖《诗余图谱》之分类方法相较，不能不说是一种倒退。

徐师曾《词体明辨》标注叶韵、句读、字数的方法与张綖之《诗余图谱》相同，所不同的是张綖之《诗余图谱》都是用图示的方式标示词调之平仄，而徐师曾有感于《诗余图谱》"圈别黑白，又易谬误"，于是其《词体明辨》直接以文字的形式给出词调的平仄，直接的文字标示，清晰明了，不致讹误，这种标注的方法对当今词谱的标注形式仍有影响。

《词体明辨》列出词调的不同体式，这是徐师曾对词学的最大贡献。张綖在《诗余图谱》中虽然意识到词调有不同的体式，但是他选调太少，只是在个别地方标出以示提醒，并没有清楚地标出一体、二体。而徐师曾在每一词调下标明有几体，是小令、中调还是长调，一目了然，清楚明白。

《词体明辨》所选词调、词作皆超越《诗余图谱》，使词人在创作词时有了更大的选择空间，为明代词学的中兴及繁荣作出了很大的贡献。

继张綖的《诗余图谱》、徐师曾的《词体明辨》后，明代后期的词学家又编纂了三部词谱，即程明善的《啸余谱》、谢天瑞的《诗余图谱补遗》和万惟檀的《诗余图谱》。

程明善的《啸余谱》是按照不同体例对徐师曾《词体明辨》的重新编排，而非原创，但是由于其传播面广，影响要比《词体明辨》大得多，因此客观上为明词的繁荣作出了很大的贡献。谢天瑞的《诗余图谱补遗》是在张綖《诗余图谱》的基础上增加调数，与张綖不同的是谢天瑞大大增加了慢词长调的入选比例，并且新加了明人诸如刘伯温、夏桂洲、杨孟载、瞿佑宗、高季迪等人的词作作为词谱；谢天瑞的《诗余图谱补遗》还明显地流露出明代后期崇尚婉约风气的痕迹。张綖《诗余图谱》选词最多的十位作家中，苏轼排在第五，辛弃疾排在第十，而谢氏词谱中仅选苏轼词作一首，辛弃疾二首。他大比例地选取了周、柳词作，显然是从词体合乐合律的角度考虑。万惟檀的《诗余图谱》是对自己词作进行谱调符号标注。

从明代不同时期的词谱编纂情况可以看出，明代词谱由以词谱形式重新编纂《草堂诗余》逐步发展到有自己特色的符合时代要求的词谱。明代大规模地编纂词谱显然与明人要求词体须谐律的词学观念相一致，亦有借词谱的编纂宣扬自己词学观念的考虑，可以说，明代的词谱学与明代词学批评息息相关。

　　明代的词学批评文献的主要形式大体如此，本课题将对这些词学文献进行认真梳理，分别置于明代词学发展的不同时期，归纳总结，演绎阐释，尽可能展现明代词学批评发展的客观规律与嬗变特点。

第二章

明代词学批评的理论基础

明代词学批评是在宋金元词学批评的基础上前行的。在宋金元词学批评中，词学家已经对诸多理论问题进行了较充分的探讨，诸如词体起源论、风格论、体性论、创作论等。只有把握明代之前词学理论的发展状况才能客观地评价明代词学批评的创新与贡献、不足与缺失，客观地确立明代词学批评在中国词学批评史上的地位。

第一节　宋元词论中的词体起源论

词体起源于民间，"词体从萌芽到成立，有一个从无到有、从小到大、从母体到自身、从诗曲词混沌不分到界限分明的复杂过程。由于某些特殊的原因，相对于其兄弟文体如近体诗来说，这一过程自六朝或隋唐开始，一直到晚唐才最后完成。在这极为漫长的岁月里，词作为诗的附庸或一种民间伎艺，只是一种次等的文学或者还算不上是文学，因此并不被人重视。"[①] 在词体形成的漫长过程中，其本身还不被人重视，它是怎样起始的，它在何时与诗歌相比发生了质的变化，它是怎样发生变化的，即词体的起源问题更是无人关注。当民间词过渡到文人手中，"诗客曲子词"出现以后，词体起源问题才开始被注意，词学史上第一篇词学专论欧阳炯的《花间集·叙》即涉及了这一问题。此后，宋金元词学家对此问题时有阐发，

---

① 朱崇才：《词话理论研究》，中华书局，2010，第 38 页。

试图理清词体起源的机制，但是由于年代久远，第一手文献资料匮乏，再加上随着词体在文坛上地位的变化，人们根据时代风气以及文学观念的需求，对词体起源的阐述也有诸多不同的观点，不同时期的词体起源论差别很大。

一　晚唐五代至北宋的词体起源论

晚唐五代至北宋是词体逐渐走向成熟乃至发展繁荣时期，一般而言，一种文体在发展繁荣时期，作家的注意力在于创作，而不大关注词学理论问题，因此，北宋之前词学家在词学批评中虽涉及了词体起源问题，但很少。此期对词体起源有两种看法。

（一）词体起源于乐府。词学史上第一篇论词专文欧阳炯的《花间集·叙》无意于研究词体起源，但从其中优美的描述性文字中，我们可以发现："镂玉雕琼，拟化工而迥巧；裁花剪叶，夺春艳以争鲜。是以唱云谣则金母词清，挹霞醴则穆王心醉。名高白雪，声声而自合鸾歌；响遏行云，字字而偏谐风律。杨柳大堤之句，乐府相传；芙蓉曲渚之篇，豪家自制。莫不争高门下，三千玳瑁之簪；竞富樽前，数十珊瑚之树。则有绮筵公子，绣幌佳人，递叶叶之花笺，文抽丽锦；举纤纤之玉指，拍按香檀。不无清绝之辞，用助娇娆之态。"① 在此，欧阳炯使用了与词体相一致的华美骈语，表达了自己对唐代新兴曲子词源流的看法：它远源于上古酒筵歌席即席演唱的歌谣，近来自和乐而歌的汉魏六朝乐府。从其文中的论述可知，欧阳炯主要是从词体的音乐属性出发来发表自己对词体起源的看法，认为词体与乐府皆可谐乐可歌。但由于文体所限，作者没有指出乐府与词所据音乐的不同，也没有论及乐府与词体是怎样与音乐结合的。

（二）词体起源于燕乐（宴乐）。北宋立国，政治上重文抑武，统治者提倡享乐，朝野上下享乐成风，使得产生于歌筵舞席的曲子词很快走向繁荣，不仅是文人，就连名勋重臣也加入到词体的创作队伍中来，人们虽徜徉在"词山曲海"中，但很少思考词体起源的问题。倒是以科学家闻名于世的沈括率先探究词体的起源。沈括（1031－1095）在《梦溪笔谈》卷五中指出：

> 外国之声，前世自别为四夷乐。自唐天宝十三载，始诏法曲与胡

---

① 见李冰若《花间集注》卷首，人民文学出版社，1993。

部合奏，自此乐奏全失古法。以先王之乐为雅乐，前世新声为清乐，合胡部者为宴乐。古诗皆咏之，然后以声依咏以成曲，谓之协律。其志安和，则以安和之声咏之；其志怨思，则以怨思之声咏之。故治世之音安以乐，则诗与志、声与曲，莫不安且乐；乱世之音怨以怒，则诗与志、声与曲，莫不怨且怒。此所以审音而知政也。诗之外又有和声，则所谓曲也。古乐府皆有声有词，连属书之。如曰贺贺贺、何何何之类，皆和声也。今管弦之中缠声，亦其遗法也。唐人乃以词填入曲中，不复用和声。此格虽云自王涯始，然贞元、元和之间，为之者已多，亦有在涯之前者。又小曲有"咸阳沽酒宝钗空"之句，云是李白所制，然李白集中有《清平乐》词四首，独欠是诗；而《花间集》所载"咸阳沽酒宝钗空"，乃云是张泌所为。莫知孰是也。今声词相从，唯里巷间歌谣，及《阳关》、《捣练》之类，稍类旧俗。然唐人填曲，多咏其曲名，所以哀乐与声尚相谐会。今人则不复知有声矣，哀声而歌乐词，乐声而歌怨词。故语虽切而不能感动人情，由声与意不相谐故也。①

沈括虽以科学家闻名于世，但他对文艺亦有相当的研究，在《梦溪笔谈》所分十七门类中，其中有乐律、艺文、书画三门是谈艺术的，他又能诗工词，为文学家。在《梦溪笔谈》中，他以科学的态度，阐述了词体的起源。他首先区分宴乐（燕乐）与古乐的不同，"先王之乐为雅乐，前世新声为清乐，合胡部者为宴乐"，天宝十三年（754），法曲与胡乐合奏②，为之宴乐，"古诗皆咏之，然后以声依咏以成曲，谓之协律"。认为宴乐当初用于为诗歌配乐，诗歌抒发什么样的情感，就配合什么样情感的乐曲，音乐的安和、怨思全由诗歌所抒发的情感决定。并且当时的合乐可歌之诗，还有和声，"如曰贺贺贺、何何何之类，皆和声也"，"而唐人乃以词填入曲中，不复用和声。此格虽云自王涯始，然贞元、元和（785－820）之间，为之者已多，亦有在涯之前者"。这里所谓的"此格"即依宴乐而填词。王

---

① 见沈括撰、侯真平校点《梦溪笔谈》卷五"乐律一"，岳麓书社，2002，第33－34页。
② 法曲是梨园法部教习的乐曲。开元初，玄宗在坐部伎中选拔优秀乐工，设法部于梨园，唐代法曲从此流行一时。法曲的音乐性质有二：①以流行歌曲为主，②属于华夏音乐系统。法部作为皇帝私有的艺术团体，集中并造就了许多优秀音乐人物，代表了教坊乐的精华。见王昆吾《隋唐五代燕乐杂言歌辞研究》，中华书局，1996，第19页。

涯（764？－835），据沈括记载可知，他能依声填词，《宋史》记载，其有《翰林歌词》一卷，今已散佚。沈括所记载词体起源时间，即倚声填词时间与刘禹锡（772－842）在其《忆江南》调下记其倚声填词之事的时间大体一致："和乐天春词，依忆江南曲拍为句。"① 沈括指出，当时合乐可歌之诗有和声，而到唐人按曲填词时，就不再用和声了，这就是人们所谓的"和声说"。沈括说词人在填词时不再用没有意义的"如曰贺贺贺、何何何之类"的和声，而是依燕乐曲拍为句，认为词是随着唐代经典法曲与胡乐融合而成宴乐的背景下产生的，并且指出当时唐人填词，多咏其曲名，因此乐曲与所填之词在哀乐感情上是一致的。沈括的词体起源说分析客观，不带有任何词学观念的左右，距离词体起源的时间也近，可信度较强。

与沈括同时的李之仪与沈括看法基本相同。李之仪（1038－1117）在《跋吴思道小词》中指出："唐人但以诗句而用和声抑扬以就之，若今之歌《阳关》词是也。至唐末，遂因其声之长短句，而以意填之，始一变以成音律。"② 李之仪亦认为词体源于燕乐，词人因声之长短，"以意填之"，即依曲拍为句，依谱填词，只是时间上与沈括有区别，沈括认为词起源于天宝、贞元间，而李之仪认为起源于唐末。

北宋时期的词体起源说认为，在唐时，词人依照燕乐音律的节拍依谱填词，最终形成了与诗律不同的词律，"始一变以成音律"，这个结论不仅符合词体起源的实际情况，而且把词与当时相配于燕乐的诗歌亦区分开来。

二 南宋时期的词体起源论

经过北宋词体创作的繁荣时期，人们对词体的认识不断加深，到了南宋，词学家对词体的很多方面诸如体性、风格、创作等发表自己的独到见解，词体起源亦受到广泛关注，关于词体起源的讨论不断深入，表现出词人对这一问题的极大兴趣。南宋时期的词体起源说有以下三种观点。

（一）词体源于古乐府。胡寅（1098－1156）在《酒边集·序》中明确指出："词曲者，古乐府之末造也。"③ 王炎（1138－1218）在《双溪诗余·自叙》中说："古诗自风雅以降，汉魏间乃有乐府，而曲居其一。今之

---

① 见刘禹锡著，陶敏、陶红雨校注《刘禹锡全集编年校注》，岳麓书社，2003，第694页。
② 李之仪：《跋吴思道小词》，《姑溪题跋》卷一，中华书局，1985，第49页。
③ 胡寅：《酒边集·序》，《百家词》本。

长短句，盖乐府曲之苗裔也。"① 胡寅的《酒边集·序》、王炎的《双溪诗余·自叙》皆不是专门探讨词体起源的文章，如果把他们的观点与整篇词序结合起来理解，我们就会发现，他们的词体起源说与其词学观相一致。胡寅为北南宋之际人，亲历靖康之难，面对一统词坛的"绮罗香泽"与"绸缪婉转"之作，呼唤词人以诗为词，反映当时的社会现实及士子的真性情；而王炎所持观点虽与胡寅同，但提出的原因截然不同，从《双溪诗余·自叙》中可知，王炎是出于词体的音乐属性，认为词体源于"乐府曲"，乐府诗是谐律的，因而词也应该注意其声律之和谐，不应该用"豪壮语"破坏词体的婉转妩媚之美。王炎所处时代与胡寅不同，此时以辛弃疾为代表的豪放词派已经形成，辛派一些词人"词多壮语"，流于粗率，破坏了词体的音乐美，因此王炎的词体起源说是有感而发。由此可知，词体起源说与词人所处时代及词学观密切相关，这也是这一问题不断复杂化、历代备受关注的一个重要原因。

同时期的胡泳则指出："古乐府只是诗，中间却添许多泛声。后来人怕失了那泛声，逐一声添个实字，遂成长短句，今曲子便是。"② 胡泳为朱熹（1130－1200）门人，"从朱子游，不乐仕进"③，胡泳认为词体是从古乐府中脱胎而出，古乐府在配乐演唱时添了许多泛声，后来人怕失去了没有实际意义的泛声，于是就"逐一声添个实字"，于是就变成了词，这就是词体起源说中影响深远的"泛声说"，诸多治词学者皆认为此说为朱熹所提，当非。"泛声说"显然受"和声说"的影响。《朱子语类》仅仅记载了胡泳这一段话语，胡氏没有交代古乐府与词所依之音乐，由其生活年代与当今所知文献，当为燕乐。

张侃《拙轩词话》（1194 年刊）开篇为"倚声起源"，专门论述词体起源：

> 乐府之坏，始于《玉台》杂体。而《后庭花》等曲流入淫侈，极
> 而变为倚声，则李太白、温飞卿、白乐天所作《清平调》、《菩萨蛮》、
> 《长相思》。我朝之士，晁补之取《渔家傲》、《御街行》、《豆叶黄》作

---

① 见王炎《双溪诗余》卷首，四印斋汇刻《宋元三十一家词》本。
② 见黎靖德编、王星贤点校《朱子语类》卷一百四十，中华书局，1986，第 3333 页。
③ 见谢旻等《江西通志》卷九十一，《四库全书》本。

五七字句，东莱吕伯恭编入《文鉴》，为后人矜式。①

张侃认为词体起源于"乐府之坏"，即乐府极度流于淫侈时，产生了词。他是从词体善于抒发艳情的体性出发探讨词体的起源，张侃论词讲究平仄韵律的运用，强调词体特有的婉丽摇曳之美，他评价韩偓诗云："偓之诗淫靡，类词家语。"② 因此张侃的词体起源说亦与其词学观密不可分。

（二）词体源于六朝。朱弁（1085－1144）《曲洧旧闻》云："唐词起于唐人，而六代已滥觞矣。梁武帝有《江南弄》，陈后主有《玉树后庭花》，隋炀帝有《夜饮朝眠曲》。"此段论词之语不见今本《曲洧旧闻》中，《古今词话·词话》卷上、《历代词话》卷一有引③，是否《古今词话》等误引，也未可知。是说仅仅提出观点，没有进一步论述。今观梁武帝的《江南弄》、陈后主的《玉树后庭花》以及隋炀帝的《夜饮朝眠曲》等作，其共同特点是题材香艳。

《江南弄》："众花杂色满上林，舒芳耀绿垂轻阴。连手躞蹀舞春心。舞春心，临岁腴，中人望，独踟蹰。"④（七首选一）

《玉树后庭花》："丽宇芳林对高阁，新妆艳质本倾城。映户凝娇乍不进，出帷含态笑相迎。妖姬脸似花含露，玉树流光照后庭。"（二首选一）⑤

《夜饮朝眠曲》："忆睡时，待来刚不来。卸妆仍索伴，解佩更相催。博山思结梦，沈水未成灰。"⑥

这些作品在内容风格上符合传统词学批评的审美特征，并且《江南弄》与《夜饮朝眠曲》之形式已经有了长短句的味道。由此两个原因致使作者认为词源于六朝。但《乐府诗集》卷五十引《古今乐录》云："梁天监十一年冬，武帝改西曲，制《江南上云乐》十四曲，《江南弄》七曲。"⑦ 这说

---

① 张侃：《拙轩词话》，《词话丛编》，第 189 页。
② 张侃：《拙轩词话》，《词话丛编》，第 194 页。
③ 见唐圭璋《词话丛编》，第 741、1082、1756 页。
④ 见徐陵编、吴兆宜注《玉台新咏笺注》，吉林人民出版社，1999，第 402 页。
⑤ 见《乐府诗集》卷四十七，人民文学出版社影印傅增湘藏宋本，第 997 页。
⑥ 见颜师古《大业拾遗记》，见《说郛》卷一百一十，《四库全书》本。
⑦ 见《乐府诗集》卷五十，第 1057 页。

明梁武帝改变民歌"西曲"的形式，创作出乐府新诗，虽为长短句而非词，由沈括《梦溪笔谈》所载，其所用音乐当属清乐范畴。至于《玉树后庭花》所配音乐，《隋书·乐志》云："（陈后主）于清乐中造《黄骊留》及《玉树后庭花》、《金钗两臂垂》等曲，与幸臣等制其歌词，绮艳相高，极于轻薄。男女唱和，其音甚哀。"① 属于清乐无疑。

（三）词体源于隋唐。词体起源于隋唐，尤其是词体起源于唐代，是南宋非常普遍的看法。王灼（1081－1162 后）《碧鸡漫志》（定稿于 1149 年）云："盖隋以来，今之所谓曲子者渐兴，至唐稍盛，今则繁声淫奏，殆不可数。"② 胡仔（1110－1170）云："唐初歌辞，多是五言诗，或七言诗，初无长短句。自中叶以后，至五代，渐变成长短句。及本朝则尽为此体。今所存，止《瑞鹧鸪》、《小秦王》二阕是七言八句诗并七言绝句诗而已。《瑞鹧鸪》犹依字易歌，若《小秦王》必须杂以虚声，乃可歌耳。"③ 胡仔认为词体源于中唐，从叙述中可知，他亲耳听到过"杂以虚声"唱《小秦王》歌词，但他没有具体论述如何杂以虚声。陆游《长短句·序》云："倚声制辞起于唐之季世。"④ 鲖阳居士（南宋初人）《复雅歌词·序略》云：

> 五胡之乱，北方分裂，元魏、高齐、宇文氏之周，咸以戎狄强种，雄据中夏，故其讴谣，淆糅华夷，焦杀急促，鄙俚俗下，无复节奏，而古乐府之声律不传。周武帝时，龟兹琵琶工苏祗婆者，始言七均；牛弘、郑译因而演之，八十四调，始见萌芽。唐张文收、祖孝孙讨论郊庙之歌，其数于是乎大备。迨于开元、天宝间，君臣相与为淫乐，而明宗尤溺于夷音，天下薰然成俗。于时才士，始依乐工拍弹之声，被之以辞，句之长短，各随曲度，而愈失古之声依永之理也。⑤

鲖阳居士认为"古乐"始于商、周，而亡于北朝，并且考察了"今乐"（燕乐）的形成及其同词体的关系，认为"五胡乱华"致使外来音乐与中原音乐相杂糅，在周武帝至隋朝间萌芽，唐初体制完备，到开元、天宝间，

---

① 见魏征等《隋书》卷十三，《四库全书》本。
② 见唐圭璋《词话丛编》，第 74 页。
③ 胡仔：《苕溪渔隐词话》卷二，《词话丛编》，第 177 页。
④ 见陆游《渭南文集》卷四十，《四部丛刊》本。
⑤ 见谢维新辑《古今合璧事类备要》外集卷十一《音乐门》，《四库全书》本。

天下才士"始依乐工拍弹之声，被之以辞，句之长短，各随曲度"，即依谱填词，认为词体形成于盛唐燕乐，与沈括观点一致。

刘克庄（1187－1269）《跋刘叔安感秋八词》云："长短句昉于唐，盛于本朝。"① 宋末柴望（1212－1280）亦云："词起于唐而盛于宋，宋作尤莫盛于宣、靖间。"② 黄昇（理宗淳祐年间1241－1264尚在世）《中兴以来绝妙词选·序》云："长短句始于唐，盛于宋。"③ 刘克庄、黄昇与柴望皆泛泛而谈，没作任何论述，三人同为南宋末人，说明词体起源于唐在此时已被多数词学家所认同。

三 金元时期的词体起源论

金元词体起源论以元代为主，就目前文献资料来看，金代几乎没有词学家关注词体的起源。元代国运虽短，但关于词体起源的观点比宋代还要多。

（一）词体起源于《诗经》。词体起源于《诗经》一说在元代非常流行。戴表元（1244－1310）《余景游乐府编序》："《国风》、《雅》、《颂》，古人所以被弦歌而荐郊庙，其流而不失正，犹用之房中焉，此乐府之所由滥觞也。"④ 戴表元明确提出词体源于《诗经》，是继《诗经》中"房中"一脉而来，即使"留连荒荡，杯酒狎邪之辞"，亦渊源有自，从而强调词与诗歌的渊源关系。刘敏中（1243－1318）《江湖长短句·引》云："声本于言，言本于性情，吟咏性情莫若诗，是以《诗》三百，皆被之弦歌。沿袭历久，而乐府之制出焉，则又诗之遗音余韵也。"⑤ 刘敏中则是从词体体性出发，认为诗词皆吟咏人之性情，并认为《诗》三百与词皆"被之弦歌"，因此词是"诗之遗音余韵"。吴澄（1249－1333）在《新编乐府·序》中指出："诗骚之变至乐府长短句，极矣。"⑥ 杨维桢《渔樵谱·序》亦与此观点同："《诗》三百后一变为骚赋，再变为曲引，为歌谣，极变为倚声制辞，而长短句平仄调出焉。至于今乐府之靡杂，以街巷齿舌之狡，诗之变，盖

---

① 见刘克庄《后村题跋》卷二，《丛书集成初编》本。
② 见《彊村丛书》本《秋堂诗余》卷首。
③ 黄昇：《中兴以来绝妙词选》卷首，陶氏涉园影印宋刻本。
④ 见戴表元《剡源戴先生文集》卷九，《四部丛刊》本。
⑤ 见刘敏中《中庵集》卷九，《四库全书》本。
⑥ 见吴澄《吴文正集》卷十七，《四库全书》本。

于是乎极矣。"① 林景熙与刘将孙的观点更简洁，林景熙（1242－1310）在
《胡汲古乐府·序》中云："乐府，诗之变也。"② 刘将孙在《胡以实诗词·
序》中云："文章之初惟诗耳，诗之变为乐府。"③ 从上下文来看，显然亦认
为词体源于《诗经》。邓牧（1247－1306）《山中白云词·序》："古所谓歌
者，《诗》三百止尔，唐宋间始为长短句。"④ 纵观元人论述词体起源，多追
溯到《诗》三百，且多从词体体性出发，认为诗词一理，与元代词学观相
一致。

（二）词体起源于汉代。王博文《天籁集·序》云："乐府始于汉，著
于唐，盛于宋，大概以情致为主。"⑤ 王氏显然把词与汉乐府混为一谈。

（三）词体起源于唐代。朱晞颜《跋周氏埙篪乐府引》："旧传唐人
《麟角》《兰畹》《尊前》《花间》等集，富艳流丽，动荡心目，其源盖出于
王建宫词，而其流则韩偓《香奁》、李义山《西昆》之余波也。"⑥ 朱晞颜
是从词体的言情体性及婉约风格着眼分析词体起源的，认为词体起源于王
建香艳的宫体诗以及李商隐缠绵悱恻的爱情诗。张炎（1248－1320）在
《词源》中云："粤自隋、唐以来，声诗间为长短句。"⑦ 张氏与南宋刘克
庄、黄昇、柴望一样，泛泛而谈。

纵观唐宋金元之词体起源说，时间上从《诗经》一直到唐末皆有其说，
具体到每一观点，又与词人所处时代及词学观密不可分，充分体现了此期
词人对这一问题的关注与极大兴趣。但就多数词学家而言，并不是专门作
文探讨词体起源问题，而是在发表自己词学见解时涉及这个问题，因而也
没有进一步展开论述。相较而言，北宋沈括的"和声说"从音乐与文词两
方面论述，分析理性，符合词体起源的实际情况；南宋胡泳的"泛声说"
与沈括观点一致，只是没有详细地论述；而鲖阳居士所论与沈括同调。实际
上，就现在有关词体起源的研究成果来看，宋人已经基本上解决了词体起
源问题，即词体是随着燕乐兴盛而产生的一种音乐文艺，其体制随乐曲而
定，即依谱填词。

---

① 见杨维桢《东维子集》卷一，《四库全书》本。
② 林景熙：《胡汲古乐府·序》，《霁山文集》卷四，《四库全书》本。
③ 见刘将孙《养吾斋集》卷十一，《四库全书》本。
④ 见《彊村丛书》本《山中白云词》卷首。
⑤ 见徐凌云《天籁集编年校注》，第 205 页。
⑥ 见朱晞颜《瓢泉吟稿》卷五，《四库全书》本。
⑦ 张炎《词源》卷下，《词诗丛编》，第 255 页。

第二节　宋元词论中的词体风格论

　　风格是作家创作方法、创作倾向或作品在内容及形式诸多方面所表现出来的综合特征，是识别和把握不同作家作品、不同流派之间区别的重要标志，也是我们鉴赏和批评作家作品的有效途径。在我国文学批评史上，南北朝时期的刘勰在其《文心雕论》中建立了比较完整的风格理论体系，而他所谈论的风格是指各体文章的风格。稍其后的钟嵘在《诗品》中便专门以诗歌作为研究对象，品评不同诗人诗作的风格特点。唐代诗歌高度繁荣，诗论家对诗歌风格的研究更加精细，司空图的《二十四诗品》把诗歌的风格细分为二十四种。宋代词的创作成为一代之盛，词体风格也逐渐由"花间"风格向多元化发展，词体风格论也就成为宋元时期词学批评的主要理论问题之一。

一　北宋时期的词体风格论

　　欧阳炯《花间集·叙》是"花间时代"词坛创作情况的形象反映，序文用优美的骈文描述了当时词体的体制规范。

　　　　镂玉雕琼，拟化工而迥巧；裁花剪叶，夺春艳以争鲜。是以唱云谣则金母词清，挹霞醴则穆王心醉。名高白雪，声声而自合鸾歌；响遏行云，字字而偏谐凤律。杨柳大堤之句，乐府相传；芙蓉曲渚之篇，豪家自制。莫不争高门下，三千玳瑁之簪；竞富樽前，数十珊瑚之树。则有绮筵公子，绣幌佳人，递叶叶之花笺，文抽丽锦；举纤纤之玉指，拍按香檀。不无清绝之辞，用助娇娆之态。①

　　由序文可知，这种规范即为：其一，词应该合乐而唱，合乎音律，"声声而自合鸾歌""字字而偏谐凤律"。其二，词作取材于当前的绮筵情事，或写歌女的娇娆容貌、才艺绝妙，或写公子与佳人的风花雪月、欢爱离情，"有绮筵公子，绣幌佳人，递叶叶之花笺，文抽丽锦；举纤纤之玉指，拍按

---

　　① 欧阳炯：《花间集·叙》，李冰若《花间集注》卷首。

香檀"。其三，词体体性为抒发艳情。其四，词体功能为娱宾遣兴，"用助娇娆之态""资羽盖之欢"。其五，词体语言靓丽鲜活，巧夺天工，丽而不俗。"镂玉雕琼，拟化工而迥巧；裁花剪叶，夺春艳以争鲜"，有别于俚俗的"莲舟之引"之民歌。其六，词体风格为绮丽香艳。宋兴以后，词人继续沿着"花间"绮丽香艳的词风进行创作，这种词风被时人及后人认为"本色"词风。陈师道（1053－1102）指出：

> 退之以文为诗，子瞻以诗为词，如教坊雷大使之舞，虽极天下之工，要非本色。今代词手，惟秦七、黄九尔，唐诸人不逮也。①

这里所谓的"非本色"即指苏轼以诗为词而创作的豪放词，而"本色"即指以传统"花间"词风为宗创作的婉约词。明代杨慎认为苏轼之词"终非词之本色"②，徐师曾亦认为"词贵感人，要当以婉约为正。否则虽极精工，终乖本色"③。清人彭孙遹从词体体制上作出理性评价：

> 词以艳丽为本色，要是体制使然。如韩魏公、寇莱公、赵忠简，非不冰心铁骨，勋德才望，照映千古，而所作小词，有"人远波空翠"，"柔情不断如春水"，"梦回鸳帐余香嫩"等语，皆极有情致，尽态穷妍。乃知广平梅花，政自无碍。竖儒辄以为怪事耳。④

在苏轼"指向上一路"之词出现之前，虽然一些词人词作中出现了些许新气象，如晏殊、欧阳修、王安石等，但词坛主流风气基本如此。随着苏轼"新天下耳目"词作的产生，宋人开始了关于词学风格取向上的讨论，人们在词论中寻找合适恰当的词语辨析苏词与传统词风的不同，并发表自己对不同词风的看法，"婉约"与"豪放"二词开始用于词学批评。但纵观宋元词论，人们虽然清楚豪放词风与传统婉约词风的不同，但还不能从理论上把"婉约"与"豪放"抽象为表示词学风格的概念用语，因而也没有自觉地用"婉约"与"豪放"二词去形容词坛上出现的两大词学风格，而

---

① 陈师道：《后山诗话》，《历代诗话》本，第 309 页。
② 杨慎：《词品》卷一，《词话丛编》，第 425 页。
③ 徐师曾：《文体明辨·诗余·序说》。
④ 彭孙遹：《金粟词话》，《词话丛编》，第 723 页。

更多的是运用这两个概念所涵盖的词语去评价词体的不同风格，如评价婉约词多用含思宛转、婉转妩媚、委曲、婉娈、隽永委婉、婉美、婉丽、圆美流转等词，评价豪放词多用粗豪、豪逸、豪壮、横放杰出等词。"大体上，宋金元词话之风格论以婉约为宗为正，为本色当行；以豪放为变为分支，为个别特例。婉约故为词之本色，但若写得好，则豪放也未尝不可。期间由于背景环境之变化，这一主导倾向在特定时期也有相应的变化。如南渡后一段时期，士气激昂，则豪壮词风颇受好评；而南宋灭亡前后一段时期，因不满于正统文化的衰落和异族文化之粗野，张炎等人欲以雅正文化为号召，豪放词风自然特别不受重视。"① 在宋金元词话中，婉约一词含义丰富，就"婉"而言有以下几种内涵：①婉约具有女性美，故与媚、丽、娴、娈等词连用，因此，人们在评价词体风格时往往用"婉媚""婉媚风流""婉丽""娴婉"等词；②婉具有曲、顺之美，故可与曲、转、委、谐等词连用，因此人们在评价词体风格时也用"婉曲""宛转""谐婉"等词；③婉有凄清幽深之致，故有深婉、清婉、凄婉、幽婉的说法，因此人们在评价词体风格时也用这些词语。就"约"而言，其含义也有三方面的内容：①其描写对象或为缥缈之情思，或为绰约之美人，或为隐约之事物；②其表现方法多为比兴，曲折为之，幽深隐微，不直不露，首尾回互约束，圆美流转，欲行又止，欲出还入，曲尽其情；③其效果则一唱三叹、余音绕梁，言外有意，境外有象，使人有无穷想象，有无穷回味。因此，宋金元词话中，凡是用以上词语评价词体风格的，或者运用比兴寄托手法造成曲折婉转、言外有意艺术效果的，我们皆可看作对婉约词的评价。豪放一词的含义在宋金元词话中亦相当丰富。豪放亦可以理解为豪与放的统一。豪，是就意气而言，就气概而言，偏重于内容方面；放，是就体制而言，就创作手法而言，偏重于形式方面。豪是相对于婉而言，具有阳刚之美，即所谓"一洗绮罗香泽之态，摆脱绸缪宛转之度，使人登高望远，举首高歌"；放是相对于约而言，是在体制上、形式上、音律上、题材上有所突破、有所解放，以诗为词，以文为词，即所谓"如张乐洞庭之野，无首无尾，不主故常；又如春云浮空，卷舒起灭，随所变态"。豪放不限于东坡一路。思想、体制与所谓本色、当行有异，如放浪山水，高蹈丘园，不拘一格者，亦可称豪放。宋金元词话中又多以"豪"与其他词语连用，但主要

① 朱崇才：《词话理论研究》，第180－181页。

意思，仍然偏重于"豪"，与"豪放"基本上没什么区别。"放"作为一种创作方式，有体制上放开而不为流俗所拘的意思。苏辛以诗为词、以文为词即是一种"放"。① 在词学史上，词学理论家没有对婉约与豪放二词的含义进行具体的探讨。就婉约与豪放所蕴涵的意义以及在宋金元词论中对"婉""约""豪""放"词语的运用，明人张綖用"婉约""豪放"二词概括之前词坛上的两大风格②，是符合词体创作实际情况的，并且对人们认知宋词具有理论指导意义。"综观中国的各种韵文体式，唯有以豪放与婉约来区分词体文学的风格是最恰当的；所以自张綖以后，词学界认同并接受了这两个概念"③，正因为其区分恰当，因此无论清代以及民国时期一些词学家怎样划分唐宋词风格④，还有当今学者怎样展开关于婉约与豪放风格的讨论，都没有动摇此二分法。从词学批评发展史来看，豪放风格的内涵基本没有什么变化，而婉约风格的内涵则随着词体创作的不同阶段有所变化。

从《花间集》奠定了本色的婉约词风以后，词坛即沿着这种本色词风进行创作，词人们认为词就应该是这样创作的，还由于词体正处于创作繁荣时期，因此，词坛上几乎没有对词体风格的讨论。但北宋中期苏轼豪放词的出现，打破了这一平静，词风之争就此拉开序幕。苏轼（1037－1101）为自己创作出"自是一家"词风而颇为得意："近却颇作小词，虽无柳七郎风味，亦自是一家。呵呵。数日前，猎于郊外，所获颇多。作得一阕，令东州壮士抵掌顿足而歌之，吹笛击鼓以为节，颇壮观也。"⑤ 并且他在词论中第一次运用"豪放"一词："又惠新词，句句警拔，诗人之雄，非小词也。但豪放太过，恐造物者不容人如此快活。"⑥ 但为自己的创新而得意的苏轼迎来的却是词坛上对其创新词风的狂轰滥炸，其门生晁补之认为其词"不谐音律"；陈师道批评其词"要非本色"；幕僚李之仪则婉转告知词"自有一种风格"，而这种风格不是"大江东去"的豪放，而是"以《花间集》中所载为宗"的韵胜之作、"语尽而意不尽，意尽而情不尽"的婉转辞章。

---

① 参见朱崇才《词话理论研究》，第 174－180 页。

② 张綖：《诗余图谱·凡例》，《诗余图谱》卷首。

③ 谢桃坊：《词学辨》之《宋词的流派问题》，上海古籍出版社，2007，第 200 页。

④ 参见孙克强《清人对唐宋词风格流派的划分及其意义》，《文艺理论研究》2009 年第 1 期。

⑤ 苏轼：《与鲜于子骏三首》（其二），《苏轼文集》卷五十三，中华书局，1986，第 1560 页。

⑥ 苏轼：《与陈季常十六首》（其十三），《苏轼文集》卷五十三，第 1569 页。

　　长短句于遣词中最为难工，自有一种风格，稍不如格，便觉龃龉。唐人但以诗句而用和声抑扬以就之，若今之歌《阳关》词是也。至唐末，遂因其声之长短句，而以意填之，始一变以成音律。大抵以《花间集》中所载为宗，然多小阕。至柳耆卿，始铺叙展衍，备足无余，形容盛明，千载如逢当日，较之《花间》所集，韵终不胜，由是知其为难能也。张子野独矫拂而振起之，虽刻意追逐，要是才不足而情有余。良可佳者，晏元献、欧阳文忠、宋景文，则以其余力游戏，而风流闲雅，超出意表，又非其类也。谛味研究，字字皆有据，而其妙见于卒章，语尽而意不尽，意尽而情不尽，岂平平可得仿佛哉！思道覃思精诣，专以《花间》所集为准，其自得处，未易咫尺可论。苟辅之以晏、欧阳、宋，而取舍于张、柳，其进也，将不可得而御矣。①

　　后起之秀李清照（1084－1155？）更是不客气："苏子瞻，学际天人，作为小歌词，直如酌蠡水于大海，然皆句读不葺之诗尔。"② 从北宋词人对苏轼豪放词的反应可知，固守花间词所开创的婉约词风是北宋词人比较一致的看法。

二　南宋时期的词体风格论

　　南宋前期，随着时代风气的变化，词体创作出现了新气象，爱国豪放词大放异彩，因此词学批评中对词体风格的评价也出现了逆转，苏轼所开创的豪放词风备受推崇。处于北南宋之交的胡寅极力称赞苏轼的豪放词风："眉山苏氏一洗绮罗香泽之态，摆脱绸缪宛转之度，使人登高望远，举首高歌，而逸怀浩气超然乎尘垢之外，于是《花间》为皂隶，而柳氏为舆台矣。"③ 把苏轼豪放词风与"花间"词风并提，且直接把"花间"词风踩在脚下。关注称赏"东坡之妙"④，曾慥（南宋前期人）欣赏东坡之"豪放风流"⑤，王灼更是对苏轼豪放词大加赞赏：

　① 李之仪：《跋吴思道小词》，《姑溪题跋》卷一，第49－51页。
　② 李清照：《词论》，《李清照集》，中华书局，1962，第79页。
　③ 胡寅：《酒边集·序》，《百家词》本。
　④ 关注：《题石林词》，汲古阁《宋六十名家词》本。
　⑤ 曾慥：《东坡词拾遗·跋语》，《百家词》本。

东坡先生以文章余事作诗，溢而作词曲，高处出神入天，平处尚临镜笑春，不顾侪辈。或曰，长短句中诗也。为此论者，乃是遭柳永野狐涎之毒。

东坡先生非心醉于音律者，偶尔作歌，指出向上一路，新天下耳目，弄笔者始知自振。今少年妄谓东坡移诗律作长短句，十有八九，不学柳耆卿，则学曹元宠，虽可笑，亦毋用笑也。①

胡仔感慨苏轼词之"语意高妙，似非吃烟火食人语，非胸中有数万卷书，笔下无一点尘俗气，孰能至此？"陆游认为东坡词"歌之曲终，觉天风海雨逼人"②。"公非不能歌，但豪放不喜裁剪以就声律耳"③。就连苏轼的不守音律也成为其优点。汤衡亦评论东坡词风与"花间"词风道：

夫镂玉雕琼，裁花翦叶，唐末词人非不美也，然粉泽之工，反累正气。东坡虑其不幸而溺乎彼，故援而止之，惟恐不及。其后元祐诸公嬉弄乐府，寓以诗人句法，无一毫浮靡之气，实自东坡发之也。④

认为苏轼是改变"花间"词风的第一人。陈应行（1175 年进士）高度评价继承东坡词风的张孝祥之词作："得公《于湖集》，所作长短句凡数百篇，读之泠然洒然，真非烟火食人辞语。予虽不及识荆，然其潇散出尘之姿，自在如神之笔，迈往凌云之气，犹可以想见也。"⑤ 汪莘（1155 – ?）亦把苏轼看作改变词风之第一人："余于词所爱喜者三人焉，盖至东坡而一变，其豪妙之气隐隐然流出言外，天然绝世，不假振作；二变而为朱希真，多尘外之想，虽杂以微尘，而其清气自不可没；三变而为辛稼轩，乃写其胸中事，尤好称渊明。此词之三变也。"⑥ 至此，词坛上辛弃疾把苏轼开创的豪放词风发挥到了极致，词论中对苏辛词风的推崇达到了前所未有的高潮。范开对辛弃疾的豪放词风推崇备至："器大者声必宏，志高者意必远。

---

① 王灼：《碧鸡漫志》卷二，《词话丛编》，第 83、85 页。
② 陆游：《跋东坡七夕词后》，《渭南文集》卷二十八。
③ 见陆游撰，刘剑雄、刘德权点校《老学庵笔记》卷五，中华书局，1979，第 66 页。
④ 汤衡：《于湖词·序》，汲古阁《宋六十名家词》本。
⑤ 陈应行：《于湖先生雅词·序》，汲古阁《宋六十名家词》本。
⑥ 汪莘：《方壶诗余·自序》，《彊村丛书》本《方壶诗余》。

知夫声与意之本原，则知歌词之所自出。"① 他用"声宏"来比喻辛弃疾雄奇豪放的词风，并认为辛词"如张乐洞庭之野，无首无尾，不主故常；又如春云浮空，卷舒起灭，随所变态，无非可观。无他，意不在于作词，而其气之所充，蓄之所发，词自不能不尔也"，称赞辛弃疾豪放词达到了舒卷自如，随意变态，意气随之的境界。

但是，随着众多词人加入到豪放词的创作中来，一些作者没有辛弃疾的才气与学养、经历与胸怀，在创作上出现的粗豪、叫嚣毛病很快在词坛上反映出来，再加上南宋后期社会形势发生了变化，宋金对峙相对平稳，词体创作中的豪放爱国呼声日渐微弱，人们对词体风格的评价出现了回归，当然这种回归不是简单的重复。

王炎首先敏锐地感觉到了豪放词人在创作中出现的弊端，他在《双溪诗余·自序》中强调词体的音乐特性，并指出："今之为长短句者，字字言闺阃事，故语懦而意卑；或者欲为豪壮语以矫之。夫古律诗且不以豪壮语为贵，长短句命名曰曲，取其曲尽人情，惟婉转妩媚为善，豪壮语何贵焉？"② 认为词体风格应以婉约为善。稍后的刘克庄面对辛弃疾及辛派词人的"酒酣耳热，忧时愤世之作"，认为"如阮籍康衢之哭"，"近世唯辛、陆二公有此气魄"③，称赏辛弃疾词"大声鞺鞳，小声铿鍧，横绝六合，扫空万古，自有苍生以来所无"④。但又对辛弃疾、陆游之词"时时掉书袋"表示不满，同时又认为："长短句当使雪儿啭春，莺辈可歌，方是本色。"⑤ 看似刘克庄左右于婉约与豪放词风之间，很是矛盾，最后他提出了解决矛盾的方法，即作词要做到"丽不至亵，新不犯陈，借花卉以发骚人墨客之豪，托闺怨以寓放臣逐子之感，周柳、辛陆之能事，庶乎其兼之矣"⑥。糅婉约、豪放于一体，意在使词人用外在的本色的婉约之体，内抒骚人之豪气、寓放臣之感慨，把"秾纤绵密"与"鞺鞳""铿鍧"完美结合。

作为辛派后劲的刘辰翁（1233－1297）在《辛稼轩词·序》中极赞继承东坡词风的辛弃疾词："词至东坡，倾荡磊落，如诗如文，如天地奇观，

---

① 范开：《稼轩词·序》，邓广铭《稼轩词编年笺注》，上海古籍出版社，1978，第561页。

② 见王炎《双溪诗余》卷首，四印斋汇刻《宋元三十一家词》本。

③ 刘克庄：《翁应星乐府·序》，《后村先生大全集》卷九十七。

④ 刘克庄：《辛稼轩词·序》，《后村先生大全集》卷九十八。

⑤ 刘克庄：《翁应星乐府·序》，《后村先生大全集》卷九十七。

⑥ 刘克庄：《跋刘叔安感秋八词》，《后村先生大全集》卷九十九。

岂与群儿雌声学语较工拙，然犹未至用经用史，牵雅颂入郑卫也。自辛稼轩前，用一语如此者必且掩口。及稼轩横竖烂漫，乃如禅宗棒喝，头头皆是；又如悲笳万鼓，平生不平事并尽危酒，但觉宾主酣畅，谈不暇顾，词至此亦足矣。然陈同父效之，则与左太冲入群媪相似，亦无面而返。嗟乎！以稼轩为坡公少子，岂不痛快灵杰可爱哉！而愁髻龋齿作折腰步者，阉然笑之。"① 认为辛弃疾虽"以文为词"，但仍不失词体的体性美，"头头皆是""词至此亦足矣"。他同时也看到了辛派词人陈亮等人在效法辛弃疾创作时所出现的弊端。由此可知，豪放词粗豪叫嚣的现象确实很普遍，普遍到连辛派词人都毫不客气予以批评的程度。

柴望面对当时豪放词派创作上出现的情况，提出了新的风格标准："大抵词以隽永委婉为尚，组织涂泽次之，呼噪叫啸抑末也。唯白石词登高眺远，慨然感今悼往之趣，悠然托物寄兴之思，殆与古《西河》、《桂枝香》同风致，视青楼歌红窗曲万万矣。"② 柴望"将词分为三个品级层次：'大抵词以隽永委婉为尚，组织涂泽次之，呼噪叫啸抑末也。''隽永委婉'，当指晏、欧以来遵从本色的婉约之作；'组织涂泽'，殆指周、康等人的结构绵密、用字秾艳之作；'呼噪叫啸'，则无疑指辛派词人的径情直遂之作。"③其实这里作者虽然把词分为三个品级，但提到了两种词风，因为周邦彦、康与之词是沿欧、晏婉约一派而来。柴望此序的关键是在婉约与豪放两种词风之外，把姜夔之作"别为家数"，认为姜夔之词"登高眺远，慨然感今悼往之趣，悠然托物寄兴之思"。由柴望的论述以及所举姜夔《暗香》《疏影》词可知，他所谓"别家数"的姜夔之词风，是指白石词感今悼往、托物寄兴，从"正雅之道"，荡涤了"靖康家数"带来的涂泽秾艳之风。我们可以认为柴望对白石词的认识是在词体的发展过程中，词学家对婉约词风内涵的进一步深化，即在婉约词风原有的内涵中加进了新的内容：讲究寄托，重视词体思想内容的雅正。显然，柴望所欣赏的词风是以姜夔为代表的融进新内容的婉约词，他的风格论与时代环境及词坛风气密不可分。

南宋后期随着词学家对词体风格探讨的不断深入，沈义父（约1208 –

---

① 刘辰翁：《辛稼轩词·序》，《须溪集》卷六，《四库全书》本。
② 柴望：《秋堂诗余》卷首，《彊村丛书》本。
③ 陈良运：《中国历代词学论著选》，百花洲文艺出版社，1998，第181页。

约 1280）在其《乐府指迷》中作了理论上的总结。《乐府指迷》是沈氏"晚年闲居乡里为后辈讲学时，据讲稿整理而成的"①，文中保存了著名词人吴文英为其讲授作词之法的"论词四标准"，并对其进行了具体论述，认为作词"音律欲其协，不协则成长短之诗。下字欲其雅，不雅则近乎缠令之体。用字不可太露，露则直突而无深长之味。发意不可太高，高则狂怪而失柔婉之意。"② 这四个标准概括起来则为协律、典雅、含蓄、柔婉。四个标准的对立面则是当时词学家普遍认识到的豪放词创作中所出现的问题，即以诗为词甚至以文为词、粗率、"径情直遂""狂怪"等，《乐府指迷》中提出的四个词学标准的内涵与北宋婉约词风所规定的内涵基本一致，稍有不同的是沈氏对"雅"的强调以及对"柔"的追求。求雅是宋代词坛的主流追求之一，早在晏殊与柳永含蓄的对话中就已开始③，尤其是到了南宋，词坛上掀起了一股复雅潮流，沈义父把"雅"作为词体创作四原则之一明确提出来，正是顺应了词坛的要求。传统的婉约词风提倡婉转、婉娈、委婉、婉美、婉丽，而沈义父拈出"柔婉"，这一点应是针对南宋后期词坛追捧姜夔词而言④，他认为词体应避俗求雅，但不可过度追求古雅，使词体走向生硬、晦涩的地步："姜白石清劲知音，亦未免有生硬处。""梦窗深得清真之妙。其失在用事下语太晦处，人不可晓。"⑤ 随着词体的不断发展，婉约风格的内涵也在不断深化，沈义父之作词四标准师法吴文英，并认为"梦窗深得清真之妙"，而在创作实践中又指出吴词用事下语太晦涩，人不可晓，而周邦彦则不同，"下字运意，皆有法度，往往自唐宋诸贤诗句中来，而不用经史中生硬字面"。⑥ 以其标准，他把周清真推为词家典范。这是词学批评史上婉约内涵随着词体创作的变化而出现的新变。

三 金元时期的词体风格论

金代词人在创作时间上与北宋末年及南宋前中期对峙，其中一部分词

---

① 谢桃坊：《中国词学史》，第 113 页。
② 沈义父：《乐府指迷》，《词话丛编》，第 277 页。
③ 张舜民《画墁录》卷一载："柳三变既以词忤仁庙，吏部不放改官。三变不能堪，诣政府。晏公曰：'贤俊作曲子么？'三变曰：'只如相公亦作曲子。'公曰：'殊虽作曲子，不曾道"彩线慵拈伴伊坐"。'柳遂退。"
④ 陈模《怀古录》卷中云："近时作词者，只说周美成、姜尧章等，而以稼轩词为豪迈，非词家本色。"中华书局，1993，第 61 页。
⑤ 沈义父：《乐府指迷》，《词话丛编》，第 278 页。
⑥ 沈义父：《乐府指迷》，《词话丛编》，第 277－278 页。

人为滞留金国之宋儒，萧真卿就指出"乐府推吴彦高、蔡伯坚为吴蔡体，实皆宋儒也，不当于金源文派列之"①。因此，金代词人在词体创作上受宋代时风影响，多追逼苏辛豪放词风，词学批评中也体现出这一倾向，著名的词学家王若虚与元好问皆有关于风格的论述。王若虚（1174－1243）在其《滹南诗话》中赞赏苏轼不投流俗的豪放词：

> 陈后山谓"子瞻以诗为词"，大是妄论，而世皆信之。独茅荆产辨其不然，谓公词为古今第一。今翰林赵公亦云："此与人意暗同。"盖诗词只是一理，不容异观。自世之末作，习为纤艳柔脆，以投流俗之好，高人胜士，亦或以是相胜，而日趋于委靡，遂谓其体当然，而不知流弊之至此也。文伯起曰："先生虑其不幸而溺于彼，故援而止之，特立新意，寓以诗人句法。"是亦不然。公雄文大手，乐府乃其游戏，顾岂与流俗争胜哉！盖其天资不凡，辞气迈往，故落笔皆绝尘耳。②

王若虚与同时期南宋的汤衡一样，肯定苏轼创新词风的可贵精神，鄙薄词坛上诸如田中行、柳耆卿辈之"纤艳淫媟"之作，推尊苏轼"辞气迈往，故落笔皆绝尘"的豪放词。金代论词成就最高者元好问（1190－1257）认为"自东坡一出，情性之外，不知有文字，真有'一洗万古凡马空'气象"③，并且指出苏轼所开创的豪放词风直接影响了辛弃疾："乐府以来，东坡为第一，以后便到辛稼轩。"④ 极称东坡、稼轩词。但他也与同时期南宋词学家王炎、柴望一样，指出苏辛豪放词之不足："坡以来，山谷、晁无咎、陈去非、辛幼安诸公俱以歌词取称，吟咏情性，留连光景，清壮顿挫，能起人妙思。亦有语意拙直，不自缘饰，因病成妍者，皆自坡发之。"⑤ 苏辛词豪气勃发，真情流露，清壮顿挫，启人深思，但是苏辛词作中存在缺乏文采的"拙""直"现象，在一定程度上削弱了其应有的艺术感染力。因此元好问在理论上推崇苏辛，其词的创作亦以苏辛为典范，但同时则转益多师，尽可能避免豪放词作中的拙直之病，张炎深悟元好问词之精髓："元

①　见王弈清《历代词话》卷九引，《词话丛编》，第 1272 页。
②　王若虚：《滹南诗话》卷二，中华书局，1985，第 10－11 页。
③　元好问：《新轩乐府引》，《遗山先生文集》卷三十六，《万有文库》本。
④　元好问：《遗山自题乐府引》，《彊村丛书》本《遗山乐府》。
⑤　元好问：《新轩乐府引》，《遗山先生文集》卷三十六，《万有文库》本。

遗山极称稼轩词。及观遗山词，深于用事，精于炼句，有风流蕴藉处不减周、秦。如'双莲''雁丘'等作，妙在模写情态，立意高远，初无稼轩豪迈之气。"① 卢文弨亦云："遗山诗浑雄沉郁，有唐大家之遗响也。老来更得其乐府读之，妍雅而不淫，和易而不流。其抒情也婉以畅，其赴节也亮以清，使竹山、草窗诸公见之，亦当推为作者。"② 金元好问的词体风格取向与同时期的南宋词人有相同之处，从而亦可以看出南宋词对金词的影响。

元朝是我国历史上第一个少数民族入主中原并建立统一而强大封建帝国的时代，元朝的建立结束了南宋、金、蒙元三朝鼎立的局面，宋金遗民词人从不同时期进入元朝，再加上元朝国运短促，金词又受南宋词风的熏染，因此元词基本上是对南宋词风的延续与传承，词学批评亦如此。词学风格论呈现出不间断的连续性，但是元代词学批评中的风格论不像宋代那样推崇婉约与豪放呈现出鲜明的阶段性，而是双线并行地向前推进。一是以张炎为首的一批遗民词人沿着沈义父的风格理论向前发展，如郑思肖（1241－1318）、邓牧、仇远（1247－1326）、陆文圭（1256－1340）等，这一理论后被元代本土词学家如陆辅之（1275－1349）、虞集（1272－1348）、王礼（1314－1389）等词人所继承；一是承接南宋前期词坛推尊苏辛豪放风格的风气，表现出对豪放词风的崇尚，如王博文（1223－1288）、赵文（1239－1315）、林景熙、甘楚材（1247－？）、李长翁（生卒年不详）、吴师道（1283－1344）等。

南宋词的创作"自姜夔以来，史达祖、卢祖高、高观国、吴文英、周密、陈允平、王沂孙、张炎等，他们的词皆是传统婉约词的新变，强调词的协律，崇尚典雅"③，张炎《词源》正是在沈义父《乐府指迷》的基础上，把这些"新变"进一步上升到理论层面，进而丰富婉约风格的内涵。张炎以雅正为论词宗旨，指出：

> 古之乐章、乐府、乐歌、乐曲，皆出于雅正。粤自隋、唐以来，声诗间为长短句。至唐人则有《尊前》、《花间集》。迄于崇宁，立大晟府，命周美成诸人讨论古音，审定古调，沦落之后，少得存者。由此

---

① 张炎：《词源》卷下，《词话丛编》，第267页。
② 卢文弨：《遗山乐府题辞》，《抱经堂文集》卷七，中华书局，1985。
③ 谢桃坊：《词学辨》之《宋词的流派问题》，第203页。

八十四调之声稍传。①

张炎认为词与古乐同，古乐曲皆出于雅正，词亦然。但他所谓的"雅正"与沈义父所提出的"雅正"含义有所不同，沈氏的雅正要求体现在词体要避免市井气与消除淫艳语，张炎同样有这两方面的要求，而张氏还进一步要求词作要"景中带情，而存骚雅""屏去浮艳，乐而不淫"，② 并在此基础上提出"清空骚雅"的创新理论。

　　词要清空，不要质实。清空则古雅峭拔，质实则凝涩晦昧。姜白石词如野云孤飞，去留无迹。吴梦窗词如七宝楼台，眩人眼目，碎拆下来，不成片段。此清空质实之说。梦窗《声声慢》云："檀栾金碧，婀娜蓬莱，游云不蘸芳洲。"前八字恐亦太涩。如《唐多令》云："何处合成愁。离人心上秋。纵芭蕉不雨也飕飕。都道晚凉天气好，有明月、怕登楼。　　前事梦中休。花空烟水流。燕辞归、客尚淹留。垂柳不萦裙带住，谩长是，系行舟。"此词疏快，却不质实。如是者集中尚有，惜不多耳。白石词如《疏影》、《暗香》、《扬州慢》、《一萼红》、《琵琶仙》、《探春》、《八归》、《淡黄柳》等曲，不惟清空，又且骚雅，读之使人神观飞越。③

由张炎之论述可知，"雅正"即"骚雅"，意为符合《诗经》《离骚》之内在精神，他认为词作应"屏去浮艳，乐而不淫"，"情至于离，则哀怨必至。苟能调感怆于融会中，斯为得矣"，④ 即是骚雅精神的具体论述。雅正也好，骚雅也好，之前皆有词学家阐述过，如鮦阳居士曾经指出："我宋之兴，宗工巨儒，文力妙天下者，犹祖其遗风，荡而不知所止。脱于芒端，而四方传唱，敏若风雨，人人歆艳咀味，于朋游尊俎之间，以是为相乐也。其韫骚雅之趣者，百一二而已。"⑤ 张炎所谓"骚雅"之含义基本与鮦阳居士同，显然受到鮦阳居士的影响。而清空骚雅则是张炎的独创。张炎用形象

① 张炎：《词源》卷下，《词话丛编》，第 255 页。
② 张炎：《词源》，《词话丛编》，第 264 页。
③ 张炎：《词源》，《词话丛编》，第 259 页。
④ 张炎：《词源》，《词话丛编》，第 264 页。
⑤ 见谢维新辑《古今合璧事类备要》外集卷十一《音乐门》。

的语言表述"清空"的词境:"如野云孤飞,去留无迹。"就像辽阔天空中无所羁绊的云朵,来去无迹,自然而然,疏放自如,认为词人当在这样的意境中传达骚雅之情思,就如姜夔的《疏影》《暗香》《扬州慢》词一样,读后令人神思飞越,留下无穷的想象空间。张炎推崇清空骚雅,同时主张自然而然,"意脉不断""平易中见句法",词意不滞塞,因此他认为"陈简斋'杏花疏影里、吹笛到天明'之句,真是自然而然"。①

张炎推崇婉约词风,并且为婉约词风的内涵增添了新的因素,若以其清空骚雅之标准观照辛弃疾及辛派词人之豪放词,显然不在其欣赏之列:"辛稼轩、刘改之作豪气词,非雅词也,于文章余暇,戏弄笔墨,为长短句之诗耳。"② 张炎与之前尊婉约与尊豪放之词学家不同的是,他把苏轼的许多词作列入"清空"一族,并给予很高的评价,认为苏轼词句法平妥中见精粹,举东坡《杨花词》"似花还似非花,也无人惜从教坠""春色三分,二分尘土,一分流水"为例;认为东坡词意趣高远,举其《水调歌云·明月几时有》《洞仙歌云·冰肌玉骨》为例,并把二词与姜夔的《暗香》《疏影》相提并论;认为东坡词用事而不为事所使,举其《永遇乐·明月如霜》中用张建封事为例,又与姜夔《疏影》词的用事相提并论;认为东坡和韵词《水龙吟·似花还是非花》全章妥溜,压倒古今;还指出:"东坡词如《水龙吟》咏杨花、咏闻笛,又如《过秦楼》、《洞仙歌》、《卜算子》等作,皆清丽舒徐,高出人表。《哨遍》一曲,隐括《归去来辞》,更是精妙,周、秦诸人所不能到。"③ 张炎之前,词学家皆是从某一方面评价苏轼词,如陈师道评其词"非本色",晁无咎评其词"横放杰出,自是曲子缚不住者",胡寅、王灼、刘辰翁评其创立豪放词风,徐度评其词"体制高雅"④,其间,胡仔举出苏轼十几首词,谓"皆绝去笔墨畦径间,直造古人不到处"⑤,张炎所举,多在其中。词论中从多方面涉及苏轼词者,张炎是第一家。在《词源》中,张炎评价词人凡三十二人,其中品评词作四首以上者五人,即姜白石九首、苏轼八首、周邦彦七首、史达祖六首、吴文英四首。张炎尊婉约词风,远祖周邦彦而对其词有不满处:"美成词只当看他浑成处,于软

---

① 张炎:《词源》,《词话丛编》,第 265 页。
② 张炎:《词源》,《词话丛编》,第 267 页。
③ 张炎:《词源》,《词话丛编》,第 258 – 267 页。
④ 徐度:《却扫篇》卷下,《宋元笔记小说大观》,上海古籍出版社,2001,第 4518 页。
⑤ 胡仔:《苕溪渔隐丛话》后集卷二十六,人民文学出版社,1962,第 193 页。

媚中有气魄。采唐诗融化如自己者，乃其所长。惜乎意趣却不高远。所以出奇之语，以白石骚雅句法润色之，真天机云锦也。"① 把姜夔词奉为典范，欣赏其清空骚雅。但他在《词源》中却大量选取苏轼词并给予多方面的肯定，显然，张炎没有把苏轼与辛弃疾相提并论。不仅如此，他还欣赏"极称稼轩词"的元遗山词："观遗山词，深于用事，精于炼句，有风流蕴藉处，不减周、秦。如'双莲'、'雁邱'等作，妙在模写情态，立意高远，初无稼轩豪迈之气。"② 即便是辛、刘之婉约词，张炎也给予很高的评价，如辛弃疾的《祝英台近·宝钗分》，刘过的《沁园春·咏指甲》《咏小脚》，可见张炎仅仅排斥辛弃疾、刘过等人的豪放词，而对公认的豪放词人所创作的符合其审美风格的婉约词仍持赞赏态度。张炎的词体风格论是针对词作而非针对词人，或者说他看到了同一词人的不同风格，这是张炎词体风格论的新特点，也是其不随时俗之处，充分显示了词学大家独特的理论视角。

当时追随张炎者有郑思肖、邓牧、仇远、陆文圭等，他们皆为张炎词集作序，对《玉田词》十分推崇。郑思肖欣赏张炎寄托黍离之悲的西湖词③，仇远欣赏其词的"意度超玄，律吕协恰"④，邓牧指出："古所谓歌者，《诗》三百止尔，唐宋间始为长短句，法非古意。然数百年来，工者几人？美成、白石逮今脍炙人口，知者谓丽莫若周，赋情或近俚；骚莫若姜，放意或近率，今玉田张君无二家所短，而兼所长。"⑤ 邓牧对数百年的词坛只拈出周邦彦、姜夔、张炎三家，可见其词体风格倾向，而周、姜皆有不足，惟张炎无二家之短，可见其对张炎的追慕。陆文圭则借《说文》中对"词"字的解释来阐释张炎词之"意内言外"之特点，作为宋之遗民的陆文圭，又是张炎的好友，对张炎词中意之内涵、言之外表自然心有灵犀，因此与张炎的风格理论高度一致。

元代后期，张炎的风格论被元代本土词学家如陆辅之、虞集、王礼等人所继承。陆辅之从张炎游，"深得奥旨制度之法"，因从张炎之命而作

---

① 张炎：《词源》，《词话丛编》，第 266 页。
② 张炎：《词源》，《词话丛编》，第 267 页。
③ 郑思肖：《玉田词题词》，《彊村丛书》本《山中白云词》。
④ 仇远：《玉田词题词》，《彊村丛书》本《山中白云词》。
⑤ 邓牧：《山中白云词·序》，《彊村丛书》本《山中白云词》。

《词旨》。① 《词旨》最精彩处在于用高度概括的语言，准确精辟地拈出《词源》主旨，再一次彰显张炎清空骚雅理论："周清真之典丽，姜白石之骚雅，史梅溪之句法，吴梦窗之字面，取四家之所长，去四家之所短，此翁之要诀。""凡观词须先识古今体制雅俗。脱出宿生尘腐气，然后知此语，咀嚼有味。""清空二字，亦一生受用不尽，指迷之妙，尽在是矣。学者必在心传耳传，以心会意，当有悟入处。然须跳出窠臼外，时出新意，自成一家。若屋下架屋，则为人之贱仆矣。"② 并用形象的例子阐明张炎的自然观：

> 蕲王孙韩铸，字亦颜，雅有才思，尝学词于乐笑翁。一日，与周公谨父买舟西湖，泊荷花而饮酒杯半。公谨父举似亦颜学词之意，翁指花云："莲子结成花自落。"③

当今治词学者，往往反复阐述张炎之清空、骚雅、雅正，而忽视其自然天成的词学观，其实张炎的清空骚雅说与自然天成说是相辅相成的，也可以说是张炎风格论的又一个贡献，而陆辅之深谙业师之理论，在《词旨》中反复提起，引人注意。

与陆辅之同时期的虞集也崇尚婉约风格，从其对风格内涵的表述可知，他是张炎词学理论的继承者。"近世士大夫号称能乐府者，皆依约旧谱，仿其平仄，缀缉成章，徒谐俚耳则可。乃若文章之高者，又皆率意为之，不可叶诸律，不顾也。太常乐工知以管定谱，而撰词实腔又皆鄙俚，亦无足取。求如三百篇之皆可弦歌，其可得乎？临川叶宋英，予少年时识之，观其所自度曲，皆有传授。章节谐婉，而其词华则有周邦彦、姜夔之流风余韵，心甚爱之。"④ 虞集指出近世词人的弊端：谐俚、不协律、鄙俚，而推崇章节谐婉的周邦彦、姜夔之作。王礼生活在元代后期，又在明代生活了二十余年，他的词学观明显受张炎的影响。

> 文语不可以入诗，而词语又自与诗别，曾苍山尝谓"词曲必词语，

---

① 见陆辅之《词旨·序》，《词话丛编》，第301页。
② 陈辅之：《词旨》，《词话丛编》，第301–303页。
③ 陆辅之：《词旨》，《词话丛编》，第303页。
④ 虞集：《叶宋英自度曲谱·序》，《道园学古录》卷三十二，《四库全书》本。

婉娈曲折，乃与名体称。世欲畅意者，气使豪放语，直俳伶辈饰妇衣作社舞耳；其不苟句者，刻镂缀簇求字工，殆宫妆木偶人，形存而神不运"。余深以为知言。自《花间集》后，雅而不俚，丽而不浮，阅中有开，急处能缓，用事而不为事用，叙实而不至塞滞，惟清真为然，少游、少晏次之，宋季诸贤至斯事，所诣尤至。①

王礼在序文中借南宋后期词人曾原一的论词话语传达自己的词体风格取向：崇尚婉娈曲折的婉约风格，而排斥欲畅意气的豪放词，并以周邦彦为典范，欣赏秦观、晏几道之作，并认为"宋季诸贤至斯事，所诣尤至"，从其推崇的婉约词人可知，所谓宋季诸贤当是指姜夔、史达祖、吴文英诸人。可以说王礼的词学风格论为元代崇尚婉约风格之词论画上了一个圆满的句号。

在元代词学风格论中，王博文、赵文、甘楚材、李长翁、吴师道等词学家承接南宋前期词坛推尊苏辛豪放风格的潮流，表现出对豪放词风的崇尚。

王博文在《天籁集·序》中表现出明确的风格取向："乐府始于汉，著于唐，盛于宋，大概以情致为主。秦、晁、贺、晏，虽得其体，然哇淫靡曼之声胜。东坡、稼轩矫之以雄词英气，天下之趣向始明。近时元遗山每游戏于此，掇古诗之精英，备诸家之体制，而以林下风度，消融其膏粉之气。"② 他把秦观、晁补之、贺铸及晏几道等"以情致为主"的婉约词讽刺为"哇淫靡曼之声"，而盛赞苏辛及元好问之雄词英气的豪放词。赵文在《吴山房乐府·序》中以辛弃疾、元好问之悲壮磊落的豪放词为评词标准："吾友吴孔瞻所著乐府，悲壮磊落，得意处不减幼安、遗山意者。"③ 显然推崇豪放词风。李长翁的《古山乐府·序》与赵文同调："诗盛于唐，乐府盛于宋，宋诸贤名家不少，独东坡、稼轩杰作，磊落倜傥之气溢出毫端，殊非雕脂镂冰者所可仿佛。往年仆游京师，古山张公一见，招置馆下，灯窗雪案，披诵公所著乐章，湛然如秋空之不云，烨然如春华之照谷，凄然如猿啼玉涧，昂然如鹤唳青霄，君然如庖丁鼓刀，翩然如公孙舞剑，千变

---

① 王礼：《胡涧翁乐府·序》，《麟原文集》前集卷五，《四库全书》本。
② 见徐凌云《天籁集编年校注》，第 205 页。
③ 见赵文《青山集》卷二，《四库全书》本。

万态，意高语妙，真可与苏、辛二公齐驱并驾。"① 李氏把苏辛相提并论，且极赞其饱含"磊落倜傥"之气的豪放词，并认为苏辛词与"雕脂镂冰"之婉约词不可同日而语，高扬与贬抑一目了然。

而生活在元代中后期的吴师道在词体风格取向上则别具一格，他既欣赏柳永"得音调之正"的婉约词，并称赞夏竦《喜迁莺·宫词》"富艳精工，诚为绝唱"，又极口赞扬韩元吉悲壮顿挫的"倚天绝壁"词与张安国"笔势奇伟可爱"的《满江红》词②，这种宏通的词体风格取向，可以说开启了明代前期词体风格论的风尚。

第三节　宋元词论中的词体体性论

词体体性是指词体区别于其他文体的特性，"诗言志，词言情""诗庄词媚""词为艳科"皆指出了词体的特性。词体这一特性是"花间"时代确定的，《花间集·叙》把它上升到了理论层面。之后，随着词体创作局面的不断变化，不同时代对词体体性内涵的要求也在不断发生变化，词学批评就此特性展开了持久而深入的探讨，成为词学理论中与风格论相提并论的热点问题之一。

一　晚唐至北宋的词体体性论

"花间时代"人们对词体体性的认识非常明确："则有绮筵公子，绣幌佳人，递叶叶之花笺，文抽丽锦；举纤纤之玉指，拍按香檀。不无清绝之辞，用助娇娆之态。"认为词言情，并且是"艳情"，这一点在当时文人的文论与创作中可以得到证实。"花间"鼻祖温庭筠词作侧艳，而其诗则不乏咏史怀古、针砭时弊之作，以诗言志，渴望"霸才有主"，实现"欲将书剑学从军"③ 的理想；花间派另一代表词人韦庄在诗歌中尽情抒发自己"平生志业匡尧舜"④ 的宏大抱负，而其词则多闺怨离愁之作；牛希济作《文章论》，对晚唐以来的文风深恶痛绝，"忘于教化之道，以妖艳为胜，夫子之

---

① 见张埜《古山乐府》，《彊村丛书》本。此序作于元至治元年（1321）。
② 吴师道：《吴礼部词话》，《词话丛编》，第 291—293 页。
③ 温庭筠：《过陈琳墓》，刘学锴《温庭筠全集校注》，中华书局，2007，第 387 页。
④ 韦庄：《关河道中》，李谊《韦庄集校注》，四川省社会科学院出版社，1986，第 25 页。

文章，不可得而见矣。古人之道，殆以中绝……浮艳之文，焉能臻于道理"①，而其词则"芊绵温丽极矣"②，极其"妖艳"；孙光宪认为作诗要"以诗见志，乃宣父之遗训"③，而其词则"一庭疏雨善言愁"④，非言志之作；《花间集·叙》的作者欧阳炯作诗主教化，"尝拟白居易讽谏诗五十篇以献"⑤，而其词则"淫靡甚于韩偓"⑥。《花间集》所选五百首词作，是这一时期词体言情体性的形象体现。

北宋开国六十年间，由于统治阶级鉴于西蜀、南唐溺于声乐而灭亡的教训，也由于政权还在进一步建立中，艳歌小词的创作一度陷于沉寂，甚至人们对侧艳之词心存排斥⑦，六十年间留存词作仅有三十余首，"它们偏重继承的是'花间'词中韦庄、孙光宪、李珣的清疏淡远之风和南唐词人言志抒情的传统"⑧，宋初词坛创作的变化立即反映在词学批评中，潘阆（962？－1010）在其《逍遥词·附记》中对词体体性提出了自己的看法。

> 茂秀茂秀，颇有吟性，若或忘倦，必取大名，老夫之言又非佞也。闻诵诗云："入廓无人识，归山有鹤迎。"又云："犬睡长廊静，僧归片石闲。"虽无妙用，亦可播于人口耶。然诗家之流，古自尤少，间代而出，或谓比肩。当其用意欲深，放情须远，变风雅之道，岂可容易而闻之哉！其所要《酒泉子》曲子十一首，并写封在宅内也。若或水榭高歌、松轩静唱，盘泊之意，缥缈之情，亦尽见于兹矣。其间作用，理且一焉。⑨

在此附记中，潘阆第一次提出了之后词学史上反复争论的一个问题，即诗与词"理且一焉"，认为词不是单纯言情的娱乐文字，而是与诗歌一样，"用意欲深，放情须远，变风雅之道"，潘阆以其敏锐的眼光发现了词

---

① 牛希济：《文章论》，《文苑英华》卷七百四十二，《四库全书》本。
② 仇远评牛希济〔临江仙〕之语，《古今词话·词评》上卷引，《词话丛编》973页。
③ 孙光宪：《北梦琐言》卷五，中华书局，2002，第100页。
④ 见况周颐撰、屈兴国辑注《蕙风词话辑注》，江西人民出版社，2000，第305页。
⑤ 见脱脱《宋史》卷四百七十九，第13894页。
⑥ 田况：《儒林公议》，中华书局，1985，第41页。
⑦ 徐安琪：《唐五代北宋词学思想史论》，人民文学出版社，2006，第91页。
⑧ 刘扬忠：《唐宋词流派史》，福建人民出版社，1999，第135页。
⑨ 潘阆：《逍遥词》附，四印斋汇刻《宋元三十一家词》本。

体创作的变化并把这种变化上升到理论高度，可以说开北宋中期苏轼词体体性论先河。之后，越来越多的文人染指词作，词体创作逐渐繁荣，词坛上基本沿着"花间"规范进行创作，词学家在几十年间没有展开关于词体体性的探讨，这种局面一直延续到王安石出现。作为政治改革家的王安石（1021－1086），在宋代率先用儒家诗教规范词体："古诗歌者，皆先有词，后有声。故曰：'诗言志，歌永言，声依永，律和声。'如今先撰腔子，后填词，却是永依声也。"① 认为词体也应该如诗歌一样"言志"，王安石现存二十九首词作也确实做到了这一点。仕途蹭蹬后的苏轼很快对词体创作产生兴趣，而后以诗为词，对词体创作表现出自觉的革新意识，并把这种意识上升到理论层面。他认为诗词一体，诗词同源，他评价蔡景繁词道："颁示新词，此古人长短句诗也。"② 评价张先词时指出："微词宛转，盖诗之裔。"③ 认为词是"古人长短句诗"，词体是诗体的一次新变，诗词之本质内涵是一样的。苏轼用诗词一体的理论指导其词的创作，以诗为词，把诗歌中的题材大量引入词中，他在词中抒爱国之志，发怀古之思，写田园风光，述农村生活，感夫妻之情，叙师友之谊，讲理趣，悟禅机，几乎做到了"无意不可入，无事不可言"④，使词像诗歌一样抒情言志，在晏殊、欧阳修、柳永、王安石等词人的创作基础上，终于突破了词为艳科的局面，使词从"言情"转变为多方面陶写士大夫的真性情。

应和苏轼词学观的是晏几道与苏门学士中的黄庭坚、张耒。晏几道（1038－1110）在《小山词·自序》中开篇就指出："《补亡》一编，补《乐府》之亡也。叔原往者浮沉酒中，病世之歌词，不足以析酲解愠，试续南部诸贤绪余，作五、七字语，期以自娱，不独叙其所怀，兼写一时杯酒间闻见，所同游者意中事。尝思感物之情，古今不易。窃以谓篇中之意，昔人所不遗，第于今无传尔。故今所制，通以'补亡'名之。"⑤ 他把自作之词看作补乐府之亡，即认为词为诗之苗裔，把"感物之情"皆诉诸词，并强调他的词作所表达的是昔日诗中之意，而当今词作中诗意已无，他要用词这种体裁续乐府之意。黄庭坚（1045－1105）在《小山词·序》中认

---

① 见赵令畤《侯鲭录》卷七，中华书局，2002，第 184 页。
② 苏轼：《与蔡景繁十四首》其四，《苏轼文集》卷五十五，第 1662 页。
③ 苏轼：《祭张子野文》，《苏轼文集》卷六十三，第 1943 页。
④ 刘熙载：《词概》，《词话丛编》，第 3690 页。
⑤ 晏几道：《小山词·自序》，《彊村丛书》本《小山词》。

为晏几道"独嬉弄于乐府之余，而寓以诗人之句法。清壮顿挫，能动摇人心。士大夫传之，以为有临淄之风耳，罕能味其言也……至其乐府，可谓狎邪之大雅，豪士之鼓吹。其合者《高唐》《洛神》之流，其下者岂减《桃叶》《团扇》哉。"① 黄庭坚论词亦与苏轼同，强调词体不仅仅只是言情，更是士大夫陶写性情的载体，有诗歌言志的功能。张耒（1054－1114）把词与经国之大业的文章相提并论。

> 文章之于人，有满心而发，肆口而成，不待思虑而工，不待雕琢而丽者，皆天理之自然，而性情之至道也。世之言雄暴虓武者，莫如刘季、项籍，此两人者，岂有儿女之情哉？至其过故乡而感慨，别美人而涕泣，情发于言，流为歌词，含思凄婉，闻者动心。为此两人者，岂其费心而得之哉？直寄其意耳。余友贺方回，博学业文，而乐府之词，高绝一世……满心而发，肆口而成，虽欲已焉而不得者。②

张氏认为词体同诗文一样可以抒发人之自然之情，是"性情之至道"的载体。北宋后期，在苏轼诗词一体的指导下，一批词学家对"花间"以来词体狭隘的言情体性作了理性的思考，认为词体与诗文一样，不仅仅只是言情，而且可以陶写士大夫的真性情，从而扩大了词体体性的言情内涵，提高了词体的地位与品质。

二　北南宋之交的词体体性论

北南宋之交，社会发生了天翻地覆的变化，文人经历了国破家亡的痛楚，苏轼所开创的豪放词风被南渡词人张元干、张孝祥等承接，他们用词抒发爱国之情，反映时政，词学家对本是娱宾遣兴的词体也有了更高的要求，希望词体不仅要陶写士大夫的真性情，而且要像诗文一样，可以"动天地、感鬼神""经夫妇、移风俗""正乎下""化乎下"。因此，词体特性的探讨进一步深化，词学家在词为诗裔、词可表现"性情之至道"的基础上，直接把词体与《诗经》《离骚》联系起来。黄裳（1044－1130）率先表现出这样的要求。

---

① 黄庭坚：《小山词·序》，《彊村丛书》本《小山词》。
② 张耒：《东山词·序》，《彊村丛书》本《东山词》。

演山居士闲居无事，多逸思，自适于诗酒间，或为长短篇及五七言，或协以声而歌之，吟咏以舒其情，舞蹈以致其乐。因言：风雅颂诗之体，赋比兴诗之用，古之诗人，志趣之所向，情理之所感，含思则有赋，触类则有比，对景则有兴，以言乎德则有风，以言乎政则有雅，以言乎功则有颂。采诗之官收之于乐府，荐之于郊庙，其诚可以动天地、感鬼神；其理可以经夫妇、移风俗。有天下者得之以正乎下，而下或以为嘉；有一国者得之以化乎下，而下或以为美。以其主文而谲谏，故言之者无罪，闻之者足以诫。然则古之歌词，固有本哉。六序以风为首，终于雅、颂，而赋比兴存乎其中，亦有义乎？以其志趣之所向，情理之所感，有诸中以为德，见于外以为风，然后赋比兴本乎此以成其体，以给其用。六者圣人特统以义而为之名，苟非义之所在，圣人之所删焉。故予之词清淡而正，悦人之听者鲜，乃序以为说。①

此文是黄裳为自己的词集作序，他对自己的词作自视甚高，以至把它与《诗经》六义联系起来。在黄裳看来，自己把"逸思"发而为诗词，"吟咏以舒其情"，而古之诗人亦然，把自己的志趣、情理用赋、比、兴的手法抒写在诗歌中，"以言乎德则有风，以言乎政则有雅，以言乎功则有颂"，这些诗作可以"动天地、感鬼神""经夫妇、移风俗"，而自己的词作正是如此，"清淡而正"。"清淡"者，不秾艳也；"正"者，不淫也。黄裳通过对《诗经》六义的详细阐述，用意在于诗"可以经夫妇、移风俗"，词当之无愧地可以美教化、正人伦，并明确规定了"吟咏以舒其情"的具体内容，在苏轼陶写性情、晏几道"感物之情"、黄庭坚"以诗人之句法"、张耒"情发于言，流为歌词"等较为笼统的指向论述中向前迈出了一大步。黄裳在阐述词体体性的内涵的同时，也强调了词体达到"正乎下""化乎下"功能所采取的艺术手段，即用赋、比、兴的手法增强词体的艺术感染力。黄裳的词体体性论在词学史上第一次把词与《诗经》联系在一起，这一论述在此后以及元、明、清的词学批评中不断被丰富、深化。稍后的胡寅在黄裳把词与《诗经》联系起来的基础上，进一步把词体与《离骚》联系在一起："词曲者，古乐府之末造也。古乐府者，诗之旁流也。诗出于《离骚》

---

① 黄裳：《演山居士新词·序》，《演山集》卷二十，《四库全书》本。

楚词。而《离骚》者，变风变雅之怨而迫、哀而伤者也。其发乎情则同，而止乎礼义则异。名曰曲，以其曲尽人情耳，方之曲艺犹不逮焉，其去《曲礼》则益远矣。"①　胡寅勾勒出《诗经》、楚辞、汉乐府、词这一音乐文学发展的线索，认为词是诗歌发展过程中的一个环节，并且承认词的体性为"曲尽人情"，但指出楚辞与《诗经》已有不同，楚辞"怨而迫、哀而伤"，被称为"变风变雅"，与《诗经》相比，"发乎情则同，而止乎礼义则异"，并且认为词"去《曲礼》则益远"，《曲礼》是《礼记》中的名篇，显然，胡寅用儒家诗教规范词体，他感慨当时词作不符合儒家诗教，多"绮罗香泽""绸缪婉转"之作，不能做到"发乎情，止乎礼义"，同时呼唤荡涤秾艳轻浮词风的"染而不色""逸怀浩气"之作。

词体体性在北南宋之交的特殊时期被词学家赋予更丰富的含义，即与《诗经》《离骚》、儒家诗教联系在一起，强调其言情之外的"言志"功能，但此时的词学家并没有放弃词体传统的言情特性，而是要求词体在赋、比、兴手法的恰当运用中"发乎情，止乎礼义"，在"曲尽人情"中实现如诗文一样的教化作用。

三　南宋时期的词体体性论

南宋前期，民族矛盾激烈，辛弃疾在张元干、张孝祥等词人创作爱国豪放词的基础上，最大限度地把豪放词发扬光大，一时豪放爱国词大放异彩。伴随着词坛的巨大变革，词学批评出现了一股强大的复雅潮流，这种复雅潮流又是针对词体言情特性而发的。词学家要求词体在体性上归于雅正，产生于此时的两部大型词总集鲖阳居士的《复雅歌词》、曾慥的《乐府雅词》，皆以"雅"字命名，别集以"雅"命名的也不少，如赵彦端的《宝文雅词》、张孝祥的《紫微雅词》、程垓的《书舟雅词》、林正大的《风雅遗音》等。不仅这些总集、别集的序文皆呼吁词体要归于雅正，其他词学批评文献亦如此，一时间词学批评领域发出同一声音。这种声音最早见于鲖阳居士的《复雅歌词·序略》②："孟子尝谓：'今之乐犹古之乐。'论者以谓今之乐，郑、卫之音也，乌可与《韶》《夏》《濩》《武》比哉！孟

---

① 胡寅：《酒边集·序》，《百家词》本。
② 鲖阳居士，南宋前期人，编纂大型词集《复雅歌词》，此集刻于1142年。

子之言，不得无过？此说非也。"① 鲖阳居士用孟子之语，把古乐与今歌词联系在一起，然后借今人对歌词的评价论证自己的观点。他回顾了整个音乐文学的发展史，从《诗经》到汉魏乐府，再到唐"始依乐工拍弹之声"的词，从"流为淫艳猥亵不可闻"的温、李词，再到"荡而不知所止"的宋代"宗工巨儒"之作，认为从晚唐到北宋之词，皆非"讴歌载道，遂为化国"之作。序文"卒章显志"，作者由古今乐同这一角度，阐释自己的词体体性观：词应当"发乎情，止乎礼义"，具有古雅乐的品味与诗骚精神，这一点与黄裳、胡寅殊途同归，亦为后人的词体体性论提供了从古乐阐释的角度提高词体地位的先例。但是鲖阳居士仅仅从"讴歌载道，遂为化国"这一思想标准去规范言情的词作，而不考虑词体的艺术性，显然是片面的。尽管如此，鲖阳居士的复雅呼声在词坛上还是得到了大面积应和。曾慥的《乐府雅词·引》② 就明确指出，"涉谐谑则去之""欧公一代儒宗，风流自命，词章幼眇，世所矜式。当时小人或作艳曲，谬为公词，今悉删除"。③其编纂的大型词集谐谑、艳曲一概不选，为了表明自己的词学观点，作为一部词总集，对在当时传播久远的柳永之词一首不选，可见其崇雅正、黜俗艳的决心。王灼则从歌曲起源的角度论证词体应具有的体性。

> 或问歌曲所起，曰：天地始分，而人生焉，人莫不有心，此歌曲所以起也。《舜典》曰："诗言志，歌永言，声依永，律和声。"《诗序》曰："在心为志，发言为诗，情动于中，而形于言。言之不足，故嗟叹之，嗟叹之不足，故永歌之，永歌之不足，不知手之舞之足之蹈之。"《乐记》曰："诗言其志，歌咏其声，舞动其容，三者本于心，然后乐器从之。"故有心则有诗，有诗则有歌，有歌则有声律，有声律则有乐歌。永言即诗也，非于诗外求歌也。今先定音节，乃制词从之，倒置甚矣。而士大夫又分诗与乐府作两科。古诗或名曰乐府，谓诗之可歌也。故乐府中有歌有谣，有吟有引，有行有曲。今人于古乐府，特指为诗之流，而以词就音，始名乐府，非古也。④

---

① 谢维新辑《古今合璧事类备要》外集卷十一《音乐门》，《四库全书》本。
② 曾慥，南宋前期人。编撰词总集《乐府雅词》，此集刻于 1146 年。
③ 见《乐府雅词》卷首，中华书局，1985。
④ 王灼：《碧鸡漫志》卷一，《词话丛编》，第 73 页。

从王氏论述可知，他继承了王安石、苏轼之观点，但比王、苏论述得更充分。他认为天地始分就有歌曲，歌曲是心之所动的结果，心动之情感可以用诗歌抒发，也可以用词体抒发，因此，古歌、古乐府、今曲子皆同源，"古歌变为古乐府，古乐府变为今曲子，其本一也"，也就是说，诗歌所能抒发之情感，今曲子皆能为，当然，今曲子也要遵守诗歌的创作原则，"繁声淫奏"是不行的，所以他评价柳永之词"浅近卑俗""声态可憎"，甚至李清照词也被其斥为"闾巷荒淫之语"，高扬王安石、晏殊、欧阳修、苏轼词，尤其高度赞扬苏轼的以诗为词，表现出追求雅正的词学观点。

陈应行在《于湖先生雅词·序》中评价于湖词之标准与鲖阳居士同。"取乐府之遗意铸为毫端之妙词，前无古人，后无来者，散落人间，今不知其几也……其潇散出尘之姿，自在如神之笔，迈往凌云之气，犹可以想见也。使天假之年，被之声歌，荐之郊庙，当与《英》《茎》《韶》《濩》间作而递奏，非特如是而已。"① 序中所言"《英》《茎》《韶》《濩》"，皆古之雅乐，《英》为帝喾所作乐，《茎》为颛顼所作乐，《韶》为舜时乐，《濩》为汤时乐。陈应行认为张孝祥词有古歌谣、乐府之遗意，具有庙堂文学的功能。南宋淳熙十四年（1187）陈鬷为曹冠的词集《燕喜词》所作序言与陈应行同调。

> 春秋列国之大夫聘会燕飨，必歌诗以见意。诗之可歌，尚矣！后世阳春白雪之曲，其歌诗之流乎？沿袭至今，作之者非一。造意正平，措词典雅，格清而不俗，音乐而不淫，斯为上矣。高人胜士，寓意于风花酒月，以写夷旷之怀，又其次也。若夫宕荡于检绳之外，巧为淫亵之语以悦俚耳，君子无取焉。②

陈氏认为古代士大夫赋诗言志是后世歌词的传统，强调词体的言志体性，不仅如此，他还把宋词分为三等：典雅者为上，闲逸者次之，淫亵鄙俚者最次，赞赏典雅不俗、纯正平和、符合儒家诗教的雅正之作。同时为《燕喜词》作跋语的詹傚之（1175 年进士）也表示对雅词同样的见解，他在《燕喜词·叙》中认为曹冠词："旨趣纯深，中含法度，使人一唱而三

---

① 陈应行：《于湖先生雅词·序》，汲古阁《宋六十名家词》本。
② 见曹冠《燕喜词》卷首，四印斋汇刻《宋元三十一家词》本。此序作于淳熙丁未（1187）。

叹，盖其得于六义之遗意，纯乎雅正者也。昔王褒为益州刺史作中和乐职，宣布诗出于一时歆羡，犹且选，好事者依鹿鸣之声习而歌之，至于转而上闻，汉宣帝褒美之。矧斯作也，和而不流，足以感发人之善心，将有采诗者播而飏之，以补乐府之阙，其有助于教化，岂浅浅哉！"① 指出《燕喜词》纯乎雅正，得《诗经》六义之遗音，有助教化。林正大②《风雅遗音·序》几乎与陈鬲的体性观不谋而合。

> 古者燕飨则歌诗章。今之歌曲，于宾主酬献之际，盖其遗意。乃若花朝月夕，贺筵祖帐，捧觞称寿，对景纾情，莫不有歌随寓而发……余暇日阅古诗文，撷其华粹，律以乐府，时得一二，裒而录之，冠以本文，目曰《风雅遗音》。是作也，婉而成章，乐而不淫，视世俗之乐，固有间矣。③

林正大亦认为当时歌于筵席的词作与古代士大夫赋诗言志的诗作一脉相传，词与古诗一样具有言志之体性，并且自赞己作隐括词乐而不淫，归于雅正。

从此期用"雅"命名的词总集、别集序言以及其他词学批评文献可知，所谓"雅"不仅仅是指雅致、闲雅、高雅，更是指符合儒家诗教规范的"雅正"，即《毛诗序》所谓的"雅者，正也，言王政之所由兴废也"④。即"乐而不淫，哀而不伤""思无邪""发乎情，止乎礼义"等。很显然，到了南宋前期，词学家对词体体性的内涵的要求发生了根本的变化，与北宋后期甚至北南宋之交有了很大的不同，这一方面与南宋前期动荡的社会现实、激烈的民族矛盾有关，另一方面也与南宋理学崇正思潮密切相连。⑤

这一时期也有些词学家表现出较有特色的词体体性论，如罗泌（1131－1189）在《题六一词序》中指出："情动于中而形于言，人之常也。《诗》三百篇，如'俟城隅''望复关''揉梅实''赠芍药'之类，

---

① 见曹冠《燕喜词》卷首，四印斋汇刻《宋元三十一家词》本。此序作于淳熙丁未（1187）。
② 林正大，南宋宁宗开禧年间（1205－1207）曾为严州学官，有《风雅遗音》二卷，皆为隐括词。
③ 林正大：《风雅遗音》卷首，清刻本《宋元名家词》。
④ 孔颖达：《毛诗正义》，中华书局，1980年影印《十三经注疏》阮刻本。
⑤ 张春义：《南宋"复雅"词论的艺术背景及艺术缺陷》，《文艺理论研究》2008年第4期。

圣人未尝删焉。陶渊明《闲情》一赋，岂害其为达？而梁昭明以为白玉微瑕，何也？公性至刚而与物有情，盖尝致意于《诗》，为之本义温柔宽厚，所得深矣。吟咏之余，溢为歌词，有《平山集》盛传于世，曾慥《雅词》不尽收也。今定为一卷，其浅近者，前辈多谓刘煇伪作，故削之。"① 作者首先引用《毛诗序》语，认为"情动于中而形于言"是人之常情，《诗经》中就有很多言情之作，并且欧阳修"致意于《诗》"，对儒家温柔敦厚的诗教思想，理解深透，因此欧词中那些言情之作无伤大雅，无可指责，并且符合诗教本义。这里罗泌与之前词学家把词与《诗经》联系起来的角度不一样，之前词学家仅仅强调词体与诗歌一样，"发乎情，止乎礼义"，注重从道德层面强调词体体性，而罗泌从"情"本身立论，作家情动可以成诗，亦可成词，但他同时也认为"浅近"之作不可作。与罗氏同时的尹觉在《题坦庵词》中也承认词体的言情体性："词，古诗流也，吟咏情性，莫工于词，临淄、六一，当代文伯，其乐府犹有怜景泥情之偏，岂情之所钟不能自已于言耶？坦庵先生金闺之彦，性天夷旷，吐而为文，如泉出不择地……人见其模写风景、体状物态，俱极精巧，初不知得之之易，以至得趣忘忧，乐天知命，兹又情性之自然也。"② 尹觉与罗泌一样，也看到了"吟咏情性，莫工于词"的词体特质，也认为欧阳修之词是"情之所钟"，但他也指出了欧词的缺陷，即"泥情之偏"，词可钟于情不可"泥于情"，钟于情则可"发乎情"，"发乎情"必须"温柔敦厚"，而"泥于情"则容易出现"浅近"的毛病，这也是罗泌在编纂《六一词》时，削其"浅近"之作的原因。

曾丰在《知稼翁词·序》中所阐述之体性观与王灼一致，而对苏轼"缺月疏桐"一章的分析显然受铜阳居士的影响，强调词体体性的道德性。

　　余谓乐始有声，次有音，最后有词。商《那》、周《清庙》等颂，汉《郊祀》等歌是也。夫颂，类选有道德者为之，发乎情性，归乎礼义，故商周之乐感人深；歌则杂出于无赖不羁之士，率情性而发耳，礼义之归欤否邪，不计也。故汉之乐感人浅。本朝太平二百年，乐章

① 罗泌：《题六一词》，汲古阁《宋六十名家词》本。
② 尹觉：《题坦庵词》，汲古阁《宋六十名家词》本。

名家纷如也，文忠、苏公，文章妙天下，长短句特绪余耳，犹有与道德合者。"缺月疏桐"一章，触兴于惊鸿，发乎情性也，收思于冷洲，归乎礼义也。黄太史相多大以为非口食烟火人语，余恐不食烟火之人口所出仅尘外语，于礼义遑计欤？①

但他超越二人的地方在于词体的道德性怎样抒发、表达，才能达到强烈的艺术感染力，才能起到教化的作用。他在下文分析黄公度词时指出："考功所立不在文字，余于乐章窥之，文字之中所立寓焉。泉幕之解，非所欲去，而寓意于'邻鸡不管离情'之句；秘馆之除非所欲就，而寓意于'残春已负归约'之句。"认为知稼翁词有寓意，有寄托，这样的词作"清而不激，和而不流"，中正和婉，给人以美的享受，不仅使词人的情性得到适度的抒发，同时又合乎礼，"道德之美腴于根而益于华"。他不像铜阳居士一样，对晚唐北宋词人之词作大面积否定，仅仅用道德标准作为衡量词的唯一标准，他承认词体的言情特性。知稼翁《青玉案》"邻鸡不管离怀苦"与《好事近》"湖上送残春，已负别时归约"二词，皆言情之作，但词人在词中运用比兴寄托的手法传情达意，因此受到曾丰的赞赏。曾丰之论对张炎的词学观影响很大。

在南宋前期激烈的民族矛盾与理学崇正思潮的共同作用下，词体体性论出现了浓郁的正统雅正色彩，强调词体的道德性形成一股强大的潮流。但一部分词学家在应和这股潮流的同时，没有忘记词体的言情特性，并就言情的程度以及运用比兴寄托的手法传情达意提出了自己的看法，为南宋后期姜夔等骚雅词派词人的创作作了理论上的指导，也为宋元之际张炎等人的骚雅理论开了先河。南宋前期词体体性的雅正要求从铜阳居士起，到林正大《风雅遗音·序》告一个段落。到了南宋后期，除了张侃在其《跋拣词》中谈到"若夫泥纸上之空言，极舞裙之逸乐，非惟违道，适以伐性，予则不敢"②，用儒家诗教规范词体体性外，几乎没有词学家作词体体性方面的探讨，这种局面一直持续到元代。

四 金元时期的词体体性论

金代的词体体性论主要体现在王若虚和元好问的词学批评中。王若虚

---

① 曾丰：《知稼翁词·序》，汲古阁《宋六十名家词》本。
② 见唐圭璋《词话丛编》，第189页。

所持观点与南宋前期的体性说相同，认为"诗词只是一理，不容异观"，对末世"纤艳柔婉"的流俗之作予以强烈批判①，要求词作亦如诗一样反映广阔的现实生活，其观点显然与其生活的时代密切相关。与其生活时代相当的元好问的体性观则继承苏轼的观点，明确提出"性情说"。

> 唐歌词多宫体，又皆极力为之。自东坡一出，性情之外，不知有文字，真有"一洗万古凡马空"气象……《诗》三百所载小夫贱妇幽忧无聊赖之语，时犷为外物感触，满心而发，肆口而成者尔，其初果欲被管弦、谐金石、经圣人手以与"六经"并传乎？小夫贱妇且然，而谓东坡翰墨游戏，乃求与前人角胜负，误矣。自今观之，东坡圣处，非有意于文字之为工，不得不然之为工也。坡以来，山谷、晁无咎、陈去非、辛幼安诸公俱以歌词取称，吟咏情性，留连光景，清壮顿挫，能起人妙思。②

元好问认为词体应抒发"为外物感触""不得不然"的真性情，这种情感就像"《诗》三百所载小夫贱妇幽忧无聊赖之语"一样，"满心而发，肆口而成"，并且能"起人妙思"，回味无情。元氏没有具体指出"性情"的内涵，但从他的词作中我们可知，他所谓的性情可以是"问人间、情是何物，直教生死相许"③的艳情，可以是"匹马明年西去，看君射虎南山"④的爱国之情，可以是"待都把功名付时流，只求个天公、放教空老"⑤的隐逸之情，也可以是"偶解东门长啸，取次论韩彭"⑥的怀古之情，诸如入世与归隐的矛盾，超脱尘世的情怀，壮志难酬的悲愤，对国势危亡的担忧，对亡妻的痴情，对宫女命运的悲叹，对故国的无限思念，"崔立碑"事件后面对非议的独立超然，遗民生活的孤独寂寞，晚年我行我素、孤芳自赏的心态……在其词中皆有充分的表现，其"性情"的内涵可谓丰富深厚，并且能"以硬语写柔情"，做到"清丽刚健"。⑦

———————————

①　王若虚：《滹南诗话》，第 10 - 11 页。

②　元好问：《新轩乐府引》，《遗山先生文集》卷三十六，《万有文库》本。

③　元好问：《摸鱼儿》，《元好问全集》下，山西人民出版社，1990，第 128 页。

④　元好问：《朝中措》，《元好问全集》下，第 165 页。

⑤　元好问：《洞仙歌》，《元好问全集》下，第 134 页。

⑥　元好问：《水调歌头》，《元好问全集》下，第 120 页。

⑦　见朱庸斋《分春馆词话》卷四，广东人民出版社，1989，第 134 页。

由于元代很多词学家与南宋前期的词学家经历相同，因此对词体体性的理解亦大体一致。林景熙就认为"唐人《花间集》，不过香奁组织之辞，词家争慕效之，粉泽相高，不知其靡，谓乐府体固然也。一见铁心石肠之士，哗然非笑，以为是不足涉吾地。其习而为者，亦必毁刚毁直，然后宛转合宫商，妩媚中绳尺，乐府反为情性害矣"。对只言艳情的"花间"词深恶痛绝，指出：

> 乐府，诗之变也。诗发乎情，止乎礼义，美化厚俗，胥此焉寄？岂一变为乐府，乃遽与诗异哉？宋秦、晁、周、柳辈，各据其垒，风流蕴藉，固亦一洗唐陋而犹未也。荆公《金陵怀古》末语"后庭遗曲"，有诗人之讽；裕陵览东坡月词，至"琼楼玉宇，高处不胜寒"，谓"苏轼终是爱君"。由此观之，二公乐府根情性而作者，初不异诗也。①

林氏重申"乐府，诗之变也"这一观点，认为"诗发乎情，止乎礼义，美化厚俗"，词也一样，称赞王安石《金陵怀古》有"诗人之讽"，苏轼的《水调歌头》有忠君之意，因此得出结论："乐府根情性而作者，初不异诗也"，此处之性情与元好问提出之"性情"的内涵相一致。在此基础上，林景熙高度赞扬胡汲古之词，认为其词"诗之法度在焉。清而腴，丽而则，逸而敛，婉而庄。悲凉于残山剩水，豪放于明月清风，酒酣耳热，往往自为而歌之。所谓乐而不淫，哀而不伤，一出于诗人礼义之正。然则先王遗泽其独寄于变风者，独诗也哉！"在词中倡导"变风"精神，呼吁词作抒发故国之情，"悲凉于残山剩水"。林景熙的词体体性说深深打上了时代的烙印，带有强烈的政治功利色彩。

同时期的戴表元与林景熙同调，他认为词源于《诗经》。"《国风》《雅》《颂》，古人所以被弦歌而荐郊庙，其流而不失正，犹用之房中焉，此乐府之所由滥觞也。"指出："陈礼义而不烦，舒性情而不乱，其事宁出于诗！"并借刘梦得"五音与政通，而文章与时高下"之言，认为词作为音乐之一种，亦与政通，也应该与时俱进，陈礼仪，抒性情。进而称赞

---

① 林景熙：《胡汲古乐府·序》，《霁山文集》卷四，《四库全书》本。

同乡友余景游之词如诗歌一样"有所愤切，有所好悦，有所感叹，有所讽刺"①。

作为爱国将士之后的刘将孙谈起词体体性亦慷慨激昂，他的《胡以实诗词·序》开篇论道："文章之初惟诗耳，诗之变为乐府。"继而讥讽那些不懂此理之人："尝笑谈文者，鄙诗为文章小技，以词为巷陌之风流，概不知本末至此。"认为"诗词与文同一机轴"，即诗、词、文三者借"发乎情性，浅深疏密，各自极其中之所欲言"，其文学属性是一样的，词体不仅仅限于"淫哇调笑"之作，而应像诗一样，去表现丰富深厚的"性情"。与林景熙、戴表元不同的是他还指出了怎样在词中表现"性情"："脱落蹊径，而折旋蚁封，狭袖屈伸，而舞有余地。"② 即词既要拥有诗文的文学属性，又要不失其特有的含蓄蕴藉、言有尽而意无穷的艺术魅力。

这一时期还有一部分词学家承认词体的言情特性，但又认为不能肆意任情，脂粉气太浓，艳至于淫，为情所役。王博文指出："乐府始于汉，著于唐，盛于宋，大概以情致为主。秦、晁、贺、晏，虽得其体，然哇淫靡曼之声胜。东坡、稼轩，矫之以雄词英气，天下之趣向始明。近时元遗山每游戏于此，掇古诗之精英，备诸家之体制，而以林下风度，消融其膏粉之气。"③ 他认为词以"情致为主"，但不能"哇淫靡曼"，而应"掇古诗之精英"，以雄辞英气、林下风度消融其脂粉之气。甘楚材在《存中词稿·序》中进一步论述词体之体性："词者诗之余，作诗难，作词尤难。词欲媚而正，艳而不淫。高宗南渡以来，辛稼轩为词人第一，正而不淫也。余读存中词，诸词意深远媚而正者，《南乡子·咏春闺》有态度，艳而不淫者，使杂诸稼轩词中，孰知其为存中哉？"④ 他认为词体既要媚艳又要不淫，即词体既要保有传统的言情体性，又要词意深远，得骚雅之正。甘氏所谓的"正"，即不淫、雅正、骚雅。

词学大家张炎对甘楚材的观点进行充分阐述，对词体体性提出了自己的要求："簸弄风月，陶写性情，词婉于诗。盖声出莺吭燕舌间，稍近乎情可也。若邻乎郑卫，与缠令何异也……皆景中带情，而存骚雅。燕酣之乐，别离之愁，回文题叶之思，岘首西州之泪，一寓于词。若能屏去浮艳，乐

① 戴表元：《余景游乐府编·序》，《剡源文集》卷九，《四库全书》本。
② 刘将孙：《胡以实诗词·序》，《养吾斋集》卷十一，《四库全书》本。
③ 王博文：《天籁集·序》，徐凌云《天籁集编年校注》，第205页。
④ 见李修生主编《全元文》卷四百五十七，第十三册，江苏古籍出版社，1998，第230页。

而不淫，是亦汉魏乐府之遗意。"① 他认为词体较之诗，陶写性情是其特性，因词体出于歌妓演唱，即便如此，稍近乎情则可，若如郑卫之音之浮华淫靡，就与民间说唱的"缠令"没有什么区别了。因而他认为词中抒写离情应景中带情，而存骚雅，即继承汉魏乐府之遗意，屏去浮华，乐而不淫，哀而不伤，而得"得言外意"。他进一步指出：

> 词欲雅而正，志之所之，一为情所役，则失其雅正之音。耆卿、伯可不必论，虽美成亦有所不免。如"为伊泪落"，如"最苦梦魂，今宵不到伊行"，如"天便教人，霎时得见何妨"，如"又恐伊，寻消问息，瘦损容光"，如"许多烦恼，只为当时，一饷留情"，所谓淳厚日变成浇风也。
>
> 康、柳词亦自批风抹月中来，风月二字，在我发挥，二公则为风月所使耳。
>
> 辛稼轩、刘改之作豪气词，非雅词也。于文章余暇，戏弄笔墨，为长短句之诗耳。②

张炎认为词体擅长"簸弄风月，陶写性情"，但词人对所言之"情"须拿捏得体，不能仅言艳情，要情中见"志"，情志相当；同时，抒写艳情不能为情所役，流于俚俗；抒怀言志又要节制豪气，不使其过度，保持词体应有的特性，即把《诗经》中的"雅正"之意与《离骚》中的"芳草美人"之托水乳交融地融合在一起，凝结为词作中"骚姿雅骨"的性情意趣。张炎的词体体性论是他所处宋元之际时代精神的反映，也是宋末元初词体体性论的理论总结，因此带有鲜明的时代特色。

第四节　宋元词论中的词体创作论

创作论是一种文体成熟甚至繁荣以后出现的批评现象，词体创作论亦

---

① 张炎：《词源》卷下，《词话丛编》，第 263 页。
② 张炎：《词源》卷下，《词话丛编》，第 266、277 页。

然。在词体兴起、定型以及走向成熟的唐五代的漫长时期，词学批评中没有相关的创作论，这种局面一直到词体高度成熟并逐渐繁荣的北宋才被打破。到了南宋，词坛迎来了创作论的快速发展。经过南宋词学家的探索与理论积淀，元代词学创作论终于形成较为系统的理论体系，并对后代产生了很大的影响。

一 北宋时期的词体创作论

北宋是词体创作繁荣的时期，因此创作论不被词学家关注，尤其是北宋前期几乎无人问津，北宋中期苏轼豪放词出现以后，传统的词学成规被打破，词学家对词体风格及体性展开了针锋相对的争论，怎样填写词才符合其文体特征这一问题逐步提上创作日程，词学家在词论中开始发表自己的看法。

北宋最早涉及创作论的当是宋初的潘阆，他在《逍遥词·附记》里对词体的立意、用情作了简约的阐述。他认为"当其用意欲深，放情须远，变风雅之道"，若此，词人之"盘泊之意，缥缈之情"才能"尽见于兹"。①"盘泊"作为批评用语见于皎然《诗式》："立言盘泊曰意。"② 李壮鹰注云："盘泊，通盘魄，立言盘泊：谓诗中之言，委婉曲折而不质直，故含深微之意。"③ 缥缈：若隐若现，若有若无，在此意为悠悠不尽、含蓄蕴藉之意。潘阆主张词体立意要深微广阔，若此，所抒之情才能言有尽而意无穷，词体才能产生应有的艺术美感。潘阆的创作论仅仅涉及了两个问题，并且论述很少，随着词体创作的丰富多彩，词学家在创作论方面关注更多的问题，北宋中期的李之仪即如此。

李之仪与苏轼同时，他看到了柳永创立慢词以来词体创作所发生的变化，目睹了宋代中期词坛创作上的强烈分化，体味到了苏轼以诗为词所创作的豪放词对传统词学观念的颠覆，进而有的放矢地提出自己对词体创作的看法。首先他指出："长短句于遣词中最为难工，自有一种风格，稍不如格，便觉龃龉。"认为词体创作自有特点，遣词用语最难工致，若以诗文的做法去填词，与词体所要求难以协调，词也就失去了它原有的味道。其次

---

① 潘阆：《逍遥词》附，四印斋汇刻《宋元三十一家词》本。
② 见皎然著、李壮鹰校注《诗式校注》，人民文学出版社，2003，第70页。
③ 见皎然著、李壮鹰校注《诗式校注》，第85页。

是强调词的韵味："至柳耆卿，始铺叙展衍，备足无余，形容盛明，千载如逢当日，较之《花间》所集，韵终不胜，尤是知其为难能也。"李氏认为柳永词铺叙展衍，一览无余，已失去《花间》词委婉含蓄的韵味。李之仪的创作论是与时俱进的，他肯定了柳永创立慢词的贡献，又敏锐地发现慢词普及以来所产生的弊病，并及时地在词论中加以纠正。再次是主张字字有据，妙见卒章："字字皆有据，而其妙见于卒章。"这里的"有据"由以上两点可知应该是词意内涵丰富，音韵和谐；李氏要求词的结尾要留给读者无限的想象空间，从而达到"语尽而意不尽，意尽而情不尽"的艺术境界。由此，李之仪提出了词体创作的依据："以《花间》所集为宗"，而"辅之以晏、欧阳、宋，而取舍于张、柳，其进入，将不可得而御矣"。[①] 这正是当时词坛创作经验的总结，被苏轼誉为最佳词人的秦观即取长补短、运雅救俗，成为当时词坛的典范。李之仪的词体创作论产生于词坛创作分化的北宋中期，旨在恢复词体传统的文体特点，稍后的李清照亦然，不同的是李清照论述得更详细，更具体。

　　李清照专门的论词文章《词论》创作于早年，即北宋后期，她面对词坛上已经形成的多元局面，担心诗词的文体特征相混淆，而对词体创作提出了一系列的要求。其一，语言雅致，有句有章。她评价柳永词"词语尘下"，而认为"张子野、宋子京兄弟、沈唐、元绛、晁次膺辈继出，虽时时有妙语，而破碎何足名家"，因此主张词体不仅要语言雅致，时时有妙语，而且还要连贯流丽，妙语与整首词和谐一致。其二，音律协调，声韵不谬。她指出众多词人的不协音律："晏元献、欧阳永叔、苏子瞻，学际天人，作为小歌词，直如酌蠡水于大海，然皆句读不葺之诗尔。又往往不协音律者。"并详细阐述了如何协音、协律："诗文分平侧，而歌词分五音，又分五声，又分六律，又分清浊轻重，且如近世所谓《声声慢》《雨中花》《喜迁莺》，既押平声韵，又押入声韵；《玉楼春》本押平声韵，又押上去声，又押入声。本押仄声韵，如押上声则协；如押入声，则不可歌矣。王介甫、曾子固，文章似西汉，若作一小歌词，则人必绝倒，不可读也。"李清照第一次在词论中如此详赡地阐述词体的协音、协律，说明词的创作在北宋后期失音现象已相当普遍，她试图挽回词体特有的音乐属性。其三，铺叙展衍，典雅庄重。"词别是一家，知之者少。后晏叔原、贺方回、秦少游、黄

---

① 李之仪：《姑溪题跋》卷一，第 49－51 页。

鲁直出，始能知之。又晏苦无铺叙，贺苦少典重。"她认为填词既要铺叙展衍，又要典雅庄重，而不能一味铺叙致使词作苍白无力，缺少应有的味道，这一点与李之仪观点一致，而她又进一步深入论及词体的典雅庄重。其四，主情致，用故实。她认为词体创作既要饱含情感，又要恰当地运用典故及史实，因而对秦观及黄庭坚词提出不满："秦即专主情致，而少故实。譬如贫家美女，虽极妍丽丰逸，而终乏富贵态。黄即尚故实，而多疵病。譬如良玉有瑕，价自减半矣。"① 认为词体如果仅仅饱含情感、富有情致，而不恰当运用典故及史实的话，就如贫穷人家的女孩子，虽然妍丽丰逸，但是没有大家闺秀的高雅气质；并指出运用典故及史实一定要恰到好处，否则一样没有好的效果。

李清照的创作论与李之仪一样，旨在使词体回归传统。她针对当时词坛出现的不合创作传统的现象以及新情况，强调词体创作应雅致、协律，既要铺叙展衍，又要典雅庄重，既要有情致，又要有品位。可以说，李清照对词体创作的要求开了宋末元初沈义父、张炎等人创作论的先河。

二 南宋时期的词体创作论

北宋不同时期的三位词学家皆论述了词体创作的问题，但他们更多的是从品评词人词作出发进而生发自己的观点，到了南宋这种论述方式发生了变化，词学家们直接对填词的具体方法作出阐述。胡仔指出：

> 凡作诗词，要当如常山之蛇，救首救尾，不可偏也。如晁无咎作中秋《洞仙歌》辞，其首云："青烟幂处，碧海飞金镜，永夜闲阶卧桂影。"固已佳矣，其后云："待都将许多明，付与金樽，投晓共流霞倾尽。更携取胡床上南楼，看玉做人间，素秋千顷。"若此可谓善救首尾者也。至朱希真作中秋《念奴娇》，则不知出此，其首云："插天翠柳，被何人推上，一轮明月。照我藤床凉似水，飞入瑶台银阙。"亦已佳矣。其后云："洗尽凡心，满身清露，冷浸萧萧发。明朝尘世，记取休向人说。"此两句全无意味，收拾得不佳，遂并全篇气索然矣。②

---

① 见李清照《李清照集》，中华书局，1962，第79页。
② 胡仔：《苕溪渔隐词话》，《词话丛编》，第175页。

　　胡氏对词作的谋篇布局提出要求，认为作词要首尾照应，并用"常山之蛇"作比喻。"常山之蛇"源于《孙子兵法》："故善用兵者，譬如率然。率然者，常山之蛇也。击其首则尾至，击其尾则首至，击其中则首尾俱至。"① 并且以晁补之《洞仙歌》与朱敦儒《念奴娇》二首中秋词加以说明。晁补之"青烟幂处"词首尾照应得特别好，词通篇写赏月，上片开头写月升的情景，进而写室外赏月，再写由赏月而生发的情思；下片转入室内的宴赏，结尾又转入室外。整首词从室外开始，又在室外结束，而结尾又是开头情感的升华。此词被胡仔评为"善救首尾者"。而胡氏对朱敦儒的中秋词则颇为不满，朱敦儒的《念奴娇》词开头也是描写月升景象，且甚佳，接着写想象自己飞入月宫的情景；下片抒发超凡脱俗的情感，而结尾写回到现实的境况，此词结尾不仅仅没有照应开头，而且太直白，所以胡仔说："此两句全无意味，收拾得不佳，遂并全篇气索然矣。"

　　胡仔与李清照一样，要求词句全篇皆佳，因而他指出："词句欲全篇皆好，极为难得。如贺方回'淡黄杨柳带栖鸦'、秦处度'藕叶清香胜花气'二句写景咏物，可谓造微入妙，若其全篇，皆不逮此矣。"他还要求用词应与出处之意相合："周美成'水亭小，浮萍破处，檐花帘影颠倒'，按杜少陵诗'灯前细雨檐花落'，美成用此'檐花'二字，全与出处意不相合，乃知用字之难矣。"② 可以说胡仔关于词体创作方面的论述预示着词学批评中创作论的高潮即将来临。南宋后期杨缵的《作词五要》，尤其是沈义父的《乐府指迷》在创作论方面取得了很大成就，是南宋词法的理论总结。

　　杨缵的《作词五要》论述比较简单，他指出："第一要择腔。""第二要择律。""第三要填词按谱。""第四要随律押韵。"五要中的前四要皆谈词体的用韵协律，认为词的用词用韵一定要与所配合的音乐水乳交融，否则就会"转摺怪异，成不祥之音"，并举出实例加以说明。在第五要中作者论述了词的立意："要立新意。若用前人诗词意为之，则蹈袭无足奇者。须自作不经人道语，或翻前人意，便觉出奇。或只能炼字，诵才数过，便无精神，不可不知也。更须忌三重四同，始为具美。"他认为立意包括三个方面，其一是"作不经人道语"，尽可能创作出人所不能道出之语，方见出立意新奇，此最难者；其二是"翻前人意"，前人道出者，词人在创作时可在前人

---

　　① 见赵国华注说《孙子兵法》，河南大学出版社，2008，第133页。
　　② 胡仔：《苕溪渔隐词话》，《词话丛编》，第167页。

的基础上翻出一层新意，亦可谓奇；其三是词作者忌讳仅仅在炼字上下功夫，追求字面的奇巧，这不是真正的创新，因为这样的词作"诵才数过，便无精神"，没有内在的新意，只是重复前人而已。① 杨缵的《作词五要》虽然论述简约，但它第一次对词体创作中的立意作了论述，对同时期的沈义父以及稍后张炎的词体创作论产生了直接的影响。

沈义父的词话名为《乐府指迷》，即为填词者指点迷津，他围绕四个方面详细阐述了词的创作："音律欲其协，不协则成长短之诗。下字欲其雅，不雅则近乎缠令之体。用字不可太露，露则直突而无深长之味。发意不可太高，高则狂怪而失柔婉之意。"②

其一，协律。他强调词体一定要协律，否则，词而非词，就成了长短句的诗歌。他就词体创作中的协律问题一一作了论述，譬如论押韵："押韵不必尽有出处，但不可杜撰。若只用出处押韵，却恐窒塞。"③又如论词中四声的运用："腔律岂必人人皆能按箫填谱，但看句中用去声字最为紧要。然后更将古知音人曲，一腔三两只参订，如都用去声，亦必用去声。其次如平声，却用得入声字替。上声字最不可用去声字替。不可以上去入，尽道是侧声，便用得，更须调停参订用之。古曲亦有拗音，盖被句法中字面所拘牵，今歌者亦以为碍。"④ 并举词例加以说明，论述通俗明白，便于初学词者习词创作。沈义父还论述了豪放与叶律、腔与字词的配合：

> 近世作词者，不晓音律，乃故为豪放不羁之语，遂借东坡、稼轩诸贤自诿。诸贤之词，固豪放矣，不豪放处，未尝不叶律也。如东坡之《哨遍》、"杨花"《水龙吟》，稼轩之《摸鱼儿》之类，则知诸贤非不能也。
>
> 古曲谱多有异同，至一腔有两三字多少者，或句法长短不等者，盖被教师改换。亦有嘌唱一家，多添了字。吾辈只当以古雅为主，如有嘌唱之腔不必作。且必以清真及诸家目前好腔为先可也。⑤

① 杨缵：《作词五要》，《词话丛编》，第 267 - 268 页。
② 沈义父：《乐府指迷》，《词话丛编》，第 277 页。
③ 沈义父：《乐府指迷》，《词话丛编》，第 280 页。
④ 沈义父：《乐府指迷》，《词话丛编》，第 280 页。
⑤ 沈义父：《乐府指迷》，《词话丛编》，第 282 - 283 页。

沈义父在一定程度上允许豪放词打破音律的束缚,如苏、辛之豪放词作,但指出这些大家之词作"不豪放处",皆"叶律",在词体音律方面表现出较为通达的词学观念。在腔与字词的配合方面,沈义父亦提出了要求,认为填词"当以古雅为主",而不能像流行于市井的"嘌唱"一样,"驱驾虚音,纵弄宫调"①,随随便便"旧声而加泛艳"②,从而充满市井俗艳气,并以周邦彦词所依之腔为典范。

在此基础上,沈义父还进一步论述了词作句中用韵的情况:"词中多有句中韵,人多不晓。不惟读之可听,而歌时最要叶韵应拍,不可以为闲字而不押。如《木兰花》云:'倾城。尽寻胜去。''城'字是韵。又如《满庭芳》过处'年年。如社燕','年'字是韵。不可不察也。其他皆可类晓。又如《西江月》起头押平声韵,第二第四就平声切去,押侧声韵。如平声押'东'字,侧声须押'董'字、'冻'字韵方可。有人随意押入他韵,尤可笑。"③ 举例论述尤为详赡。

其二,典雅。沈义父标出"下字"典雅的要求,并指出习词当以清真为主:"凡作词,当以清真为主。盖清真最为知音,且无一点市井气。下字运意,皆有法度,往往自唐宋诸贤诗句中来,而不用经史中生硬字面,此所以为冠绝也。"认为清真词不仅没有市井气,而且立意典雅,皆有法度。亦列出反面教材供习词者借鉴:"康伯可、柳耆卿音律甚协,句法亦多有好处。然未免有鄙俗语。""施梅川音律有源流,故其声无舛误。读唐诗多,故语雅澹。间有些俗气,盖亦渐染教坊之习故也。""孙花翁有好词,亦善运意。但雅正中忽有一两句市井句,可惜。"④ 作者举出康伯可、柳永、施梅川、孙花翁四人,认为四人词作皆合音律,但康伯可、柳永虽句法也有好处,而时时有鄙俗语,施梅川虽受唐诗熏染,用语雅澹,而兼有俗气,孙花翁立意尚好,而往往"雅正中忽有一两句市井句",甚为可惜。怎样使词作典雅不俗,沈氏认为"当看温飞卿、李长吉、李商隐及唐人诸家诗句中字面好而不俗者,采摘用之。即如《花间集》小词,亦多好句"⑤。由此可知,沈义父所谓的典雅不仅仅是指下字的典雅,同样也要求词作音韵及

---

① 耐得翁:《都城纪胜》,中国商业出版社,1982,第10页。
② 程大昌:《演繁露》,中华书局,1991,第96页。
③ 沈义父:《乐府指迷》,《词话丛编》,第283页。
④ 沈义父:《乐府指迷》,《词话丛编》,第277-278页。
⑤ 沈义父:《乐府指迷》,《词话丛编》,第279页。

立意之典雅。张炎的雅正说在《乐府指迷》中已初见端倪。

其三，含蓄。沈义父强调"用字不可太露，露则直突而无深长之味"。在谈到词体应含蓄有味时，作者举正反两个方面例子论述，使习词者一目了然。如论述词的结句：

> 结句须要放开，含有余不尽之意，以景结尾最好。如清真之"断肠院落，一帘风絮"，又"掩重关，遍城钟鼓"之类是也。或以情结尾亦好。往往轻而露，如清真之"天便教人，霎时厮见何妨"，又云"梦魂凝想鸳侣"之类，便无意思，亦是词家病，却不可学也。①

他明确指出结句一定要结得意犹未尽，并认为以写景作为词的结句最好，若以情结句未尝不可，但他认为往往容易造成"轻而露"的效果。为了使词达到含蓄蕴藉的艺术效果，沈氏还对词中用典中人名作了论述："词中用事使人姓名，须委曲得不用出最好。清真词多要两人名对使，亦不可学也。如《宴清都》云：'庾信愁多，江淹恨极。'《西平乐》云：'东陵晦迹，彭泽归来。'《大酺》云：'兰成憔悴，卫玠清羸。'《过秦楼》云：'才减江淹，情伤荀倩。'之类是也。"② 他认为词中若使用古代人名，最高的境界是不直接用人名而仅用其事，如清真词中往往两个人名相对而出的用法最要不得，也伤及词体委曲之特点。

其四，柔婉。沈义父在词体创作风格上讲求柔婉，因此对南宋后期新变的婉约词诸如姜夔、吴文英等人的词作颇有微词，因为姜夔词清劲，梦窗词晦涩，皆不柔婉。"姜白石清劲知音，亦未免有生硬处。""梦窗深得清真之妙。其失在用事下语太晦处，人不可晓。"③ 进而对词作的对句也作了具体要求："遇两句可作对，便须对。短句须剪裁齐整，遇长句须放婉曲，不可生硬。"④ 认为在词体创作中，该用对句时应该用，但是如果对句句子过长，一定要注意婉曲柔致，不可生硬晦涩。

在此基础上，沈义父还大篇幅地论述了咏物词的创作。他首先谈到了咏物词之起句："大抵起句便见所咏之意，不可泛入闲事，方入主意。咏物

---

① 沈义父：《乐府指迷》，《词话丛编》，第279页。
② 沈义父：《乐府指迷》，《词话丛编》，第283页。
③ 沈义父：《乐府指迷》，《词话丛编》，第278页。
④ 沈义父：《乐府指迷》，《词话丛编》，第280页。

尤不可泛。"① 认为咏物词开篇就要切题，使读者一看便知作者所咏之意。其次论述了论咏物词的用事：

> 咏物，须时时提调，觉不可晓，须用一两件事印证方可。如清真咏梨花《水龙吟》，第三、第四句，引用"樊川""灵关"事。又"深闭门"及"一枝带雨"事。觉后段太宽，又用"玉容"事，方表得梨花。若全篇只说花之白，则是凡白花皆可用，如何见得是梨花。②

沈氏认为咏物词必须用事，恰当的用事、用典不仅会使词作婉美含蓄，而且会使所咏之物清晰可见，别具一格，凸显其特性，从而作者所咏之意也可得到深化。为了使词作更委婉，沈氏指出咏物不可直说："炼句下语，最是紧要，如说桃，不可直说破桃，须用'红雨''刘郎'等字。如咏柳，不可直说破柳，须用'章台''灞岸'等字。又咏书，如曰'银钩空满'，便是书字了，不必更说书字。'玉箸双垂'，便是泪了，不必更说泪。如'绿云缭绕'，隐然鬓发，'困便湘竹'，分明是簟。"③ 认为若把这些皆说破，则词与坊间之"赚人与耍曲"无分别了。沈义父不仅论述了词之咏物，还涉及了词曲之别，并且认为不仅用事如此，用情亦然："如说情，不可太露。"④ 沈义父又以咏物为例阐述词之特性："作词与诗不同，纵是花卉之类，亦须略用情意，或要入闺房之意。然多流淫艳之语，当自斟酌。如只直咏花卉，而不着些艳语，又不似词家体例，所以为难。又有直为情赋曲者，尤宜宛转回互可也。"⑤

关于词体的谋篇布局，胡仔在其词论中进行了论述，沈义父在其基础上论述得更具体："作大词，先须立间架，将事与意分定了。第一要起得好，中间只铺叙，过处要清新。最紧是末句，须是有一好出场方妙。作小词只要些新意，不可太高远，却易得古人句，同一要炼句。"⑥ 沈氏把慢词长调与令词短调分别论述，指出慢词长调的创作要先考虑整体的布局，然

---

① 沈义父：《乐府指迷》，《词话丛编》，第 279 页。
② 沈义父：《乐府指迷》，《词话丛编》，第 279 页。
③ 沈义父：《乐府指迷》，《词话丛编》，第 280 页。
④ 沈义父：《乐府指迷》，《词话丛编》，第 280 页。
⑤ 沈义父：《乐府指迷》，《词话丛编》，第 281 页。
⑥ 沈义父：《乐府指迷》，《词话丛编》，第 283 页。

后起句要精彩，中间要铺叙展衍，过片要清新，结尾要绝妙。而小令短调则不同，他强调立意要新，但"不可太高远"，这与其"发意不可太高，高则狂怪而失柔婉之意"的词学观相一致，同时指出创作令词还要注意锤炼字句，点化古人词句。

《乐府指迷》不仅涉及词体创作的多个方面，而且较有理论体系。沈义父的词体创作论针对南宋词坛有感而发且具体直观，可操作性强，为习词者确立了多方面的标准并树立了样板，理论价值很高，其诸多论述为元代词体创作论打下了深厚的理论基础。

三　元代的词体创作论

元代的词体创作论在南宋的基础上取得了前所未有的成就，主要表现在张炎的《词源》及陆辅之的《词旨》中。张炎的创作论比沈义父涉及面更广，论述更加深入、更全面；陆辅之师从张炎，对张炎的理论作了进一步阐发。

张炎的词体创作论是在其雅正理论的基础上展开的。第一，他论述了词之"协音"。认为"词以协音为先"，并详细论述了法曲、慢曲、大曲及其拍眼与演唱效果，认为"唱曲苟不按拍，取气决是不匀，必无节奏"，因此词亦必须"按律制谱，以词定声"，严格区分唇、齿、喉、舌、鼻五音，轻、清、重、浊之声，才能不失律，演唱时才会收到声字悠扬、余音绕梁的艺术效果。张炎论述词的韵律时先从曲子及演唱的角度出发，然后再及填词："音律所当参究，词章先宜精思，俟语句妥溜，然后正之音谱，二者得兼，则可造极玄之域。"认为在研究音律的基础上，依据音律填上语句妥溜之词，然后再正之音谱，这样就会音、词相当，可造天音。张炎还对和韵词进行论述："词不宜强和人韵，若倡者之曲韵宽平，庶可赓歌。倘韵险又为人所先，则必牵强赓和，句意安能融贯，徒费苦思，未见有全章妥溜者。东坡《次章质夫杨花水龙吟》韵，机锋相摩，起句便合让东坡出一头地，后片愈出愈奇，真是压倒今古。我辈倘遇险韵，不若祖其元韵，随意换易，或易韵答之，是亦古人三不和之说。"[1] 认为要创作出压倒前人的和韵，最好和"曲韵宽平"者，原词韵险则不必牵强和之，否则词作就会意脉不融通，全章难顺溜；并指出若想和险韵词，则可祖其原韵，这样更容

---

[1]　张炎：《词源》，《词话丛编》，第255、256、265页。

易创作出好的和韵词。

第二，张炎对词体创作中的用句用字结合词例给予论说。如论句法："词中句法，要平妥精粹。一曲之中，安能句句高妙，只要拍搭衬副得去，于好发挥笔力处，极要用功，不可轻易放过，读之使人击节可也。"① 认为一曲之中不可能"句句高妙"，因此句法以"平妥精粹"为要，该高妙处，一定要极其用功，发挥笔力，达到"使人击节"的艺术效果。并举苏轼、周邦彦、史达祖及姜夔之句法得当之词为例，指出词作怎样于"平易中有句法"。

> 如东坡杨花词云："似花还似非花，也无人惜从教坠。"又云："春色三分，二分尘土，一分流水。"如美成《风流子》云："凤阁绣帏深几许，听得理丝簧。"如史邦卿春雨云："临断岸、新绿生时，是落红、带愁流处。"灯夜云："自怜诗酒瘦，难应接许多春色。"如吴梦窗登灵岩云："连呼酒，上琴台去，秋与云平。"闰重九云："帘半卷，带黄花、人在小楼。"姜白石《扬州慢》云："二十四桥仍在，波心荡，冷月无声。"此皆平易中有句法。②

在词体创作中仅仅做到"平易中有句法"还不够，张炎还对字面、虚字以及语句的具体运用作了深入的论述。如论字面："句法中有字面，盖词中一个生硬字用不得。须是深加煅炼，字字敲打得响，歌诵妥溜，方为本色语。如贺方回、吴梦窗，皆善于炼字面，多于温庭筠、李长吉诗中来。字面亦词中之起眼处，不可不留意也。"③ 认为字面不能用生硬字，既要字字敲打得响，又要歌诵妥溜，因而必须深加煅炼。张炎的所谓妥溜，不是自然而然，而是锻炼之后的平易。怎样做到极炼而不炼的字面，张氏指出了具体的方法，即多点化温庭筠、李贺之诗作。又如论虚字："词与诗不同，词之句语，有二字、三字、四字，至六字、七、八字者，若堆叠实字，读且不通，况付之雪儿乎？合用虚字呼唤，单字如正、但、任、甚之类，两字如莫是、还又、那堪之类，三字如更能消、最无端、又却是之类，此等虚字，却要用之得其所。若使尽用虚字，句语又俗，虽不质实，恐不无

---

① 张炎：《词源》，《词话丛编》，第258页。
② 张炎：《词源》，《词话丛编》，第258页。
③ 张炎：《词源》，《词话丛编》，第259页。

掩卷之诮。"① 认为词与诗不同，词句长短不齐，参差错落，因此若七八字之长句子尽是实字堆垛，不仅诵读不畅，而且歌妓难以婉转演唱，因此其中间用适当的单、双甚至是三字之虚字，则能达到抑扬顿挫的艺术效果；但又不能尽用虚字，言之无物，而又俗不可耐。张炎也对词中语句之"宽"与"工"作了可行的论述："词之语句，太宽则容易，太工则苦涩。如起头八字相对，中间八字相对，却须用功著一字眼，如诗眼亦同。若八字既工，下句便合稍宽，庶不窒塞。约莫宽易，又著一句工致者，便觉精粹。此词中之关键也。"② 认为词中用语既不能"太宽"，又不能"太工"，太宽则会导致词作平易无味，而太工又会致使词作晦涩不明。指出作词亦如作诗，诗有诗眼，词应有词眼，如若上句工对，下句则可稍宽，错落有致，精粹之意则出。

第三，立意。张炎指出："词以意趣为主，要不蹈袭前人语意。"③ 认为词作以立意为先，立意不仅要高远，而且还要不蹈袭前人语意，并举苏轼《水调歌头·明月几时有》《洞仙歌云·冰肌玉骨》、王安石《桂枝香·登临送目》、姜白石《暗香·旧时月色》《疏影·苔枝缀玉》等词作为例，认为"此数词皆清空中有意趣，无笔力者未易到。"④ 如何做到立意高远，出语新奇，张炎认为用姜夔的句法去润色周邦彦之词作，则可使词作锦上添花："美成词只当看他浑成处，于软媚中有气魄。采唐诗融化如自己者，乃其所长。惜乎意趣却不高远。所以出奇之语，以白石骚雅句法润色之，真天机云锦也。"⑤ 张炎关于立意的论述显然继承了杨缵《作词五要》之观点，而论述更加深入。

第四，咏物。张炎亦如沈义父，用了较多的篇幅论述了咏物词之写法。他指出："诗难于咏物，词为尤难。体认稍真，则拘而不畅，模写差远，则晦而不明。要须收纵联密，用事合题。一段意思，全在结句，斯为绝妙。"⑥ 认为词中咏物最难，原因是描写过实，则实质不畅，刻画笼统则意旨不明，因此他指出创作咏物词收放自如，疏密相间，用事切合题意，结句意味深

---

① 张炎：《词源》，《词话丛编》，第 259 页。
② 张炎：《词源》，《词话丛编》，第 265 页。
③ 张炎：《词源》，《词话丛编》，第 260 页。
④ 张炎：《词源》，《词话丛编》，第 260 页。
⑤ 张炎：《词源》，《词话丛编》，第 266 页。
⑥ 张炎：《词源》，《词话丛编》，第 261 页。

长，方能创作出上好的咏物词作，因此他称赏史邦卿《东风第一枝·巧翦兰心》《绮罗香·做冷欺花》《双双燕·过春社了》、白石《暗香》《疏影》等词，认为姜夔《齐天乐·赋促织》"全章精粹，所咏了然在目，且不留滞于物"，刘改之《沁园春·咏指甲》《咏小脚》"二词亦自工丽"。① 张炎还由咏物词谈论到咏节序，认为"昔人咏节序，不惟不多，附之歌喉者，类是率俗，不过为应时纳祜之声耳"。而好的咏物词应如周邦彦之《解语花·风销焰蜡》，史邦卿《东风第一枝·草脚愁苏》《喜迁莺·月波疑滴》，"不独措辞精粹，又且见时序风物之盛，人家宴乐之同"。"东坡词如《水龙吟》咏杨花、咏闻笛，又如《过秦楼》《洞仙歌》《卜算子》等作，皆清丽舒徐，高出人表。《哨遍》一曲，隐括归去来辞，更是精妙，周、秦诸人所不能到"。② 南宋后期及元初，由于时代的变化，很多词人借咏物抒发自己伤痛压抑的情怀，姜夔、史达祖、刘过包括张炎本人创作了不少形神兼备又有寄托的咏物词，词坛上创作咏物词已成风气，张炎、沈义父皆用大量的篇幅阐述咏物词的写法，是词坛创作实际的真实反映。

另外，张炎还对词作的谋篇布局以及词中用事作了一定的论述。关于词章的布局，张炎从慢词、令词、词作的选料三个方面作了详赡、通俗的论述。对于慢词的布局，他指出：

> 作慢词，看是甚题目，先择曲名，然后命意。命意既了，思量头如何起，尾如何结，方始选韵，而后述曲。最是过片，不要断了曲意，须要承上接下。如姜白石词云："曲曲屏山，夜凉独自甚情绪。"于过片则云："西窗又吹暗雨。"此则曲之意脉不断矣。词既成，试思前后之意不相应，或有重叠句意，又恐字面粗疏，即为修改。改毕，净写一本，展之几案间，或贴之壁。少顷再观，必有未稳处，又须修改。至来日再观，恐又有未尽善者，如此改之又改，方成无瑕之玉。倘急于脱稿，倦事修择，岂能无病？不惟不能全美，抑且未协音声。作诗者且犹旬锻月炼，况于词乎？③

---

① 张炎：《词源》，《词话丛编》，第 262 页。
② 张炎：《词源》，《词话丛编》，第 262－267 页。
③ 张炎：《词源》，《词话丛编》，第 258 页。

张炎对词体布局的看法很显然是受沈义父的影响，是对沈义父理论的再阐述，但他特别强调词作的"意脉不断"，在评价秦观词时也谈到这个问题："秦少游词体制淡雅，气骨不衰。清丽中不断意脉，咀嚼无滓，久而知味。"① 并且从意脉、句子、协音等多方面论述词成后如何修改。对于小令的布局，又与慢词不同。他强调："词之难于令曲，如诗之难于绝句，不过十数句，一句一字闲不得。末句最当留意，有有余不尽之意始佳。当以唐《花间集》中韦庄、温飞卿为则。又如冯延巳、贺方回、吴梦窗亦有妙处。至若陈简斋'杏花疏影里、吹笛到天明'之句，真是自然而然。"② 认为词中小令最难写作，因为令词篇章短小，又要余味无穷，因此一字一句皆要推敲得当，末句最为重要；他标出了令词的楷模，即韦庄、温庭筠，此外，冯延巳、贺铸、吴文英个别词作亦可。而令词的最高境界，张炎认为是"自然而然"，可见他所欣赏的令词是晚唐五代、北宋的不带雕琢痕迹的词作。张炎由词作的整体布局谈到词作选择材料，认为："大词之料，可以敛为小词，小词之料，不可展为大词。若为大词，必是一句之意，引而为两三句，或引他意入来，捏合成章，必无一唱三叹。如少游《水龙吟》云'小楼连苑横空，下窥绣毂雕鞍骤'，犹且不免为东坡所诮。"③ 他是从词体的含蓄蕴藉的特性出发来论述其选材的，认为大词之料，可以压缩在一首小词里，这样词体仍不失其无穷韵味，相反，若小词之料，展衍为长词慢调，把"一句之意，引而为两三句，或引他意入来，捏合成章"，则词体一唱三叹、余音绕梁的味道全无。张炎所言正是对词体创作经验的总结。

李清照、沈义父对词中用事皆有所谈，但李只是提到，沈义父论述了人名用事，相对而言张炎谈得较多：

　　词用事最难，要体认著题，融化不涩。如东坡《永遇乐》云："燕子楼空，佳人何在，空锁楼中燕。"用张建封事。白石《疏影》云："犹记深宫旧事，那人正睡里，飞近蛾绿。"用寿阳事。又云："昭君不惯胡沙远，但暗忆江南江北。想佩环月下归来，化作此花幽独。"用少

① 张炎：《词源》，《词话丛编》，第267页。
② 张炎：《词源》，《词话丛编》，第265页。
③ 张炎：《词源》，《词话丛编》，第266页。

陵诗。此皆用事，不为事所使。①

张氏强调词中用事一定要与所写主题联系密切，并且做到水乳交融，不能仅仅为用事而用事。

元代另一位词学家陆辅之也对词体创作进行了论述，他曾"从乐笑翁游"，并从张炎意，而作《词旨》，专门阐述作词之法，目的是"俾初学易于入室"也，因此陆辅之的《词旨》是对张炎创作论的再阐述。陆辅之继续贯彻张炎的雅正理论，在词体创作上，他总结了张氏创作论的四个方面："命意贵远。用字贵便。造语贵新。炼字贵响。"② 即"四贵"理论，并加以论述。

关于立意，陆辅之在张炎"词以意趣为主，要不蹈袭前人语意"基础上，提出"命意贵远"，认为填词立意一定要高远脱俗，"须跳出窠臼外，时出新意，自成一家。若屋下架屋，则为人之贱仆矣"③。但命意的高远脱俗与谋篇布局关系密切，因此陆辅之也论述了词作的谋篇布局："对句好可得。起句好难得。收拾全藉出场。凡观词须先识古今体制雅俗。脱出宿生尘腐气，然后知此语，咀嚼有味。"④ 他认为对句易工，而谋篇不易，他在《词旨》中列举了包括张炎在内的时人词作中之精巧对句三十八则，以示对句门径，而谋篇则不同，须先观古今体制雅俗，不但要剔除浮艳之气，还要脱出尘腐气。对句要精当，而起句、结句更是不可放松，因此胡元仪释曰："谋篇之妙，必起结相成，意远句隽，乃十全之品。前人集中，不能首首皆然，而制法必至此乃贵。不易也。"⑤ 雅俗已知，浮艳、尘腐之气已除，谋篇布局上还要做到上下贯通，前后照应，"制词须布置停匀，血脉贯穿。过片不可断曲意，如常山之蛇，救首救尾"⑥。此论显然受南宋前期胡仔的影响。

陆辅之所论的后"三贵"，皆就词作遣词用字而论。他既强调词作的立意高远不俗，又指出词作的布置停匀，血脉贯穿，因而对词作的遣词用字

---

① 张炎：《词源》，《词话丛编》，第 261 页。
② 陆辅之：《词旨》，《词话丛编》，第 301 页。
③ 陆辅之：《词旨》，《词话丛编》，第 303 页。
④ 陆辅之：《词旨》，《词话丛编》，第 302 页。
⑤ 陆辅之：《词旨》，《词话丛编》，第 302 页。
⑥ 陆辅之：《词旨》，《词话丛编》第 303 页。

有特别的要求。关于用字，他认为"贵便"，"不用雕刻，刻则伤气，务在自然"①。"便"即不生涩，也就是张炎所谓的"词中用一生硬字不得"者，因而认为词中用字不用雕刻，太雕琢则伤词气，自然而然，"莲子结成花自落"，方为便当。这是对张炎自然说的进一步发挥。关于造语，陆辅之提出"贵新"，指出："古人诗有翻案法，词亦然。"② 这里的翻案法是指以故为新，点铁成金，化腐朽为神奇。关于炼字，陆辅之认为"贵响"，即张炎所谓"字字敲打得响，歌词妥溜，方为本色"者，所谓"响"，即"亮"。关于"亮"，唐圭璋先生作过甚为全面的论述：

> 亮者，哑之反，字句拖沓，音揭不起，斯为下乘。清音直揭，若鹤唳太空，斯为佳制。玉田谓作词要"字字敲打得响"，即词须亮也。而范石湖谓白石词"有敲金戛玉之声"，亦称白石词能亮也。词中所谓豪放、清空之说，俱不外一亮字。韦词之佳，在一亮字，白石词之佳，亦在一亮字，其他名家，亦无不具亮字之美。沉郁厚重之作，如有亮字以疏宕其气，则更极灵动飞舞之妙。清真、梦窗，不独厚重，音响亦亮也。清真如云"怒涛寂寞打孤城，风樯遥度天际"，梦窗如云"自怜两鬓清霜，一年寒食，又身在云山深处"，皆振拔警动，笔无沉滞。即为小令，亦不可不亮。试读韦词云"春水碧于天，画船听雨眠"，李后主词云"归时休放烛花红，待踏马蹄清夜月"，小山词云"斜月半窗还少睡，画屏闲展吴山翠"，白石词云"淮南皓月冷千山，冥冥归去无人管"，意境何等杳渺，而音响何等嘹亮，所谓名隽高华者，不其然乎！③

所以，张炎、陆辅之所谓的"响"，有两方面的含义，其一是演唱效果，如果词作字用得响，演唱者在唱词时则有"清音直揭，若鹤唳太空"的效果；其二是笔力意境，如果词作字用得响，词作则笔力"振拔警动，笔无沉滞"，"意境杳渺"。

"用字贵便，造语贵新，炼字贵响"，陆辅之关于遣词用语之"三贵"，

---

① 陆辅之：《词旨》，《词话丛编》，第301页。
② 陆辅之：《词旨》，《词话丛编》，第301页。
③ 唐圭璋：《论词之作法》，《中国学报》第1期，1943年1月。

可以说是对张炎之说的提炼，在此基础上，陆辅之第一次提出了"词眼"之说，并在《词旨》下卷录词眼二十六则。张炎在《词源》中指出："如贺方回、吴梦窗皆善于炼字面，多于温庭筠、李长吉诗中来。字面亦词中之起眼处，不可不留意也。"① 陆辅之提炼为"词眼"一词②。刘熙载《词概》："词眼二字，见陆辅之《词旨》，其实辅之所谓眼者，仍不过某字工，某句警耳。余谓'眼'，乃神光所聚，故有通体之眼，有数句之眼，前前后后，无不待眼光照映。若舍章法而专求字句，纵争奇兢巧，岂能开阖变化，一动万随耶？"③ 这里刘熙载不仅指出了陆辅之的发明，同时也指出了陆辅之的局限，即仅仅是对词中字句的追求而没有对全局的观照。

陆辅之在对张炎创作论阐发的基础上，总结出张炎创作论之要诀："周清真之典丽，姜白石之骚雅，史梅溪之句法，吴梦窗之字面，取四家之所长，去四家之所短，此翁之要诀。"④ 兼顾到张炎创作论中的立意用情以及遣词用语。但在具体论述过程中，陆辅之则偏重遣词用语，并用了大量的篇幅列举了属对、警句、词眼、单字集虚、双字集虚、三字集虚等自认为是经典的句子以备习词者学习。这些虽然可以作为张炎理论的形象佐证——张炎在《词源》中对此已有理论阐发，但《词源》论述更多的是怎样丰腴词体的内涵，而陆辅之显然是偏重于词体形式，刻意追求词体的艺术技巧，词体创作在这样的理论指导下，就像近体诗在晚唐过度追求对仗韵律而走向纤巧一样，也走向了纤妍一途。因此，陈廷焯感慨道："程钜夫、赵子昂辈犹是宋音。后则渐尚新艳，风格不逮。"⑤ 况周颐亦有同感：

> 词衰于元，当时名人词论，即亦未臻上乘。如陆辅之《词旨》所谓警句，往往抉择不精，适足启晚近纤妍之习。宋宗室名汝茪者，词笔清丽，格调本不甚高。《词旨》取其《恋绣衾》句："怪别来、胭脂慵传，被东风、偷在杏梢。"此等句不过新巧而已。⑥

---

① 张炎：《词源》，《词话丛编》，第 259 页。
② 陆辅之：《词旨》，《词话丛编》，第 336 页。
③ 刘熙载：《词概》，《词话丛编》，第 3701 页。
④ 陆辅之：《词旨》，《词话丛编》，第 301 页。
⑤ 见陈廷焯《云韶集》卷十一，抄本。
⑥ 况周颐：《蕙风词话》卷二，《词话丛编》，第 4444 页。

　　讲究词体创作技巧在南宋后期的词学批评中即已显现，这从沈义父《乐府指迷》即可看出，张炎《词源》进一步承其绪，到了《词旨》达到了高潮，并且对元代的词体创作产生了很大影响，元代词作整体上呈现出绮罗纤秾之态、靡丽纤软之气，陆辅之不得辞其咎。

　　宋金元时期的词学批评是明代词学批评的理论基础。这个时期的词学批评在词体起源论、风格论、体性论以及创作论等诸多方面取得了很大的成就，有些方面如创作论已经形成了较为系统的理论体系。但其不足也是明显的，由于词学批评积淀的时间还不够长，一些对后人影响深远的重大词学范畴譬如豪放与婉约、正宗与变体等还没有被抽象为对举的词学概念。明代的词学批评正是在这个基础上展开的，并最终完成了宋金元词学批评没有完成的任务。

第三章

明代前期——词学批评的衰微期

第一节　明代前期词学批评的背景

　　1368 年，明朝取代元朝，结束了混战分裂的局势，建立了中央集权的封建帝国。明太祖朱元璋为了进一步加强中央集权，废除了有一千多年历史的丞相制度，由皇帝一人总揽大权。为了巩固皇权，朱元璋大肆残杀大臣，并设锦衣卫，进行恐怖统治。洪武年间，由于俸禄过低，从上到下，官员贪污成性。朱元璋实行持久的肃贪运动，对贪污的官员实行剥人皮、凌迟，抽肠、刷洗①等残酷的刑罚。据研究者统计，朱元璋杀死的贪污受贿官员有几万人，到洪武十九年（1386），全国十三个省从府到县的官员很少能够做到满任的，大部分官吏皆被杀掉，其间错杀、冤枉者不计其数。与此同时，又大兴党狱，仅洪武一朝，《明史》记载的重典惩治豪绅案件就有十余起。其中影响较大的如洪武九年的"空印案"，全国的主印官员几乎一扫而光；十三年的胡惟庸案，被杀者超过一万人；十八年的"郭桓案"，共杀三万余人，结果"百姓中产之家大抵皆破"；二十六年的"蓝玉案"，杀蓝玉同党一万五千人，"蓝玉案"把洪武年间的功臣宿将几乎赶尽杀绝。数起案件中被杀者大多为文人。经过这一连串的擅杀黜陟，朝廷官员如惊弓之鸟，惶惶不可终日。

---

　　①　刷洗之刑是指先把人用开水烫了，再用铁刷子刷，极残酷。

燕王朱棣经过无数次的命悬一线、功败垂成之后，终于坐上了皇帝的宝座。明成祖在残忍好杀方面，不让其父，上台之后的第一件事就是对忠于惠帝的大臣进行血腥镇压。他用凌迟这种残忍的手段杀害了方孝孺并株连其十族，令人有"天下读书种子绝矣"①的感叹；自此始，朱棣开始了他一连串的屠杀，铁铉、黄子澄、齐泰、练子宁、卓敬等，先后被凌迟处死、灭族。《永乐大典》的主编、被认为是明代三大才子之一的解缙，在朱棣的授意下，被"狱吏沃以烧酒，埋雪中死"②。永乐年间，围绕朱高炽与朱高煦的皇位之争，无数人头落地，无数大臣被腰斩。朱棣建立东厂，监视百官，制造冤假错案，各级官员人人自危。

经历了短暂的"仁宣之治"后，到了英宗时期，太监王振移走了朱元璋防止宦官专政在宫门口立下的"内臣不得干预政事"的铁碑，从此，明代宦官开始专权。王振炙手可热，群臣无人敢碰。在王振的导演下，皇帝终于在"土木堡之变"中做了俘虏。英宗重新上台后，杀掉了挽救明王朝的忠臣于谦，重用奸臣，险些失国。宪宗即位，对祸乱后宫的万贵妃宠爱有加，宦官汪直的专权与王振相比，有过之而无不及，政治无比黑暗。内阁与六部成员不理政事，时有"纸糊三阁老""泥塑六尚书"之称。更有甚者，在太监汪直的一再要求下，宪宗同意汪直开办西厂。当时西厂特务成了死亡的代名词，京城上下人心惶惶，谈虎色变。官吏不知因何事，就被西厂特务抓进监狱，严刑拷打，朝政黑暗至极。接二连三对文人的大规模屠杀，尤其是洪武、永乐两朝频繁的杀戮，使人们有文化上后继无人之忧，其给在世文人心理上造成的阴影、创伤难以抹去、弥补。

明代建国后，朱元璋在加强中央集权制的同时，也强化思想文化统治。他以程朱理学作为明王朝的统治思想，并在洪武二年（1369）制定了严格的八股科举考试制度，专取四书五经命题取士，钦定朱熹的《四书集注》及程、朱派的其他解经著作作为科举经义考试的标准。为了使儒家经典传播得既快又广，洪武十四年（1381），朱元璋"命颁四书五经于各学校"，至二十四年（1391），"再命颁国子监子史等书于北方学校"。朱元璋虽然"奋起陇亩，未尝学问"，但"即位而后，挥毫染翰，圣藻葩流，甲乙之集，流

---

① 见张廷玉等《明史》卷一百四十一，《四库全书》本。

② 见王世贞著、罗仲鼎校注《艺苑卮言》，齐鲁书社，1992，第293页。

传人世"①，因此，《明史·太祖本纪》颂扬道，"礼致耆儒，考礼定乐，昭揭经义，尊崇正学""修人纪，崇风教"。② 朱元璋亦深知文学的重要作用。他指出："古人为文章，或以明道德，或以通当世之务，如典谟之言，皆明白易知，无深怪险僻之语。至如诸葛孔明《出师表》，亦何尝雕刻为文？而诚意溢出，至今使人诵之，自然忠义感激。近世文士，不究道德之本，不达当世之务，立辞虽艰深而意实浅近，即使过于相如、扬雄，何裨实用？自今翰林为文，但取通道理明世务者，无事浮藻。"③ 并对《琵琶记》大加赞赏，称之"如山珍海错，贵富家不可无"④。鉴于此，一批开国的文臣儒士，自然打起了继承和发扬儒家诗教传统的旗帜，强调"明道德""通世务"，发挥其讽谏感发作用。号称开国文臣之首的宋濂在其《清啸后稿·序》中就指出："诗之为学，自古难言。必有忠信近道之质，蕴优柔不迫之思，行主文谲谏之言，将以洗濯其襟灵，发挥其文藻，扬厉其体裁，低昂其音节，使读者鼓舞而有得，闻者感发而知劝。"⑤ 与宋濂齐名的刘基在其《照玄上人诗集·序》中透彻地阐发了儒家的诗教思想："夫诗何为而作哉？情发于中而形于言，《国风》《二雅》列于六经，美刺风戒莫不有裨于世教。"⑥ 并且针对当时诗坛现实，批评"诗者莫不以哦风月弄花鸟为能事"。方孝孺有诗云："发挥道德乃成文，枝叶何曾离本根。末俗兢工繁缛体，千秋精意与谁论。"⑦ 由于朝廷的文化政策，强调儒家诗教思想在明初成为一种风气，这种风气对词学产生了重大的影响。

明成祖朱棣秉承父志，在意识形态领域进一步统一思想。永乐十二年（1414）下诏撰修《五经大全》《四书大全》《性理大全》三部大书，命"儒臣辑《五经》《四子》《性理大全》，颁之郡邑学宫，以训生徒"⑧，从而达到"家孔孟而户程朱，必获真儒之用"⑨ 之目的。与此同时，朱棣多次下诏查禁亵渎帝王之词曲，永乐元年（1403）四月，朱棣即位之初，即下诏

---

① 商务印书馆编《明史艺文志·补编·附编》，商务印书馆，1959，第 3 页。
② 见张廷玉等《明史》卷三《太祖本纪》，《四库全书》本。
③ 见余继登《典故纪闻》，顾思点校，中华书局，1981，第 30 页。
④ 见徐渭《南词叙录》，《中国古典戏曲论著集成》第三册，第 240 页。
⑤ 见吴文治《明诗话全编》，第 53 页。
⑥ 见吴文治《明诗话全编》，第 80 页。
⑦ 方孝孺：《逊志斋集》卷二十四，《四库全书》本。
⑧ 商务印书经编《明史·艺文志·补编·附编》，第 3 页。
⑨ 胡广：《进五经四书性理大全表》，《明文衡》卷五，《四库全书》本。

查禁"亵渎帝王之词曲",永乐九年(1411)又下令:"但有亵渎帝王、圣贤之词曲,驾头杂剧,非律所该载者,敢有收藏、传诵、印卖,一时送法司究治。""敢有收藏的,全家杀了。"① 朱棣还提出了"节欲"的观点,《典故纪闻》卷六记载:学士解缙等进《大学正心章讲义》,成祖览之至再,谕曰:"人心诚不可有所好乐,一有好乐,泥而不返,则欲必胜理。若心能静虚,事来则应,事去如明镜止水,自然纯是天理。朕每朝退默坐,未尝不思管束此心为切要。又思,为人君但于宫室车马服食玩好无所增加,则天下自然无事。"② 词体本源于舞筵歌席,是一种最能抒发人之隐幽私密情感的文体,又具有动荡人心的艺术魅力,朱棣"节欲"的观点显然与词体的特性相左。面对明代前期思想领域程朱理学的一统天下,正德年间的黄佐深有感触:"成化以前,道术尚一,而天下无异习,学士大夫视周、程、朱子之说,如四体然,唯恐伤之。"③ 这些文化政策直接影响了当时的词坛与文人对词体的评价。在这样思想高度统一的局面下,文坛死气沉沉。永乐、宣德年间诗坛上出现的"台阁体"就是思想统一局面下的产物。洪武、永乐两朝实施的用儒家学说统一思想的做法,到永乐以后收到了切实的效果,当时文坛"视闺情为艳情,摒弃偎红倚翠之语,刻心追求文学讽谕的功用"④。词体创作不被关注,很多人放弃了词体创作,甚至不许后辈习词。吴讷(1372–1457)在其《文章辨体·近代词曲》中描述道:

> 昔在童稚时,获侍先生长者,见其酒酣兴发,多依腔填词以歌之。歌毕,顾谓幼稚者曰:"此宋代慢词也。"当时大儒皆所不废。今间见《草堂诗余》。自元世套数诸曲流行,斯音日微矣。迨予及长,奔播南北,乡邑前辈零落殆尽,所谓填词慢调者,今无复闻矣。⑤

吴氏所谓的"童稚时",从其生平推知,即明代刚刚开国之时。其时的名儒大家,"多依腔填词以歌之",不废小词创作,这与明开国时词坛的创

---

① 见顾起元《客座赘语》卷十,《明代笔记小说大观》,第 1463 页。
② 余继登:《典故纪闻》,顾思点校,第 111 页。
③ 见黄宗羲《明文海》卷二百三十九,《四库全书》本。
④ 陈宝良:《悄悄散去的幕纱——明代文化历程新说》,陕西人民教育出版社,1988,第 42 页。
⑤ 吴讷:《文章辨体·近代词曲》。

作状况相吻合，正如赵尊岳所言："明代开国时，词人特盛，且词亦多有佳作。如刘基、高启、杨基、陶安、林鸿诸作，均多可取。虽诸家多生于元季，尚沐赵宋声党之遗风，然刘、高诸词，竟可磨两宋之壁垒，而姑苏七子等，要亦多能问者，不可不谓为开国时风气所使然也。"① 而到了吴氏编撰《文章辨体》时的正统、景泰年间（1436－1456），词体创作的情况发生了根本的变化，"所谓填词慢调者，今无复闻矣"。这个时期也是明代词体创作最为衰微的时期，后人对此亦多有感慨，清丁炜在《词苑丛谈·序》中指出："词既中熄于明，刘、高、杨、瞿而后，鲜有继轨。"② 王国维亦云："有明一代，乐府道衰。《写情》《扣舷》，尚有宋元遗响，仁宣以后，兹事几绝。独文愍（夏言）以魁硕之才，起而振之。"③ 从吴讷"今间见《草堂诗余》"一语中，我们可以想见南宋坊间颇为流行的词集《草堂诗余》在当时受冷落的程度。这种状况从叶盛读书的经历中亦可知一斑。叶盛在《书草堂诗余后》中写道：

> 盛幼时，先叔父家见此书，手之不置，先叔父见之斥曰："童子未读书，何用得此？"即夺而藏之。先是，先叔父尝一日对客坐，读仁孝劝善书，时盛垂髫，还自塾中，旁立侍。叔父初不知盛之稍有知也。他日，复对客偶及劝善书某事，取检未得。盛即请曰在第几卷第几板，果然。由是以颖异见称，期勉甚至也。呜呼！言犹在耳，今三十余年矣，碌碌无成，其于先生长者期待之意何如哉！④

叶盛此跋写得生动形象，读后如临其境。他先写幼时在其叔父家见到《草堂诗余》后"手之不置"，厚爱有加，然后叙其叔父斥此书无用，并"夺而藏之"，继而叙其从对草堂词的喜爱转随其叔父学习"仁孝劝善书"，并且以"颖异"见称。从这些描述中，我们可知，当时（即叶盛"幼时"）文人在一起经常讨论的是"仁孝劝善书"，并且勉励后辈学习之，而不允许后辈学习"便歌"的《草堂诗余》；不仅如此，从叶盛叔父"夺而藏之"的动作中，我们可以感觉到作为流行歌本的《草堂诗余》好像成了禁书，

---

① 赵尊岳：《惜阴堂汇刻明词记略》，《明词汇刊》附录一，第 5 页。
② 丁炜：《词苑丛谈·序》，《词苑丛谈》卷首。
③ 王国维：《人间词话》附录一，《词话丛编》，第 4272 页。
④ 见叶盛《菉竹堂稿》卷八。

生怕外人看到，这显然与明代前期朝廷所定的词曲政策有关，这为顾起元在《客座赘语》卷十《国初榜文》中的记载提供了一个生动的案例。① 叶盛幼时，父辈们讨论的是"仁孝劝善书"，让后辈学习的更是"仁孝劝善书"，最终他也被培养成了遵循儒家诗教的文人。叶盛所描述的情形符合明代前期的文化环境，在这样的环境中，词体创作陷入了低谷，赵尊岳《明词汇刊》所录词人二百五十余人，永乐以后到弘治之前，只有十三人，其中除了马洪等少数词人在专力作词，且较有成就外，多数人的词作不是歌功颂德的台阁词，就是板起面孔说教的理学词，再不就是游戏词体的打油词。② 以词体创作为基础的词学批评好像荒漠中罕见的小草，在艰难的环境中努力摇曳着自己柔弱的身姿。但物极必反，任何事物降至最低谷后就必然要向上攀升，随着明代中期的开明政治以及心学的兴起，明代词学迎来中兴的曙光。

第二节　词体起源之探讨

关于词体起源的问题，宋元词学家作了很多论述。就起源时间而言，就有汉代说、六朝说、隋唐说、天宝贞元说等；就文体而言，又有《诗经》说、古乐府说、五七言诗说等，可谓众说纷纭。明代前期由于词学衰微，词论中对词之起源的论述不多，仅有三家，三家之中有两种观点。

一　词体起源于古乐府

吴讷在《文章辨体·凡例》中指出："四六为古文之变，律赋为古赋之变，律诗杂体为古诗之变，词曲为古乐府之变。"③ 他认为词体源于古乐府，但没有阐述原因。他在《文章辨体·近代词曲·序说》中又云："凡文辞之有韵者，皆可歌也，第时有升降，故言有雅俗，调有古今尔。"④ 从此可知，

---

① 顾起元《客座赘语》卷十载："在京但有军官军人学唱的，割了舌头。""但有亵渎帝王、圣贤之词曲，驾头杂剧，非律所该载者，敢有收藏、传诵、印买，一时拿送法司究治。"《明代笔记小说大观》，第 1462 - 1463 页。
② 见张仲谋《明词史》第三章。
③ 见吴讷《文章辨体》卷首。
④ 见吴讷《文章辨体》。

吴讷认为词体源于古乐府的原因是"皆可歌",并指出古乐府所配之音乐与词体所谐之音乐是不同的,可以说他认识到了词与音乐关系的实质问题,但他没有认识到古乐府与词体同音乐结合方式的不同。稍后的陈敏政同意吴讷的观点,他在《乐府遗音·序》中指出:

> 古人之诗,如今之歌□□可协之声律,故用之闺门乡党,而达于邦国,以感发人之善心,而惩创逸志。其有关于世教,非小小也。迨夫周室陵夷,《诗》废不讲,而世俗之乐流于淫僻,诗乐始歧而为二。至汉,高祖有《房中歌》十七章,武帝定郊祀之礼,乃立乐府,采诗夜诵,有赵代秦楚之讴。凡歌诗二十八家二百四十篇,此乐府之始也。下迨魏晋唐宋,始以诗词为乐府,多述民俗之事矣。①

陈敏政论述了诗乐发展的历史以及乐府、词体与音乐之间的关系,从音乐的角度去观照词体的发展,但从其论述中可知他与吴讷一样,不明白乐府与词体在音乐结合方式上的不同。与吴讷不同的是他主要从乐府与词的体性功能出发,去考察词体的起源,认为乐府与词皆能"达于邦国,以感发人之善心,而惩创逸志",从而达到关乎"世教"、体察"民俗"的目的。陈敏政的词体起源论与明代前期重教化的词体观念相一致。

二　词体起源于近体诗

持词体起源于近体诗这一观点的是彭华,他指出:"《诗》三百篇变而为《离骚》,又变而为五言,又变而为七言,又变而为近体,为小词。"② 彭华只是简略地论述了诗歌的演变历史,认为小词源于近体诗,遗憾的是关于近体诗如何演变为小词,彭氏则没有作过多的阐述。但可贵的是在词学史上他第一次提出词体起源于近体说,他的观点启发明代中后期的词学家继续沿此思路探讨词体的起源,并终成词体起源之一家言。

明代前期关于词体起源的两种认识虽然论述不充分,并且还有混淆概念的不足,但是在当时词体创作陷入低谷、很少有人关注词学理论的情况下,仍显得难能可贵,尤其是词体起源于近体说的提出,影响深远。

---

① 见瞿佑《乐府遗音》卷首,明钞本。
② 彭华:《与吴鼎仪论韵学书》,《明诗话全编》,第1426页。

第三节　强调词体的教化意义

　　明代前期的词学批评在词体体性上强调比兴寄托与教化意义。重视词体的比兴寄托与教化意义并不始于明人，自从南宋鮦阳居士对苏轼《卜算子·缺月挂疏桐》一词作了关乎儒家诗教的评点以后①，这样的词学观不时得到赞同，到清代常州词派达到顶峰。明代初期的词体体性论沿着宋金元词学家的这一观点一路走来，赋予词体厚重的诗教色彩，此时的词论家们根本没有把词体当作描写风月之情的小词来看待，我们也根本找不到明代中期以后人们经常提到的"主情"说的影子。他们多强调比兴寄托，劝善惩恶，寓意讽刺，修身行素，有补于世。王蒙在《忆秦娥·花如雪序》中云："余观《邵氏见闻录》，宋南渡后，汴京故老呼妓于废圃中饮，歌太白"秦楼月"一阕，坐中皆悲感，莫能仰视。良由此词乃北方怀古，故遗老易垂泣也。盖自太白创此曲之后，继踵者甚众，不过花间月下，男女悲欢之情，就中能道者唯有'花溪侧。秦楼夜访金钗客……几时来得'。完颜莅中土，其歌曲皆淫哇蹀躞之音。能歌《忆秦娥》者甚少，有能歌者，求余作画，并填此词，以道南方怀古之意。"② 认为李白《忆秦娥》一词有怀古之意，因而宋南渡诸遗老听歌妓唱之，悲感交集，莫能仰视。但后来创作此调者，李白之意尽失，而变成了"花间月下，男女悲欢"之情。王氏有感于此，借歌者求其作画之机，创作了有李词遗意的《忆秦娥》词，以寄托怀古之意。由此可知王氏反对淫词哇声，强调词体托兴深远，意义深刻。

　　刘崧在《刘尚宾东溪词稿·后序》中写道："其闲情幽怨如放臣弃妇，色惨意庄；其述怀抚事如故京老人，感今道旧，语咽欲泣，亦何能言哉！惜稼轩'送春'一词，沉痛忠愤，悲动千古，至今读之使人毛发寒竖，泪落胸臆，真悲歌慷慨之雄士哉！"③ 所谓的辛稼轩《送春》词，即《摸鱼儿·更能消几番风雨》一词：

---

① 黄昇在《唐宋诸贤绝妙词选》卷二引鮦阳居士评苏轼《卜算子》词云："缺月，刺明微也。漏断，暗时也。幽人，不得志也。独往来，无助也。惊鸿，贤人不安也。回头，爱君不忘也。无人省，君不察也。拣尽寒枝不肯栖，不偷安于高位也。寂寞吴江冷，非所安也。此与考槃诗相似。"

② 见张璋、饶宗颐《全明词》，第142页。

③ 见刘崧《槎翁文集》卷八。

更能消、几番风雨。匆匆春又归去。惜春长怕花开早，何况落红
无数。春且住。见说道、天涯芳草无归路。怨春不语。算只有殷勤，
画檐蛛网，尽日惹飞絮。　　长门事，准拟佳期又误。蛾眉曾有人妒。
千金纵买相如赋，脉脉此情谁诉。君莫舞。君不见、玉环飞燕皆尘土。
闲愁最苦。休去倚危栏，斜阳正在，烟柳断肠处。①

　　辛弃疾此词写得如泣如诉，回肠荡气。全词用比兴寄托的手法，上片
以留春不住寓意南宋朝廷的江河日下，下片以陈皇后遭嫉寓意贤臣之不遇，
以玉环、飞燕之结局寓意奸臣小人之下场，结尾以残阳西下喻南宋王朝局
势的无可挽回。词中寄托了词人遭受猜忌、岁月虚度、报国无门、壮志难
酬的郁愤之情，可谓"悲歌慷慨"之词。刘崧把刘尚宾之词与辛弃疾之
《摸鱼儿》一词相提并论，他在诵读刘尚宾词后，强调刘词中寄托着像辛词
一样"沉痛忠愤，悲动千古"之"真悲歌慷慨之雄士"的一腔爱国情怀。
叶蕃在《写情集·序》中亦云："（刘基词）或愤其言之不听，或郁乎志之
弗舒，感四时景物，托风月情怀，皆所以写其忧世拯民之心……靡不得其
性情之正焉。"② 人们对刘基词向来评价很高，其《写情集》中词作多写于
入明之前，词中所展现的是一个感士不遇、羁旅思乡、将欲有为而又暂不
能为，虽不能为而又心有不甘，于是时常登楼远眺，感慨节序，看似留连
光景，实乃壮心不已的词人。③ 叶氏从刘基《写情集》中读出了寄托在"四
时景物""风月情怀"背后的"忧世拯民"之心，亦强调刘词的寄托之旨。
陈敏政在《乐府遗音·序》中写道："（瞿佑）长短句、南北词直与宋之苏、
辛诸名公齐驱。非独词调高古，而其间寓意讽刺。所以劝善而惩恶者，又
往往得古诗人之遗意焉。"④ 这里且不说他对瞿佑词作的评价是否符合其创
作实际，就这种评价本身来说，它反映了评价者本人对词体体性的价值取
向，他认为词就应该像诗歌一样，格调高古，寓意讽刺，劝善惩恶，有补
于世。孙大雅在《天籁集·叙》中亦云："（白朴）先为金世臣，既不欲高
韬远引以抗其节，又不欲使爵禄以污其身。于是屈己降志，玩世滑稽，徜

---

① 见唐圭璋《全宋词》，中华书局，1999，第 2413 页。
② 见赵尊岳《明词汇刊》，第 1456 页。
③ 见张仲谋《明词史》，第 28 页。
④ 见瞿佑《乐府遗音》卷首。

家金陵，从诸遗老放情山水间，日又诗酒优游，用示雅志，以忘天下。"①
他也认为白朴在词中寄托了自己洁身自好的"雅志"。

强调比兴寄托与教化意义，在黄溥的"石崖词话"中表现得尤为突出。

《渔家傲》（秋思）（范希文）："塞下秋来风景异，衡阳雁去无留
意。四面边声连角起，千嶂里，长烟落日孤城闭。　　浊酒一杯家万
里，燕然未勒归无计。羌管悠悠霜满地，人不寐，将军白发征夫泪。"
范文正公为宋名臣，忠在朝廷功著边徼，读其《秋思》之词，隐然见
其忧国忘家之意，位非区区诗人之可拟也。

《桂枝香》（怀古）（王介甫）："登临送目，正故国晚秋，天气初
肃。潇洒澄江似练，翠峰如簇。征帆去棹残阳里，背西风、酒旗斜矗。
彩舟云淡，星河鹭起，画图难足。　　念往昔、繁华竞逐，叹门外楼
头，悲恨相续。千古凭高对此，漫嗟荣辱。六朝旧事随流水，但寒烟
衰草凝绿。至今商女，时时尚歌《后庭》遗曲。"金陵怀古之作，古今
不一而足。荆公此词睹景兴怀，感今增喟，独写出人情世故之真，而
造语命意，飘然脱尘出俗，有得诗人讽谕之意。

《西江月》（警世）（朱希真）："世事短如春梦，人情薄似秋云。不
须计较苦留心，万事元来有命。　　幸遇三杯酒美，况逢一朵花新，片
时欢笑且相亲，明日阴晴未定。"《蝶恋花》（警世）（秦少游）："钟送
黄昏鸡报晓，昏晓相催，世事何时了？万古千愁人自老，春来依旧生芳
草。　　忙处人多闲处少，闲处光阴几个人知道？独上小楼云杳杳，一
点青山小。"二词皆为警世而作也。辞虽少殊，而模写人情世故，与夫天
道之变，君子乐天之常，则一而已。读之能不益敦其修身行素之志乎！

《沁园春》（题睢阳双庙）（宋瑞）："为子死孝，为臣死忠，死又
何妨！自光岳气分，士无全节，君臣义阙，谁负刚肠。骂贼睢阳，爱
君许远，留得声名万古香。后来者，无二公之操，百炼之钢。　　人
生翕歘云亡，好烈烈轰轰做一场。使当时卖国，甘心降虏，受人唾骂，
安得流芳！古庙幽沉，遗容俨雅，枯木寒鸦几夕阳？邮亭下，有奸雄
过此，子细思量。"人臣之节，莫大于死国。文章之作，贵关乎世教。
此词纪实张巡许远忠节，足以立纲常厚风教，诚有补于世，非徒然作

---

①　见徐凌云《天籁集编年校注》，第 207 页。

者也。盖亦宇宙间之不可无者，宜著之所传。①

在此，作者好像不是在欣赏词，而是在解读诗。他从范仲淹词中读出的不是"穷塞主"之寒伧，而是其间透露的忧国忘家之意，甚至认为这种境界一般的诗人也做不到；他在王安石《金陵怀古》词中读出的不是"人必绝倒"的不协音律，而是蕴涵其间的人情世故之真、诗人讽谕之意；他在朱敦儒、秦观二人词中读出的不是作为小词而抒发的看破红尘的游戏之言，而是可以警醒世人的"人情世故，天道之变"，并认为读之可以"敦其修身行素之志"；他在读文天祥的词时，读出的是词人死国的气节，并认为"文章之作，贵关乎世教"，应该起到"立纲常、厚风教""有补于世"的作用，而不仅仅是抒发个人的闲情逸致。黄溥不仅把词与诗歌相提并论，而且还把词与文章等量齐观，在他的理论中，没有诗、词、文章之分，三者的体性作用是一样的。

明代前期没有独立的词选问世，而吴讷在《文章辨体·近代词曲》中选词三十一首，如果摘出，可以当作词选看待，作者选词的标准也是强调词作的寄托与教化意义。他在《文章辨体·近代词曲·序说》中指出："庸特辑唐宋以下词意近于古雅者……好古之士，于此亦可以观世变之不一云。"② 从他所选词作即可看出其重教化的词学观。

明代前期，由于社会思潮的影响，词学家在论述词体体性时，多从比兴寄托与教化意义出发，强调其与诗歌甚至文章一样的言志与载道功能，而词体的其他特性诸如谐律、言情等统统抛掷开来，这种词体体性论显示出与时代风尚紧密相连的功利词学体性观念。

第四节　宏通的词体风格取向

词体风格是宋金元词学家非常关注的重要词学命题之一，宋金元词学家对此不断发表自己的看法，并且这些观点也随时代的不同在不断地发生变化。在明代初期的词学批评中，词学家在词体风格取向上没有特别的偏

---

① 见吴文治《明诗话全编》，第 1180 – 1182 页。
② 见吴讷《文章辨体》。

嗜，在他们的词论体系中，似乎没有辨别词体风格的必要。刘崧在《刘尚宾东溪词稿·后序》中称赞刘尚宾之词：“其闲丽清适如空山道者，其风流疏俊如金陵子弟，其闲情幽怨如放臣弃妇，色惨意庄，其述怀抚事如故京老人。”① 刘氏既赞赏刘尚宾词作之“闲适清丽”，同时亦欣赏其词作之“风流疏俊”，刘崧认为不同风格的词作，只要寄予丰富的情感，怀古感旧，令人感慨，皆有其美。叶蕃在《写情集·序》中对刘基词的评价也一样：“其词藻绚烂，慷慨激烈，盎然而春温，肃然而秋清，靡不得其性情之正焉。”② 对刘基之“慷慨激烈”的豪放词，温润如春之婉约词，肃杀如秋之清旷词，都给予高度的评价。作为明初一代儒者，宋濂在《跋东坡寄章质夫诗后》中，亦赞扬章质夫清丽可喜的《水龙吟》。③ 黄溥在其“石崖词话”中不仅高度评价了范仲淹、王安石、文天祥等词人的豪放词作④，对欧阳修、朱熹、辛弃疾等词人其他风格的词作亦评价甚高。

　　《浪淘沙》（怀旧）（欧阳永叔）：“把酒祝东风，且共从容。垂杨紫陌洛城东，总是当年携手处，游遍芳丛。　　聚散苦匆匆，此恨无穷。今年花胜去年红，可惜明年花更好，知与谁同？”此词写出感物怀旧之情，惜老伤时之意，为真切。

　　《次袁机仲韵水调歌头》（朱熹）：“长记与君别，丹凤九重城。归来故里愁思，怅望渺难平。今夕不知何夕，得共寒潭烟艇，一笑俯空明。有酒径须醉，无事莫关情。　　寻梅去，疏竹外，一枝横。与君吟弄风月，端不负平生。何处车尘不到，有个江天如许，争肯换浮名？只恐买山隐，却要炼丹成。”晦庵朱子为千百世道学之宗，岂词章云乎哉！然其日用应俗诸作，即景写情，因物曲折，浑然天成，如大匠运行无斧凿痕。回视余子字炼句锻，镂冰出巧者，大有径庭。

　　《蝶恋花》（元日立春）（辛幼安）：“谁向椒盘簪彩胜，整整韶华，争上春风鬓。往日不堪重记省，为花常抱新春恨。　　春未来时先借问，脱恨开迟，早又飘零近。今岁花期消息定，只愁风雨无凭准。”辛稼轩博学能文，尤工词曲。观此立春之作，抚景写情，感慨悲壮之意，

① 刘崧：《刘尚宾东溪词稿·后序》，见《槎翁文集》卷八。
② 叶蕃：《写情集·序》，见赵尊岳《明词汇刊》，第1456页。
③ 见宋濂《宋学士文集》卷二十三，《四部丛刊初编》本。
④ 具体引文见本章第三节。

超然高出物表，语倔奇自成一家。①

　　黄溥对所举婉约词亦给予高度的评价，与刘菘、叶蕃在其词序中所表现出来的评价标准一致。

　　从明代前期词人的创作态度上，也可以得知人们对词体风格的取向。马洪在《花影集·自序》中说："予始学为南词，漫不知其要领，偶阅《吹剑录》，中载东坡在玉堂日，有幕士善歌。坡问曰：'吾词何如柳耆卿？'对曰：'柳郎中词，宜十七八女孩儿，按红牙拍，歌杨柳岸晓风残月。学士词，须关西大汉执铁板，唱大江东去。'缘是求二公词而读之，下笔略知蹊径。"② 这里马洪指出了自己学词的入门导师是苏轼与柳永，更确切地说是苏轼的豪放词与柳永的婉约词，在他的意识里没有婉约与豪放孰是孰非的问题。从创作实践来看，马洪虽然以传统婉约词风为主调，创作出了像《行香子·红遍樱桃》春思浓郁、意境飞动的婉约词，还创作出了像《东风第一枝·饵玉餐香》形神兼备、清空绝尘的咏物词，但同时也创作出了《金菊对芙蓉·过燕行低》九日登高所见所感的豪放词。

　　明代前期词学家对词体风格的认识基本上是以他们对词体体性认识为基础的，他们认为不管何种风格的词作，只要"得其性情之正"，发挥词体应有的教化现实的意义，皆为佳作，这种宏通的词体风格论在整个词学史上都很有个性，这种个性不得不归功于明代前期统治阶级实行的大一统的儒家思想统治。

　　但是亦有例外，徐伯龄"蟫精词话"中的词学观点，表现出明显的词体风格取向。他评价山谷词"甚有余味"；评价元诸家诗余"作南词极韫藉，往往过宋之作者"；评价毛开《清平乐》词"流丽可爱"；评价沈景高《沁园春》"纤丽可爱"。下面具体罗列几条，以清楚地看出其词学观。

　　　　词贵圆滑：国初有词人俞行之，作窗外折花美人影词，名《霜天角》，甚圆滑。作词之法，无出于此……又有一词咏芭蕉，名《卜算子》，亦圆滑溜亮，国初词人王叔明之所作也。词云："舞袖怯西风，

----

① 见吴文治《明诗话全编》，第 1180－1182 页。
② 见田汝成《西湖游览志余》，第 243 页。

翠扇羞荒草，满贮相思向此中，斜剪云笺小。　　心里又藏心，心事何时了，今夜应知一叶秋，添得愁多少。"①

　　点绛唇：瞿存斋宗吉题菊作《点绛唇》，极蕴藉，令人悦妙。其词云："花禀中黄，挺然独立风霜表。冒寒闲来，占得秋多少。　　正是重阳，蝶乱蜂儿绕。归田早，为谁倾倒，有个柴桑老。"……又见眉庵杨孟载基咏莺亦有《点绛唇》云："何处飞来，柳梢一点黄金小……"尤纤丽圆融可爱。②

　　游鉴湖：鹤窗马浩澜评周秦之词，以周尚言情，而秦则情景俱到，似冠清真之上者。③

　　（马浩澜）善诗词，极工巧……题东溪小景《昭君怨》云："远路危峰斜照，瘦马尘衣风帽，此去向萧关，向长安。　　便坐紫薇花底，只是黄粱梦里，三径易生苔，早归来。"言有尽而意无穷，方是作者之词。④

　　徐氏所欣赏的是"圆滑溜亮""蕴藉""纤丽圆融""情景俱到""言有尽而意无穷"之词作，从其所引词作可知，他所谓的"圆滑溜亮"，即意象连贯，圆润妥溜；他所谓的"蕴藉"，即"纤丽圆融"。徐伯龄所追求的词体风格为传统的婉约风格，他的风格取向在明代前期可谓别调，从其生活年代来看，他是明代前期到中期的一个过渡性人物，因此其词论也明显呈过渡性的特点，可以说是明代尊崇婉约风气之先声。

　　明代前期的词学观念由于受当时社会环境、文化政策及宋元论词传统等因素的影响，呈现出鲜明的时代特色。

---

① 见徐伯龄《蟫精隽》卷三。
② 见徐伯龄《蟫精隽》卷五。
③ 见徐伯龄《蟫精隽》卷九。
④ 见徐伯龄《蟫精隽》卷十一。

第四章

明代中期——词学批评的复苏期

第一节　明代中期词学批评的背景

　　明代前期，由于统治阶级强化思想文化统治，用程朱理学束缚人们的心灵，文人性格卑弱，文坛一片死气沉沉，产生了统治文坛百余年的"台阁体"诗文。随着时局的发展，尤其是明室宫廷的变故，明王朝的统治危机重重，一批有志之士要求改革政治，进而强烈要求改革文风，因此文坛上高扬复古之风，高张"文必秦汉，诗必盛唐"。文学家对复古思潮的高扬，不仅仅是出于对某种创作风格的偏爱，还在于仰慕"汉魏风骨""盛唐气象"中所蕴涵的高古人格，试图用高古人格自我砥砺并感召士人。在复古思潮的强烈冲击下，成化以后，"台阁体"诗文笼罩文坛的局面渐趋消解，到了弘治年间政治环境更加宽松，政坛上出现了一批正直敢为之臣，士风为之一变；文坛上亦涌现出以改变前期窒闷文化风气为己任的新的文学群体，他们试图用自己的努力去唤醒被理学麻醉的世人。于是文坛终于走出万马齐暗的时代，迎来了各派争锋、欣欣向荣的活跃局面。

　　此期的思想领域更是气象万千，旧的理学思想与新兴的心学思想发生强烈的撞击，迸发出前所未有的灿烂思想火花。陈献章是明代思想学术由前期向中期过渡的心学人物，他放弃程朱理学而续陆象山心学，对明代前期思想学术的弊端，给予大胆批判。王守仁是继陈献章之后最具影响力的思想家，他的出现及其致良知学说的流行，宣告了朱熹理学一统天下局面的结束。由于心学的影响，身心均受到压抑与束缚的明代士人，主体精神得到了张扬。陈献章指出，我是"造化之主""天地我立，万化我出，而宇宙在我矣"。① 王守仁后来居上，大胆宣言，"良知是造化的精灵"，这些精灵，"生天生地，成鬼成帝"，又说"我的灵明，便是天地鬼神的主宰"。② 他们极力夸大人的主观能动作用，这种"夸大"与"强调"对于主体精神长期备受压抑的明代士人来说，无疑如一支兴奋剂，振奋人心，意义深远。明代士人终于可以自由地舒展自己的心灵，张扬自己的个体精神，心灵的自由与个性的张扬为明代思想文化注入蓬勃的活力，文坛上出现了流派纷呈的局面。继茶陵派后，前七子、唐宋派、后七子相继崛起，李梦阳、何景明、徐祯卿、王世贞、王廷相、唐顺之等学者不断涌现，还出现了没有门户之见的大学问家杨慎，他们共同活跃在明代中期文坛。这种变化，明中后期的文士有目共睹，崔铣③在《漫记》九条第八中指出："弘治以前，士攻举业，仕则精法律，勤职事，鲜有博览能文者。间有之，众皆慕说，必得美除。自孝皇在位，朝政有常，优礼文臣，士奋然与高者，模唐诗，袭韩文。"④ 何良俊亦指出："我朝文章，在弘治、正德间可谓极盛。"⑤ 王世贞亦有同感："明兴，谈艺者毋论数十百家，往往傅时为格，而独盛于嘉靖之季。"⑥ 又说："窥观公之登第及仕宦中外，俱嘉靖间。当是时，天下之文盛极矣。"⑦ 陈束《苏门集·序》云："及乎弘治，文教大起，学士辈出，力振古风，尽削凡调。"⑧ 他们共同描绘了明代中期文坛生机勃勃的景象。

明代中期是思想文化由旧变新的转型期，理学思想与心学思潮在此期间发生强烈的碰撞，在理学与心学的较量中，理学逐渐失去了前期的威严，而心学迅速传播并很快为压抑得太久的文人所垂青。张扬主体精神的心学思潮的蔓延，使文人对于人的本体情感与欲望需求备加关注，于是文人个性在情的感召下得以复苏，明代的主情说就伴随着心学思潮高涨起来。明

---

① 见陈献章《陈白沙集》卷三，《四库全书》本。
② 见王守仁《传习录》下，沈顺葵译注，广州出版社，2004，第186、229页。
③ 崔铣（1478－1541），字仲凫，一字子钟，安阳人。弘治乙丑（1505）进士，官至南京礼部侍郎。著有《洹词》。
④ 见崔铣《洹词》卷十一，《四库全书》本。
⑤ 见何良俊《四友斋丛说》卷二十六，《明代笔记小说大观》，第1078页。
⑥ 王世贞：《陈于诏先生卧雪楼摘稿·序》，吴文治《明诗话全编》，第4464页。
⑦ 王世贞：《蒙溪先生集·序》，吴文治《明诗话全编》，第4484页。
⑧ 高叔嗣：《苏门集》卷首，《四库全书》本。

代中期的主情说在诗学理论中表现突出。茶陵派的领袖人物李东阳强调诗歌应重"真情实意"，主张诗歌应有"陶写性情，感发志意，动荡血脉，流通精神"的艺术作用。① 当然，他所谓的"情"，意义比较宽泛，有情志之意，即便如此，他的诗学理论对改变"台阁体"诗歌造成的文坛贫乏浮泛、平庸卑下的现状，具有很强的针对性。前七子的领袖李梦阳亦非常重情，他认为"人道以情言"②，并在《鸣春集·序》中云：

> 天下有窍则声，有情则吟，窍而情，人与物同也……夫窍吾窍、情吾情耳……阴凝气惨，草木陨零，情者不敛而窍者不声乎？及柔风敷焉，阳和四布，夫然后在阴者和，迁乔者嘤，灌木有喈喈之闻，丛棘有交交之音……夫天地不能逆寒暑以成岁，万物不能逃消息以就情，故圣以时动，物以情征，窍遇则声，情遇则吟，吟以和宣，宣以乱畅，畅而永之而诗生焉。故诗者吟之章而情之自鸣者也，有使之而无使之者也。③

李梦阳认为诗歌是诗人之内在的"情"与外在的"物"相遇而产生的，但"情"是主导因素，"情"的发生就像自然界春夏秋冬的变化一样自然而不可遏制，"窍遇则声，情遇则吟"，张扬"情感"在诗歌创作中的作用。前七子之一的徐祯卿④也有同样的论述："情者，心之精也。情无定位，触感而兴，既动于中，必形于声，故喜则为笑哑，忧则为吁嘘，怒则为叱咤。然引而成音，气实为佐；引音成词，文实与功。盖因情以发气，因气以成声，因声而绘词，因词而定韵，此诗之源也。"⑤ 徐祯卿认为，"情"不仅是诗歌创作的源泉，又在整个创作过程中起支配作用。

博洽多闻的杨慎为了证明"诗缘情"的观点，专门创作了《性情说》《广性情说》，并在《李前渠诗引》中对"诗缘情"之特征进行了深入阐述。

---

① 李东阳：《怀麓堂诗话》，吴文治《明诗话全编》，第 1623 页。
② 见李梦阳《空同集》卷六十五，《四库全书》本。
③ 见吴文治《明诗话全编》，第 1979 页。
④ 徐祯卿（1479—1511），字昌毅，又字昌国，江苏吴县人。弘治十八年（1505）进士。前七子之一。著有《迪功集》《谈艺录》等。
⑤ 见徐祯卿《谈艺录》，吴文治《明诗话全编》，第 2177 页。

诗之为教，邈矣玄哉。婴儿赤子则怀嬉戏抃跃之心，玄鹤苍鸾亦合歌舞节奏之应。况乎毓精二五，出类百千。六情静于中，万物荡与外。情缘物而动，物感情而迁，是发诸性情，而协于律吕；非先协律吕，而后发性情也。①

　　杨慎认为诗本于性情，人之性情的流露就像婴儿赤子心怀欢喜而跳跃一样自然而然，因而诗歌应先发于性情，其次才是协于律吕。杨慎对"诗缘情"的阐述可谓后来李贽"童心说"及袁宏道"性灵说"之先声。

　　后七子的领袖人物王世贞指出："生人之用皆七情也，道何之乎？舍七情奚托焉？圣人顺焉而立道，释氏逆焉而立性，贤者勉焉而就则，不肖者任焉而忘本。夫父子生于欲者也，君臣生于利者也，奈之何其逆而销之也？"②王氏认为情欲是人存在的根本，可以说人者一情而已。舍情而言道，其道必不合于人情。对"情""欲"只能"顺"之，而不能"逆""销"之。以此为出发点，他更是把诗歌的情感特征放在首位，他认为："天下有疑行而后有《易》，有窒情而后有《诗》，有迹治而后有《书》。"③至情是诗歌产生的源泉。

　　词体本来就最擅长言情，诗坛上的主情说被词坛所接受当是非常自然的事情，更何况杨慎、王世贞既是词学家又是诗人，二人词学观念中主情的一面，显然是诗学主情说延及词学的结果。刘明今在评价王世贞对词体特征的认识时指出："这正是明代中后期文学革新思潮在词论中的反映。"④可谓有见地。由于主情说对词坛的影响，词坛上出现了明代前期从没有过的主情思潮，虽然这种思潮没有像明代后期那样变得近乎疯狂。主情思潮同时对明代中期的词体起源论、词学范畴的提出都产生了影响。但是思想变异中存在着新旧杂糅的现象，程朱理学的影响不可能从广大士人的心灵世界中完全抹去，这使得明代中期的词学家在阐述词学理论的时候往往存在着矛盾心态，他们既申述主情观念，又不时被理学的阴影所笼罩。因而明代中期的词学观深深打上了时代的烙印，如果把明代中期词坛上兴起的主情说与此时的心学思潮联系起来，我们就不难理解，明代中后期词坛上

---

① 见吴文治《明诗话全编》，第 2741 页。
② 见王世贞《弇州四部稿》卷一百三十九，《四库全书》本。
③ 见王世贞《弇州四部稿》卷一百三十九。
④ 袁震宇、刘明今：《明代文学批评史》，第 839 页。

的主情说为什么会比任何时期都来得猛烈！

　　明代中期词坛上的主情说还与复古思潮息息相关。明代中期的文坛上，各种文体之间相互联系，有的文人既创作散文、诗歌，同时又染指词曲；既有诗文理论，又有词曲理论，比如杨慎、王世贞、徐渭等。虽然词体创作以及词学理论的成就不像诗文那样被文人重视，但是，文坛上的文学思潮不可能不波及词坛，因而词坛在当时不是孤立的，我们也不能孤立地去阐述词学观念。明代中期文坛上的复古运动对词坛至少产生两点影响：其一，要求词体回归曲子本位。词产生于舞宴歌席，本来就是用来演唱的，明人有意识地选择《花间集》《草堂诗余》作为习词的范本就是最好的证明，因为这两个词集就是当时选歌的歌本，可以和乐而唱并且音节谐婉。其二，要求词体回归特有的言情功能。明代前期由于理学思潮的影响，词学观念中强调儒家诗教的一面非常突出。明代中期复古运动的目的是追索文渊，在诗文创作方面，"文必秦汉，诗必盛唐"，而在词体创作方面，就是对词体特性的追求。起源于舞筵歌席的小词，其文学特性就是擅长抒发婉娈之情，其最适宜的词体风格是婉约，于是中期的词人开始了漫长的辨体之路，以确定和维护词体之"正宗"，最终提出了婉约与豪放、正宗与变体两对影响深远的词学范畴。

　　明代中期政坛、文坛以及思想领域出现的新气象给词学领域以强烈的冲击，使较为冷寂的词学出现了复苏的局面。因此，明代中期的词学文献无论是形式还是内容都比前期大大丰富了，这一时期可谓明代词学的复苏期。词学复苏的表现有以下几个方面：其一，词学大家的出现。明代中期出现了集词人、词论家、评点家于一身的词学家，他们既是词人，又是理论家；既是选家，又是评点家。如著名词人杨慎，不仅有《升庵长短句》三卷，《续集》三卷，词作多达三百四十余首，还有《词品》六卷，对词体的起源、词体调名的缘起、词体的风格、词体的特性等均有独到的见解；他还编纂有六七种词选；还专门评点《草堂诗余》，品定《花间集》，其对所编纂的词选，亦多有评点。又如陈霆，既有《水南词》二百二十首，又有《渚山堂词话》三卷，还有他在词话中屡屡提及但没有流传至今的词选《草堂遗音》。著名词学家张綖既有《南湖诗余》一卷，又有影响深远的《诗余图谱》，还有词选《草堂诗余别录》，并对其加以评点。这是词学复苏的重要特征。其二，词话专著的出现。明人有词话专著从明代中期始，明代的词话专著共四部，此期就出现了三部，即陈霆的《渚山堂词话》、杨慎的《词品》、王世贞的《艺苑卮言》，并且文献价值与理论价值均较高。其三，词选的编纂。明代前期，由于词学衰微，明人没有编辑自己的词选。到了明代中期，随着词学的复苏，人们开始有意识地传播词集，在改编宋代词选《草堂诗余》的同时，尝试编辑自己的词选。陈霆编辑有《草堂遗音》，程敏政编辑有《天机余锦》，成就最大的是杨慎，他编纂了《词林万选》《百琲明珠》等六七种词选。词选的大量涌现，为词学的复苏作出了很大的贡献。其四，词谱的制定。词谱的制定亦自明中期开始，明代中期先后出现了三大词谱，即周瑛的《词学筌蹄》、张綖的《诗余图谱》、徐师曾的《词体明辨》，其中虽然存在着诸多不足，但各有创新与开拓，为明代词体创作的繁荣以及清代词学的中兴作出了很大的贡献。其五，词集评点的出现。在明代词学复苏之际，为了使初学者更快更好地掌握词体的创作规律，一些词学家开始进行词集评点这种普及工作。有专门对词选的评点，比如杨慎、李攀龙对《草堂诗余》的评点，张綖对《草堂诗余别录》的评点等；有的是在词选中附加评语，这种方法比较普遍，比如杨慎对《词林万选》及《百琲明珠》的评点；还有对词别集的评点，比如张綖、徐渭对《淮海词》的评点，李濂对《稼轩词》的评点等。众多评点本词集的问世，使人感觉到此期明人对词学的热望。词坛上的这些新变化，共同推动着词学批评向深度发展。

第二节　词体衰微原因之探析

　　明代前期的一百多年，除了明初词体的创作承元代一度繁荣外，尔后急速转入低谷。到了明代中期，由于政治气候的变化，虽然理学的影响仍然存在，但心学已经对文学发生着影响，词学复苏的时期已经来临。面对明代前期词体创作急剧萎缩的状况，明人开始反思，怎样使这一曾经辉煌一时的文体重新复兴，并为此探寻其衰败的原因。这样的反思与探究在词学史上有着深远的意义，可以说清代词学全面繁荣的序幕在此期已经悄然拉开。

一　总结明词不振的原因

　　明代中期的词学家对词体衰微的局面有清醒的认识，并进行了理性思考，试图振兴词体日趋滑坡的创作局面。他们认为明词的衰微主要有以下几种原因。

（一）政治思想与文化政策对词体创作的影响。每一朝代的思想文化都对文学创作产生着影响，词体创作亦不例外。明代中期的词论家看到了这一点。他们有的从政治思想与文化政策两方面指出其对词体创作的影响，有的则从一个方面阐述其对词体创作的不利。周琦①指出："唐、宋、元皆以词章取士，故严于韵。我国家黜词章为末学，而其崇正学，不尚夫小技也，无逾于是时矣。"② 周琦认为科举制度以及尊崇儒学对诗词创作产生了很大影响，认为唐、宋、元因为以词章取士，所以士人对于声韵之学相当精通，而明代崇尚"世儒义理"之学，视词章之学为末流，为"小技"，并且这种思想超出了任何一个时期，致使诗词创作陷于困境。关于政治思想对词体创作的影响，明初一些敏锐的文人在当时就有感触，如明代前期吴讷的《文章辨体·近代词曲·序说》及叶盛的《书草堂诗余后》都有非常形象的描述。③ 与中期词论家不同的是吴讷与叶盛二人是用形象的描述性文字展现词体衰落的原因，而中期词学家是理性思考后的理论阐述。何良俊则从社会思想方面论述了词曲衰微的原因："祖宗开国，尊崇儒术，士大夫耻留心辞曲。"④ 由于明代建国后对儒家学说的尊崇，士大夫以创作词曲为耻辱，这是词体在明代开国后迅速衰败的一个重要原因。

作为后七子领军人物的王世贞则从两个方面指出了明代诗体不振的原因："唐以诗赋程士，士之繇科第进者，往往濡首于诗。而其大究，亦多工于诗而拙于政。至明而程士必经谊，而课吏必政术。盖弘德以前，一受符试郡县，则日夜碌碌奉刀笔，未有能及吟咏之事者。二三豪隽，虽稍不为考功令所束，然其大究，尚工于政而拙于诗。"⑤ 王世贞认为一方面是科举取士内容发生了变化，唐代以诗赋取士，明代则以经谊取士，使士子不再重视声韵之学，这一点与周琦观点相同；另一方面是士子对政术的重视，弘治、正德以前，士子汲汲于课吏政务，为考功所束缚，而无暇顾及吟咏

---

① 周琦，约1510年前后在世，字廷玺，广西柳州人。成化十七年（1481）进士。官至南京户部员外郎。著有《东溪日谈录》。

② 见周琦《东溪日谈录》卷十六，《四库全书》本。

③ 详细论述见本书第三章。

④ 见何良俊《四友斋丛说》卷三十七，《明代笔记小说大观》，第1168页。

⑤ 王世贞：《龚子勤诗集·序》，吴文治《明诗话全编》，第4472页。

之事。王氏虽然是论述诗体不振之原因，但我们完全可以这么推论：明代前期由于传统儒家思想的影响，在士人心目中，求取仕宦，取得政绩，是人生的首要任务，就连"载道"的诗文创作都在其次，更不用说"小词"的创作了。李濂在《碧云清啸·序》中亦指出：

> 窃观近世以文章名家者，多弗究心于此（指词体创作），若曰我不屑为也，岂其然乎？惟诚意伯刘公伯温平生所作几三百首，神藻绚烂，光溢简帙。盖自伯温之后，寥寥百余年间，有作者不过数首而已，岂非引商刻羽之调填腔实难，而阳春白雪之音属和自寡邪？①

李氏认为刘基之后百余年间词体创作陷于低谷、词体不振的原因，即当时的文章家多不究心于此，这一点显然与当时思想领域尊崇儒术有关；作者又推测到词体之不振是不是"引商刻羽之调填腔实难，而阳春白雪之音属和自寡"。他在此提出了两个问题：一是依韵依谱填词之难，这是词乐散佚后出现的创作难的情况；二是把词看作阳春白雪的高雅文体，这应该是与当时通俗的戏曲创作对比而言。《四库全书总目提要·水南稿》云："末附诗话二卷，中间论词一条，谓'明代骚人多不务此，间有知者十中之一二'。"明中期著名词学家陈霆对当时词坛状况的描述与李濂一致。可见，由于政治思想与文化政策的影响，明代前期创作词体的作者少之又少。

（二）词乐、词谱的亡佚对词体创作的影响。明代初期，有依腔填词与依词谱填词两种情况，但由于后来词体创作的多年沉寂，词乐失传在所难免。明代中期的词学家清楚地看到了这一点。陆深在《停骖续录》中详细地论述了词乐消亡以及对词体创作的影响。

> （郑渔仲）谓"乐之失自汉武始"，盖言亡其声耳。汉世乐府如《朱鹭》《君马黄》《雉子斑》等曲，其辞皆存而不可读，想当时自有节拍短长高下，故可合于律吕。后来拟作者，但咏其名物，词虽有伦，恐非乐府之全也。且唐世之乐章，即今之律诗，而李太白立进《清平调》，与王维之《阳关曲》，于今皆在，不知何以被之弦索。宋之小词，

---

① 见李濂《嵩渚文集》卷五十六。

今人亦不能歌矣。今人能歌元曲、南北词，皆有腔拍，如《月儿高》《黄莺儿》之类，亦有律吕可按，一入于耳，即能辨之，恐后世一失其声，亦但咏月咏莺而已。此乐之所以难也。求元审声，宿悟神解者，世合有异材。①

任何一种音乐文学都和与之相配的音乐关系密切，若"亡其声"，就会影响后人对作品的全面理解，陆氏此段对此进行了详细的论述，就如压缩了的音乐文学发展史。他认为词体也一样，词乐的消亡，不仅影响人们准确地理解原附属于曲子的文字之真实意蕴，更重要的是影响词人的创作。何良俊亦指出："古乐之亡久矣，虽音律亦不传。"② 刘凤亦有同感：

乐府古诗其汉以来，乐乎被之声，当必近之，而今亦不可作；降则为词为曲，虽愈下趣，然皆乐之遗乎。是由可沿之求律吕也。词自唐始，元其变也，曲始金大定间，亦至元而变，又分而南北。迄于今，然金之曲今已不能歌矣。北人不能歌南，南人不能歌北，则虽强之，终亦不可矣，则知师乙所言宜歌商宜歌齐者，固然哉！风之趣不可返，犹南北之异音不可通也，则古乐岂所望哉？然词今亦不能歌，惟曲用焉，则因所习以求声律不易耶。③

刘氏描述了时人在创作词时所遇到的窘状，他用秦时鲁国乐师师乙的乐理理论④，论述词曲之不同，因为词已不能歌，创作时难以搜求所需之"声律"，有时只能用"曲"腔，这显然不利于词的创作，容易使词流于曲化，明词曲化之原因可见一斑。李开先⑤在《歇指调古今词·序》中对词乐

---

① 见陆深《俨山外集》卷十五，《四库全书》本。

② 见何良俊《四友斋丛说》卷三十七，《明代笔记小说大观》，第 1167 页。

③ 见刘凤《刘子威集》卷三十七。

④ 《礼记·乐记》第十九："子赣见师乙而问焉，曰：'赐闻声歌各有宜也。如赐者宜何歌也？'师乙曰：'乙，贱工也，何足以问所宜？请诵其所闻，而吾子自执焉。宽而静、柔而正者，宜歌《颂》。广大而静，疏达而信者，宜歌《大雅》。恭俭而好礼者，宜歌《小雅》。正直而静，廉而谦者，宜歌《风》。肆直而慈爱者，宜歌《商》。温良而能断者，宜歌《齐》。'"见吕友仁等《礼记全译·孝经全译下》，贵州人民出版社，2009，第 567 页。

⑤ 李开先（1502—1568），字伯华，号中麓，山东章丘人。嘉靖八年（1529）进士，官至太常寺少卿。著有《中麓乐府》《中麓闲居集》等。亦工戏曲，有传奇、杂剧传世。

的失传有更集中的论述：

> 唐、宋以词专门名家，言简意深者唐也，宋则语俊而意足，在当
> 时皆可歌咏，传至今日，只知爱其语意。自《浪淘沙》《风入松》二词
> 外，无有能按其声词者。余因雪蓑有作，已摘集《风入松》词矣。而
> 《浪淘沙》则自天朝以及胜国，搜罗成帙，不但唐、宋而已，名为《歇
> 指调古今词》，校而刻之，可由之歌咏唐、宋词，而追绎古乐府，虽三
> 百篇当亦不远矣。然《浣溪纱》《浪淘沙》，名意亦相似，而字格绝不
> 同。至于《卖花声》则句句不殊，无因扣作者名贤而问之。①

他指出在当时"皆可歌咏"的宋词，"传至今日，只知爱其语意。自
《浪淘沙》《风入松》二词外"，没有能按其声歌者，并且还常常遇到如
《浣溪纱》《浪淘沙》等虽"名意亦相似，而字格绝不同"无法解释者，
《卖花声》句句不殊，而无贤者可扣问等难题，因此他在《西野春游词·
序》中强烈地提出了自己的愿望："今之乐，犹古之乐也。呜呼！扩今词之
真传，而复古乐之绝响，其在文明之世乎！"②

由上文所引用文献可知，词学家在论述词乐失传的时候，有一个强烈
的共同的感慨，即"词今亦不能歌"，并试图"复古乐之绝响"，从而弄清
楚词调间"名意亦相似，而字格绝不同"的困惑。这样的困惑显然对明人
的词体创作产生很大的负面影响，使明人在创作词作时无据可依，自然减
少了创作的冲动与兴趣。

词乐已失，不可复制，在这种情况下，如果有完整的词谱（即文字谱）
存在，也可以进行词体创作。从现存文献记载和词体创作的实际情况来看，
宋代存在标注句读、平仄的词谱，到了明初，词人则可依文字谱填词。但
是由于明兴百余年词体创作的衰微，此时的文字谱亦难以寻觅，这从明人
的不解中可知一二。郎瑛就曾经提出疑问：

> 予不知音律，故词亦不善。每见古人所作，有同名而异调者，有

---

① 见李开先《李开先集》，第 299 页。
② 见李开先《李开先集》，第 335 页。

异名而同辞者，又有名同而句字可以增损者，莫知何谓也？①

可以说郎瑛提出了当时明人在失去词谱后填词时的困惑，在困惑的背后，既有明代前期词体不振的原因，又有明代中期词学家对词体创作的兴趣，也预示着词体创作与词学复兴的开始。明代中期，周瑛于弘治甲寅（1494）编定了《词学筌蹄》；梁桥也从《草堂诗余》中列出词作十二首，"以为法式"；张綖编订了影响深远的《诗余图谱》；徐师曾在《文体明辨》中，单列"诗余"部分，编为词谱。明代中期制定词谱热的出现，足以表明之前词体创作的无所依凭，这种无所依凭的创作环境对词体的创作无疑影响巨大。

（三）音乐的变化、戏曲的勃兴对词体创作的影响。音乐文学的兴衰与所结合之音乐关系密切。中国音乐文学发展的历史表明，音乐的变化致使与之相配的诗词随之发生变化，明代中期的词论家对这种变化有明确的理解，因而他们往往从宏观上观照音乐文学的发展历史，并在客观上承认音乐文学的变化。何良俊在《草堂诗余·序》中沿着音乐的线索依次考察了《诗经》、乐府、诗余、歌曲等音乐文学的发展，最后得出结论："《诗》亡而后有乐府，乐府阙而后有诗余，诗余废而后有歌曲。"② 很显然，作为词曲家，何氏非常重视声律对音乐文学的影响。王世贞在《曲藻》中更深刻地指出：

> 三百篇亡而后有骚、赋，骚、赋难入乐而后有古乐府，古乐府不入俗而后以唐绝句为乐府，绝句少宛转而后有词，词不快北耳而后有北曲，北曲不谐南耳而后有南曲。③

在这段论述中，作者对音乐文学中所包含的两个方面无一偏废，一种音乐文学对应一种音乐，他认为当音乐文学不能适应所对应音乐的时候，这种文学就走到了尽头。他在《梁伯龙古乐府·序》中进一步阐述了这一观点：

---

① 见郎瑛《七修类稿》卷三十八，第561页。
② 见《类编草堂诗余》卷首。
③ 见《中国古典戏曲论著集成》第4集，第27页。

凡有韵之言，可以协管弦者，皆乐府也。《风》《雅》熄而铙歌、鼓吹兴，其听者犹恐卧，而燕、魏、齐、梁之调作；丝不尽协肉，而绝句所由宣；绝句之宛转不能长，而《花间》《草堂》之峭倩著；《花间》《草堂》之不入耳，而北声劲；北声不驻耳，而南音出。①

他在《曲藻序》中谈得更透彻：

曲者，词之变。自金、元入中国，所用胡乐，嘈杂凄紧，缓急之间，词不能按，乃更为新声以媚之。②

王氏从音乐的角度去观照文学的发展、词体的兴衰，认为词体的衰亡是音乐变化的结果。这显然是符合词体的音乐特性的。稍后的徐师曾在《文体明辨·诗余·序说》中完全同意此观点："近时何良俊以为诗亡而后有乐府，乐府阙而后有诗余，诗余废而后有歌曲，真知言哉!"③ 也正由于此，他们认为词体的衰微与音乐的变化、戏曲的勃兴有关。词体是在燕乐兴盛的环境中产生的，歌词与音乐有机结合，从而形成了一支支优美动听的歌曲。但到了元代，北方新的音乐兴起，配合燕乐的歌词难以与其谐调，并且元统治者提倡北乐，有意识地压制中原音乐的发展，因此歌词没有了存在的环境与市场，元曲获得了长足的发展，赢得了巨大的受众群体。到了明代这种状况没有改观，李开先在《张小山小令后序》中亦云："洪武初年，亲王之国，必以词曲一千七百本赐之……人言宪宗朝好听杂剧及散词，搜罗海内词本殆尽。又武宗亦好之，有进者，即蒙厚赏。"④ 王昌会⑤在《诗话类编》中记载了文人携妓唱曲的情景：

《大明律》有官吏挟妓饮酒之条，然宣德三杨公犹及用之。尝闻与其一兵官会饮，文定倡为酒令，各诵诗一句，以"月"字在下，而四分时令毕。文定指席中侍妓曰："不可谓秦无人，汝辈有能者乎?"一

---

① 见吴文治《明诗话全编》，第 4456 页。
② 见《中国古典戏曲论著集成》第 4 集，第 25 页。
③ 见《文体明辨》。
④ 见李开先《李开先集》，第 369 页。
⑤ 王昌会，约 1635 年前后在世，字嘉侯，上海人。著有《诗话类编》。

妓遽成小词，捧琵琶歌曰："到春来，梨花院落溶溶月，文定句到夏来，舞低杨柳楼心月。文敏句到秋来，金铃犬吠梧桐月。兵官句到冬来，清香暗度梅梢月。文贞句呀好也，月总不如俺，寻常一样窗前月。"诸公剧饮，沾醉而去。①

　　这种场景与宋代文人携妓唱词一样，而明代唱曲则成为时尚。尤其到了明代中期以后，商品化快速发展，市民阶层不断壮大，适合其审美趣味的俗文学如异军突起，迅速成长并壮大起来，人们对戏曲趋之若鹜，正像杨慎在《词品》中所说："近日多尚海盐南曲，士夫禀心房之精，从婉娈之习者，风靡如一。甚者北土亦移而耽之。"② 其在卷五中又指出："元人工于小令套数，而宋词又微。"③ 戏曲的兴盛与近俗，使词作不能适应社会的需要，在明代前期迅速走向衰亡。徐渭也看到了这种情况："元初，北方杂剧流入南徼，一时靡然向风，宋词遂绝。"④ 论断虽然有些绝对，但大体不错。又说："今之北曲，盖辽、金北鄙杀伐之音，壮伟很戾，武夫马上之歌，流入中原，遂为民间之日用。宋词既不可被弦管，南人亦遂尚此，上下风靡，浅俗可嗤。"⑤ 音乐的变化，戏曲的兴盛，给词体的创作带来了巨大的冲击，致使"不可被弦管"的小词迅速走向衰落。明人正是看到了词乐无法复原、戏曲勃兴对词体的冲击这种情况，一时纷纷研究前人词的平仄押韵，制定词谱，极力保持词的音乐性，为词在当时的文坛上争得一席之地，这也是明代中期纷纷制定词谱的一个重要原因，因为按照词谱创作的词作更有利于演唱。

　　由以上论述可知，明代中期的词学家面对词坛不兴的局面进行了理性的思考，对明代词体衰亡的原因作出了切合实际的分析，这种思考与分析促使更多的词学家关注词坛，推动了明代词体创作的中兴与词学的繁荣。明代中期词学家的理论探讨与后期词学的全面繁荣密不可分，也为清代词学的复兴打下了理论基础。

---

① 见《明诗话全编》，第 8377 页。
② 见杨慎《词品》卷一，《词话丛编》，第 438 页。
③ 见杨慎《词品》卷五，《词话丛编》，第 522 页。
④ 见《中国古典戏曲论著集成》第 3 集，第 239 页。
⑤ 见《中国古典戏曲论著集成》第 3 集，第 240 - 241 页。

二　探究词体不废的理由

明代中期的词学家认识到了词体不振的原因，此期心学虽然流行，但理学的影响仍然存在，要在儒学流行的环境中重振词体，就要找出词体堂而皇之存在的理论依据，明人在这个问题上大费了一番心机。传统的词学观念以及对词体体性的认识对明人影响很大，因此他们承认词之特性，即"绮艳"。陈霆称词"纤言丽语，大雅是病"①，张綖称词为"艳歌之声"②，任良幹在《词林万选·序》中明确指出："诗人之赋丽以则，词人之词丽以淫。"③袁袠④的《江南春词·序》也指出，词可以"娱心驰目，惑情荡意。虽乖雅化，亦征繁会矣"⑤。刘凤在《词选·序》中论述得更透彻："夫词发于情，然律之风雅则罪也，以绸缪婉娈、怀思绵邈、蕴藉风流、感结凄怨、艳冶宕逸为工，虽有以激枭挢健、雄举典雅为者，不皆然也。"⑥陈文烛在《花草新编·序》中把词比作"奇花""瑶草"，⑦香艳无比。所有这些对词的体性的认识，基本符合词坛的创作实际，但与儒家传统的诗教观念似乎格格不入。为了使词名正言顺地步入文坛，也使作家在创作时没有不合诗教的忧虑，酣畅淋漓地抒发自己的隐幽情感，词学家们就对词体追根求源，验明正身，证明即便词体有与诗教不合之处，但也有"不得而废者"。

（一）把词与古乐及《诗经》联系起来，证明其不可废。把词体与古乐及《诗经》相联系是词学家提高词体地位的重要手段，宋元词学批评中屡见不鲜。明人在尊崇儒学的社会风气下，振兴言情的词作，首先考虑到这一有力武器。任良幹在《词林万选·序》中云："诗人之赋丽以则，词人之词丽以淫……然其比于律吕，叶于乐府，则无古今，一也。"⑧任氏指出古之诗与今之词有地位的差别，但是从体制上看，古诗今词都具备"比于律吕，叶于乐府"的特点，也就是说，今词与《诗经》一样具备"乐"的外

---

① 陈霆：《渚山堂词话·自序》，《渚山堂词话》卷首，《词话丛编》本。
② 张綖：《草堂诗余别录·序》，《草堂诗余别录》卷首。
③ 见杨慎《词林万选》卷首。
④ 袁袠（1502—1547），字永之，号胥台，江苏吴县人，嘉靖进士。著有《胥台集》等。
⑤ 见袁袠《衡藩重刻胥台先生集》卷十四，明万历十二年刻本。
⑥ 见刘凤《刘子威集》卷三七。
⑦ 见陈文烛《二酉园续集》卷一。
⑧ 见杨慎《词林万选》卷首，汲古阁《词苑英华》本。

在形式，因而也就有合理存在的价值。何良俊与费寀①持相同的观点，费寀在《玉堂余兴·引》中说："自风雅湮而古诗亡，乐经燔而诸调作，词也者，固六义之余而乐府之流也，比声成音，亦自与政相通，而能使人兴起，故曰：今之乐犹古之乐也。"②费寀指出词与《诗经》、乐府，三者皆"比声成音"，《诗经》、乐府可观政事民情，词体亦然。费氏也是从音乐方面为词体的合理存在而张目。何良俊之论述不仅与费寀如出一辙，而且更详赡："古乐之亡久矣，虽音律亦不传。今所存者惟词曲，亦只是淫哇之声，但不可废耳。盖当天地剖判之初，气机一动，即有元声。凡宣八风，鼓万籁，皆是物也。故乐九变而天神降，地祇出，则亦岂细故哉！故曰：'声音之道，与政通矣。'"③何氏认为词曲虽然多"淫哇之声"，但"不可废耳"，因为声音之道与政事相通，而词曲就是音乐文学，当然不能废。

毛凤韶在《中州乐府·后序》中抛开音乐形式，直接把词体与《诗经》联系在一起："声音之道与政通，固矣。然以三百篇考之，成周治矣，而夫子不无删焉。郑卫乱矣，而夫子或有取焉。《中州乐府》……盖古诗之余响也。"④他把词看作古诗之遗响，当然就更有其存在的必要了。任良幹在《词林万选·序》中亦有相同的看法："张于湖、李冠之《六州歌头》、辛稼轩之《永遇乐》、岳忠武之《小重山》，虽谓之古之雅诗可也。填词之不可废者此。"⑤任氏认为词中像张于湖、李冠、辛稼轩、岳忠武等词人的作品与古之雅诗别无二致，因此词与诗歌一样是文坛上不可缺少的文体之一。

（二）词体创作大儒不废。明人还以词体创作的历史证明词体存在的充分理由，如陈霆在《渚山堂词话·自序》中云："词曲于道末矣。纤言丽语，大雅是病。然以东坡、六一之贤，累篇有作。晦庵朱子，世大儒也，'江水浸云''晚朝飞画'等调，曾不讳言。用是而观，大贤君子，类亦不浅矣。"⑥认为词体虽为末道，并且语言纤丽，词风绮艳，疏离于儒家诗教之外，但前代之名臣大儒如苏轼、欧阳修、朱熹等"曾不讳言"，更何况富有七情六欲的芸芸众生！李濂在《碧云清啸·序》中云："古人之诗如今之

① 费寀，铅山人，费宏（1468—1535）之弟。字子和，正德进士，选庶吉士，授编修。
② 见赵尊岳《明词汇刊》，第807页。
③ 见何良俊《四友斋丛说》卷三十七，《明代笔记小说大观》，第1167页。
④ 见元好问《中州乐府》，《彊村丛书》本。
⑤ 杨慎：《词林万选》卷首。
⑥ 见《渚山堂词话》卷首，《词话丛编》，第347页。

歌曲，当是时，金元度曲未出，所谓歌曲，正指填词耳。而范文正、朱文公诸大儒亦尝有作，一洗香奁粉泽之陋，超然自得于笔墨蹊径之外，使人读之有潇洒出尘之想，洋洋乎曰哉！"① 认为古之诗即今之词，宋之大儒范文正、朱文公等亦有所作，并且"一洗香奁粉泽之陋，超然自得于笔墨蹊径之外"，对词坛作出了巨大的贡献。明人为了复兴词学，用宋代大儒的创作实际来论证词体之不可废，可谓独出心裁。当今研究者认为："一部清代词史，就其本质来说，就是一部尊体的历史。"② 其实，有意识地推尊词体，明代中期已经开始。明人如此推尊词体与明代前期理学思潮对文人的束缚有关，由于明代前期社会思想的影响，词体创作在明代建国初一度繁荣后迅速走向衰微。明代中期，由于心学的兴起，理学一统天下的局面被打破，思想领域活跃，词学有了复苏的机缘，但是人们头脑中固守的儒家诗教仍然影响着人们对词体的认识，因此他们要名正言顺地进行词体创作，就要寻找一个冠冕堂皇的理由，词虽俗体，但大儒不废，可以说这种创作实践最有说服力。

第三节　词体起源论

关于词体起源的问题，明代前期词学批评涉及很少，仅有吴讷、陈敏政及彭华等对此问题略有论述，吴讷、陈敏政观点一致——"词曲为古乐府之变"；彭华认为词体起源于律诗，但仅仅提出观点而没有加以论述。到了明代中期，随着词学的复兴，人们对这个问题重新有了兴趣并试图探究其原委。总的看来，明代中期对词体起源的看法大体上有以下四种。

一　词体起源于古乐府说

明代中期的词学家继续沿着明代前期"词曲为古乐府之变"展开讨论。周瑛在《词学筌蹄·序》中指出："词家者流出于古乐府，乐府语质而意远，词至宋纤丽极矣。今考之，词盖皆桑间濮上之音也吁，可以观世矣。"③

---

① 见李濂《嵩渚文集》卷五十六。
② 张宏生：《明清之际的词谱反思与词风演进》，《文艺研究》2005 年第 4 期。
③ 见周瑛《词学筌蹄》卷首。

周瑛不仅道出了词体之起源，还比较了乐府诗与词体的区别。但他提出此观点，没有作具体的阐释，从其简要的论述中可知，他认为词体起源于古乐府的原因是二者有相同的实用功效，即"可以观世"，这种词体起源论还明显带有明代前期儒家诗教词学观念的痕迹。

何良俊在《草堂诗余·序》中先提出自己的观点："夫诗余者，古乐府之流别而后世歌曲之滥觞也。"然后详细考察了上古洪荒一直到词体繁荣的宋代之音乐，而后得出结论："诗亡而后有乐府，乐府阙而后有诗余，诗余废而后有歌曲。"① 他在《四友斋丛说》卷三十七中再一次重申了自己的观点："夫诗变而为词，词变而为歌曲，则歌曲乃诗之流别。"② 从何氏的论述中可知，他之所以认为词体起源于乐府的原因是二者有共同的外部形式，即音乐。

王九思在《碧山诗余·自序》中指出："夫诗余者，古乐府之流也。后人谓之诗余云。汉魏以上，乐府拘题而不拘体，作者发挥题意，意尽而止，体人人殊。至于唐宋始定体格，句之长短，字之平仄，咸循定体，然后协音，乃若情之所发，随人而施，与题意漫不相涉，故亦谓之填词云。"③ 王九思认为乐府与词一脉相承，词最初叫乐府，定体后叫诗余，古乐府即词，他还具体论述了古乐府与词在"题"与"格"方面的不同，乐府原是"拘题而不拘体"，作者必须紧扣乐府诗题，发挥题意，而"体人人殊"；而在唐宋定格后，"句之长短，字之平仄，咸循定体，然后协音"。在这种体格之中，作者可以任情而发，"与题意漫不相涉"。显然，王九思混淆了乐府与词两种音乐文学，认为古乐府与词的区别仅仅在于外在的形式，即创作乐府诗可以"体人人殊"，创作词则需"咸循定体"，认为词像古乐府一样可以和乐而歌，"然后协律"。费寀在《玉堂余兴·引》中持相同观点："自风雅湮而古诗亡，乐经燔而诸调作，词也者，固六义之余而乐府之流也。"④ 徐师曾在《文体明辨·诗余·序说》中亦云：

> 诗余者，古乐府之流别，而后世歌曲之滥觞也。盖自乐府散亡，声律乖阙，唐李白氏始作《清平调》《忆秦娥》《菩萨蛮》诸词，时因效之。厥后行卫尉少卿赵崇祚辑为《花间集》，凡五百阕，此近代倚声

---

① 何良俊：《草堂诗余·序》，《类编草堂诗余》卷首。
② 见《明代笔记小说大观》，第 1168 页。
③ 见赵尊岳《明词汇刊》，第 1858 页。
④ 见赵尊岳《明词汇刊》，第 807 页。

填词之祖也。①

由此可知，明代中期词体起源于乐府论者，或从古乐府与词体相同的实用功效立论，或从乐府与词体具有共同的音乐形式立论，或是从乐府演变为词体过程中的变化立论，证明自己的观点：词体起源于古乐府。

二 词体起源于汉代说

认为词源于汉代，之前只有元代的王博文，他只是提出观点而没有具体阐释②，林俊在《词学筌蹄·序》中则云："壤歌衢谣，发而为《卿云》《南风》，为风雅颂，为《离骚》，为古乐府，为慢词。呜呼，亦极矣。都俞吁咈，浑噩变也；美刺兴赋比，都俞吁咈变也。上之为君，《马黄》《有所思》《出塞曲》又变也。其又变则《青门引》《帝台春》《金人捧露盘》《鱼游春水》。是故言出为章，今固拘以体制；辞出为声，今固拘以音律；洪杀翕辟，伸缩正变为天然，今固拘以刻意苦思，于呼亦极矣。词始于汉，盛于魏晋，隋唐而又盛，于宋即所谓白雪体者。"③ 林俊似乎认为词体起源于古乐府，但他在论述音乐文学几经变化后得出结论"词始于汉"，如王博文一样，没有论述，仅仅提出观点，勾勒词的简单发展线索，认为宋词之初即是汉乐府。

三 词体起源于六朝说

明代中期较早提出此观点的是陈霆，由《渚山堂词话·自序》可知，陈霆对词的起源问题经过很长时间的思考："始余著词话，谓南词起于唐，盖本诸玉林之说。至其以李白《菩萨蛮》为百代词曲之祖，以今考之，殆非也。隋炀帝筑西苑，凿五湖，上环十六院。帝尝泛舟湖中，作《望江南》等阕，令宫人倚声为棹歌，《望江南》列今乐府，以是又疑南词起于隋，然亦非也。北齐兰陵王长恭及周战而胜，于君中作《兰陵王》曲歌之，今乐府《兰陵王》是也。然南词始于南北朝，转入隋而著，至唐宋昉制耳。"④ 起初撰写词话时，陈氏认为词起源于唐，后来"又疑南词起于隋"，最后才

① 见徐师曾·《文体明辨》。
② 参见本书第二章第一节。
③ 见周瑛《词学筌蹄》卷首。
④ 见唐圭璋《词话丛编》，第 347 页。

确定自己的看法："南词始于南北朝，转入隋而著，至唐宋昉制耳。"可见陈霆是把这个问题当成一个严肃的问题去考虑，最后得出的结论应当是他不断研究的结果。分析其所举《兰陵王》曲可知，他混淆了南北朝时期的《兰陵王入阵曲》与宋代以后填词所用《兰陵王》曲，其实王灼在其《碧鸡漫志》中已考证了《兰陵王》的来龙去脉：

> 兰陵王，《北齐史》及《隋唐嘉话》，称齐文襄之子长恭，封兰陵王。与周师战，尝著假面对敌，击周师金墉城下，勇冠三军。武士共歌谣之，曰《兰陵王入阵曲》。今越调《兰陵王》，凡三段二十四拍，或曰遗声也。此曲声犯正宫，管色用大凡字，大一字，勾字，故亦名《大犯》。又有大石调《兰陵王慢》，殊非旧曲。周齐之际，未有前后十六拍慢曲子耳。①

唐崔令钦在《教坊记》中把《兰陵王》列入"软舞"之列，曲名之一，而此曲在很长一段时间内有声无词，现存最早之词作是北宋秦观的《兰陵王》，因秦词"后段结句作七字句，宋人无如此填者，故以周词作谱，仍采此词以溯其源"②，周邦彦《兰陵王》即三段十六韵者，"它是旧曲遗声，而且有所变化"③。陈霆是从"今乐府"曲调名与六朝时乐曲名相同这一点考察词体起源的，显然有失片面。对此观点有兴趣的是稍后的杨慎。他在《词品·序》中说：

> 诗词同工而异曲，共源而分派。在六朝，若陶弘景之《寒夜怨》，梁武帝之《江南弄》，陆琼之《饮酒乐》，隋炀帝之《望江南》，填词之体已具矣。若唐人之七言律，即填词之《瑞鹧鸪》也。七言律之仄韵，即填词之《玉楼春》也。若韦应物之《三台曲》《调笑令》，刘禹锡之《竹枝词》《浪淘沙》，新声迭出。孟蜀之《花间》，南唐之《兰畹》，则其体大备矣。岂非共源同工乎。然诗圣如杜子美，而填词若太白之《忆秦娥》《菩萨蛮》者，集中绝无。宋人如秦少游、辛稼轩，词

---

① 王灼：《碧鸡漫志》卷四，《词话丛编》，第 103 页。
② 见《御定词谱》卷三十七。
③ 见谢桃坊《中国词学史》，第 84 页。

极工矣，而诗殊不强人意，疑若独艺然者，岂非异曲分派之说乎？①

杨氏认为诗词共源同工，六朝之乐府、唐人之七律与五代之词一脉相承。为了论证自己的观点，他又以具体作品为例进行分析：

> 陶弘景《寒夜怨》云："夜云生。夜鸿惊。凄切嘹唳伤夜情。"后世填词，《梅花引》格韵似之，后换头微异。
>
> 梁武帝《江南弄》云："众花杂色满上林。舒芳耀彩垂轻阴。连手躞蹀舞春心。舞春心。临岁腴。中人望，独踟蹰。"此词绝妙。填词起于唐人，而六朝已滥觞矣。其余若"美人联锦""江南稚女"诸篇皆是。
>
> 梁简文帝《春情曲》云："蝶黄花紫燕相追。杨低柳合路尘飞。已见垂钩挂绿树，诚知淇水沾罗衣。两童夹车问不已，五马城头犹未归。莺啼春欲驶，无为空掩扉。"此诗似七言律，而末句又用五言。王无功亦有此体，又唐律之祖。而唐词《瑞鹧鸪》格韵似之。
>
> 王筠《楚妃吟》，句法极异。其词云："窗中曙，花早飞。林中明，鸟早归。庭中日，暖春闺。香气亦霏霏。香气飘。当轩清唱调，独顾慕，含怨复含娇。蝶飞兰复熏。袅袅轻风入翠裙。春可游。歌声梁上浮。春游方有乐。沉沉下罗幕。"大率六朝人诗，风华情致，若作长短句，即是词也。宋人长短句虽盛，而其下者，有曲诗、曲论之弊，终非词之本色。予论填词必溯六朝，亦昔人穷探黄河源之意也。②

杨慎认为陶弘景诗《寒夜怨》与词《梅花引》格韵似之，仅换头微有不同；梁简文帝诗《春情曲》，与唐词《瑞鹧鸪》格韵略似；又认为"六朝人诗，风华情致，若作长短句，即是词也"。从杨氏的阐述来看，他认为词体起源于六朝有两个理由：一是"格韵"。"格"即句式与字数，"韵"即押韵的方式。杨慎通过在古诗中寻觅句式长短和押韵规律与某一词牌相像者，来确定"最初"的词。二是词体的特质。词的特性是绮艳婉媚、缊藉而有风味，杨慎认为六朝诗风华旖旎、情致绰约，与婉约妩媚的曲子词特

---

① 见杨慎《词品》卷首，《词话丛编》，第 408 页。
② 见杨慎《词品》卷一，《词话丛编》，第 421 – 425 页。

质相同。因此得出结论:"予论填词必溯六朝,亦昔人穷探黄河源之意也。"杨慎从词的格韵与词体的特性出发探讨词体的起源,把六朝纤艳绮丽的小诗与风致婉丽的词联系在一起,给后人以启迪。六朝乐府诗本身就有调名,句式长短不齐,又多侧艳之作,无论形式还是内容与词皆有相似之处,杨慎的词体起源说在词学史上能自成一家。

　　杨慎词体起源说的提出,一方面与其诗论密不可分。杨慎从进士及第的正德六年(1511)至嘉靖三十八年(1559)卒于永昌贬所,其间正值前后七子文学复古的高涨期,复古派倡言"文必秦汉,诗必盛唐",风靡一时,从者云集。而善于创新、思想开放的杨慎独立于"七子"之外,"挺然崛起""自成一队",强调唐律源出六朝,溯流应穷其源,要求学律诗当取则六朝。杨慎的词体起源说正是其诗学观向其词学观延伸的结果。另一方面可能是有所本。在此之前,南宋朱弁在《曲洧旧闻》中就提出此观点,杨慎继承朱说明确提出词体起源于六朝,并举例进行详细的论证,足以令人信服。

　　稍后的王世贞也赞同此观点,他在其《艺苑卮言》中指出:

　　　　词者,乐府之变也。昔人谓李太白《菩萨蛮》《忆秦娥》,杨用修又传其《清平乐》二首,以为词祖。不知隋炀帝已有《望江南》词。盖六朝诸君臣,颂酒赓色,务裁艳语,默启词端。实为滥觞之始。[1]

　　可以看出,在词体起源的时间上,王世贞完全同意杨慎的观点,但在提出这个观点的时候,二人所论述的偏重点不同。王世贞提出这个观点是从词体特性出发,完全为其尊婉约抑豪放的词学观服务;而杨慎虽然也涉及了词体之特性,但他还从词体的"格韵"出发加以论述。二人都没有涉及词乐,相比之下,杨慎考虑得更全面。但王世贞在《曲藻》中则云:

　　　　三百篇亡而后有骚、赋,骚赋难入乐而后有古乐府,古乐府不入俗而后以唐绝句为乐府,绝句少宛转而后有词,词不快北耳而后有北曲,北曲不谐南耳而后有南曲。[2]

----

[1]　王世贞:《艺苑卮言》,《词话丛编》,第385页。
[2]　王世贞:《曲藻》,《中国古典戏曲论著集成》第4集,第27页。

从论述中可知，王氏认为词体起源于律诗，在《艺苑卮言》中，王世贞对词体起源的论述是从词体之特性出发，而在《曲藻》中他换了一个角度，从音乐的变化出发加以论述。他认为是音乐的变化，致使所依附音乐的文字随之发生变化，这显然更符合词体起源的实际环境。但在词体起源的问题上，王氏心存矛盾。从词体特性之角度论述词体起源时，他同意杨慎之观点：起源于六朝；从音乐变化之角度论述词体的起源时，他又认为词体起源于律诗。这种矛盾的论述说明王世贞还没有弄清楚词与音乐的关系，或者说他没有弄清楚词体所依附的为何种音乐，这是在词乐散佚后明人的通病。

明代中期词体起源于六朝说与当时词体主情说密不可分，词体起源于六朝说在一定程度上折射出当时的词学思想。

四　词体起源于律诗说

词体起源于律诗，明代前期彭华在《与吴鼎仪论韵学书》中提出此观点，但没有阐明个中原因。明代中期承此观点的是陆深，他在《跋龙江泛舟曲》中指出："律诗变小词，诗余，小词之变也。诗余变为曲子，金、元时人最盛。"[1] 在陆深看来，"小词"与"诗余"还有不同，从上下文的关系可以推测，他所谓的"小词"，可能是最初配合燕乐的整齐的五七言律绝，当整齐的五七言律绝在配合燕乐的过程中出现了词、曲不相协调的矛盾时，词人依谱填词，齐言就变成了长短句的词，就是所谓的"诗余"。如果这样理解是其本意的话，可以说他对词体起源的理解还是比较到位的，但这里他没有进行详细的阐述。而稍后的徐渭则有较详细的论述："夫古之乐府，皆叶宫调；唐之律诗、绝句，悉可弦咏，如'渭城朝雨'演为三叠是也。至唐末，患其间有虚声难寻，遂实之以字，号长短句。"[2] 陆深、徐渭之词体起源说皆受沈括、胡泳"和声""泛声"说的影响，而不同的是沈括认为词体源于燕乐，胡泳认为词体源于古乐府，而陆深、徐渭则认为词体为律诗所变，并在一定程度上作了论述。这种观点直接影响了明代后期的词学家，如顾梧芳、胡震亨、沈宠绥、王骥德等皆持此观点。词体起源于律诗，在词学史上有很大的影响。

---

① 见《俨山集》卷九十，《四库全书》本。
② 徐渭：《南词叙录》，《中国古典戏曲论著集成》第3集，第240页。

明代中期词体起源说的四种观点，前三种虽继承宋元理论，但也有在新视角下的阐发，尤其是词体源于六朝说只是清人记载由宋代朱弁提出此观点，但此时经过杨慎的合理阐发，终成词体起源之一说，并产生了很大影响。词体起源于律诗是明人的发明，亦成为词体起源之一家言。就明代中期词体起源说而言，词学家虽然在论述这个问题时与音乐相联系，但不再考虑词体所结合的音乐形式，而更多受到此期词学观念的影响，这说明词体与何种音乐结合，是明代在词乐失传后词学家们模糊不清的一个问题。

第四节　教化与达情的碰撞

明代中期，儒家的义理之学仍然对文坛产生着极大的影响，同时心学兴起并逐渐对文坛发生着作用，理学与心学共同作用于文坛的现象在词学理论方面留下了明显的痕迹。人们一方面承接明代初期词学批评的惯性，用儒家诗教的观念评判词体创作；另一方面，词学观念中的"主情说"在此期已初露锋芒并最终战胜前者。在两种理论作用下的词学评论所显现出的矛盾心态，也在明代中期的词论中显露无遗。

一　强调词体的教化作用

在儒家诗教的影响下，明代中期的词论家多坚持"艳词不可填"。张綖在《草堂诗余别录·序》中指出："当时集本亦多，惟《草堂诗余》流行于世，其间复猥杂不粹。今观老先生朱笔点取，皆平和高丽之调，诚可则而可歌。"① 他从当时流行的词集《草堂诗余》中选出七十九首词作，一一评点，剔除其中"猥杂不粹"之作，即那些艳冶之作，并且在点评作品时反复强调自己的词学观点：词体应以婉约、蕴藉、流丽、高雅、委曲、俊逸为正。如其评黄山谷《蓦山溪·鸳鸯翡翠》云："山谷此词，语意高雅，诚为可录，但通篇所咏，皆少年风情之作，后段率用杜牧之《湖州赠妓》诗意，至'千里回首'，情极不薄矣。不可为训，似宜删去。"评欧阳修《浣溪沙·晓院闲窗春色深》云："后段三句似佳，结语尤曲折，婉约有味。"评李玉《贺新郎·篆缕销金鼎》云："此词如'月满西楼凭栏久，依旧归期

---

① 张綖：《草堂诗余别录》卷首。

未定'及'嘶骑不来银烛暗，枉教人立尽梧桐影，谁伴我对鸾镜'颇似。流丽高雅，寓意托怀，无嫌闺院。"评曾纯甫《金人捧玉盘·记神京繁华地》云："此词前叙神京繁华，足以见宋亡之故矣；后段悲痛隽永，有黍离之风焉。"评李易安《如梦令·昨夜雨疏》云："韩偓诗云'昨夜三更雨，今朝一阵寒。海棠花在否，侧卧卷帘看。'此词尽用此语点缀。结句尤为委曲精工、含蓄无穷之意焉。"评谢无逸《千秋岁·栋花飘砌》云："语意俊逸且有余韵。"评仲殊《诉衷情·涌金门外小瀛洲》云："此词温雅蕴藉，佳品也。"① 郎瑛在《七修类稿》"艳词不可填"条中指出："如柳耆卿《昼夜乐》一词云：'秀秀家住桃花径……'此虽赠妓，真可谓狎语淫言矣。宜戒之。"② 梁桥则认为："诗余即香奁、玉台之遗体。言闺阁之情，乃艳词也。作者虽多，要之贵发乎性情，止乎礼义。"③ 认为词体多抒写艳情，但关键是要发乎情，止乎礼义，做到乐而不淫，哀而不伤，符合儒家的诗学观。正因为如此，他们往往承接明代前期评词的惯性，以儒家的诗教去评判词作。唐锜在《升庵长短句·序》中对杨慎的诗作作了高度的评价："太史之诗，殆所谓昌其气，达其材，融乎其兴者乎。所谓本乎性，发乎情，止乎礼义。"又以此标准反观其词，并且把杨慎之词与金元部曲进行对比评价："金元部曲，淫蛙妖艳，其溺人也久，乃有黄钟大吕希世之音乎？其思冲冲，其情隐隐，其调闲远悲壮，而使人有奋厉沉窣之心，其寄意于花鸟、江山、烟云、景候、旅况、闺情，无怨怒不平，而有拳拳恋阙之念。"④ 认为杨氏的词作乃"黄钟大吕希世之音"，闲远悲壮，寄意深远，怨而不怒，忠诚可嘉。真可谓"发乎情，止乎礼义"。费宷在《玉堂余兴·引》中评价夏言词时指出："唐自李白而下，率多填词，慢调逮宋益靡，厥能引括风雅以不失乎？古之遗音，则自永叔、子瞻、希文、元晦之外，不多见也，今乃仅见斯帙耳，是虽公之绪艺，固亦可传也已。"⑤ 认为夏桂洲之词为风雅之余绪。石迁高在《桂洲集·跋》中亦云："其言指而远，其事肆而隐，其理兴而则，沨沨乎大雅之希音也，有裨世教多矣。"⑥ 认为夏言之词为大雅之

---

① 见张綖《草堂诗余别录》。
② 见郎瑛《七修类稿》卷三十一，第478页。
③ 梁桥：《冰川诗式》，吴文治《明诗话全编》，第5242页。
④ 见赵尊岳《明词汇刊》，第345页。
⑤ 见赵尊岳《明词汇刊》，第807页。
⑥ 见赵尊岳《明词汇刊》，第843页。

稀音，与诗文一样，有裨于教化。彭汝寔对此问题议论得更为透彻、精到：

> 夫遗山当有金哀宗之季，国步危促，宋知金仇之不可共，而忘豺狼之不可亲，惨祸交临，不幸生际其时与土者，为之臣妾，莫能奋飞，悲愤于邑之情，可想也。故其形之声韵，畅怀杯酒，系念君国，多可哀愍，采风者所不弃也。明妃、乌孙主、蔡琰之流，皆以婵娟不能自谋，远嫁胡沙，马上之乐，呻吟节拍，世皆怜而存之，矧是编乎？①

彭氏认为《中州乐府》所收之词，与诗歌一样，是词人遭逢乱离之世的反映。他完全把词等同于诗，认为词体可以抒一己之怀，可以发爱国之情，可以寄乱世之愤，可以反映历史的发展变化。

何良俊在《草堂诗余·序》中指出："今圣天子建中兴之治，文章之盛，几与两汉同风，独声律之学，识者不无歉焉。然则是编于声律家其可少哉？他日天翊昌运，笃生异人，为圣天子制功成之乐，上探元声，下采众说，是编或大有裨焉。观者勿谓其文句之工，但足以备歌曲之用，为宾燕之娱尔也。"② 他认为词不仅仅是"备歌曲之用，为宾燕之娱"，还有更大的作用，即"上探元声，下采众说"，发挥其裨补教化的作用。

二 主张词体的达情功能

在明代中期的词学家们用儒家诗教阐释词体的同时，由于心学的影响渐入词坛，明代前期不曾有的"主情"呼声在此期开始高涨起来。所主之"情"也经过了一个内涵变化的过程，使"情"所蕴涵的内容越来越小，最终变为狭隘的男女之"情"。较早提出这个概念的是陈霆，他在《渚山堂词话·自序》中说：

> 词曲于道末矣。纤言丽语，大雅是病。然以东坡、六一之贤，累篇有作。晦庵朱子，世大儒也，"江水浸云""晚朝飞画"等调，曾不讳言。用是而观，大贤君子，类亦不浅矣。抑古有言，渥五色之灵芝，香生九窍，咽三危之薇露，美动七情。世有同嗜必至，必知诵此。不

---

① 彭汝寔：《近刻中州乐府·叙》，元好问编《中州乐府》，《彊村丛书》本。
② 顾从敬：《类编草堂诗余》卷首。

然则闵弦罢奏，齐声妙叹，寄意于山水者故在也。于琴商者非病云。①

《毛诗序》曰："雅者，正也。言王政之所由废兴也。"② 《大雅》为《诗经》的重要组成部分，后世以反映封建王朝的重大措施或事件的诗歌为大雅，并以此为正声。陈氏认为词虽然被认为是小道末技，用绮艳丽语抒发男女私情，与"大雅"之作无缘，但苏轼、欧阳修词作皆多，被誉为一代大儒的朱熹也创作出了"江水浸云""晚朝飞画"等优美的词作而不讳言，之所以如此，就是因为词体具有的动人心魄的言情特性。韩偓《香奁集·序》曰："咀五色之灵芝，香生九窍；咽三危之瑞露，美动七情。"③ 严羽曰："韩偓之诗，皆裾裙脂粉之语。有《香奁集》。"④ 显然陈霆把词体的言情特性与艺术感染力等同于韩偓的"香奁诗"了。但陈霆同时还认为词人亦可以寄情于山水，托物言志。由此可知，陈霆所谓之"情"是相对宽泛的。

一代词学家杨慎针对"情"也发表了自己的见解。由于坎坷的人生经历，他在谈论词体的言情特性时显得婉转含蓄，在谈及白乐天《花非花》词时，他说："因情生文者也。"⑤ 在谈及韩琦和范仲淹两位宋代名公之词情致委婉的言情特征时又说：

> 二公一时勋德重望，而词亦情致如此。大抵人自情中生，焉能无情？但不过甚而已。宋儒云："禅家有为绝欲之说者，欲之所以益炽也。道家有为忘情之说者，情之所以益荡也。圣贤但云寡欲养心，约情合中而已。"予友朱良矩尝云："天之风月，地之花柳，与人之歌舞，无此不成三才。"虽戏语，亦有理也。⑥

杨慎一方面强调人自情中生，人之情可以像韩琦和范仲淹两位宋代名公一样在词中抒发，反对禅家的绝欲、道家的忘情；另一方面又不忘宋儒

---

① 见陈霆《渚山堂词话》卷三，《词话丛编》，第 347 页。
② 见《毛诗正义》卷一，《十三经注疏》，中华书局，1980，第 272 页。
③ 见韩偓《香奁集》卷首，文艺小丛书社，1930，第 2 页。
④ 严羽：《沧浪诗话》，中华书局，1985，第 15 页。
⑤ 见杨慎《词品》卷三，《词话丛编》，第 427 页。
⑥ 见杨慎《词品》卷三，《词话丛编》，第 467 页。

圣贤之言，强调寡欲养心，约情合中。抒情要有选择、有节制，不可放任自己的情感。从杨氏的论述中，我们可以明显地感觉到其心中"理"与"情"的矛盾，他其实还是要求词人在抒发人之情时应"发乎情，止乎礼义"，应"乐而不淫，哀而不伤"，在一定程度上表现出儒家正统的诗教思想。但同时他又明确指出"情"之内涵，即"风月""花柳"与"歌舞"，即艳情，并认为人的情欲满足是合理的，在词中抒发艳情是无可厚非的。杨慎的"主情说"在一定程度上又抛弃了儒家"风教""诗道"对词体评价的价值取向，从文学自身的"言情"角度理解词体的特性，这种"主情说"显然符合词体创作的传统。但在以张扬个体情感为先的社会环境里，人们忘却了杨慎"约情合中"的诗教忠告，而放大了他对词体"言情"的要求。因此，杨慎的观点对明中期兴起的"主情说"起到了推动作用。

稍后的何良俊就不再顾忌什么"约情合中"了，他大胆地指出："大抵情辞易工。盖人生于情，所谓愚夫愚妇可以与知者。观十五国风，大半皆发于情，可以知矣。是以作者既易工，闻者亦易动听。"[1] 为了阐明词体的言情特性，何氏搬出了"十五国风"作为论据，既然"十五国风"大半皆发于情，并且能动听闻者，作为最善于传情的诗余，用"柔情曼声""耸耳动听"[2]，是再自然不过的事情。

王世贞充分吸取了何氏的理论并加以创造性的发挥，终于形成独具特色的"主情说"，并在明代中后期的"主情"浪潮中产生了重大影响。他在《艺苑卮言》中有震撼人心的论述：

> 词须宛转绵丽，浅至儇俏，挟春月烟花于闺幨内奏之，一语之艳，令人魂绝，一字之工，令人色飞，乃为贵耳。至于慷慨磊落，纵横豪爽，抑亦其次，不作可耳。作则宁为大雅罪人，勿儒冠而胡服也。[3]

王世贞把词体的风格与抒情内涵一并拈出，明确规定词体的"言情"特性。他认为词体风格必须是宛转柔丽，浅易轻艳，词作应用香艳之语、工丽之词描绘春月烟花之绮艳之情，这些词作适宜于在温馨浪漫的闺房中

---

① 见何良俊《四友斋丛书》卷三十七，《明代笔记小说大观》，第 1168 页。
② 何良俊：《草堂诗余·序》，《类编草堂诗余》卷首。
③ 王世贞：《艺苑卮言》，《词话丛编》，第 385 页。

演奏，令听者魂断色飞，意乱神迷，"乃为贵耳"。至于与宛转柔丽、浅易轻艳风格相对应的"慷慨磊落，纵横豪爽"之词，不作亦可。王氏大胆而鲜明地提出自己对词创作的态度："作则宁为大雅罪人，勿儒冠而胡服也。"作词"宁为大雅罪人"当然是指词仅可以抒写男女之情、歌舞享乐，而不必去写那些庄重严肃的大题目。此语显然是承陈霆的"大雅是病"而来，王氏第一次把词中所抒发之情局限在男女之情上，并且对词体特性表述之果断、用语之坚决，在明代词学史上至此为第一人，充分显示了作为文坛领袖踽弛自雄的性格特点。当时继其说者不乏其人，刘凤也明确指出："夫词发于情，然律之风雅则罪也。"① 与王世贞同一腔调。徐师曾亦紧步后尘，他在其《文体明辨》卷首《论诗余》中一字不差地引用了王世贞这段有名的论述，并在其《文体明辨·诗余·序说》中作了举例阐释："观秦少游（观）之词，传播人间，虽远方女子，亦知脍炙，至有好而至死者，则其感人，因可想见，殆不可谓俗体而废之也。"② 强调词体以情动人的特性。王世贞大胆的主情宣言，对明后期的词学观念产生了巨大的影响。

第五节　词体风格取向的嬗变

明代中期，词坛上出现了前所未有的主情思潮，这种词学思潮波及人们对词体风格的偏嗜，词学批评中出现了重婉约的倾向。词学家开始有意识地区分婉约与豪放的不同内涵，表现出对词体风格意识的自觉，进而提出自己对词体风格的看法。这个时期词学家在词体风格取向上经历了一个变化过程，即由尊崇婉约而不排斥豪放到尊崇婉约抑豪放。伴随着这个发展过程，两对词学范畴"婉约与豪放"和"正宗与变体"亦应运而生，并且尊婉约为"正体"，以豪放为"变体"。明代词学向来被人讥为"中衰""不兴"，仅此两对范畴的提出，我们就有理由说，明人在词学史上作出了很大的贡献。

此期较早表现出重婉约词风的是陈霆，他在《渚山堂词话》中通过对具体词作的评价，明确地表现出自己的词体风格取向。

---

① 刘凤：《词选·序》，《刘子威集》卷三十七。
② 徐师曾：《诗余·序说》。

杨眉庵落花词云："当时开拆赖东风，飘零还是东风妒。"意甚凄婉。又云："绿阴深树觅啼莺，莺声更在深深处。"语意蕴藉，殆不减宋人也。①

古妇人之能词章者，如李易安、孙夫人辈，皆有集行世。淑真继其后，所谓代不乏贤。其词曲颇多，予精选之，得四五首。"咏雪"《念奴娇》云："斜倚东风，浑慢慢，顷刻也须盈尺。"已尽雪之态度。继云："担阁梁吟，寂寥楚舞，空有狮儿只。"复道尽雪字，又觉蕴藉也……"梨花"云："粉泪共宿雨阑珊，清梦与寒云寂寞。"凡皆清楚流丽，有才士所不到。而彼顾优然道之，是安可易其为妇人语也。②

宗吉工诗词，其所作甚富。然予所取者止十余阕，惜其视宋人风致尚远。③

章文庄"春日"《小重山》云："柳暗花明春事深，小阑红芍药，已抽簪。雨余风软碎鸣禽。迟迟日、犹带一分阴。"语意甚婉约。④

江东陈铎大声，尝和《草堂诗余》，几及其半，辄复刊布江湖间……以其酷拟前人，故其篇中亦时有佳句。四言如"娇云送马，高林回鸟，远波低雁"，五言如"飞梦去江干，又添驴背寒"……六言如"长日余花自落，无风弱柳还摇"……七言如"花蕊暗随蜂作蜜，溪云还伴鹤归巢"……散句如"东风路，多少小燕闲庭，乱莺芳树"，"彩云尽逐东风散，惟有花阴层垒"……凡此颇婉约清丽。⑤

高季迪《寒夜曲》云："蕙火红销金鼎。鸦树不惊风静。多事月明来，照出小窗孤影。宵永。宵永。人与梅花俱冷。"诚亦可诵。季迪号称姑苏才子，与杨孟载辈齐名。他诗文未论，独于词曲，杨所赋类清便绮丽，颇近唐宋风致。而高于此，殊为不及。⑥

予尝妄谓我朝文人才士，鲜工南词，间有作者，病其赋情遣思、殊乏圆妙。甚则音律失谐，又甚则语句尘俗。求所谓清楚流丽，绮靡蕴藉，不多见也。⑦

---

① 陈霆：《渚山堂词话》卷一，《词话丛编》，第357页。
② 陈霆：《渚山堂词话》卷二，《词话丛编》，第361页。
③ 陈霆：《渚山堂词话》卷二，《词话丛编》，第363页。
④ 陈霆：《渚山堂词话》卷二，《词话丛编》，第364页。
⑤ 陈霆：《渚山堂词话》卷二，《词话丛编》，第365页。
⑥ 陈霆：《渚山堂词话》卷三，《词话丛编》，第372页。
⑦ 陈霆：《渚山堂词话》卷三，《词话丛编》，第378页。

他评价杨基的《落花词》"语意蕴藉，殆不减宋人也"；赞许朱淑真词"清楚流丽"；称赏章文庄的"春日"《小重山》词"语意甚婉约"；赞美陈铎和《草堂诗余》的词作"颇婉约清丽"。并且用"殆不减宋人也""视宋人风致尚远""颇近唐宋风致"评价词人词作。很明显，陈霆所追求的是"清楚流丽，绮靡蕴藉"具有唐宋风致的婉约风格，并且在评词时多次运用"婉约"一词。但通观《渚山堂词话》可知，陈霆并不排斥豪放词，其词话中称赏了许多豪放词人及其词作，对辛弃疾、张孝祥、刘过、徐一初、文天祥等人的作品给予高度的赞扬。如评辛弃疾《贺新郎》词："辛稼轩词，或议其多用事，而欠流便。予览其《琵琶》一词，则此论未足凭也。《贺新郎》云云，此篇用事最多，然圆转流丽，不为事所使，称是妙手。"① 叹服之情溢于言表。

稍后的张綖在词的创作及评点过程中，逐渐形成了对词体风格的认识。张綖没有独立的词话，他的词学观点主要体现在其序跋文字、《草堂诗余别录》的评点文字以及《诗余图谱·凡例》中。他在对《草堂诗余别录》中所选七十九首词的评点中②，有意识地区分婉约与豪放词风的不同，最终在其集大成之作《诗余图谱》中第一次把词体风格抽象为两个概念来表示，即"婉约"与"豪放"，并对两种风格的内涵作了理论上的界定。

> 词体大略有二：一体婉约，一体豪放。婉约者欲其词情蕴藉，豪放者欲其气象恢弘。盖亦存乎其人。如秦少游之作，多是婉约；苏子瞻之作，多是豪放。大抵词体以婉约为正。故东坡称少游为今之词手；后山评东坡词虽极天下之工，要非本色。③

张氏明确表示以秦观为代表的婉约词为正体，而以苏轼为代表的豪放词为"非本色"。张綖关于词体风格之婉约与豪放二体说，基本反映了宋词创作的实际情况，有助于我们对宋代词人及其创作的整体把握，也正因为如此，此观点一提出，便在词坛上引起了强烈的共鸣。张綖所谓的词家"本色"是"婉约有味""流丽高雅""委曲精工""悠雅蕴藉""温雅蕴

---

① 陈霆：《渚山堂词话》，卷三，《词话丛编》，第363页。
② 张綖《草堂诗余别录》，明黎仪抄本。本文所引《别录》评点文字均见此本，下文不再注出。
③ 见张綖《诗余图谱》卷首。

藉",要求词作要高雅、悠雅、温雅,如评晏殊《玉楼春·绿杨芳草长亭路》云:"此是词家本色,'残梦五更钟''离愁三月雨'已佳,著'楼头''花底'四字尤妙。"评山谷《水调歌头·瑶草一何碧》云:"语虽高古,恐非词家本色。"反对词作浅俗,落于"色界"。他在评柳永《倾杯乐·禁苑花深》时指出:"词亦流畅,但稍以近俗。"在评宋谦夫《贺新郎·灵鹊桥初》时曰:"此词如'岁月不留人易老,万事茫茫宇宙。但独对、西风搔首',语亦高雅,若'休笑双星经岁别,人到中年已后。云雨梦、可曾常有',则村夫子俚语耳。然通篇质实近情,有乐天之遗风,老年人诵之,可以适兴。"张綖不欣赏"近俗""近情"之词作,强调词体的蕴藉高雅。

张綖把词的风格分为婉约与豪放二体,并且尊婉约为正体,表现出明显尊婉约的倾向,但他像陈霆一样,亦不排斥豪放词风,这从他对苏东坡《念奴娇·大江东去》、辛弃疾《水龙吟·渡江天马南来》的评点中可以看出:

> 赤壁周曹之战,千古英雄遗迹也,坡翁既作赋以吊曹公,复作此词以吊周瑜。赋后云:"自其变者而观之,则天地曾不能以一瞬;自其不变者而观之,则物与我皆无尽也。"及此词结句"人生如梦,一尊还酹江月",其旷达之怀,直吞赤壁于胸中,不知区区周曹为何物,不如是,何以为雄视千古乎?
> 稼轩此词,为韩南涧寿,可谓高笔……高怀跌宕,则又东坡之流亚也。

他称赏苏轼《念奴娇》词雄视千古的博大胸怀,感慨辛弃疾《水龙吟》词跌宕激烈的词情,认为苏辛二人词风相近,辛弃疾为"东坡之流亚"。但他赞同豪放之作是有条件的,他在评点陈简斋《临江仙·忆昔午桥桥上饮》时指出:"简斋此词,豪放而不至于肆,蕴藉而不流于弱,高古而不失于朴,感慨而不过于伤,其意度所在,如独立千仞之冈,视万物之表,视区区弄粉吹朱之子微乎藐乎矣。"因而我们可知他欣赏的豪放词是既有外在的豪放又要余味无穷、既高古而又有强烈的感慨;而对那些恣肆枯朴、粗豪乏味之作则持反对态度。他在评点岳武穆《小重山·昨夜寒蛩不住》时亦云:"《精忠录》载:岳武穆二词皆佳作,浙本《草堂》词附录于后,然今人但盛传《满江红》而遗《小重山》,'怒发冲冠'之词,固足以见忠愤激烈之气,律以依永之道,征是非体,不若《小重山》之托物寓怀,悠然有余味，得风人讽咏之义焉。"这里作者显然赞同岳飞《小重山》之"悠然有余味"，而不赞成其《满江红》之恣肆味尽；又从声律方面认为其"非体"。总之，他所欣赏的豪放不是简单的粗豪，这与其强调蕴藉高雅的词学观是一致的。

继张綖之后，阅历丰富的杨慎在词体风格取向上表现出开放的思维，婉约、豪放并重。他欣赏六朝诗的风华情致："大率六朝人诗，风华情致，若作长短句，即是词也。宋人长短句虽盛，而其下者，有曲诗、曲论之弊，终非词之本色。"① 在他心目中，六朝的"风华情致"落在词上，就是"婉媚""绮丽""清新""流丽""蕴藉风流""富贵蕴藉""婉媚风流"，此就是本色。如评中兴名相赵鼎词"小词婉媚，不减《花间》、《兰畹》"；评贺方回《浣溪沙》词"句句绮丽，字字清新，当时赏之，以为《花间》《兰畹》不及，信然"；评陈克词"工致流丽"②；评刘镇《阮郎归》词"清丽可诵"③。在杨慎对《草堂诗余》的点评中也屡见这些词语：

周美成《浣溪沙·鹜外红绡一缕霞》：句句绮丽，字字清新。

曾纯甫《阮郎归·柳荫庭馆占风光》：艳丽。

寇平仲《踏莎行·小径红稀》（实欧阳修词）：春词之婉媚藻丽者。

和凝《小重山·春入神京万木芳》：藻丽有富贵气。

俞克成《声声令·帘移碎影》：艳而媚。

周美成《侧犯·暮霞霁雨》：此数语绝似《选》诗。

康伯可《江城梅花引·娟娟霜月冷侵门》：语语凄婉，字字娇艳。

张仲宗《塞翁吟·春水连天》：极婉转藻丽，脍炙人口。

李易安《念奴娇·萧条庭院》：绝似六朝。

辛幼安《念奴娇·野棠花落》：纤丽语，脍炙人口。④

从中表现出对婉约词的倾心与赏爱，他对婉约词内涵的理解与陈霆十分相似。

同时，杨慎对豪放词亦很推崇，如评孙浩然《离亭宴》词"悲壮可

---

① 杨慎：《词品》卷一，《词话丛编》，第 425 页。
② 杨慎：《词品》卷四，《词话丛编》，第 483 - 484 页。
③ 杨慎：《词品》卷五，《词话丛编》，第 511 页。
④ 见朱之蕃《词坛合璧》，明刻本。

传"；评张孝祥词"笔酣兴健""骏发蹈厉"；评张镃《贺新郎》词"非千钧笔力未易到此"，与辛弃疾《水龙吟》词相似；① 评岳珂《祝英台近》词"感慨忠愤，与辛幼安'千古江山'一词相伯仲"；评姚燧《醉高歌》词"不减东坡、稼轩"。② 杨慎最欣赏具有高尚人品之词人创作的带有"忠愤"之气的豪放词，他所推崇的豪放词如张元干、张孝祥、辛弃疾、岳珂等人的词作，皆是词品与人品的高度统一。正如吴衡照所言："杨用修《词品》四卷，论列诗余，颇具知人论世之概。"③ 由于杨慎忠而被贬，一生不得志，因此这些词人在词作中所表现出的忠愤之情与他的情感息息相通，特别容易引起他感情上的强烈共鸣。

但是杨慎对豪放词的赞赏在词坛上没有产生大的影响，而他评价婉约词时表现出的审美理想，对当时及以后的词坛影响很大，再加上他在评价宋词时拈出"曲诗""曲论"之说，很容易使人想起苏轼的"以诗为词"与辛弃疾的"以文为词"，因为"以诗为词"与"以文为词"在尊崇正统词风的词学家看来，皆非本色。一方面杨慎提倡词体风格的多样性，给苏辛词以很高的评价；另一方面他又认为"曲诗、曲论之弊，终非词之本色"，反映出杨慎词体风格取向上的矛盾心态。

与杨慎同时的李濂在词体风格取向上的心态与杨慎相同。他在《稼轩长短句·序》中称赞"稼轩人品之豪，词调之美"④，但在为自己的词集作序中则指出："今所传《忆秦娥》《菩萨蛮》二曲，乃倚声填词之祖也。嗣有温飞卿、皇甫松辈亦称妙绝人，并脍炙焉。逮宋盛时，欧阳永叔、苏子瞻、黄鲁直、秦少游、晏同叔、张子野诸子咸富。填腔之作要之以蕴藉婉约者为入格。故陈无己评子瞻词高才健笔，虽极天下之工，然终非本色，以其豪气太露也。而子瞻独称少游为今之词手，岂非取其蕴藉婉约尔邪？"⑤ 李濂认为"填腔之作"最主要的是"以蕴藉婉约者为入格"，"入格"可理解为"正格"，即"正体"；并且他也认为豪放为"非本色"。从李濂的两篇序文中亦可以看出他在词体风格取向上的矛盾心态。

杨慎与李濂的矛盾心态在稍后的何良俊词论中便不复存在。何良俊是

① 杨慎：《词品》卷四，《词话丛编》，第 483—495 页。
② 杨慎：《词品》卷五，《词话丛编》，第 518—522 页。
③ 吴衡照：《莲子居词话》卷二，《词话丛编》，第 2434 页。
④ 见李濂《嵩渚文集》卷五十六。
⑤ 李濂：《碧云清啸·序》，《嵩渚文集》卷五十六。

一位词曲论家，他论词有一个明显的特点，即词曲合论，在他的观念中，词曲一家，两者之间不存在判然的鸿沟。① 他认为元人马东篱辞"老健而乏滋媚"，关汉卿之辞"激厉而少蕴藉"，而郑德辉所作情词则"蕴藉有趣"。其《倩女离魂》"清丽流便，语入本色"，推崇蕴藉有趣、清丽流便、本色当行，而对"老健""激厉"之词风显然持否定态度。② 他的这些曲评观念与其《草堂诗余·序》中对词体的评价完全一致："乐府以蹊径扬厉为工，诗余以婉丽流畅为美，即《草堂诗余》所载如周清真、张子野、秦少游、晏叔原诸人之作，柔情曼声，摹写殆尽，正词家所谓当行，所谓本色者也。第恐曹刘不肯为之耳，假使曹刘降格为之，又讵必能远过之耶。是以后人即其旧词，稍加隐括，便成名曲，至今歌之，犹耸心动听。呜呼！是可不谓工哉？"③ 何氏同样视晏殊、张先、秦观、周邦彦为本色词人，他认为词不仅要婉丽流畅，而且还要通过对"柔情曼声"进行淋漓尽致的"摹写"，从而达到"耸心动听"的艺术效果。

何良俊对婉约词风的推崇直接影响了王世贞，王氏在其《艺苑卮言》中一字不差地引用了何良俊的论词话语"乐府以蹊径扬厉为工，诗余以婉丽流畅为美"，表明自己对何氏词学观的高度认同，不仅如此，他还在其词论中将其进一步发扬光大：

> 词须宛转绵丽，浅至儇俏……至于慷慨磊落，纵横豪爽，抑亦其次，不作可耳。作则宁为大雅罪人，勿儒冠而胡服也。
>
> 李氏、晏氏父子、耆卿、子野、美成、少游、易安至矣，词之正宗也。温韦艳而促，黄九精而险，长公丽而壮，幼安辨而奇，又其次也，词之变体也。
>
> 温飞卿所作词曰《金荃集》，唐人词有集曰《兰畹》，盖皆取其香而弱也。然则雄壮者，固次之矣。
>
> 词至辛稼轩而变，其源实自苏长公，至刘改之诸公极矣。南宋如曾觌、张抡辈应制之作，志在铺张，故多雄丽。稼轩辈抚时之作，意存感慨，故饶明爽。然而秾情致语，几于尽矣。④

---

① 见陈良运《中国历代词学论著选》，第 291 页。
② 见何良俊《四友斋丛说》卷三十七，《明代笔记小说大观》，第 1168 - 1169 页。
③ 见顾从敬《类编草堂诗余》卷首。
④ 王世贞：《艺苑卮言》，《词话丛编》，第 385 - 391 页。

　　王世贞在张綖词论的基础上，在词学史上第一次提出正宗与变体这对词学范畴，他虽然没有明确指出以婉约为正宗，以豪放为变体，但在划分正宗与变体时，是以风格作为标准的。他认为词的风格应该是"宛转绵丽，浅至儇俏"，即宛转柔丽、浅易轻艳，这种风格的特点是用工艳之笔描绘男女间香艳之情，以达到动人心魄的艺术效果。他把李氏父子、晏氏父子、柳永、张先、周邦彦、秦观、李清照划为词之正宗，与张綖所评价之婉约词人相一致。① 可见王世贞是以婉约风格为词体之正宗，只是他界定的婉约内涵与张綖不尽相同，并且把何良俊对词体"耸心动听"艺术效果的要求发挥到极致。

　　王世贞虽然把李氏父子、晏氏父子、柳永、张先、周邦彦、秦观、李清照划为词之正宗，与张綖所评价之婉约词人相一致，但由于其对词体特性的要求，他指为正宗的婉约词与宋元以来以及张綖以来所谓的婉约词之内涵已经发生了很大变化，传统的婉约词要求词体须"宛转绵丽""婉娈而近情"，而王世贞则从强调词体主情的特性出发，认为婉约词还须"浅至儇俏""柔靡而近俗"，他把婉约词之宛转柔丽向浅易轻艳之极端发展，这与王氏的顺应人之"情""欲"的诗学观是一致的，同时也是明代中期张扬人性的哲学思潮在词学领域的形象反映。

　　王氏还认为"慷慨磊落，纵横豪爽"之词，"抑亦其次，不作可耳"，指出温庭筠及唐人命名词集为《金荃集》《兰畹》，是因为"取其香而弱"的特性，由此再一次强调自己的观点："雄壮者，固次之矣。"按照自己的标准，王世贞把温庭筠、韦庄、黄庭坚、苏轼、辛弃疾归为变体一族，并对其进行细化，他认为黄庭坚之词"精而险"，即精稳与险丽。苏籀评黄词"纤秾精稳"②，《四库全书简明目录》指出："黄庭坚诗峭拔奇丽，自为门径，入词乃非当行。"③ 黄庭坚为江西诗派的领军人物，受诗歌创作的影响，其词亦"峭拔奇丽"，宋人就认为其词非本色，晁补之云："黄鲁直间作小词，固高妙，然不是当行家语，是著腔子唱好诗。"④ 元好问把他与苏轼、辛弃疾相提并论："坡以来，山谷、晁无咎、陈去非、辛幼安诸公，俱以歌

----

① 参见张綖《草堂诗余别录》。
② 苏籀：《书三学士长短句新集后》，《双溪集》卷十一，《四库全书》本。
③ 见永瑢等《四库全书简明目录》卷二十，上海古籍出版社，1985，第 888 页。
④ 见吴曾《能改斋词话》卷一，《词话丛编》，第 125 页。

词取称，吟咏性情，流连光景，清壮顿挫，能起人妙思。"① 张綖也指出："陈后山云今之词手，惟有秦七、黄九。谓淮海、山谷也。然词尚丰润，山谷特瘦健，似非秦比。"② 他在评价其词《水调歌头·瑶草一何碧》时云："语虽高古，恐非词家本色。"王世贞继承前人的词学理论，把黄庭坚词归为变体是可以理解的。难以理解的是，他把人们一贯认为"以《花间集》所载为宗"的温庭筠与韦庄划入变体，原因是"温韦艳而促"。温庭筠词设色秾艳，韦庄词虽比温词清秀，但总体不脱绮艳，二人词之"艳"是符合王世贞词学风格要求的，看来他把二人划入变体的原因关键是"促"了。王世贞有对《花间词》的评价："《花间》犹伤促碎，至南唐李王父子而妙矣。'风乍起。吹皱一池春水。关卿何事。'与'未若陛下小楼吹彻玉笙寒，此语不可闻邻国'，然是词林本色佳话。"③ 他认为《花间词》"促碎"，而到了南唐李氏父子"而妙"，即不"促碎"，并举南唐词二首为例：一为冯延巳的《谒金门·风乍起》，一为李璟的《浣溪沙·菡萏香销翠叶残》，这两首词可谓婉约词之典范之作。冯词好像叙述了一个闺阁故事，由景及情，画面连接自然，思绪流畅，情意缠绵，结尾给人以期盼之希望。而李词的结构布局与冯词相似，所不同的是结尾给人以悲剧感，愁肠百结，无法消解。由此我们可以理解王世贞所谓的"促碎"，《花间集》中皆是小令，许多词调句式短小，跳动性强，给人以急促碎屑之感。而他论词还有一个审美取向，即尚天然之美："'细雨梦回鸡塞远，小楼吹彻玉笙寒''青鸟不传云外信，丁香空结雨中愁''无可奈何花落去，似曾相识燕归来'，非律诗俊语乎？然是天成一段词也，著诗不得。"④ 又曰："吾爱司马才仲'燕子衔将春色去，纱窗几阵黄梅雨'，有天然之美。"⑤ 在王世贞看来，好像"促碎"就缺少天然之美，他评《花间》"以小语致巧"应有此意，他不欣赏"巧而费力"⑥ 之语，这可能是他把温韦划入"变体"的一个原因，因为温韦虽"艳"但"促"，与他要求的用天然之语抒发秾厚情致有一定的距离。可见，王世贞在以婉约为正体的同时，对词作中"情"的表达方式提出了

---

① 元好问：《新轩乐府引》，《遗山先生文集》卷三十六。
② 张綖《淮海集·跋》，《淮海集》卷首，明嘉靖刻本。
③ 王世贞：《艺苑卮言》，《词话丛编》，第387页。
④ 王世贞：《艺苑卮言》，《词话丛编》，第388页。
⑤ 王世贞：《艺苑卮言》，《词话丛编》，第391页。
⑥ 王世贞：《艺苑卮言》，《词话丛编》，第390页。

自己的要求，他要求用自然天成之语，或者说用浅近之语抒发真挚情感，他欣赏花间词的"艳"，即"近情"，而不欣赏其"促"，即不"近俗"，这和他提出的"婉娈而近情""柔靡而近俗"的词体特性是相一致的。

王世贞与之前词学家观点一致，把苏辛归为一派，认为辛弃疾词源自苏轼词，与张綖不同的是，他对苏辛词风又加以区分，"长公丽而壮，幼安辨而奇"，认为苏轼词清丽而雄壮，"学士此词亦自雄壮，感慨千古"①，辛弃疾词明晰而雄奇，正像刘辰翁所说："稼轩横竖烂漫，乃如禅宗棒喝，头头皆是；又如悲笳万鼓，平生不平事并厄酒，但觉宾主酣畅，谈不暇顾。"②但不管苏轼的"丽而壮"还是辛弃疾的"辨而奇"，皆能达到"气象恢弘"的艺术效果，都属于豪放一派。

由分析我们可知，王世贞之所以没有直接指出以婉约为正宗，以豪放为变体，是因为他不仅仅把豪放风格归为变体，同时亦将温韦之"艳而促"与黄庭坚之"精而险"划入变体，这是王世贞对词学风格划分的贡献。他的划分遭到了后人的批评，如王士禛就指出："弇州谓苏、黄、稼轩为词之变体，是也。谓温韦为词之变体，非也。夫温韦视晏、李、秦、周，譬赋有《高唐》《神女》，而后有《长门》《洛神》；诗有古诗别录，而后有建安、黄初、三唐也。谓之正始则可，谓之变体则不可。"③尽管如此，王世贞对词体风格的划分反映了其对词体风格的理解，是具有个性的。

王世贞正变观提出后，人们忽略了他对变体的细化分析，而是直接接受了他的以婉约为正宗、以豪放为变体的看法和他尊婉约而抑豪放的词学宣言。他态度鲜明地崇尚"香而弱""秾情致语"的婉约词，而对"丽而壮""辨而奇"的苏辛词进行贬抑，尤其是对辛弃疾以后的豪放词更是嗤之以鼻。他的这些观点很快在词坛上得到了回应，同时的刘凤在《词选·序》中云："以绸缪婉娈、怀思绵邈、蕴藉风流、感结凄怨、艳冶宕逸为工，虽有以激枭挢健、雄举典雅为者，不皆然也。"④亦明确表示尊崇婉约而抑豪放的风格观。徐师曾在《文体明辨·诗余》中指出："至论其词，则有婉约者，有豪放者。婉约者欲其辞情蕴藉，豪放者欲其气象恢弘，盖虽各因其

---

① 王世贞：《艺苑卮言》，《词话丛编》，第 387 页。
② 刘辰翁：《辛稼轩词·序》，《须溪集》卷六。
③ 王士禛：《花草蒙拾》，《词话丛编》，第 673 页。
④ 见刘凤《刘子威集》卷三十七。

质，而词贵感人，要当以婉约为正。否则虽极精工，终乖本色。"① 刘、徐二人皆以王世贞的词学标准为标准划分词体之正，并表现出高度一致的词体风格取向。

　　总之，明代中期，哲学思潮与文坛风气的变化波及词坛，致使婉约与豪放风格在词学家的观念中也发生着变化，人们由尊崇婉约亦欣赏豪放发展到崇婉约而抑豪放，其间，王世贞的婉约豪放观是分界线，它对明代中后期词学领域产生了重大影响。伴随着词体风格取向上的变化，"婉约与豪放"和"正宗与变体"两对词学范畴经过明代中期词学家的共同努力终于确立，这两对词学范畴的确立，对词坛产生了广泛而深刻的影响。不仅使清代各词派展开了轰轰烈烈的关于"正宗"与"变体"的大讨论，就是当今的研究者在探讨词学理论以及讲析相关内容时，也难以避开这两对词学范畴。明代词学批评在词学批评史的链条上有此一环即无愧于其他时代。

---

　　①　徐师曾：《文体明辨》附录卷之三。

第五章

明代后期——词学批评的繁盛期

第一节 明代后期词学批评的背景

明代后期，词学承接中期的复苏局面，终于出现了人们期待已久的繁荣景象，这种繁荣局面的出现，与当时的社会环境、哲学思潮密切相关。此期商品经济繁荣，在商品经济的冲击下，文人日趋世俗化，尽情追求俗世的快乐与幸福。世俗生活的追求，需要经济基础，于是文人与在商品经济浪潮中涌现出的大商人之关系变得密切起来，商人欲附庸风雅，留心艺文，他们为了提高自身及家门的文化素质，而求助于文人学士，士人也需要商人经济上的赞助，文士与商人这种互利互济的关系，对明代后期文化的繁荣很重要。仅就与文坛相关的刻书而言，文人缺钱刻书，著述无以行世，不能实现自身的价值，而富人商家则可出资相助，文人的精神得以显露于世，劳动得到社会承认，赞助者也借文人著述垂名后世，获得"善举"的美名，正像钟惺所言："富者余赀财，文人饶篇籍，取有余之赀财，拣篇籍之妙者而刻传之，其事甚快。非惟文人有利，而富者亦分名焉。"① 这是明代后期文化繁荣的物质基础。王雨指出："万历以后，雕版事业又出现了一个新的繁荣局面。一时士大夫阶级竞以刻书为荣，有的搜罗古书秘本，

---

① 钟惺：《题潘景声募刻吴越杂志册子》，《隐秀轩集》卷三十五，上海古籍出版社，1992，第 564 页。

校刻行世，以显示自己的博雅；有的刊刻家集，颂扬祖德，以示门第高崇；也有剪裁旧章、集句、类编，以利应试；又有选辑诗文，仿佛讲章制义施加评点，以供揣摩。这一时期刻书的数量……超过了前代任何一个时期。"①在商品经济发达与刻书业兴盛的大背景下，词籍也大量刊刻，词籍的刊刻为词的传播作出了很大贡献，刺激人们对词学的全方位关注。

　　心学的广泛传播以及文坛上复古运动的高涨，同样作用于明代后期的词学领域，并对其产生了极大的影响。心学经过泰州学派特别是李贽"异端"人物的阐扬，愈益偏离传统文化的既定轨道，深刻地影响着明代后期知识阶层的观念信仰。泰州学派彻底否定程朱理学，从"百姓日用即道"的命题出发，追求人的自然本能的满足。李贽沿着泰州学派重视人的自然本能的思路向前发展，对"人欲"进行了充分的肯定，他在《焚书·读律肤说》中指出："盖声色之来，发于情性，由乎自然，是可以牵合矫强而致乎？故自然发于情性，则自然止乎礼义，非情性之外复有礼义可止也。"②公然反对历来儒家宣扬的"发乎情，止乎礼义"的观点，以"情理合一"来取代"以理节情"，主张"由乎自然"之情。显然，他理解的情性，是指摆脱了礼教规范束缚的人的自然本性，这样的情性论，是对封建礼教的公然背叛。在"异端邪说"的影响下，明代后期发生了一场情理观的大讨论，情理观发生了质的变化。江西名士章世纯在《示门人刘士云》中引吴虞初之语说："孰为天理？人情而已。事不合于人之心，此不为昧天绝理者哉？"③"理在情内"，理从情生。袁黄在《情理论》中指出："人生而有情，相与为盱睢，相与为煦煦洽比也，而极其趣，调其宜，则理出焉。"又指出："人生于情，理生于人，理原未尝远于情也。"④有研究者指出："情与理的关系是本源与派生的关系，是可以互相协调的。天理本于人情，理不违情，违情之理乃是假理、歪理、杀人之理。"⑤

　　明代后期纷纷出笼的"异端邪说"在文坛上产生了强烈的反响，"情本体论"铺天盖地而来，士人处处袒现的是一副"情之所钟，正在我辈"的尊情姿态。师从李贽的袁宏道自称"有情之痴"，主张诗歌"独抒性灵，不

① 见王雨《王子霖古籍版本学文集》第一册，上海古籍出版社，2006，第94页。
② 李贽：《焚书》，中华书局，1961，第133页。
③ 见周亮工《尺牍新钞》，岳麓书社，1986，第98页。
④ 袁黄：《两行斋集》卷一，明刻本。
⑤ 夏咸淳：《明代文人心态之律动》，《东南大学学报》2003年第4期。

拘格套，非从自己胸臆流出不肯下笔""大概情至之语，自能感人，是谓真诗，可传也"。① 吴从先云："'情'也者，文之司令也。"② 李流芳诗云："自古钟情在我辈。"③ 冯梦龙认为："六经皆以情教也。《易》尊夫妇，《诗》有关雎，《书》序嫔虞之文，《礼》谨聘奔之别，《春秋》于姜姬之际详然言之，岂非以情始于男女！"④ 情能使人生而死，又能使人死而复生，汤显祖为此导演了一出生而死、死而生、人而鬼、鬼而人的哀艳动人之《牡丹亭》活剧，并在《题词》中说："情不知所起，一往而深，生者可以死，死可以生；生而不可与死，死而不可复生者，皆非情之至也。"⑤ 曲论家张琦指出：

> 人，情种也；人而无情，不至于人矣，曷望其至人乎？情之为物也，役耳目，易神理，忘晦明，废饥寒，穷九州，越八荒，穿金石，动天地，率百物，生可以生，死可以死，死可以生，生可以死，死又可以不死，生又可以忘生，远远近近，悠悠漾漾，杳弗知其所之。⑥

张氏所论与汤显祖高度一致，皆把"情"奉至至高无上的地位，情无处不在，无处不有，世界简直就是"情"的海洋。文学家多以"情"为主评点诗词作品，如钟惺在《诗归》中评曹植诗："娓娓叙致，不尽情不已。"⑦ 评杨基诗："第觉一片柔情痴想出没纸上，将人耳目性情，俱摄入温柔香艳中不得出。"⑧ 强调诗作中情的重要性。文学作品对男女之情更加关注，以婚姻爱情为题材的作品成为此时文学的主旋律，冯梦龙所辑《情史》，集古今婚姻爱情故事之大成，目的之一就是抗击封建礼教。他还收集民间情歌，编辑《山歌》和《桂枝儿》，同样出于这一目的，"借男女之真情，发明教之伪药"⑨。明代后期之民歌更是表现"情胆大如天""人情以

---

① 袁宏道：《叙小修诗》，《袁宏道集笺校》卷四，上海古籍出版社，1981，第 187 – 188 页。
② 吴从先：《小窗四纪·小窗清纪》，吴文治《明诗话全编》，第 9489 页。
③ 李流芳：《戏赠吴鹿长》，《檀园集》卷二，《四库全书》本。
④ 见冯梦龙《情史类略》卷首，岳麓书社，1984。
⑤ 见汤显祖《牡丹亭》卷首，人民文学出版社，1984。
⑥ 张琦：《衡曲麈谈》，《中国古典戏曲论著集成》第 4 集，第 273 页。
⑦ 吴文治：《明诗话全编》，第 7328 页。
⑧ 吴文治：《明诗话全编》，第 7360 页。
⑨ 见冯梦龙《山歌》卷首，江苏古籍出版社，2000。

放荡为快"之主题。① 戏剧如《牡丹亭》，白话小说如《杜十娘怒沉百宝箱》等，都是张扬"情"之千古绝唱，长篇小说《金瓶梅》中对人之情欲的彰显可谓古今无逾者。在新思潮的影响下，封建宗法观念和明教礼法受到巨大冲击而处于松弛状态，因而人欲膨胀，人心放逸，被长期禁锢压抑的男女爱情之火恣意燃烧，对封建礼教形成强有力的冲击。

文坛日益膨胀的尊情观念，对词坛的波及当是必然的，更何况"才情之美，无过诗余"②，词体最能表现人之风流才情。《牡丹亭》的作者汤显祖曾亲自评点《花间集》，其中多有"含情"之语；钟惺辑有《新刊增修笺注妙选群英草堂诗余》；谭元春认真研读过辛弃疾词作，并撰有《辛稼轩长短句·序》；袁宏道增订《新刻李于麟先生批评注释草堂诗余隽》四卷。明代后期许多诗人本身就是词人，甚至有的就是新思潮的领军人物，比如汤显祖与心学人物交往密切，对其影响最大的心学人物是泰州学派的罗汝芳（1515－1588），对其产生较大影响的还有达观（1543－1603），他与江门王派的邹元标（1551－1624）也交谊深厚。此外，汤显祖与江左王门的罗大纮、章潢，南中王门的唐鹤征，止修学派的李材，泰州学派的耿定向、潘士藻、祝世禄、陶望龄、焦竑、管志道等人也都有较为密切的交往，并对他们颇为推崇。③ 这种推崇也在一定程度上表明了汤显祖对心学思想的认同。因此我们说明代后期词学领域刮起的主情浪潮不是空穴来风，是与当时的哲学思潮息息相关的，是晚明文坛尊情思潮的一个组成部分。刘明今指出："弘正以后随着诗文、剧曲批评中对情的重视，词论中尊情的见解也越来越多了，而且倡言纵谈，较少顾忌，比之诗论有过之而无不及。"④ 这种尊情观念对明代后期的词学观念如词体体性论、词体风格论等都产生了极大的影响。

在思想领域尊情观念的影响下，人们就更加关注最能表达人之才情的诗余了，词学领域出现了前所未有的繁荣景象。这种繁荣景象表现在以下几个方面：其一，词籍的刊刻与传播。人们不满足于明代中期围着《草堂诗余》打转转的局面，词学家们除了大规模地刊刻传播《草堂诗余》的各种重编本及评点本外，同时由于文坛上复古观念的影响，被奉为词体之祖

---

① 参见周玉波《明代民歌研究》第五、六章，凤凰出版社，2005。
② 钟人杰：《叙刻花间草堂合集》，《花间草堂合集》，明末刻本。
③ 参见宋克夫、韩晓《心学与文学论稿》第七章，中国社会科学出版社，2002。
④ 袁震宇、刘明今：《明代文学批评史》，第833页。

的《花间集》也得到大规模刊刻。《花间集》的传播在中期还远逊于《草堂诗余》，而在后期几与其平肩，其他词集如《尊前集》《花庵词选》也都进入了人们的涉猎视野。为了使更多的人懂得词体的创作规范，人们重版了明代中期编纂的词谱，如张綖的《诗余图谱》，不仅如此，后期的谢天瑞还编纂了《诗余图谱补遗》；徐师曾的《词体明辨》也被程明善改编再版，纳入其《啸余谱》中。词籍的大量刊刻与传播，推动着词学的繁荣。其二，大量编纂词选。明代中期，词选的编纂尚在初级阶段，规模小，质量低。到了明代后期，随着词学的繁荣，明人大量编纂词选集，借此发表自己的词学主张，传播自己的词学观念。此期明人编纂的词选主要有陈耀文的《花草粹编》，卓人月和徐士俊的《古今词统》，茅暎的《词的》，陆云龙的《词菁》，杨肇祉的《词坛艳逸品》，潘游龙的《古今诗余醉》，鳙溪逸史的《汇选历代名贤词府全集》，长湖外史的《续草堂诗余》，沈际飞的《草堂诗余别集》《草堂诗余新集》，钱允治的《类编笺释国朝诗余》，骑蝶轩的《情籁》，陈子龙、李雯和宋征舆的《幽兰草集》，徐士俊和卓人月的《徐卓晤歌》，董逢元的《唐词纪》，周履靖的《唐宋元明酒词》，王端淑的《名媛诗纬初编诗余集》，温博的《花间集补》等近二十种。这些词选的编纂虽然目的不一，水平不齐，但它们共同促进了词学的繁荣，就此来讲，作用是一样的。其三，大型词集丛编的问世。此期毛晋编纂有《宋六十名家词》，还刊刻有词集丛编《词苑英华》，内收《花间集》《草堂诗余》《唐宋诸贤绝妙词选》《中兴以来绝妙词选》《尊前集》《词林万选》《诗余图谱》《秦张两先生诗余合璧》八种词籍；朱之蕃辑有词集丛编《词坛合璧》，内收汤显祖评点《花间集》四卷、杨慎评点《草堂诗余》五卷、茅暎编选评点的《词的》四卷、杨慎评点《四家宫词》二卷。此期还有词丛编如紫芝漫抄本《宋元名家词》、石村书屋抄本《宋元三十三家词》《宋二十家词》《宋明九家词》《宋明贤七家词》等。其四，词籍序跋的增多。明代后期由于词籍的大量刊刻，词选的不断涌现，词籍序跋也成倍增加，据笔者现在所掌握的资料，后期的词籍序跋就有近180篇，是前、中期总和的两倍还多，这还不是其全部。不管这些序跋的文献价值与理论水平如何，但至少可以说明一点，人们对词学的关注程度空前高涨，非前、中期可比。其五，词集评点的增多。词集评点始于明代中期，但当时规模还较小，评点的词集亦不多，并且多是对前朝词总集及别集的评价。但到了明代后期，词集评点也出现了丰富多彩的局面，不仅有对前代词总集的评点，如董其昌、沈际飞、钱允治、陈仁锡、陈继儒等评点《草堂诗余》，汤显祖、钟人杰评点《花间集》，还有词选编纂者对自编词选的评点，如茅暎评点《词的》、陆云龙评点《词菁》、潘游龙评点《古今诗余醉》、钱允治评点《续草堂诗余》《国朝诗余》、徐士俊评点《古今词统》等。还出现了当代人评点当代词别集的现象，如当代词人对朱一是《梅里词》的评点。还有自评自作，如施绍莘对自己词集《秋水庵花影集》的评点等。丰富多彩的词集评点，也反映出人们对词学的极大兴趣。其六，词韵著作的出现。后期出现了专门的词韵专书——胡文焕的《文会堂词韵》①。此书虽与唐宋词实际用韵情况不符，时人少所取用，并且清人对其评价不高，但亦表明此期人们更加关注词体之用韵之学了。后期词学家在中期词谱编纂的基础上，又编纂了三个词谱，即程明善的《啸余谱》、谢天瑞的《诗余图谱补遗》与万惟檀的《诗余图谱》，有力地推进了明代词学的繁荣。

　　但是明末的社会危机把士人从"谈情""腻情"的情感发泄旋涡中拽回到社会现实来，士人们发现仅仅"谈情说爱"挽救不了明王朝的日薄西山。从万历后期开始，明王朝政治、经济、军事各方面的状况更趋恶化。神宗昏聩堕落，长期不理朝政，致使朝政几陷于瘫痪。熹宗同样荒嬉昏庸，宦官魏忠贤等乘机控制了政局，以东林党为代表的正直士大夫与之进行激烈的斗争，但惨遭迫害。东林党人相继被杀，朝野上下，人心浮动，民变、兵变不断，气氛恐怖。民族矛盾激烈，满族首领于万历四十四年正式称汗，建国号为后金，到崇祯年间几次深入内地，包围京师。阶级矛盾亦日益尖锐，由于战事吃紧，赋税增加，百姓穷苦不堪，农民起义此起彼伏。面对风雨飘摇的明王朝，进步的知识分子开始沉默、思考，反省前一段佻达任情的行为，认为在国难当头之际必须收敛约束，投入到民族救亡的现实中去。于是出现了复社、几社的文学复古流派，构成了复古运动的第三次高潮。② 他们继承前后七子的复古主张，纠正前一段文坛上以情反理的倾向，强调雅正，重视以理节情，发乎情止乎礼义，倡导温柔敦厚的诗教，陈子龙的诗学理论是这一主张的代表，他也是第三次复古浪潮中的主流人物。陈子龙的词学理论深受其诗学理论的影响，表现出浓重的复古倾向。

　　明代词学从前期走到末期，可以说走了一个圆圈：从前期的重视儒家

①　李攀龙辑《韵学事类》附，《格致丛书》本。
②　廖可斌：《明代文学复古运动研究》，上海古籍出版社，1994，第350页。

诗教，到中期的既重诗教又强调达情功能，再到明代后期的主情说泛滥及明末的情理和谐统一。词体虽常被以"小词"称之，但每走一步，都与社会现实及哲学思潮密不可分，以词体创作为基础的词学批评亦然。可以这么说，词坛是文坛的缩影。

第二节 词学史论

在明人的观念及文论中，"史"的意识相当强，他们往往从宏观上去把握文化史或文学史的发展脉络，得出高屋建瓴的论断，这与明人长于宏观思考有关，也与中国文化积累到一定时期而可以作出宏观的分析有关。明代中期的俞弁就指出："世代更迭，士习各异。先汉之经术，后汉之名节，晋宋之清谈，唐之辞章，宋之道学，一代有一代之所尚。政治之美恶，运祚之绵促，于是乎系，亦其偶然哉！"① 这是俞氏针对文化发展的历史而得出的结论，也是"一代有一代之所尚"观点较早的提出者。受时代风气的影响，人们开始宏观地观照文学史的发展，并以文学史的观念定位宋词，且对词体的创作发展史进行历史考察。

一 以文学史的观念定位宋词

明代后期文论认为文体代兴，而代有所盛，词体发展的黄金时期为宋代，之后难以逾越其所取得的辉煌成就，也就是说明人清楚地认识到明词的衰退，并有意用文体代兴、一代有一代文学为明词不振进行开脱。早在明代中期，陆深在其《中和堂随笔》中就谈到文体代有所盛的问题：

> 陆务观有言："诗至晚唐、五季，气格卑陋，千人一律。而长短句独精巧富丽，后世莫及。"盖指温庭筠而下云然。长短句始于李太白《菩萨蛮》等作，盖后世倚声填词之祖。大抵事之始者，后必难过，岂气运然耶？故左氏、庄、列之后而文章莫及，屈原、宋玉之后而骚赋莫及，李斯、程邈之后而篆隶莫及，李陵、苏武之后而五言莫及，司马迁、班固之后而史书莫及，钟繇、王羲之之后而楷法莫及，沈佺期、

① 见俞弁《山樵暇语》卷十，吴文治《明诗话全编》，第 2467 页。

宋之问之后而律诗莫及。宋人之小词，元人已不及；元人之曲调，百余年来，亦未有能及之者。但不知今世之所作，后来亦有不能及者果何事耶。①

陆深的论述可以说是文学史上最早的"一代文学"观论，此论认为宋人之小词，元人已不及，言外之意则是明词不及宋词亦在情理之中。时人及后人在陆氏所论的基础上，进行了更切合文学史发展实际的论述，如杨慎在其《词品》中指出："宋之填词为一代独艺，亦犹晋之字、唐之诗，不必名家而皆奇也。"②在《琐言》中亦云："楚骚、汉赋、晋字、唐诗、宋词、元曲。"③认为填词为宋一代"独艺"，可与唐诗媲美，所谓"独艺"即其他任何时代皆难以比肩，明代亦然。这是王国维"楚之骚，汉之赋，六代之骈语，唐之诗，宋之词，元之曲"之一代文学观的最早也是最简洁的出处。明代后期随着词学的繁荣，词学家们用"一代文学"的观点来观照词体文学的发展，认为文体的发展有其自身的演变规律，每一朝代自有其兴盛的文体，这种文体一旦过了其鼎盛时期，离开了它所依赖的社会环境，再铸辉煌的机会几乎没有。李蓘认为：

常见古之执一艺、效一术者，其创始之人殚其聪明智虑，而艺术所就，精美莫逾，遂称作者之圣。次有相关起者，亦殚聪明智虑，淫巧变态，日新日盛，若鬼工神手，不可摹拟，于是称述者之明，而其道大行于世。及久而传习者众，则人狃于恒所见闻，若以为易辨，了不复颙颙措意，率以烂恶相尚，而其法侵衰。又久则法遂蔑，不可追矣。

此不独为艺术者有然。而至为文、为字、为词赋、为诗为曲，靡不尔尔，兹岂非风会之流而忘于复古者之一大慨耶？④

李氏以古之精通"一艺""一术"为例，阐明其创始、发展、鼎盛以至"不可追"的过程，因而认为"为文、为字、为词赋、为诗为曲，靡不尔尔"，言外之意即词体已过了其鼎盛时期，明词的衰落在所难免，宋词之法

---

① 见陆深《俨山外集》卷二十二。
② 见杨慎《词品》卷二，《词话丛编》，第 462 页。
③ 见杨慎《升庵集》卷六十五，《四库全书》本。
④ 李蓘：《花草粹编·序》，《花草粹编》卷首。

"遂蔑，不可追"也。茅一相①在《题词评曲藻后》中论述得更明白："夫一代之兴，必生妙才；一代之才，必有绝艺：春秋之辞命，战国之纵横，以至汉之文，晋之字，唐之诗，宋之词，元之曲，是皆独擅其美而不得相兼，垂之千古而不可泯灭者。"② 他认为一代有一代文体之胜者，一个朝代只能铸就一种"垂之千古而不可泯灭"的文体，而宋代已铸就了词体的辉煌。钱允治不仅定位宋词，还论述了成就宋词为一代文学的原因：

> 窃意汉人之文、晋人之字、唐人之诗、宋人之词、金元人之曲，各擅所能，各造其极，不相为用。纵学窥二酉，才擅三长，不能兼盛。词至于宋，无论欧、晁、苏、黄，即方外、闺阁，罔不消魂惊魄，流丽动人。如唐人一代之诗，七岁女子亦复成篇，何哉？时有所限，势有所至，天地元声，不发于此，则发于彼，政使曹刘降格，必不能为，时乎，势乎，不可勉强者也。③

钱允治认为一代有一代"各擅所能，各造其极"的文体，唐代为诗，宋代则为词，唐人诗歌创作普及的程度使七岁女子即能诗，宋人词的创作亦然，不仅如此，方外、闺阁之作皆"消魂惊魄，流丽动人"，深入人心，这是因为"时有所限，势有所至，天地元声，不发于此，则发于彼"，任何一种文体的兴衰与时代环境密切相关，也是文学自身的发展规律所决定的，"时乎，势乎，不可勉强者"。胡应麟在《诗薮》中也指出："诗至于唐而格备，至于绝而体穷。故宋人不得不变而之词，元人不得不变而之曲。词胜而曲亡矣，曲胜而词亦亡矣。"④ "四言不能不变而五言，古风不能不变而近体，势也，亦时也。然诗至于律，已属俳优，况小词艳曲乎！宋人不能越唐而汉，而以词自名，宋所以弗振也。元人不能越宋而唐，而以曲自喜，元所以弗永也。"⑤ 胡应麟从"变"的观念出发，强调一代有一代之文学，认为一个朝代的文体演变到"体穷"时必然被另一种文体所取代，这种不得不变的文体更替状况是"势""时"不断变化的结果，并指出宋代"以词

---

① 茅一相，约 1585 年前后在世。字康伯，浙江吴兴人。有《续欣赏编》十卷。
② 见《中国古典戏曲论著集成》第 4 集，第 38 页。
③ 见钱允治《类编笺释国朝诗余》卷首。
④ 胡应麟：《诗薮》，中华书局，1958，第 1 页。
⑤ 胡应麟：《诗薮》，第 21 – 22 页。

自名"，胡应麟的文体变化观与钱允治高度一致。但他还指出词体的兴盛致使宋朝柔弱，元曲的流行致使元朝命短，把文体的兴衰与朝代的更替联系在一起，这与金代词学家赵文对文体与时代关系的看法相同："观欧、晏词，知是庆历、嘉祐间人语，观周美成词，其为宣和、靖康也无疑矣。声音之为世道邪？世道之为声音邪？有不自知其然而然者矣，悲夫！美成号知音律者，宣和之为靖康也，美成其知之乎？'绿芜凋尽台城路''渭水西风，长安乱叶'，非佳语也。'凭高眺远'之余，'蟹螯''玉液'以自陶写，而终之曰'醉翁山翁，但愁斜照敛'，观此词，国欲缓亡得乎！渡江后，康伯可未离宣和间一种风气，君子以是知宋之不能复中原也。近世辛幼安，跌荡磊落，犹有中原豪杰之气，而江南言词者宗美成，中州言词者宗元遗山，词之优劣未暇论，而风气之异，遂为南北强弱之占，可感已。《玉树后庭花》盛，陈亡；《花间》丽情盛，唐亡；清真盛，宋亡。可畏哉！"① 皆认为文体的兴衰与朝代的更替有必不可分的内在关系。

戏曲家沈宠绥在《度曲须知》中同样有感于一代有一代之文学："粤征往代，各有专至之事以传世，文章矜秦汉，诗词美宋唐，曲剧侈胡元。至我明则八股文字固无置喙，而名公所制南曲传奇，方今无虑充栋，将来未可穷量，是真雄绝一代，堪传不朽者也。"② 也认为宋代最美之文体为词，而明代为"传奇"。显然明代后期学者对"一代文学之胜"了然于心，皆认为词体的繁盛期在宋代，言外之意也告诉人们：明代之一代文学不在词，明词的衰退是势之必然。

明人在定位宋词的同时，对宋词的成就作了充分肯定，认为宋词成就最高。王祖嫡在《奉旨拟撰词曲序》中指出："夫诗变而为诗余，唯宋人最工，然多托意闺闱，寄情花鸟，雅致俊才，得以自运，故凄婉流丽能动人耳。"③ 王氏是从手法上的善于寄托、风格上的"凄婉流丽"以及艺术上的"能动人"来欣赏宋词的。夏树芳④则指出："夫词至宋人，而词始霸。曼衍繁昌，至宋而词之名始大备。"⑤ 夏氏则是从词体在文学史上的地位而言，认为词体发展到宋代，呈现出繁荣昌盛的局面，在文学史上取得与其他文

---

① 见赵文《青山集》卷二。
② 沈宠绥：《度曲须知》，《中国古典戏曲论著集成》第 5 集，第 197 页。
③ 见张璋、饶宗颐《全明词》，第 1105 页。
④ 夏树芳，生卒年不详，万历元年（1573）举人。著有《消暍词》。
⑤ 夏树芳：《刻宋名家词序》，《宋六十名家词》卷首。

学体裁并行的地位。王象晋在《重刻诗余图谱序》中指出："诗余一脉，肇之赵宋，列为规格，填以藻词。一时文人才士，交相矜尚。"① 其在《秦张两先生诗余合璧·序》中重申自己的观点："诗余盛于赵宋，诸凡能文之士，靡不舐墨吮毫，争吐其胸中之奇，兢相雄长。"② 王氏从宋代词体创作之盛与作家之多去肯定宋词的成就。但是随着词学的繁荣，这种普遍认识在逐渐发生变化，如中后期词人徐渭就认为："晚唐、五代填词最高，宋人不及。"③ 这种观点到明末的云间派达到顶峰。云间派前期词学家认为晚唐五代、北宋词最盛，而云间后学则只认定晚唐五代词才为词体之正宗。陈子龙④在其《幽兰草词·序》中指出：

> 自金陵二主，以至靖康，代有作者。或秾纤婉丽，极哀艳之情；或流畅澹逸，穷盼倩之趣。然皆境由情生，辞随意启，天机偶发，元音自成。繁促之中，尚存高浑，斯为最盛也。南渡以还，此声遂渺，寄慨者亢率而近于伧武，谐俗者鄙浅而入于优伶。⑤

陈氏认为晚唐五代、北宋词体最盛，原因是"境由情生，辞随意启，天机偶发，元音自成"。而词体发展到南宋，他所提出的词体标准荡然无存，不是粗率鄙野，就是浅俗无味。由陈子龙规定的词体标准到云间派末流的沈亿年就走得更远了。陈子龙尚肯定北宋词的价值，而沈亿年干脆提出"五季犹有唐风，入宋便开元曲"⑥，连被明人普遍看好的宋词也要摒去，其追摹的范本只有唐和五代词了。

二　词体发展史论

明人宏观地观照文体嬗变，把宋词放在整个文学的历史发展过程中对

---

① 见张綖《诗余图谱》卷首，汲古阁《词苑英华》本。

② 见王象晋编《秦张两先生诗余合璧》，汲古阁《词苑英华》本。

③ 徐渭：《南词叙录》，《中国古典戏曲论著集成》第3集，第244页。

④ 陈子龙（1608—1647），字卧子，又字人中，号大樽，松江华亭（今上海松江）人。崇祯十年（1637）进士。清兵下南京，子龙起兵松江，事败被执，投水而死。尝与夏允彝、徐孚远等结几社。著有《陈忠裕公全集》。

⑤ 陈子龙：《幽兰草词·序》，《安雅堂稿》卷五，伟文图书出版社有限公司，1997，第279 - 280页。

⑥ 沈亿年：《支机集·凡例》，《明词汇刊》，第556 - 557页。

其定位并给予高度评价，在此基础上，明代后期的词学家开始关注词体的
发展走向，从宏观上对词体的发展过程作出尽可能客观的评价。如徐世溥
在《悦安轩诗余·序》中用形象的比喻来描绘这一变化过程：

> 诗之变，至于晚唐，其势有不得不为诗余者，斯岂时尚使然？抑
> 亦有势数存焉？譬之草木，太白其荄萌也，孙、韦、温、毛，其蓓蕾
> 也，庆历、熙、丰诸贤，其盛华也。物有其开端相继者，必推而精之
> 以至极盛，犹之行草，起于汉而盛于晋；小说广于齐、梁而盛于唐。
> 是故宋非无诗，宋之诗余，宋人之诗也。元虽无文，元之词曲，元人
> 之文也。①

徐世溥以草木的"荄萌""蓓蕾""盛华"几个生长阶段描述词体的发
展成长过程，他认为以李白为代表的盛唐时期是词体生长的"荄萌"期，
以温庭筠、韦庄、孙光宪、毛文锡为代表的"花间"词是词体生长的"蓓
蕾"期，以晏殊、欧阳修、张先、苏轼、秦观等为代表的"庆历、熙、丰
诸贤"是词体生长的"盛华"期，以此得出结论：词坛的黄金时期是在宋
代，原因无他，则在"其势有不得不为"者，"有势数存焉"。顾起纶在
《花庵词选·跋》中也试图描述词体从产生至元代的发展状况：

> 唐人作长短句词，乃古乐府之滥觞也。李太白首倡《忆秦娥》，凄
> 婉流丽，颇臻其妙，为千载词家之祖。至王仲初《古调笑》，融情会
> 景，犹不失题旨。白乐天始调换头，去题渐远，揆之本来，词体稍变
> 矣。骚雅名流，隽语竞爽，苏长公辈，才情各擅所长。其风流余蕴，
> 藉藉人口。厥后，元季乐府之盛，概又不出史邦卿蹊径耳。②

顾氏描述词体发展的切入点是分析词调与内容的关系，认为词调与内
容开始是一致的，看到词人所用词调就知道词作所要抒写的内容。后来词
调慢慢与内容分离，"去题渐远"，这种变化起于白乐天。他的分析完全符
合词体创作的变化过程，黄昇曾指出："唐词多缘题所赋，《临江仙》则言

---

① 见邹祗谟、王士祯《倚声初集》前编卷二，清顺治十七年刻本。
② 见《花庵词选》卷首，《四库全书》本。

仙事，《女冠子》则述道情，《河渎神》则咏祠庙，大概不失本题之意，尔后渐变，去题远矣。"① 但他对宋元词的发展以及苏轼为首的宋词人及元词的评价过于简单。茹天成在《重刻绝妙好词引》中对词体的发展过程的描述与此基本相同："唐人作长短句词，乃古乐府之滥觞也。太白倡之，仲初、乐天继之。及宋之名流，益以词为尚。如东坡、少游辈，才情俊逸，籍籍人口，往往象题措语，不失乐府之遗意。"② 不同的是茹天成以古乐府之遗意为标准去要求词体。黄河清在《续草堂诗余·序》中写道："词固乐府、铙歌之滥觞，李供奉、王右丞开其美，而南唐李氏父子实弘其业，晏、秦、欧、柳、周、苏之徒嗣其响。"③ 黄氏粗线条地勾勒了晚唐、五代、北宋词的发展简史。单恂在《诗余图谱·序》中的描述与黄河清接近："泊太白、飞卿辈创为《忆秦娥》、《菩萨蛮》等阕，而词著矣。自南唐入宋，则欧、秦、周、苏诸君始大振。"④ 可见当时对词体的发展史，词学家们有一定的了解，因而论述基本与词体创作现实一致。

在明代后期的词学家中，对宋代词体发展的历史走向最有见解的是俞彦，他指出：

> 唐诗三变愈下，宋词殊不然。欧、苏、秦、黄，足当高、岑、王、李。南渡以后，矫矫陡健，即不得称中宋、晚宋也。惟辛稼轩自度梁肉不胜前哲，特出奇险为珍错供，与刘后村辈俱曹洞旁出。学者正可钦佩，不必反唇并捧心也。⑤

俞彦认为唐诗由初唐而变为盛唐、中晚唐后，逐步衰退，每况愈下，而宋词不然，北宋"欧、苏、秦、黄"之词相当于盛唐之诗，而南渡后之词坛，词风大变，"矫矫陡健"，不能成为"中宋、晚宋"，而是宋词创作中的又一个高峰。俞彦以唐诗的发展阶段来论述词体流变的思路，启发了清代词学家刘体仁，刘体仁就明确地借用了唐诗的分期法来划分词体的发展时期："词亦有初盛中晚，不以代也。牛峤、和凝、张泌、欧阳炯、韩偓、

---

① 见黄昇《花庵词选》卷一。

② 茹天成：《重刻绝妙好词引》，万历四十二年刻本。

③ 见卓人月、徐士俊《古今词统》卷首。

④ 见赵尊岳《明词汇刊》，第 887 页。

⑤ 见唐圭璋《词话丛编》，第 401 页。

鹿虔扆辈，不离唐绝句，如唐之初未脱隋调也，然皆小令耳。至宋则极盛，周、张、康、柳，蔚然大家。至姜白石、史邦卿，则如唐之中。而明初比唐晚，盖非不欲胜前人，而中实枵然，取给而已，于神味处全未梦见。"①虽然刘体仁的分法涵盖的时间比较长，涉及的作家比较多，论述得更全面，但其思路明显受俞彦的影响。

明代后期对词体发展走向及各时期特点论述最全面的是陈子龙，他在《幽兰草词·序》中指出：

> 词者，乐府之衰变，而歌曲之将启也。然就其本制，厥有盛衰。晚唐语多俊巧，而意鲜深至。比之于诗，犹齐梁对偶之开律也。自金陵二主，以至靖康，代有作者。或秾纤婉丽，极哀艳之情；或流畅澹逸，穷盼倩之趣。然皆境由情生，辞随意启，天机偶发，元音自成。繁促之中，尚存高浑，斯为最盛也。南渡以还，此声随渺，寄慨者亢率而近于伧武，谐俗者鄙浅而入于优伶。以视周、李诸君，即有"彼都人士"之叹。元滥填词，兹无论已。明兴以来，才人辈出，文宗两汉，诗俪开元，独斯小道，有惭宋辙。其最著者为青田、新都、娄江。然诚意音体俱合，实无惊魄动魂之处。用修以学问为巧便，如明眸玉屑，纤眉积黛，只为累耳。元美取境似酌苏、柳间，然如"凤凰桥下"语，未免时堕吴歌，非才之不逮也。钜手鸿笔，既不经意，荒才荡色，时窃滥觞。且南北九宫既盛，而绮袖红牙不复按度，其用既少，作者自希，宜其鲜工也。②

陈子龙在此序中从晚唐五代词体之将始论起，其间谈到金陵二主、北宋词、南宋词、元词以及明代中期的词学大家，并对各个时期的词体创作进行简要的评价，显然是其经过对词体创作的历程深入研究后而得出一家言。陈氏在对唐宋词的评价中明显表现出尊崇晚唐北宋的倾向，以之为"最盛"，而对南宋词坛的评价有失公允，他仅仅提到了辛派末流之叫嚣率陋之作与当时词坛上之浮艳浅鄙之作，对以姜、张为代表的骚雅派之词作不置一词，显然是片面的。陈氏对本朝词体的发展亦有自己的认识，他指

---

①　刘体仁：《七颂堂词绎》，《词话丛编》第 618 页。
②　见陈子龙《安雅堂稿》卷五，第 279－280 页。

出著名词人有刘基（青田）、杨慎（新都）、王世贞（娄江），并分析其词之优劣，亦具有词学眼光。

随着词学的全面繁荣，明代后期词学家对词的发展过程的了解越来越全面，由对晚唐、五代、宋元词的认识逐步发展到对当代词体创作的评价，他们试图把握词体发展各个阶段的特点及规律，但从描述中我们可以发现词学家偏重于对晚唐北宋词史的描述，而对南宋词坛涉及较少，这应该是受《花间集》《草堂诗余》影响的缘故。

第三节　主情说的泛滥

明代词论中有意识地强调词体体性是从中期开始的。明代中期由于心学的影响，文坛上掀起了主情思潮，词学批评中的"主情说"亦顺势而为并最终成为词坛主流，但儒家的义理之学对文坛还产生着一定的影响，人们在评词时仍然强调儒家的诗教观念。而明代后期，社会环境发生了极大变化，"异端邪说"广泛传播，王世贞所张扬的主情说泛滥词坛，词学领域"腻情""粘色"，词学批评中的"情语"随处可见。

一　主情体性的极度张扬

明代后期由于整个社会风尚及文坛风气所致，词论中对"情"的追求不再扭扭捏捏，不再像明代中期词论那样时不时地与儒家诗教相联系，存在矛盾心态，而是大鸣大放，理直气壮，招摇而放肆，任性而执著。在具体的论述中又分两个层面：一是强调词体之特性就是抒发男女之情；二是为在词体中抒发男女之情寻找理论依据。

茅一相在《题词评曲藻后》中指出："风月烟花之间，一语一调，能令人酸鼻而刺心，神飞而魄绝，亦惟词曲为然耳。大都二氏之学，贵情语不贵雅歌，贵婉声不贵劲气，夫各有其至焉。"① 茅氏认为对词曲而言，吞吐含芳，一语百媚，一语百情，在滞色腻情之中令人神飞魄荡，意荡神摇，是再自然不过的事情。周永年②在评价葛一龙词时明确指出其词备写"潇洒

---

① 见王世贞《曲藻》，《中国古典戏曲集成》第 4 集，第 39 页。
② 周永年（1582－1647），字安期，吴江（今属江苏）人。诗文甚工。著有《怀响斋词》。

婉娈之情"①。茅暎在《词的·序》中亦指出："清文满箧，无非诉恨之辞；新制连篇，时有缘情之作""新声度曲，裁方絮而多愁；旧恨调弦，借稠桑以寄怨""风流婉约""香艳柔娇""情文双烂"，使"秦楼艳女，顿惹相思；楚馆娇娃，常劳梦寐"。② 满纸的情愁爱怨，满目的香艳柔媚。并声称自己所编纂的词选非抒发"幽俊香艳"之情者"不敢拦入"③，为了传播主情的词学观念，编纂一部词选公然向世人称道非主情者，虽古今名公之作，概不入选，只有在晚明主情意识高涨之时，才会出现这样的选词标准。孟称舜认为卓珂月所选《古今词统》"其意大概谓词无定格，要以摹写情态，令人一展卷而魂动魄化者为上，他虽素脍炙人口者，弗录也"④。吴鼎芳在《徐卓晤歌·序》中指出：

> 情苗一瓣，爱种千殊……《晤歌》一编，令自十六字以至百字等，总百三十余阕，无非摩写：纱橱月淡，绣阁香浓，镂玉成笺，戛金为韵。语别泪则露花点点，叙幽惊则风柳丝丝。霞绮惭新，烟姿逊媚，一展心动，再视魂消。⑤

吴氏认为词作是"情苗""爱种"所致，因而词体所描写的无非是朦胧月色笼罩下的华丽闺房，兽香不断，情意绵绵；情人话别时的泪光闪闪，体贴无限；男女幽会时的浓情蜜意，两情相谐，这样的词作才能使人"一展心动，再视销魂"，有无限的艺术感染力。

张师绎⑥《合刻花间草堂·序》云："作者骨艳，歌者魂销，遂使红牙殢客，翠袖留髡，子仲之子，虽复不韵。"⑦ 这里张师绎不仅仅是在论述词体之主情特性，而且谈到了词体特性所达到的目的，这显然与明末士人普遍追求感官愉悦的社会风气有关，从此亦可了解到明代后期文坛主情思潮的社会原因。

---

① 周永年：《艳雪集·原序》，赵尊岳《明词汇刊》，第 1779 页。
② 见《词的》卷首，朱之蕃《词坛合璧》本。
③ 见茅暎《词的·凡例》，《词的》卷首。
④ 孟称舜：《古今词统·序》，《古今词统》卷首。
⑤ 见《徐卓晤歌》卷首，卓人月、徐士俊《古今词统》，第 615 页。
⑥ 张师绎，字梦泽，武进人，万历进士，知新喻县，以简易宽大为治。仕至按察使。
⑦ 见《合刻花间草堂集》卷首，明末刻本。

虞淳熙①在《刘伯坚诗余·序》中指出："诗之余音，浅至而儇俏，其调仿隋唐流响，锦帷绮席，为《金荃》《兰畹》《花间》《草堂》之属，第堪使李令伯家雪儿歌之耳，去风骚尤逊，安问雅颂？"② 虞氏认为诗余当浅近轻佻，俏丽浮艳，适合十七八女郎婉转歌之，去"风""骚"尤远，与"雅""颂"无缘，与王世贞之"宁为大雅罪人"同义。明代后期对词体主情特性描绘最形象的是施绍莘，他把词曲创作当作"绮语之业"，并用一连串的排比句描述词之体性：

> 不用之于名场呫哔，而用之于韵事风流；不用之于诂语酸言，而用之于雄词藻句；不用之于雌黄恩怨，而用之于啸咏吟谐；不用之于政牍刑书，而用之于花评艳史；不用之于歌功佞德，而用之于惜粉怜红；不用之于书算持筹，而用之于风人骚雅；不用之于北阙封章，而用之于东皋著述；不用之于青史编年，而用之于春衫记泪；不用之于谀词表墓，而用之于艳句酬香；不用之于枉驾高轩，而用之于过溪枯衲；庶几无负于柔管哉！③

他认为词体是用于"韵事风流""花评艳史""惜粉怜红""春衫记泪""艳句酬香"，如果把词体用于"政牍刑书""歌功佞德""书算持筹""北阙封章""青史编年""谀词表墓""枉驾高轩"，就是辜负了创作者的一片用心，这是其创作词体的指南，也是明人对词体特性理解的最形象的描述。其实施绍莘不仅强调了词体的特性，而且也区分了词体与诗文的区别。

沈际飞在《诗余别集·序》中生动地描述了人之情感："块然中处，喜则心气乘之，怒则肝气乘之，思则脾气乘之，恐则肾气乘之，悲忧则肺气乘之，惊则五藏之气乘之。人流转于七情，而《别集》中忤合万状，触目生芽，愁然而思，悚然而惊，哑然而笑，澜然而泣，皦然而哭，捶击肺肠，镂刻心肾，年千世百，无智愚皆知。有别欤？无别欤？夫然而正犹之续，续犹之别，咸诗之余，非别有所谓余也。"④ 他认为《诗余别集》所选之词把人之七情展现无余，而他所谓"情"的内涵又是什么呢？沈氏在《诗余

---

① 虞淳熙，字长孺，一字澹然，钱塘人，万历癸未（1583）进士。著有《德园集》。
② 见虞淳熙《虞德园先生集》，明末刻本。
③ 施绍莘：《秋水庵花影集·自序》，明末刻本。
④ 见卓人月、徐士俊《古今词统》卷首。

四集·序》中说得最明白:

> 琼玉高寒,量移有地;花钿残醉,释褐自天;甚而桂子荷香,流播金人,动念投鞭,一时治忽因之;甚而远方女子,读淮海词,亦解脍炙,继之以死。非针石芥珀之投,曷由至是?虽其镂镂脂粉,意专闺帷,安在乎好色而不淫?而我师尼氏删国风,逮《仲子》《狡童》之作,则不忍抹去。曰人之情,至男女乃极,未有不笃于男女之情,而君臣、父子、兄弟、朋友间反有钟吾情者。况借美人以喻君,借佳人以喻友,其旨远,其讽微,仅仅如欧阳舍人所云"叶叶花笺,文抽丽锦;纤纤玉指,拍按香檀。不无清绝之词,用助娇娆之态"而已哉……余之津津焉,评之而订之,释且广之,情所不自已也。①

沈氏谈到了人之多种情感,而把男女之情视为人在种种社会关系中产生感情的基础,并且抬出孔夫子删诗为其"人之情,至男女乃极"为佐证,断然否定《国风》"好色而不淫"的迂腐说教,极度张扬男女之情,肯定艳词存在的合理性。并且指出他之所以选评《草堂诗余》是因为"情所不自已""诗余之传,非传诗也,传情也"。更何况"借美人以喻君,借佳人以喻友,其旨远,其讽微"。可以借男女之情寄托君臣之义,朋友之情,不仅提升了男女之情的地位和性质,词体也获得了极崇高的地位。"文章殆莫备于是矣。非体备也,情至也。情生文,文生情,何文非情?而以参差不齐之句,写郁勃难状之情,则尤至也。"② 沈际飞由情生发出一连串的问题,认为词体正因其"传情之妙"而可以凌驾于所有文体之上,情之功用何其大矣!俞彦亦指出:

> 佛有十戒,口业居四,绮语、诳语与焉。诗词皆绮语,词较甚。山谷喜作小词,后为泥犁狱所慑,罢作,可笑也。绮语小过,此下尚有无数等级罪恶,不知泥犁下那得无数等级地狱,髡何据作此诳语,不自思当堕何等狱耶。文人多不达,见忌真宰,理或有之。不达已足

---

① 见沈际飞《镌古香岑批点草堂诗余四集》卷首。
② 沈际飞:《诗余四集·序》,《镌古香岑批点草堂诗余四集》卷首。

蔽辜，何止深文重比，令千古文士短气。①

他认为，作些艳词，只是"绮语小过"，并不至于要下泥犁地狱，这与王世贞公开申言"宁做大雅罪人"一样，都认为小词在道德上无可厚非。汤显祖②把主情的词学观念贯彻到其对《花间集》的评点之中，如评《女冠子·含娇含笑》云："'宿翠残红窈窕'，新妆初试，当更蛾眉撩人，情语不当为登徒子见也。"评点《采莲子·菡萏香莲十顷陂》云："人情中语。体贴工致，不减觌面见之。"评点韦庄《谒金门·春漏促》云："情不知所起，一往而深。"评点顾复《虞美人·翠屏闲掩垂珠箔》云："情多为累，悔之晚矣。情宜有不宜多，多情自然多悔。"评点孙光宪《更漏子·今夜期》云："到得情深江海，自不至肠断西东。其不然者，命也，数也。人非木石，那得无情。世间负心人，木石之不若也。"③ 触目皆情语。

周永年在《艳雪集·原序》中先拈出《文赋》中"诗缘情而绮靡"这一划时代的文学观念，进而认为"诗余之为物，本缘情之旨，而极绮靡之变者也"，他把词的特点规定为"绮靡"，不仅仅如此，还是"极绮靡之变"。到底变成什么样子，在具体评价葛一龙词时，周氏给出了回答：

> 吾友葛震甫，挟洞庭震泽之灵秀，以游于人间，其所为诗，业已登峰造极，可谓境兼奥旷，致合骚雅。而当其推襟送抱，候月临花，颂酒赓色，则往往以诗外之别传，为词中之妙趣。试取其《艳雪集》一再歌之，奇不伤骨，靡不伤气，而追风入丽，沿波得奇，潇洒婉变之情，无不备写。盖举乐府方俗之词，《玉壶》工艳之语，《香奁》纤媚之调，一一寄之于词。而得其词者，知其深于诗；爱其词者，并忘其工于诗也。要而论之，真至之情，必本于性；奇逸之情，必乘于才。④

周氏所谓的"极绮靡之变"，是指在"推襟送抱，候月临花，颂酒赓

① 俞彦：《爰园词话》，《词话丛编》，第 403 页。
② 汤显祖（1550－1616），字义仍，号海若，江西临川人。所居名玉茗堂。万历进士。明代著名戏曲家，所著有《玉茗堂四梦》，今人辑其现存著作为《汤显祖集》。
③ 见朱之蕃《词坛合璧》本。
④ 赵尊岳：《明词汇刊》，第 1779 页。

色”之时用“方俗之词”“工艳之语”“纤媚之调”备写“潇洒婉娈”之情，简言之，即“必本于性”的“真至之情”，即艳情或男女之情。其实周氏论述词体的特性与同时期的词学家并没有不同，认为词体善于抒发男女之情，但周氏阐述得既得体又令人信服。这里的“真至之情，必本于性”当与李贽的“情性论”、公安三袁的“性灵说”同义。

我们发现明人在尊情时有一种肆意妄为之势，凌厉豪迈之气，显得那样理所当然，自然而然，不仅如此，他们还理直气壮地找出词体主情的理论依据，如张师绎在《合刻花间草堂·序》中指出：“天下无无情之人，则无无情之诗。情之所钟，正在吾辈，然非直吾辈也。夫子删诗裁赢三百，周召二南厥为风始。彼所谓房中之乐、床笫之言耳。推而广之，江滨之游女，陌上之狂童，桑中之私奔，东门之密约，情实为之，圣人宁推波而助其澜，盖直寄焉。”《花间》之集，《草堂》之余，若“被以新声佐之，小令作者骨艳，歌者魂销，遂使红牙殢客，翠袖留髡，子仲之子，虽复不韵。”① 张氏把词与《诗经》中的言情作品相提并论，认为诗三百之房中之乐、床笫之欢、私奔密约，时时有之，何况以此见长的词体。圣人尚且如此，何况吾辈俗人！词体的特点就是抒发艳情，若被以新声演唱，须使歌者销魂、听者驻足为妙。言情的历史久矣！陈埏同样为词体的言情体性辩护，他不仅把词中之“情”与《诗经》联系在一起，还将它与“忠孝节义”相提并论：

> 诗之有余，犹诗之有风也。雅则清庙明堂，风则不废村疃闾巷，三百篇要以道性情而止，然无情则性亦不见。子舆氏曰：“乃若其情，则可以为善。”是从来忠孝节义，只了当一情字耳。夫子删诗，即今人选诗之祖。其《风》首《关雎》也，必于窈窕好逑之句再四击节，然后取为压卷。至于未得而辗转反侧，既得而琴瑟钟鼓，直是用情真率，可思则思，可乐则乐，文王绝不装腔做样，宫人因得从旁描画，以故情为真情，而诗为真诗。余尝怪子既删诗，其于风雨狂童之咏，存而不去，乃美目巧笑之什，独削而不录……今第令白头学究、黄口书生，取巧笑美目之章，一再哦之，有不心口俱爽者，此必不情之辈，余请

---

① 见《合刻花间草堂集》卷首。

不读书，不说诗矣。①

　　陈氏认为词犹如《诗经》之《风》，《诗经》以道性情，"无情则性亦不见"，"性"即"情"，"情"即"性"，这是典型的心学家的"性情论"，可见明代后期之主情说与心学思潮息息相关！因此他进而认为"乃若其情，则可以为善"，因此"从来忠孝节义，只了当一情字"，即有情才可以谈忠孝节义，无情者则无忠孝节义。陈氏认为孔子删诗，而在《风》之首保留了用情真率的《关雎》一诗，又对"风雨狂童之咏，存而不去"，是圣人有意把这些抒写真情之诗作保存下来，圣人既如此，作为《风》之余的词，言情是再自然不过的事情了。

　　一时间明后期词坛上充斥着"骨艳魂销""翠袖留髦""玉温雪艳""靡靡纤响""隽宛切情"，这种词坛上的滥情之风，真是惊世骇俗！但明末腥风血雨的社会现实使进步的士人从翠袖雪艳的腻情中惊醒，他们发现无论是传播浮艳之词还是创作浮艳之词，都不能挽救日薄西山的明王朝，面对词坛上此种词风，一部分词学家已经率先提出"不尚浮华"的词学观点，以遏制"情"在词坛上的肆意泛滥。秦士奇②在《草堂诗余·序》中评价沈际飞纂辑的《草堂诗余别集》时指出："大约辞婉鸾而近情，燕昵莺吭，宠柳娇花，原为本色，但屏浮华，不邻郑卫为佳。"③秦士奇肯定词体的特色为"辞婉鸾而近情"，但要"屏浮华""不临郑卫"，即反对淫亵，反对情的过分张扬。毛晋在他的《宋六十名家词》诸跋以及其他序跋中明确地表现出其词学观，他以《花间集》为倚声填词之祖，并且针对当时词坛上一片浮艳之声的创作现实，明确提出了自己的论词主张，指出作词既不可有"闺帷秽媟"之淫艳之语，又不可有"白眼骂坐，臧否人物"之喧嚣恣肆之言④，而要像"花间"词那样，既绮丽柔艳，又不轻薄浮靡，蕴藉温厚，深远而有余味。沈亿年在《支机集·凡例》中亦云："吾党持论，颇极谨严。""我师留思名理，不尚浮华。"⑤宋征璧也指出：

---

① 潘游龙辑《精选古今诗余醉》卷首。
② 秦士奇，字一水，金乡人。明天启五年（1625）进士，历任昆山、获鹿、固安知县。
③ 见沈际飞《镌古香岑批点草堂诗余四集》卷首。
④ 毛晋《花间集·跋》，李一氓校《花间集》，第240页。
⑤ 蒋平阶等：《支机集》卷首，见《明词汇刊》第555页。

词称绮语，必清丽相须。但避痴肥，无妨金粉。譬则肌理之与衣裳，钿翘之于环髻，互相映发，百媚斯生。何必裸露，翻称独立。且闺襜好语，吐属易尽，率露之多，秽亵随之矣。①

他认为词一向被称为绮语、艳科，多描写花间尊前、男女之情，设色浓丽，稍不注意就会因描写艳情失去节制而流于秽亵，语言过于华丽而失之俗艳，这显然是对明末词坛俗艳风气的批评。为此宋征璧提出了避秽避俗的办法，即"清丽相须"，清新与浓丽相互映发，又不失词体特有的"媚"态。欣赏词体之"百媚"之态，但又避其秽亵，这种观点直接启发了清初词人的词学观，如贺裳在《邹水轩词筌》中云："词虽宜艳冶，亦不可流于秽亵。"② 明末词坛上不尚浮华的观点，预示着词体风气的转变以及词学理论的变化，清代初期词学理论中的尚绮艳但反淫亵即是明证。

二 诗、词、曲之辨

明代后期的词学家在张扬词之主情体性的同时，还通过辨析诗、词、曲的不同而凸显词体特点。诗词之辨几与词体共生，是词坛上时常争论的一个问题。宋人曾对苏轼"以诗为词"展开过辩论，李清照为了维护词体的特性，特意强调词"别是一家"。明代词坛同样没有冷落这个热点问题。明代前期由于词学不兴，对于此问题，词学批评中很少涉及。到了明代中期，随着词学的中兴，辨别诗词不同的论述逐渐增多。周瑛在《词学筌蹄·序》中指出："词家者流出于古乐府，乐府语质而意远，词至宋纤丽极矣。"③ 语虽简洁，但开诗词之辨之先声。他认为乐府与词在语言上有所不同，乐府语言质朴且含义深远，而词则纤弱工丽。稍后的李东阳在《怀麓堂诗话》中亦指出："诗太拙则近于文，太巧则近于词。宋之拙者，皆文也。元之巧者，皆词也。"④ 李氏通过诗词文的比较，指出词体的特性在于"巧"。朱承爵对此问题有较详尽的论述：

诗词虽同一机杼，而词家意象亦或与诗略有不同，句欲敏，字欲

---

① 见沈雄《古今词话·词评》下卷，《词话丛编》，第 852 页。
② 贺裳：《邹水轩词筌》，《词话丛编》，第 698 页。
③ 见周瑛《词学筌蹄》卷首。
④ 李东阳：《怀麓堂诗话》，《明诗话全编》，第 1633 页。

捷，长篇须曲折三致意，而气自流贯乃得。近读宋人《咏茶》一词云："凤舞团团饼，恨尔破，教孤另。爱渠体净，只轮慢碾，玉尘光莹，汤响松风，早减二分酒病。　味浓香永，醉乡路，成佳境。恰如灯下故人，万里归来对影。口不能言，心下快活自省。"其亦可谓妙于声韵，得咏物之三昧也。①

　　朱氏认为诗词意象不同，这种意象的不同表现在对字、句、结构等方面的处理。词之用字用句应灵巧，此处的"敏""捷"，即李东阳所谓的"巧"，而在结构安排上要曲折婉转，并且时时照应，做到通贯流畅，从朱氏所举黄庭坚《咏茶》词即可看出其对结构安排的要求。此词上阕描写碾茶煮茶的过程，而结句一"致意"，清香之茶，不须品饮即已清神醒酒；下阕叙写品茶，过片又一"致意"，认为饮茶不仅如饮美酒，而且如逢故人，可见词人之快意；词之结尾再"致意"，强调饮茶后的感受，心下之快活，只可意会，不可言传。整首词字句灵动，前后贯通，流畅自然。张綖的《草堂诗余别录》中点评欧阳修《浣溪沙·晓院闲窗春色深》时也指出了诗词之不同："后段三句似佳，结语尤曲折，婉约有味，若嫌巧细。词与诗体不同，正欲其精工，故谓秦淮海以词为诗。尝有'帘幕千家锦绣垂'之句，孙梓老见之云：'又落小石调矣。'"认为词体应曲折婉约，纤细精巧，类小石调，而诗则不能。陆深在《俨山外集》中则通过具体的诗句词句对比，感性地体现诗词之不同："有同事同意而措词各有工拙，如唐人云：'请君试问东流水，别意与之谁短长'，可谓痛快矣。不如'大江流日夜，客心悲未央'为沉著，又不如'恰似一江春水向东流'，尤觉深婉。"②认为诗可以"痛快""沉着"，而词体则应"深婉"。王世贞在《艺苑卮言》中也有相同的表述："'寒鸦千万点，流水绕孤村'，隋炀诗也。'寒鸦数点，流水绕孤村'，少游词也。语虽蹈袭，然入词尤是当家。"③他虽然未作具体的解释，而仅指出少游词"尤是当家"，通过诗词例句，我们不难理解他所谓"当家"的含义，即委曲婉转，言有尽而意无穷。

　　何良俊在《草堂诗余·序》中提出了一个影响深远的观点："乐府以曒

① 朱承爵：《存余堂诗话》，中华书局，1985，第22－23页。
② 见陆深《俨山外集》卷二十。
③ 唐圭璋：《词话丛编》，第387页。

径扬厉为工，诗余以婉丽流畅为美。"① 此语指出了乐府诗的"曒径扬厉"与词的"婉丽流畅"的风格差异，旨在强调诗词文体的区别，他的这一观点在当时以及后来得到了广泛的认同，王世贞在《艺苑卮言》、徐师曾在《文体明辨·论诗余》中都原封不动地加以引用。徐渭在《南词叙录》中也有相关的论述：

> 晚唐、五代填词最高，宋人不及。何也？词须浅近，晚唐诗文最浅，邻于词调，故臻上品；宋人开口便学杜诗，格高气粗，出语便自生硬，终是不合格，其间若淮海、耆卿、叔原辈，一二语入唐者有之，通篇则无有。元人学唐诗，亦浅近婉媚，去词不甚远，故曲子绝妙。②

徐渭认为晚唐、五代填词最高，原因是浅近，宋人喜学杜甫诗句，因而格调高昂，语言生硬。这样的评价显然有失公允，我们暂且不论其正确与否，从其论述中可知，他认为诗词有别，诗可格调高昂，硬语盘空，词体则不然，应浅近婉媚。徐渭的论述显然受其曲论的影响。

明代中期论述诗词之别影响最大的是王世贞，他在《艺苑卮言》中有一段精彩的论述：

> 词号称诗余，然而诗人不为也。何者，其婉娈而近情也，足以移情而夺嗜。其柔靡而近俗也，诗啴缓而就之，而不知其下也。之诗而词，非词也，之词而诗，非诗也。③

王氏详细辨析了词体的特性与风格的不同，他认为词之体性为"婉娈而近情"，所谓"婉娈"，即美好、柔美；所谓"近情"，即指人的自然之情，或可认为即指男女之情。词之风格为"柔靡而近俗"，所谓"柔靡"，即柔丽、婉媚；所谓"近俗"，即浅易、浅近。并认为词之体性与风格不可与诗歌同日而语，诗人如果长期受词作的熏染，所写诗作就会"格力失之弱"，非诗而词了。他断然否定"以诗为词"，认为"以诗为词"或"以词

---

① 顾从敬：《类编草堂诗余》卷首。
② 徐渭：《南词叙录》，《中国古典戏曲论著集成》，第 244 页。
③ 王世贞：《艺苑卮言》，《词话丛编》，第 385 页。

为诗"，皆会削弱诗词各自的特性。王氏的诗词之辨与其词学观念密不可分，是在明代中期的词坛氛围中形成的。

明代后期词学繁荣，词学家对诗词之辨进行了有意义的探讨。

其一，从创作的功利性方面比较诗词之别。潘游龙在《诗余醉·自序》中指出："唐以诗贡举，故人各挟其所长以邀通显，性情真境，半掩于名利钩途。词则自极其意之所之，凡道学之所会通，方外之所静悟，闺帏之所体察，理为真理，情为至情。"① 潘游龙看法独到，他认为唐代以诗贡举，由于诗人各怀名利邀宠之心进行诗歌创作，因此"性情真境，半掩于名利钩途"，而词则不一样，由于没有功利之心的渗入，词人可以"极其意之所之"，尽情地抒发自己的真情感，不管是道学者对世俗的通达体悟，还是方外之人精心养气后的一己之获，还是闺中女子的千愁万绪，都是从内心深处所发，是自己最真实感情的流露，是摆脱了名利规范束缚的人的自然性情的抒发。

其二，从题材、内容方面比较诗词之别。王祖嫡在《奉旨拟撰词曲·序》中指出："仁、义、礼、智、孝、弟、忠、信等字，束以《花间》之体，即使秦、周、张、柳为之，亦失故步。"② 王祖嫡认为"仁、义、礼、智、孝、弟、忠、信"这些内容是入不得词作中的，如果写入词作，即便是用《花间》之体，让宋代秦观、周邦彦这些名家进行创作，也写不出蕴藉谐婉的词作来。这种观点显然受王世贞词学观的影响。汤显祖在评点和凝《小重山·正是神京烂漫时》一词时有相同的看法："贫病愁，人所不堪，而宜于词；乌纱帽，人所艳称，而反不宜。可见富贵也有用不着处。"③ 认为词作宜于抒写哀怨凄美之情，而把官居高位、飞黄腾达等题材写入词则不太合适，所以汤显祖说"富贵也有用不着处"。顾胤光在《秋水庵花影集·序》中指出："夫词诗之余也，前人谓工诗不必工词，诗料不可入词料，则词固别有当行。"④ 他认为词体创作所用之题材不可以运用到诗体创作中，词别是一家，但他没有具体分析其原因，从他对施绍莘词作的分析中我们可知他认为的"词料"是"嫣红而惨绿""笑情而泣雨""灯下题纨扇之无恩""日移春梦纱窗，谱高唐之有约"，是艳骨柔情，是梨花带雨，

① 见潘游龙辑《精选古今诗余醉》卷首。
② 张璋、饶宗颐：《全明词》，第1105页。
③ 见汤显祖评点《花间集》，明《词坛合璧》本。
④ 施绍莘：《秋水庵花影集》卷首，明末刻本。

这是词体在内容上有别于诗体的地方。

其三,从诗词的功用方面比较诗词之别。陈继儒在《诗余图谱·序》中指出:"诗祖《三百篇》,《离骚》特文之余也。词,诗之余也。曲,又词之余耳。诗文发乎情,止乎礼义,若旁溢而为词,所谓提不定、撩不住,谑浪游戏,几不知其所终。"① 认为诗文肩负着教化的重任,"发乎情,止乎礼义",而词体从诗体"旁溢"出之后,就没有必要担负其沉重的社会责任,它仅仅抒发作者激荡的情思,甚至可以是"谑浪游戏"之作。而徐士俊在《古今词统·序》中则从《说文解字》的角度去论述词的功用:

> 《说文》曰:"词者,意内而言外也。"不知内意,独务外言,则不成其为词。词从司者,反后为司,盖出纳之客,谓之有司。后王宽之大道,当与有司相反。夫词为诗余,诗道大而词道小,亦犹是也。故诗从寺,寺者朝廷也;词从司,司者官曹也。小令、中调、长调,各有司存;宫、商、角、徵、羽五声,各有司存,不可乱也。②

徐氏拆字而分析之,得出的结论是:"词为诗余,诗道大而词道小。"这里所谓的"诗道大",无非是指诗体作为传统的文学样式,以言志为其特征,表现文人社会性的思想情感,而词体的主要特性是言情,并且是以描写闺襜秀帷的"私情"为主。虽然作者用拆字分析的方法论述诗词之别不太妥当,但得出的结论是合乎实际情况的。

其四,从意境方面比较诗词之别。明人通过意境的不同来比较诗词之不同时,往往是采取非常感性的方法。比如通过比喻的手法或者是通过具体的诗词句子对比来加以区别。徐士俊指出:"诗如康庄九逵,车驱马骤,易为假步。词如深岩曲径,丛筱幽花,源几折而始流,桥独木而方渡。"③认为诗之意境如康庄大道,其间车水马龙,熙熙攘攘;而词之意境如曲径通幽,其间奇花异草,缘径而发。可谓诗境大而词境小。

其五,从抒情内涵方面比较诗词之别。周永年在《艳雪集·原序》中详细阐述了诗与词在抒情内涵上的差异:

---

① 见赵尊岳《明词汇刊》,第 886 页。
② 卓人月、徐士俊:《古今词统》卷首。
③ 见沈雄《古今词话·词评》下卷,《词话丛编》,第 1035 页。

《文赋》有之曰："诗缘情而绮靡。"夫情则上溯《风》《雅》，下沿词曲，莫不缘以为准。若"绮靡"两字，用以为诗法，则其病必至巧累于理；僭以为诗余法，则其妙更在情生于文。故诗余之为物，本缘情之旨，而极绮靡之变者也。从来诗与诗余，亦时离时合。供奉之《清平》、助教之《金荃》，皆词传于诗者也。玉局之以快爽致胜，屯田之以柔婉取妍，皆词夺其诗者也。大都唐之词则诗之裔，而宋之词则曲之祖。唐诗主情兴，故词与诗合；宋诗主事理，故词与诗离。①

周氏首先论述了情在文体中的普遍性，认为上溯《诗经》，下到词曲，皆以"诗缘情而绮靡"为准。此句出自陆机《文赋》，《文选》李善注曰："诗以言志，故曰缘情"，"绮靡，精妙之言。"② 可见陆机认为诗之内涵是情与志合一。芮挺章曰："昔陆平原之论文曰'诗缘情而绮靡'，是彩色相宣，烟霞交映，风流婉丽之谓也。"③ 芮氏把陆机"情志"合一的内涵缩小为"风流婉丽"之谓，周永年显然是接受了芮挺章的阐发，因而他认为词中之情与诗中之情不同，诗是情与理的结合，若诗中"绮靡"则"巧累于理"，影响诗作主题思想的表达，而词中"绮靡"则"情生于文"，使词作情感迸发，强化其艺术感染力。不仅如此，他还进一步指出，词"本缘情之旨，而极绮靡之变者"，他所谓的"极绮靡之变"从对其友葛一龙的评价中可知，是指用"工艳之语""纤媚之调"备写"潇洒婉变"之情，简言之，即"必本于性"的"真至之情"，④ 即艳情。周永年认为词体善于抒发男女之情，而诗作仅仅如此显然是不行的。

明代后期词学家不仅用比较诗词之别来强调词体之特性，而且还通过对词曲甚至是诗、词、曲三者的比较来突显词体的特性。

其一，从语言方面比较诗、词、曲之别。张慎言在《万子馨填词·序》中指出："词之至佳者，入曲则甚韵，而入诗则伤格。"⑤ 张氏认为，优秀词作中语可以入曲，如此就会增加曲之韵味；但不能用于诗作中，因为词体

---

① 周永年：《艳雪集·原序》，赵尊岳《明词汇刊》，第 1779 页。
② 萧统：《文选》，中华书局，1997，第 241 页。
③ 芮挺章：《国秀集·序》，《四部丛刊》本《国秀集》卷首。
④ 周永年：《艳雪集·原序》，赵尊岳《明词汇刊》，第 1779 页。
⑤ 张慎言：《万子馨填词·序》，《泊水斋文钞》卷一，清康熙三十九年刻本。

之语言柔美纤细，用之入诗，诗歌就会出现格调不振之弊病。王骥德在《曲律》中亦指出："词之异于诗也，曲之异于词也，道迥不相侔也。诗人而以诗为曲也，文人而以词为曲也，误矣，必不可言曲也。"① 他认为诗、词、曲迥然不同，以诗为曲、以词为曲都不可能创作出本色的曲作。王骥德在此没有具体论述为何不能以诗为曲、以词为曲，但在另一则曲话中他给出了答案：

> 晋人言："丝不如竹，竹不如肉。"以为渐近自然。吾谓："诗不如词，词不如曲，故是渐近人情。"夫诗之限于律与绝也，即不尽于意，欲为一字之益，不可得也。词之限于调也，即不尽于吻，欲为一语之益，不可得也。若曲，则调可累用，字可衬增。诗与词不得以谐语方言入，而曲则惟吾意之欲至，口之欲宣，纵横出入，无之而无不可也。故吾谓：快人情者，要无过于曲也。②

王氏具体论述了诗、词、曲三者之间语言的不同，他认为诗尤其是律诗与绝句，由于韵律、对仗、字数等形式的限制，不能尽情抒发作者的感情；而词作有音调的限制，必须符合四声五律，这样也限制了真情实感的传达；而曲则不同，同一曲调，可以重复使用，还可以有衬字衬句；不仅如此，诗与词都不可以用俚俗的方言，而曲则不同，曲作者可以随感情的流动，方言谐语，信手拈来，无所拘束，从而达到一种从容流走、姿态横生的美感。因此王氏认为，最能表达作者感情的莫过于曲子。为了论述这一问题，王骥德用具体的词句为例证进行分析："弇州所称空同'指冷凤凰笙'句，亦词家语，非曲家语也。"③ "指冷凤凰笙"句冷俊逼人，哀怨欲绝，入曲则非本色，所谓本色曲语应该是俚俗口语，符合大众口味。

> 董解元倡为北词，初变诗余，用韵尚间浴词体。独以俚俗口语谱入弦索，是词家所谓"本色""当行"之祖。④

---

① 见陈多、叶长海注释《王骥德曲律》，第 209 页。
② 见陈多、叶长海注释《王骥德曲律》，第 211 页。
③ 见陈多、叶长海注释《王骥德曲律》，第 261 页。
④ 见陈多、叶长海注释《王骥德曲律》，第 349 页。

他所谓的"曲家语"即"以俚俗口语谱入弦索",才是"本色当行"。明范文若《梦花酣·序》:"独恨幼年走入纤绮路头。今老矣,始悟词自词、曲自曲;重叠金粉,终是词人手脚。"① 也是有感于词曲所用之语不同,词体可以脂香粉腻,而曲须随俗自然,才不落入词人手脚,才能创作出为人们所喜闻乐见的曲作。

其二,从意境方面比较词曲之别。潘游龙在《诗余醉·自序》中指出:"词与曲异。曲须按腔挨调而后成阕,有意铺张,此新声之所以无余味也。空中之音,水中之月,象中之色,镜中之境,可摹而不可即者,其诗余也。"② 他认为曲之特点是按腔调填词,可以铺张扬厉,肆意抒发情感,一览无余;而词则不同,它所抒发的是一种朦胧迷离、若即若离、可意会而不可言传之情感,词的魅力在于留给读者以充分的想象空间,韵味悠长,而忌说白道尽,毫无回味之余地。

其三,从词调、曲调之来源及用韵方面比较诗、词、曲之别。沈际飞在《草堂诗余四集·发凡》中指出:"词中名多本乐府,然而去乐府远矣。南北剧中之名,又多本填词,然而去填词远矣。"③ 沈氏认为词调虽然多本古乐府,但按调创作的词作则与古乐府不同;同样曲调虽多本词调,但按调所填之曲与同调的词不同。他还论述道:

> 上古有韵无书,至五七言体成,而有诗韵,至元人乐府出,而有曲韵,诗韵严而琐,在词当并其独用为通用者綦多。曲韵近矣,然以上支、纸、置分作支、思韵,下支、纸、置分作齐、微韵,上麻、马、祸分作家、麻韵,下麻、马、祸分作车、遮韵。而入声隶之平、上、去三声,则曲韵不可以为词韵矣,钱塘胡文焕有《文会堂词韵》,似乎开眼,乃平、上、去三声用曲韵,入声用诗韵,居然大盲。④

沈际飞从诗、词、曲用韵的角度考察诗、词、曲的不同,认为词韵不能用诗韵,亦不能用曲韵,词体当有其独立的用韵体系,这当然是有道理的。但明人于词谱的创建方面颇有建树,于词韵则逊色矣,明代后期胡文

---

① 见陈多、叶长海注释《王骥德曲律》,第 209 页。
② 见潘游龙辑《精选古今诗余醉》卷首。
③ 沈际飞:《镌古香岑批点草堂诗余四集》卷首。
④ 见沈际飞《镌古香岑批点草堂诗余四集》卷首。

焕有《文会堂词韵》，也是诗韵与曲韵的混合体，不时遭到后人的讥讽。程明善在《啸余谱·凡例》中也从用韵的角度比较词曲之不同："词只论平仄，故有可平可仄，曲有四声，不暇论，南曲间有之，亦以人之不能拘也。"① 明代后期词学家从用韵方面区分词曲之不同，显然是词体创作曲化的折射，他们力求从对词韵的规范来维护词体的特性，这样的理论探讨是有意义的。

另外，明代后期还有一些词论家感悟到了词曲之不同，但没有进一步论述与探讨。如谭元春②在《辛稼轩长短句·序》中云：

> 诗不可如词，词不可如曲，唐、宋、元所以分。予又谓曲如词，词如诗，亦非当行。③

周永年亦指出：

> 词与诗、曲，界限甚分，惟上不摹《香奁》，下不落元曲，方称作手。④

这些词学家的观点亦有价值，它可以引导后人进行深入的论述，以达到解决问题的目的。词须上不似诗，下不似曲，入清渐成为常识，并且成为清人词论中辨析的一个热点，其实明代后期词学家已经开始关注这个问题并有所论述。

明代后期的词论家不仅极力强调词体的主情特性，而且还通过诗词之辨，词曲之辨，诗、词、曲之辨来突显词体特性。从这些理论辨析中，我们可以清楚地认识明人对词体体性的看法，进而把握明代后期的词学观念。

第四节　词体风格取向的极端

明代前期，由于理学一统天下，词学理论中也弥漫着儒家诗教的气息，

---

① 见程明善《啸余谱》卷首，明万历刻本。
② 谭元春（1586－1637），字友夏，号鹄湾，别号蓑翁。竟陵（今湖北天门）人。与钟惺共同评选《古诗归》《唐诗归》《明诗归》，世称"钟谭"。著有《谭元春集》。
③ 见谭元春《谭元春集》，上海古籍出版社，1998，第820页。
④ 见沈雄《古今词话·词品》卷下，《词话丛编》，第874页。

词论家们没有词体风格方面的明显偏嗜，而是看词作中所抒发的情感是否得"性情之正"。明代中期，文坛上流行复古之风，思想领域掀起心学思潮，文学家以文学之本体的"性情"对抗理学家所谓的"性理"，在这种风气的影响下，词坛上的"主情"说开始抬头，词学家们强调词体的言情特性。对词体言情特性的强调，波及人们对词体风格的取向，张綖第一次提出了婉约与豪放之分，并以婉约为正。稍后的王世贞明确提出了正变说，以婉约为正宗，以豪放为变体。但综观明代中期的词学批评文献，人们多是推崇婉约但不排斥豪放，并由推崇婉约不排斥豪放发展到崇婉约而抑豪放，而王世贞之词学观点是分界线。到了明代后期，心学后学走向了极端，"异端邪说"影响着文坛，词坛上"主情说"泛滥，并且此"情"狭隘到仅指男女之情，甚至是与自然之情相关的情欲、性欲，于是对于词体风格的评价也出现了极端，时人继王世贞之说，明确提出尊婉约而抑豪放。

一　尊婉约而抑豪放

　　明代后期，词坛上尊婉约而抑豪放的声音随处可闻，词学家通过多种形式传播这种词学观，并从不同角度阐述自己对词体风格的看法。陈继儒指出："诗文发乎情，止乎礼义，若旁溢而为词，所谓提不定、撩不住，谑浪游戏，几不知其所终。故晏元献公未尝作妇人语，点入词中，而苏眉山遂欲一洗绸缪宛转之度，及香泽绮罗之态。然铜将军、铁绰板、教坊雷大使舞袖，终非本色。故晁补之独推秦七、黄九，与张三影、柳三变为当行家词。"[1] 陈继儒通过比较诗词之功用的方法来崇婉约抑豪放，认为诗文符合儒家诗教的要求，而词仅仅是花间尊前的"谑浪游戏"而已，与载道言志无缘，只适宜抒发儿女幽情、闺阁思绪，苏轼词虽打破"花间"习气，洗香涤腻，在词坛上独树一帜，创作了"铜将军、铁绰板"之豪放词，但"终非本色"。所以陈氏认为秦观、黄庭坚、张先、柳永所创作的婉约词才是"当行家词"，即本色，表现出鲜明的词体风格取向。

　　姚希孟则从词体起源入手，为其崇婉约寻求理论依据，他在《媚幽阁诗余·小序》中指出：

　　　　"杨柳岸、晓风残月"与"大江东去"，总为词人极致，然毕竟

---

[1]　陈继儒：《诗余图谱·序》，《诗余图谱》卷首，《明词汇刊》本。

"杨柳"为本色，"大江"为别调也。盖《花间》《草堂》为中晚诗家镂冰刻玉、绵脂腻粉之余响，与壮夫弹铗、烈士击壶，何啻河汉！且创为之者出于《望江南》，本大雅罪人，岂可令慷慨激射，入于幽咽旖旎之中哉？①

姚氏认为柳永与苏轼二人之词，代表着不同的词体风格被后人欣赏着、传诵着。但柳永之婉媚是为本色，而苏轼之豪放应为别调，因为作为唐宋词标志的《花间》《草堂》二集，本来就是中晚唐诗家"镂冰刻玉、绵脂腻粉"之余绪，是柔弱香艳诗风之余，与慷慨激昂、英勇悲壮之风有霄壤之别；更何况词体本起源于隋炀帝的侧艳之作《望江南》，出身本就不是"良家女子""本大雅罪人"，与慷慨激射格格不入，因而幽咽婉转、旖旎妩媚乃词之正宗。姚氏亦表现出明显的尊婉约抑豪放的词学观。

王骥德对词体风格的看法更是偏激，他在《曲律》卷四中明确指出："词曲不尚雄劲险峻，只一味妩媚闲艳，便称合作。是故苏长公、辛幼安并置两庑，不得入室。"②钟嵘在《诗品》卷上中云："孔氏之门如用诗，则公幹升堂，思王入室，景阳、潘、陆，自可坐于廊庑之间矣。"③王氏此处袭用其意，认为苏辛之豪放词对于词曲来说连登堂入室的资格都没有，词坛可一任风流婉媚、闲雅香艳之婉约词称雄。这种看法显然有失公允，亦是明代后期特定词学氛围中的产物。

在词坛上崇婉约抑豪放风气的影响下，明代后期出现了一系列体现这一鲜明词学观的词选。《词的》《词菁》《词坛艳逸品》《诗余别集》《汇选历代词府全集》即是典型的代表。《词的》是茅暎编纂的一部词选，为了推崇婉约词风，编纂者在《词的·凡例》中明确强调："幽俊香艳，为词家当行，而庄重典丽者次之；故古今名公悉多钜作，不敢拦入。"④作为一部词总集，选者选词的标准非常明确，当行本色的香艳词为首选，而那些庄重典雅之作虽古今名公之"钜作"，亦"不敢拦入"，原因即古今名公的钜作非当行本色，不符合选者的要求。沈际飞在其编纂的《诗余别集》序言中看法与茅暎一致："夫调章缛采，味腴撦芳，词家本色。则掀雷抉电，瞋目

---

① 姚希孟：《媚幽阁诗余·小序》，《响玉集》卷之余，明崇祯刻本。
② 王骥德：《王骥德曲律》，陈多，叶长海注释，第264页。
③ 钟嵘：《诗品》，陈延杰注，上海开明书店，民国十六年版，第13页。
④ 见茅暎《词的》卷首，明《词坛合璧》本。

张胆者，大雅罪人矣。"① 欣赏婉约词风而贬抑豪放词风。《汇选历代词府全集》是鲕溪逸史所编纂的一部大型词总集，选者在《汇选历代词府全集·叙略》中亦指出：

> 长短句名曰曲，取其曲尽人情，惟婉转妩媚为善，不以豪壮语为尚，如岳武穆、文文山、汪文节公、谢叠山诸公之作，则又忠义所发，感激人心，不可以常例编也，为别集。②

鲕溪逸史显然是崇婉约而抑豪放，与茅暎、沈际飞表现出相同的词学观，认为婉转妩媚之作为词中上品，不以豪壮语所作之词为然。但他在选词时表现出一定的通融性，考虑到岳飞、文天祥、汪泽民、谢枋得诸人，在词中抒发了他们强烈的爱国之情，复国之志，慷慨激昂，振人心扉，有强大的艺术感染力，所以不忍不选入。这些词作虽与其编辑思想相背离，但又不肯舍弃，只好编为"别集"，比茅暎的"拒之门外"要灵活得多，这种灵活正反映出当时的词坛风气。明代末期词集的编纂受当时词坛风气的影响，而这些词集的编纂与传播，又反过来强化了人们崇婉约抑豪放的词学观念。

二 尊婉约抑豪放之理性思考

对明代后期词坛上尊婉约抑豪放表现出的极端态度，清人看得很清楚，谢章铤就指出："专奉《花间》为准的，一若非《金荃集》《阳春录》，举不得谓之词，并不知尚有辛、刘、姜、史诸法门。"③ 其实就在明代后期尊婉约抑豪放之风流行之时，词坛上亦不是铁板一块，也有尊崇豪放的词学家，只是声音微弱而已，如郑以伟在《灵山藏诗余·自序》中就指出："余酷爱沈启南咏宋帝敕岳忠武词云：'万里长城麟足折，两宫归路乌头白。'每讽数四，谓可敌铜将军铁绰板，乱苏学士大江东去。"④ 秦士奇在《草堂诗余·序》中亦指出：

---

① 见沈际飞《镌古香岑批点草堂诗余四集》卷首。
② 见鲕溪逸史《汇选历代词府全集》卷首，明末刻本。
③ 见谢章铤《赌棋山庄词话》卷九，《词话丛编》，第 3433 页。
④ 见赵尊岳《明词汇刊》，第 1828 页。

其间可歌可颂如李、晏、柳五、秦七，"云破月来花弄影"郎中，"红杏枝头春意闹"尚书，闺彦若易安居士，词之正也。至温、韦艳而促，黄九精而刻，长公骚而壮，幼安辨而奇，又词之变体也。至高竹屋、姜白石、史梅溪、吴梦窗诸人，格调迥出清新。①

秦士奇客观评价婉约与豪放二派，继王世贞《艺苑卮言》之说，承认词体有"正"有"变"，但他抛弃了王世贞片面的抑豪放之论，肯定了苏辛"变体"豪放词之价值；他同时对姜派词人之骚雅之作亦表示欣赏。这表明到明代后期，由于词学的繁荣，人们的思维亦逐渐开放，词学视野逐步开阔。俞彦对豪放词风亦持肯定态度："唐诗三变愈下，宋词殊不然。欧、苏、秦、黄，足当高、岑、王、李。南渡以后，矫矫陡健，即不得称中宋、晚宋也。惟辛稼轩自度粱肉不胜前哲，特出奇险为珍错供，与刘后村辈俱曹洞旁出。学者正可钦佩，不必反唇并捧心也。"②俞彦用比喻及佛教故事解释辛弃疾辈之豪放风格，粱肉，比喻正宗之佳肴，在此喻正宗词风，即婉约词风；曹洞即曹洞宗，指禅宗南宗五家之一，由于良价禅师在江西宜丰洞山创宗，其弟子本寂在宜黄曹山传禅，合称"曹洞宗"。严羽在《沧浪诗话·诗辨》中云："汉魏晋与盛唐之诗，则第一义也。大历以还之诗，则小乘禅也，已落第二义矣。晚唐之诗，则声闻辟支果也。学汉魏晋与盛唐诗者，临济下也。学大历以还之诗者，曹洞下也。"③故后代论诗多以曹洞喻落第二义者。在俞彦看来，辛弃疾不胜前哲处在于创作了与正宗词风不同的词作，与刘后村辈同属一派，皆为词风中的"第二义"，这一看法与王世贞"词至辛稼轩而变，其源实自苏长公，至刘改之诸公极矣""幼安辨而奇，又其次也，词之变体也"的观点相一致。④俞彦与王世贞不同的是，他认为当时的学者应该钦佩辛弃疾等人创新词风的勇气与才气，创作出异于正宗词风的词作，而不是讥讽"稼轩词为豪迈，非词家本色"⑤，或者像辛派词人如刘过等一味效颦稼轩，又流于粗率。在明代中后期整个词坛崇尚婉约、推尊北宋词的风气下，俞彦能不受此风影响，客观地看待宋词的发

---

① 见沈际飞《镌古香岑批点草堂诗余四集》卷首。
② 见俞彦《爰园词话》，《词话丛编》，第401页。
③ 见严羽撰、郭绍虞校释《沧浪诗话校释》卷一，人民文学出版社，1983，第11–12页。
④ 见王世贞《艺苑卮言》，《词话丛编》，第391、385页。
⑤ 见陈模撰、郑必俊校注《怀古录》卷中，中华书局，1993，第61页。

展变化，肯定婉约、豪放不同风格各自的价值，可谓不随时俗。

但是他们的词体风格取向在当时尊婉约流行风的冲击下，没有引起人们的关注。当词坛上尊崇婉约之风正盛、极端声音频现时，一些词论家试图用编纂词选的方法改变这种局面，以期扭转人们偏激的看法，还豪放词风以公道。卓人月、徐士俊编纂《古今词统》就有明显纠偏的目的。徐士俊在《古今词统·序》中说明了编选《词统》的目的：

> 词盛于宋，不始终于宋，故称古今焉。古今之为词者，无虑数百家。或以巧语致胜，或以丽字取妍，或"望断江南"，或"梦回鸡塞"，或床下而偷咏"纤手新橙"之句，或池上而重翻"冰肌玉骨"之声，以至春风吊柳七之魂，夜月哭长沙之伎，诸如此类，人人自以为名高黄绢，响落红牙。而犹有议之者，谓"铜将军""铁绰板"，与"十七八女郎"相去殊绝，无乃统之者无其人，遂使倒流三峡，竟分道而驰耶。余与珂月，起而任之，曰：是不然。吾欲分风，风不可分；吾欲劈流，流不可劈。非诗非曲，自然风流，统而名之以"词"，所谓"言"与"司"合者是也。①

徐氏回视了宋代词坛的发展情况，叙述了当时的词坛概貌，认为词体在宋代就有两派——婉约与豪放，并行不悖，而当今婉约词风呈单边上扬之势，被人们所尊崇，豪放词风则被人议论批评，无人通而观之，任其背道而驰。面对这种状况，他与友人想担当起"统而合之"之重任，把编纂的词选命名为《古今词统》，使人们正视豪放词的价值。徐氏接着说："曰幽曰奇，曰淡曰艳，曰敛曰放，曰秾曰纤，种种毕具，不使子瞻受'词诗'之号，稼轩居'词论'之名。又必详其逸事，识其遗文，远征天上之仙音，下暨荒城之鬼语，类载而并赏之。虽非古今之盟主，亦不愧词苑之功臣矣。"徐氏编纂词选的目的与茅暎、鳙溪逸史迥异，他认为雄壮激昂的豪放词与婉媚幽艳的婉约词一样，皆词坛之客观存在，面对词坛上对婉约词风的崇尚，他力求编辑一部集各种词风之大成的词选以扭转士人对豪放词的偏见，从而为豪放词争得半壁江山，使人们像欣赏婉约词那样去欣赏豪放词。因而此选明显加重了豪放词的比重，尤其是辛弃疾的豪放词，辛派词

---

① 见卓人月、徐士俊《古今词统》卷首。

人的词作也多有入选。可以说在明代后期，卓人月、徐士俊首先突破了婉约、豪放的界限，通过选词、序言以及评点的形式表现出宏通的词学观。徐士俊在《古今词统》的评点文字中又进一步强调自己的词学观点："苏以诗为词，辛以论为词，正见词中世界不小，昔人奈何讥之？"① 认为词中世界不仅仅有"绵脂腻粉"之婉约，还有"铜筋铁骨"之豪放，人们之所以讥讽苏词为"词诗"，辛词为"词论"，是没有真正领略"词中世界"的缤纷与博大。

孟称舜在《古今词统·序》中亦明确表明自己对当时词坛"一边倒"现象的不满，对明人独崇婉约、排斥豪放的态度提出批评：

> 诗变而为词，词变而为曲，词者，诗之余而曲之祖也。乐府以蹊径扬厉为工，诗余以宛丽流畅为美。故作词者率取柔音曼声，如张三影、柳三变之属。而苏之瞻、辛稼轩之清俊雄放，皆以为豪而不入于格。宋伶人所评《雨霖铃》《酹江月》之优劣，遂为后世填词者定律矣。予窃以为不然。盖词与诗、曲，体格虽异，而同本于作者之情。古来才人豪客，淑姝名媛，悲者喜者，怨者慕者，怀者想者，寄兴不一。或言之而低徊焉，宛恋焉；或言之而缠绵焉，凄怆焉；又或言之而嘲笑焉，愤怅焉，淋漓痛快焉。作者极情尽态，而听者洞心耸耳，如是者皆为当行，皆为本色，宁必姝姝媛媛，学儿女子语，而后为词哉？故幽思曲想，张、柳之词工矣，然其失则俗而腻也，古者妖童冶妇之所遗也。伤时吊古，苏、辛之词工矣，然其失则莽而俚也，古者征夫放士之所托也。两家各有其美，亦各有其病，然达其情而不以词掩，则皆填词者之所宗，不可以优劣言也。②

孟称舜以"情"为出发点立论，对时人以婉约为正、"皆以为豪而不入于格"不以为然，认为"词与诗、曲，体格虽异，而同本于作者之情"，都是作者表达感情的需要。孟氏这里所谓的"情"与明代中期以来词坛上之"主情说"中之情内涵不一样，后者是指"情"之内容，前者是指"情"之形式，"古来才人豪客，淑姝名媛"所发泄出的情感表现方式不同，或表

---

① 见卓人月、徐士俊《古今词统》卷首。
② 见卓人月、徐士俊《古今词统》卷首。

现为低回婉转、宛转可怜，或表现为缠绵欲绝、凄惨悲怆，或表现为嘲笑戏谑、愤然惆怅、痛快淋漓。情感发泄的形式千变万化，因而词作中所展现的情感也不应该是单一的"宛丽流畅""柔音曼声"。婉约风格的词作可以抒发人之"幽思曲想"，豪放风格的词作可以托"征夫放士"之志，两家各有其美，并行不悖。孟称舜已经跳出了明代后期以"情"之内涵为依据评判词作的圈子，而把视野拓宽到人之情感的多样性上来，涉及了文学风格与情感的关系，这无疑更有说服力。孟称舜是明末著名的戏曲作家及戏曲理论家，他的稍后于《古今词统·序》的《古今名剧合选·序》在论述剧曲的风格时，表现出与词学观一致的观点，认为"曲之为词，分途不同"，雄爽也好，婉丽也好，"奏之各有其地"，宫调不同，所表达的情感亦异，"安可以优劣分乎?"① 表明其词学观点是经过慎重思考而得出的。他的这种两派不分优劣的词学观给清人很大的启发，王士禛就说："词家绮丽、豪放二派，往往分左右袒。予谓：第当分正变，不当分优劣。"②

明代后期词坛上出现的极端尊婉约而抑豪放的风气，是当时特定文化氛围中的产物。在明末动荡激烈社会现实的冲击下，词学家们开始进行理性的思考，并有意识地进行纠偏工作，使人们直视词坛状况，正确认识婉约与豪放各自的价值所在。这种思考预示着词坛风气的转变，表明明人崇尚婉约"一边倒"的局面即将结束，清初词坛上各派争锋局面的出现即是很好的证明。因此，明代后期词学家对词坛风气的思考对清代词学繁荣具有重要的理论意义。

第五节　词体创作理论的探讨

对词体创作的论述，宋元之际已取得了重大成就。沈义父的《乐府指迷》、张炎的《词源》、陆辅之的《词旨》等对词体创作的诸多方面进行了较有理论体系的阐述。到了明代前期，随着词体创作的逐渐衰微，创作理论几乎无人问津。明代中期，由于词学刚刚走向中兴，除了陈霆在其《渚山堂词话》、杨慎在其《词品》中有较少论及外，大多数词学家对此尚无暇

---

① 见朱颖辉辑校《孟称舜集》，中华书局，2005，第 557 页。
② 见王士禛《香祖笔记》卷九，《四库全书》本。

关注。直到明代后期，词学繁荣，人们对词体创作理论才有了兴趣，词体创作理论才开始进入词学家的研究视野。

明代后期的词体创作论与当时词坛风气息息相关。由于心学及异端学说的影响，当时词坛上"主情"之风流行，随之而起的是尊婉约而抑豪放，尊婉约在一定程度上来说就是崇尚绮艳柔靡、俚俗鄙下之词风，关于这一点，明代后期的词学家看得很清楚，他们对当时的创作状况进行了形象的描述。① 基于明代后期词坛绮艳柔靡、俚俗鄙下之词风的流行，一部分词学家试图通过词体创作论去引导词人的创作，改变当时的词坛状况，使词体创作重新回到含蓄蕴藉、清新圆润的艺术境界中。

一 处理辩证关系

在明代后期的词体创作论中，辩证关系在词体创作中的恰当运用是词学家们阐述较多的问题。顾胤光在《秋水庵花影集·序》中谈到何以"花影"二字命名词集时，论述了在词体创作中几种关系的处理："盖词不难填实而难使虚，而花之弄影，妙香色之俱空；词不难琢巧而难写生，而影之取花，妙即离之双；遣词不难繁音之噪耳，而难柔致之感物，而影晕花，花筛影，妙妩媚之无骨，而参差之善随。"② 在此，顾氏提出了三对关系，即"实"与"虚"、"琢巧"与"写生"、"繁音"与"柔致"。"实"与"虚"是艺术理论中经常提到的一对范畴，尤其是唐宋以来在学术领域中应用更加广泛，随着佛教的兴盛及禅宗的兴起，人们以禅喻诗、以禅喻画、以禅喻书，在虚实问题上，对"虚"有着特别的崇尚，追求"空中之音、相中之色、水中之月、镜中之象"；到了明代，虚实理论作为艺术范畴已经广泛用来论诗、论画、论书，甚至运用在小说、戏剧理论中，李东阳就指出："诗用实字易，用虚字难。盛唐人善用虚，其开合呼唤，悠扬委曲，皆在于此。用之不善，则柔弱缓散，不复可振，亦当深戒。"③ 李氏谈的是诗歌创作中运用字词的虚实问题，顾胤光所谓的虚实也包含这个意思，但涉及比较广泛，还涵盖了词体创作中的意境、艺术风格等方面。顾氏认为填词执著于对对象作绵密的描述，重现其形貌是很容易做到的，而摄取事物

---

① 详细论述见本书第二章"词籍序跋"。
② 见施绍莘《秋水庵花影集》卷首。
③ 李东阳：《怀麓堂诗话》，《明诗话全编》，第 1629 页。

的精神内涵，使之神态跃然纸上却很难，就像花之弄影，把这种迷人的景象描写出来不难，而把自己的情感、品格通过一种空灵清远的艺术境界展现出来却难。这是从词体的语言以及词的意境、艺术风格方面来说的。顾氏又论述了词体创作中"琢巧"与"写生"的关系，这里的"琢巧"，就是雕章琢句，而"写生"一词颇为生疏，笔者认为"生"即"生鲜"，即自然，"琢巧"与"写生"实际上就是雕琢与自然的关系。尚雕琢与尚自然也是文学理论中争论的话题，但就文学本质而言，自然与雕琢是不能分割的，合则双美，离则两伤，正像顾胤光所追求的那样"妙即离之双"。这种境界刘勰在《文心雕龙》中就论述得相当明了，他指出了二者的辩证关系：

> 人禀七情，应物斯感，感物吟志，莫非自然。[1]
> 山木为良匠所度，经书为文士所择，木美而定于斧斤，事美而制于刀笔；研思之士，无惭匠石矣。[2]

这种通融的观点对后世诗学理论影响很大，作为明末几社成员的顾胤光把这一诗学理论用于其词学理论中，并且认为词体创作做到雕章琢句、文彩飞扬很容易，而难在贯通流畅、绚烂之极后的平淡自然，而达到"妙即离之双"的艺术境界。他的这一词学观点对清代词学家影响很大，彭孙遹在《金粟词话》中就对这一理论作了进一步的论述：

> 词以自然为宗，但自然不从追琢中来，便率易无味。如所云绚烂之极，乃造平澹耳。若使语意澹远者，稍加刻画，镂金错绣者，渐近天然，则骎骎乎绝唱。[3]

彭孙遹的论述可以说是对顾胤光词论的详细阐释。顾氏又从遣词用语方面加以论述，认为堆砌词藻，使人应接不暇是容易的，而要做到用语柔美细致，感荡人心却难，就像月光下之花影，在微风吹拂下，微微晃动，朦胧迷离，妩媚之极。词人如果做到了这三点，词作就显得含蓄蕴藉，摇

---

① 见龙必锟《文心雕龙全译·明诗篇》，贵州人民出版社，1992，第56页。
② 见龙必锟《文心雕龙全译·事类》，第460页。
③ 彭孙遹：《金粟词话》，《词话丛编》，第721页。

曳多姿，给读者留下丰富的想象空间，使词作中所抒发的情感显示出更多的不确定性与模糊性，使读者在欣赏词作时有一种驰骋思绪的审美感受。在此顾氏既对施绍莘词曲为何命名为"花影集"作了内涵丰富的解释，更重要的是他对词体创作提出了很高的要求，这个要求可以说是明代词人在词体创作时难以企及的。其实施绍莘之词曲也没有达到这种要求，从陈继儒、顾乃大、顾胤光、沈士麟等为《秋水庵花影集》所作序以及施绍莘的《秋水庵花影集·自序》① 可知，施绍莘是一个风流俊雅、情痴才大之人，由于他又是曲作家，其词散曲味道浓重，显得味淡意浅，就是那些较有韵致而又不流于淫亵的词作，也与顾胤光所说标准相距甚远。如其二首《浣溪沙》：

> 愁卧寒冰六尺藤。懒添温水一枝瓶。乱鸡啼雨要天明。　　　等得梦来仍梦别，甫能惊觉又残灯。西江别路绕围屏。
>
> 半是花声半雨声。夜分淅沥打窗楞。薄衾单枕一人听。　　　密约不明浑梦境，佳期多半待来生。凄凉情况似孤灯。

怎么读都有一种浅薄的小家子气，无法望宋词之项背。倒是那些别有寄托的词作与宋人之作多所接近。如《谒金门》：

> 春归去。如梦一庭空絮。墙里秋千人笑语。缭乱花飞处。　　　无计可留春住。只有断肠诗句。万种销魂多寄与。茅草斜阳树。②

此词惨绿愁红，别有寄托。"茅草斜阳树"，即稼轩之"休去倚危栏，斜阳正在，烟柳断肠处"之意。即便如此，与顾氏的评价亦有距离。顾胤光这种词学理论的提出是作者面对当时词坛曲界"淫词哇声"泛滥，致使词作浅俗无味有感而发，因为是为友人文集作序，因此对词作者有溢美之词在所难免。

朱用纯也看到了当时词坛的弊端，他在《书许致远词后》中同样谈到了几种关系的处理，而他是用对比文、诗、词的不同来论述词体创作的。

---

① 见施绍莘《秋水庵花影集》卷首。
② 施绍莘三首词作见张璋、饶宗颐《全明词》，第1444、1448页。

　　文欲其条鬯，诗欲其浑成，而填词不然，全以转换为工，直须层层转换，句句转换，字字转换，乃见能事。故其为道，宁曲无直，宁陡无平，宁铦无钝，宁新无腐，宁圆无方，然又曲而不拗，陡而不险，铦而不削，新而不生，圆而不滑。少年尝寝食流连于古之作者，而窥其所为阃奥，窃以为大约如是。虽诗文未尝不贵转换，而转换在浑成条鬯之中，惟填词则于转换之妙而自见其条鬯浑成，是以含洁雅于绚丽，寓芊眠于突兀，一篇之中自众美之毕具也。①

　　他指出文章追求条畅顺达，诗歌崇尚浑成厚重，而词体的创作与二者不太一样，是以不断转换为工，所以它强调的是"宁曲无直，宁陡无平，宁铦无钝，宁新无腐，宁圆无方"，这里朱用纯又提出了几组辩证关系：曲与直、陡与平、铦与钝、新与腐、圆与方，并且是肯定前者而否定后者，以此使词作达到一种境界，即曲折而不晦涩，陡峭而不险峻，清新而不生涩，圆润而不浮滑。他认为诗文也贵转换，但是在浑成条畅中转换，而填词恰恰相反，是在转换中见其条畅浑成，从而达到既含蓄蕴藉、清新圆润，又尖新陡峭、曲折新奇之艺术境界，使读者于绚烂之中见其高洁雅致，于突兀之中见其寓意深幽。

二　追求含蓄蕴藉

　　含蓄蕴藉、余味无穷是词体的艺术本质所在，这也是人们倍加欣赏晚唐五代北宋词的重要原因。但词体发展到明代后期，由于社会时尚及主情说的影响，词体的这种婉美的艺术特质丧失殆尽，甚至一些词学家公然提出词体应该浅俗。张慎言就指出：

　　三百篇柔情蜜语，暨古乐府率用方言巷谣，而传之至今，脍炙不厌者，何也？故余以为填词者用俚用俗，若杂若谐，以填词之格而一持以古乐府白纻、舞歌、子夜，读曲之声气，子馨雅能辨此矣。②

---

① 见朱用纯《愧讷集》卷十二，民国十八年排印本。
② 张慎言：《万子馨填词·序》，《泊水斋文钞》卷一。

张慎言认为《诗经》多柔情艳语，古乐府多用方言俗语，流传千古，诵之不厌，所以填词也应"用俚用俗，若杂若谐"，用词体之格律描写出古乐府之"声气"，这样的词作也能像古乐府那样代代相传。

为了恢复词体特有的含蓄蕴藉、婉转妩媚的特性，明代后期的词学家在词体创作方面提出了要求，如俞彦在《爰园词话》中指出：

> 小令佳者，最为警策，令人动褰裳涉足之想。第好语往往前人说尽，当从何处生活。长调尤为叠叠，染指较难。盖意窘于侈，字贫于复，气竭于鼓，鲜不纳败。比于兵法，知难可焉。①

"褰裳涉足"出自《诗经·郑风·褰裳》，诗云："子惠我思，褰裳涉溱。子不我思，岂无他人。"此诗反映了男女之间甜蜜的爱情生活。俞彦认为令词若要达到言有尽而意无穷的效果，必须有使人"动褰裳涉足之想"的精警意深之"好语"，但词人面对佳作如云的唐宋词作，往往感觉力不从心，难以超越，遣词造句不知从何下手。俞彦指出长调因为其"长"，能使作者充分发挥其创作才情，从而显示出无穷的韵味，但往往"染指较难"，因为创作长调时，词人往往敷衍字面，逞才使气，伤含蓄之趣；字多意少，用字冗复，调长气缓，气格不振，这样就很难做到婉转委曲，百读不厌。他形象地把长词创作比作用兵，认为只有调度得体，才能胜算在握，没有丰富的作战经验则往往失败。这可谓是俞氏的心得之语，正因如此，俞彦的小令、长调均写得俊雅无率语，婉约流丽。如《鹧鸪天·瓶梅》："浅渚明沙聚碧流。依然春信锁枝头。金徽昨夜初赓曲，羌笛何人更倚楼。 朝露重，晚烟浮，几回花下月如钩。而今贮向纱窗里，点点寒香入梦愁。"②上片由瓶梅写到离人，下片又由离人写到瓶梅，人梅合一，把梅花的神态与离人之情态交融在一起，词境雅淡，词情蕴藉，令人回味无穷。又如长调《内家娇·初夏》"朝来红雨过"一词③，上片叙写初夏幽静的环境，下片抒写闺妇怀人情绪，徐徐道来，雅度自胜，无争奇之意，而格调自振。其长调声价虽"比小令微减，此词俊雅妥协，犹有欧、晏之遗焉"④。秦士

---

① 见唐圭璋《词话丛编》，第401页。
② 见张璋、饶宗颐《全明词》，第1328页。
③ 见周明初、叶晔《全明词编》，第757页。
④ 见邹祗谟《倚声初集》卷十九。

奇在《草堂诗余·序》中有同样的感慨：

> 人知辞难于长调，而不知难于令曲，一句一字闲不得，亦一句一字著不得，即淡语、浅语、恒语极不易工，末句要留有余不尽意思，如近代《绝妙词选》，名公调腴，多以此为射雕手。①

秦氏指出创作令词一字一句都要琢磨推敲，各尽其用；无论是“淡语、浅语、恒语”，都要既工致又不呆滞；词的结尾给读者留下绵远悠长的感觉。并且指出了学习的对象，即《绝妙词选》中之词作，认为这样创作的词就能体现出词体特有的韵味来。

汤显祖在评《花间集》之欧阳炯《南乡子·翡翠鵁鶄》词时亦指出：“短词之难，难于起得不自然，结得不悠远。诸词起句无一重复，而结语皆有余思，允称名作。”② 也是强调词体要悠远绵长，回味无穷。

为了达到含蓄蕴藉、韵味无穷的艺术效果，明代后期的词学家还提到了词体创作与才情、读书的关系。徐世溥在《悦安轩诗余·序》中就指出：“调有阕，字句有数，声有宜平宜仄，律有宜阴宜阳，有宜韵不宜韵，非多情好习而才近之，则不能以成。”③ 他认为词体创作有字数、平仄、音律的严格要求，并且词又有婉媚绮艳的特点，所以只有多情好习且有才的词作家才能创作出一流的佳作。王骥德在《曲律》“论须读书第十三”条中亦指出：“词曲虽小道哉，然非多读书以博其见闻，发其旨趣，终非大雅。”又说：“古云：‘作诗原是读书人，不用书中一个字。’吾于词曲亦云。”④ 他认为创作词曲要多读多见，博搜精采，厚积薄发，融古人话语于胸中，这样才能创作出旨趣雅致的作品。

三 重视立意命句

重视立意命句是我国古代诗文创作理论的传统主张，而在词论中较早加以论述的则是南宋末的杨缵，他的《作词五要》中的第五条即论述立意，

① 见沈际飞《镌古香岑批点草堂诗余四集》卷首。

② 见汤显祖评点《花间集》，朱之蕃《词坛合璧》本。

③ 徐世溥：《悦安轩诗余·序》，邹祗谟、王士祯《倚声初集》卷二。

④ 见《王骥德曲律》，第116－117页。

认为作词在立意方面不要蹈袭前人，要在前人的基础上翻出新意，或者自作新词；炼字方面不要重复，更忌雷同，这样才能立意新奇，用词精当。张炎在《词源·意趣》中也指出："词以意为主，要不蹈袭前人语意。"①明代后期的词学家俞彦在《爱园词话》中对立意命句作了更具体的论述，他指出：

> 遇事命意，意忌庸、忌陋、忌袭。立意命句，句忌腐、忌涩、忌晦。意卓矣，而束之以音。屈意以就音，而意能自达者，鲜矣。句奇矣，而摄之以调，屈句以就调，而句能自振者，鲜矣。此词之所以难也。②

他认为词体创作之立意，不仅忌讳蹈袭前人，更反对庸俗、鄙陋。而在词句运用上要追求新颖，反对陈腐；追求流畅，反对晦涩；追求亮丽，反对隐晦。不仅如此，他还把卓尔不群的立意与音律联系起来进行综合思考，认为既要立意新颖又要做到符合音律，在音律允许的范围内充分地表达新颖的命意，但又不能"屈意以就音"，如果仅仅考虑音律而置命意于不顾，那么新颖的立意也就成为一句空话。新奇的词句要用适宜的词调来组织，但不能"屈句以就调"，如果用不恰当的词调去组织富有创新的奇句，要使这些句子做到字字警拔，是不可能的。因而俞氏得出结论：作词不是件容易的事情。这样俞彦就把立论的重心放在了词体的文学性上，在词乐失传的明代后期，他把词的音乐性与文学性的关系论述得非常明白，既不能不考虑词体的音律词调，又不能为音律与词调所奴役。因此俞彦对立意命句的论述对当时的词体创作具有实际的指导意义。正由于他从自己的创作中体会到了词体之难以创作，因而他认为古人的优秀词作都是经过立意与字句的锻炼的。

> 古人好词，即一字未易弹，亦未亦改。子瞻"绿水人家绕"，别本"绕"作"晓"，为《古今词话》所赏。愚谓"绕"字虽平，然是实境。"晓"字无畋著，试通咏全章便见。少游"斜阳暮"，后人妄肆讥

---

① 见张炎《词源》卷下，《词话丛编》，第260页。
② 俞彦：《爱园词话》，《词话丛编》，第400页。

评，托名山谷，《淮海集》辨之详矣。又有人亲在郴州，见石刻是"斜阳树"，"树"字甚佳，犹未若"暮"字。至苕溪渔隐记者卿"鳌山彩结"，"结"改作"缔"益佳，不知何佳也。若子瞻"低绣户"，"低"改"窥"，则善矣。温飞卿"衰桃一树近前池，似惜容颜镜中老"，予欲改"近"为"俯"，或"映"，似更觉透露。请质之知言者。①

从俞彦所举词作例句中可知，他对词作的遣词用语体会很深，"绕""暮""结""低"确实是符合作者对命句"忌腐、忌涩、忌晦"之审美要求的，但他对温词"衰桃一树近前池，似惜容颜镜中老"句中的技痒难忍之改，又犯了与他批评之人同样的错误，此句中的"近"要比他认为的"俯"或"映"新颖含蓄得多，"俯"或"映"是发露而不是"透露"，而"近"给人以无限的想象空间，把主人公欲近又止、止又不甘心的时光流逝、容颜衰老的内心世界含蓄地表现出来，读之回味无穷。

陈子龙也非常重视词体创作中的立意与命词。陈氏是明代后期著名的诗人与诗论家，他生活于社会动荡、江河日下的明末，他强调诗文创作要为挽救国家民族命运的现实斗争服务，因而非常重视诗歌的立意与命词。他在《佩月堂诗稿·序》中云："贵意者率直而抒写则近于鄙朴，工词者龟勉而雕绘则苦于繁缛，盖词非意则无所动荡而盼倩不生，意非词则无所附丽而姿制不立，此如形神既离，则一为游气，一为腐材，均不可用。"② 在此，他"意""词"并重，意须借词传达，词只有意才顾盼生辉，二者珠联璧合，诗作才能沉雄深永，雅正含蓄。他的诗学观点直接影响了其词学观，他的词学理论中也有相近的论述，如在《王介人诗余·序》中云：

> 以沉至之思而出之必浅近，使读之者骤遇如在耳目之表，久诵而得沉永之趣，则用意难也。以娬利之词而制之实工练，使篇无累句，句无累字，圆润明密，言如贯珠，则铸调难也。其为体也纤弱，所谓明珠翠羽，尚嫌其重，何况龙鸾？必有鲜妍之姿，而不藉粉泽，则设色难也。其为境也婉媚，虽以警露取妍，实贵含蓄。有余不尽，时在

---

① 俞彦：《爱园词话》，《词话丛编》，第 401 页。
② 见陈子龙《陈子龙文集》，华东师大出版社，1988，第 381 – 382 页。

低回唱叹之际，则命篇难也。①

陈子龙在此提出了"四难"，其实涉及两个问题，即立意命篇与遣词选句。他认为立意要深沉醇厚但又让读者初读之觉得浅近，久诵之品味出其中蕴涵的思致；但这里的"浅近"不是俚俗鄙语，而是嬛利倩艳之词。要达到这一审美效果就必须在语言上下功夫，途径是锤炼嬛利倩艳之语，使其"圆润明密，言如贯珠"，呈现出婉美的格调；既去其粉泽秾腻之气，又使其顾盼生姿，瑰丽横绝，从而达到一种"低回唱叹"动人心魄的艺术效果。正如他在《宋子九秋词稿·序》中所说的那样：

> 今宋子之为词也，外则写云物之光华，耽渔猎之逸趣，以极盘衍之娱；内则绘华月于帘幕，扬姿首于闺裪，以畅清狂之致。举夫憭慄激楚之景，若过我前而不知也者。宋子岂真不知耶？叩钟钟声，击磬磬响，其音在内耳。韩娥曼歌而市人为之泣者，市人善哀也；雍门周微吟而孟尝为之恸者，孟尝善悲也。假令市人欢笑，齐相康乐，则二子必将毁丝裂管，终身不敢言歌矣。我谓告哀于方今之人，将有毁丝裂管之惧。是故陈其荒宴焉，倡其靡丽焉，识其愉快焉，使之乐极而思，思之而悲可知已。都人之咏，垂带卷发也，伤于黍离；招魂之艳，蛾眉曼睩也，痛于九辨。此昔人所谓鱼藻之义也，宋子有取焉。②

这是陈子龙关于立意命篇与遣词用语的形象详尽的论述，即把悲愤淋漓的思想情感与秾丽绮艳的词采相结合，从而达到一种哀感顽艳的艺术效果。这种作品看似秾艳，就像《离骚》一样，满目香草美人，实则痛彻骨髓，悲愤欲绝，有强大的艺术感染力。一般而言，用秾丽的辞藻去表达痛楚悲愤的思想感情好像不合时宜，但只要结合陈子龙所处国破家亡的时代环境，他的这种词学理论就很容易理解，他既强调词体"绮艳"的特性，又要求词体反映特定时期的时代背景与作者的心绪，这无疑是最好的办法，这种手法他在《三子诗余·序》中又作了凝练的概括：

---

① 见陈子龙《安雅堂稿》卷五，第 194 - 195 页。
② 见陈子龙《陈子龙文集》，第 434 - 435 页。

思极于追逐而纤刻之词来，情深于柔靡而婉娈之趣合，志溺于燕婚而妍绮之境出，态趋于荡逸而流畅之调生。是以镂裁至巧，而若出自然；警露已深，而意含未尽。①

陈氏认为词人把"思""情""志""态"与"纤刻之词""婉娈之趣""妍绮之境""流畅之调"有机结合，绚烂之极若出自然，立意经警，命句纤艳，这样创作出来的词作能给人以无穷的想象空间。

四　强调寄托手法

寄托之说在诗论中出现得比较早，钟嵘在《诗品·序》中就指出："嘉会寄诗以亲，离群托诗以怨。"② 认为在诗歌中可以寄托自己的喜怒哀乐之情。在词论中，此说在南宋已出现，刘克庄在《跋刘叔安感秋八词》中说："丽不至亵，新不犯陈，借花卉以发骚人墨客之豪，托闺怨以寓放臣逐子之感。"③ 张炎在《词源·赋情》中也指出："燕酣之乐，别离之愁，回文、题叶之思，岘首、西州之泪，一寓于词。"④ 他提出的词学范畴"骚雅"本身就包含有寄情于物、托物以讽的内涵。宋代词论中的寄托说往往与儒家诗教密切相连，对后世产生了重大影响。

到了明代，寄托说作为词评的一条线索在词学理论中若隐若现地存在着。明代前期，由于理学的影响，词学理论中有着浓厚的儒家诗教色彩，主张比兴寄托。叶蕃在《写情集·序》中写道："（刘基词）或愤其言不听，或郁乎志之弗舒，感四时景物，托风月情怀，皆所以写其忧世拯民之心……靡不得其性情之正焉。"⑤ 叶氏认为刘基《写情集》在"四时景物""风月情怀"背后寄托了"忧世拯民"之心。到了明代中期，在心学与文坛上复古思潮的影响下，主情说有所抬头，但儒家诗教的影响仍然很大，人们在论词时仍然强调寄托，唐锜在《升庵长短句·序》中对杨慎的诗作进行了高度的评价："太史之诗，殆所谓昌其气，达其材，融乎其兴者乎。所谓本乎性，发乎情，止乎礼义。"他又以此标准反观其词，认为杨氏的词作

① 见陈子龙《安雅堂稿》，第 192 页。
② 钟嵘：《诗品·序》，《诗品注》，第 4 页。
③ 见刘克庄《后村题跋》卷二，《丛书集成初编》本。
④ 见张炎《词源》卷下，《词话丛编》，第 263 页。
⑤ 见赵尊岳《明词汇刊》，第 1456 页。

乃"黄钟大吕希世之音"①，闲远悲壮，寄意深远，怨而不怒，忠诚可嘉。

但无论是明代前期还是中期所谓的"寄托"，都是词论家对词体体性的阐述，而不是对词体创作的主观要求。到了明代后期，由于词学的繁荣，人们在评价词作以及自己的创作实践中，有了创作论上的要求，即要求词体创作运用寄托的手法。

明代后期的词学家认为唐宋词多用寄托的手法。王祖嫡就指出："（宋词）多托意闺闱，寄情花鸟，雅致俊才，得以自运，故凄婉流丽能动人耳。"② 并且认为"余所作，时寓规讽"，在当时词坛上一片"淫亵柔曼"之声中，自己有意识地运用寄托手法，时进讽喻。温博亦深有感触地说："余初读诗至小词，尝废卷叹曰：嗟哉！靡靡乎！岂风会之始然耶！即师涓所弗道者。已而读范希文《苏幕遮》、司马君实《西江月》、朱晦翁《水调歌头》等篇，始知大儒故所不废。何者？众女蛾眉，芳兰杜若，骚人之意，各有托也。"③ 这里温博形象地描写了自己对小词看法的变化过程：初读词作，认为不过是靡靡之音，风会使然；后接触大儒如范仲淹、司马光、朱熹之作，始知大儒不废此体的原因，即他们在"众女蛾眉，芳兰杜若"之中寄托着"骚人之意"。朱用纯有相同的看法："少时见秦少游、周美成诸家诗余，心窃病之，以为此咿咿儿女语也，非壮夫所为。及读欧阳子之书，观其文章行业，正大柄烺，庶几孔子所谓文质彬彬之君子，而于诗余则丰美柔艳，又不亚于秦周诸家，然后知词人之语不足以累人，而亦士君子之所有托焉者也。余又早婴多难，坎壈韫结无如何，率尽托诗余以发之。"④ 朱氏从自己的创作过程中悟出词体有寄托之意，因为自己早年多难，"坎壈韫结"无处发泄，于是寄寓词中，想必宋代大儒创作"丰美柔艳"的"咿咿儿女语"，肯定是把自己的一腔情思寄托于其中。

到了明末，陈子龙受时代风云的洗礼，明确地提出了词体以"寄托"来表情达意的词学主张。他在《三子诗余·序》中指出："夫风骚之旨，皆本言情。言情之作，必托于闺襜之际。代有新声，而想穷拟议，于是以温厚之篇，含蓄之旨，未足以写哀而宣志也。""闺襜之际"是词体传统的题材形式，必须用寄托的手法去表现"风骚之旨"，这样才能以"温厚之篇，

---

① 唐锜：《升庵长短句·序》，赵尊岳《明词汇刊》，第 345 页。
② 王祖嫡：《奉旨拟撰词曲·序》，《全明词》第 1105 页。
③ 温博：《花间集补·叙》，李一氓《花词集校》，第 235 页。
④ 朱用纯：《叶九来诗余·序》，《愧讷集》卷三。

含蓄之旨"表达自己的哀婉之情，宣泄自己的理想与志向。以此为标准，陈子龙高度评价同郡徐丽冲、计子山、王汇升三人之词"寄情于思士怨女，以陶咏物色，祛遣伊郁""托贞心于妍貌，隐挚念于佻言"。①陈子龙在词体创作上提倡用寄托的手法还表现在他对《乐府补题》的评价上。《乐府补题》是一部遗民词人应社咏物之作，此集所录咏物词，皆托物寄情，以深隐曲折之笔把亡国的痛苦体验、对故国的无限哀思以及人生的忧患意识倾注于词中，给人一种悲戚之美感。明代末年，由于时代的变化，陈子龙倡导寄托手法的运用，他很快就发现了《乐府补题》中的托喻手法："唐玉潜与林景熙同为采药之行，潜葬诸陵骨，树以冬青，世人高其义烈。而咏莼、咏莲、咏蝉诸作，巧夺天工，亦宋人所未有。"② 如唐玉潜咏白莲词《水龙吟》：

> 淡妆人更婵娟，晚奁净洗铅华腻。泠泠月色，萧萧风度，娇红敛避。太液池空，霓裳舞倦，不堪重记。叹冰魂犹在，翠舆难驻，玉簪为谁轻坠。　别有凌空一叶，泛清寒、素波千里。珠房泪湿，明珰恨远，旧游梦里。羽扇生秋，琼楼不夜，尚遗仙意。奈香云易散，绡衣半脱，露凉如水。③

此词从表面看是一首形神兼备的咏莲词，上阕描写白莲的形态与神态及其经历的辉煌与凋零，以萧条后的"冰魂犹在"作结；下阕以如泣如诉的笔调叙写白莲对昔日繁华的回忆与怀恋。其实此词借白莲之经历寄托了词人之黍离之悲与亡国之恨。陈子龙所谓的"巧夺天工"是对其寄托手法的高度欣赏，这种手法正与其所提倡的词体创作要求相一致。

陈子龙不仅理论上提倡词体运用寄托手法，而且他还以理论指导其创作实践。他的词集有两个，一是青年时期创作的《江蓠槛》，一是明清易代时期创作的《湘真阁存稿》，都是风流婉丽的婉约词作。但由于政治剧变，词人心境亦发生了巨大的变化，词境内蕴也前后不同。前期多写"芳心花梦"，为春天与爱情歌唱；而后期多用"美人香草"的隐喻寄托，绮情春思与家国之恨交织在一起，是其"言情必托之于闺襜"词学观的具体实践。

---

① 见陈子龙《安雅堂稿》，第 192、193 页。
② 见王弈清《历代词话》卷八，《词话丛编》，第 1260 页。
③ 见唐圭璋《全宋词》，第 3426 页。

如《江城子·病起春尽》及《点绛唇·春日风雨有感》：

> 一帘病枕五更钟。晓云空。卷残红。无情春色，去矣几时逢。添我千行清泪也，留不住，苦匆匆。　　楚宫吴苑草茸茸。恋芳丛，绕游蜂。料得来年，相见画屏中。人自伤心花自笑，凭燕子，骂东风。

> 满眼韶华，东风惯是吹红去。几番烟雾。只有花难护。　　梦里相思，故国王孙路。春无主。杜鹃啼处，泪染胭脂雨。①

此二词用比兴寄托的手法把明王朝的灭亡与自己眷恋故国的心情以秾艳之笔写出，陈廷焯曾经评价陈词："明末陈人中能以秾艳之笔，传凄婉之神，在明代便算高手。"② 此词可谓 "以秾艳之笔，传凄婉之神" 之典型之作。

陈子龙自觉地提出在词体创作中运用寄托的手法，意义重大。清人在此基础上，把寄托理论发挥到了极致，使其成为常州词派的纲领性理论。受此影响，清代著名的词论家对寄托都有论述，如宋翔凤的《乐府余论》、周济的《介存斋论词杂著》及《宋四家词选·序》、丁绍仪的《听秋声馆词话》、谭献的《复堂词话》等都有精彩的论述，这些词论对当今词坛仍有现实意义。

明人除了以上四点对词体创作论有较为充分的论述外，有些词人还对词中对仗的运用提出了自己的看法。近体诗对仗要求严格，词句不要求用对仗，但很多词人为了加强词作的艺术感染力，往往在上下句字数相等而韵脚又是对立的情况下使用对仗，不过要做到对句自然不生硬，很不容易，因此，南宋沈义父在《乐府指迷》中就指出："遇两句可作对，便须对。短句须蓦裁齐整。遇长句须放婉曲，不可生硬。"③ 为了使词人在作对句时达到婉曲流畅的艺术效果，陆辅之在其《词旨》中专门举出典型对句三十八则，乐笑翁奇对二十三则④，可谓用心良苦。到了明代，俞彦在词体创作实践的基础上，对词中对句的使用作了简要的论述：

---

① 见张璋、饶宗颐《全明词》，第 1915、1905 页。
② 见陈廷焯《白雨斋词话》卷三，《词话丛编》，第 3823 页。
③ 见唐圭璋《词话丛编》，第 280 页。
④ 见唐圭璋《词话丛编》，第 303 – 317 页。

> 词中对句，须是难处，莫认为衬句。正唯五言对句、七言对句，使读者不作对疑，尤妙，此即重叠对也。①

他认为在词中要用好对句特别难，必须像诗中运用五言对句、七言对句那样，精心锤炼，反复推敲，达到了无痕迹的程度，使读者感觉不到对句的使用，这样才能收到自然流畅的艺术效果，否则如果刻意追求对偶对仗，则会造成呆板凝滞的不良效果，影响感情的抒发与表达。不仅如此，俞彦还谈到了较高的对仗形式，即重叠对。所谓重叠对，即句子相同的相连四句及四句以上的句子相对者，这种对仗，曲中运用较为普遍，词中运用相对较少，因此要达到好的效果，尤其不易。但从俞彦词作来看，不管是两句对还是重叠对皆运用得自然而然，恰到好处。如《瑞鹧鸪·途次见桃花，有怀作》上片写道："水流溪畔销魂后，日落江南断肠时。"② 作者用工整的对仗把桃花"占春迟"的遗憾出神入化地描写出来，同时化用虞集《风入松》词句"杏花春雨江南"不着痕迹；下片"梦逐彩云迷远道，泪和红雨上游丝"，把桃花无奈飘落的迷离神态描写得惟妙惟肖，整首词有北宋遗韵，小晏风度。又如《沁园春·寿李伯英太君》下片写道："便玉杖扶鸠，金书衔凤，绿尊泛蚁，华发凝鲐。"③ 词人用两两对仗的重叠对，把李伯英太君高寿富态、荣耀尊贵的形象描绘得跃然纸上。显然，俞彦对词中运用对仗的见解不是无源之水，而是从其创作实践中体会得来的。

总之，明人的词体创作论虽然起步较晚，但也在不同程度上对宋元的创作论有所发展，尤其是对创作中辩证关系处理的论述，发宋人所未发。就创作论整体成就而言，明代不如宋元。明代后期词人在论述词体创作论时针对性相当强，即试图恢复词体固有的含蓄蕴藉、婉转委曲的特性，因而在论述时很多问题都没有涉及；就当时词学的发展来看，他们也没有能力顾及、解决更多的词学问题，诸如词人的创作心理、词体的艺术表现规律、词体意境的创造等。但明人词学研究方面的欠缺给清人留下了驰骋研究的广大空间，清人在明人研究的基础上终于铸造了词学理论的黄金时代。

---

① 见俞彦《爰园词话》，《词话丛编》，第 403 页。
② 见周明初、叶晔《全明词补编》，第 745 页。
③ 见周明初、叶晔《全明词补编》，第 759 页。

明代词学批评对清代的影响

　　明代词学批评在近三百年的历史中走过了衰微、复苏以及繁荣三个变化时期，所取得的成就也许不能与宋元词学批评相比，更难与词学极度繁荣的清代相提并论，但它是宋元词学批评在新的历史条件下的延续，明代词学批评的发展对清代词学批评的繁荣起到了铺垫的作用，清代词学理论中许多长期争论的问题都在明代词学批评中有所论述。

　　虽然诸多研究者曾发出明代"词学中衰"的感叹，但还有一些学者看到了明代词学的价值。清初的词学家邹祗谟就认为近代词学复明，推本于明末："近世如用修、元美、元朗、仲茅诸先生，无不寻流溯源，探其旨趣，而词学复明，犁然指掌。如钱公甫、卓珂月、沈天羽诸前辈，有成书而网罗未备；贺黄公、毛驰黄、刘公龥诸同志，有论断而甄汰未闻。仆乃与渔洋山人，综核近本，揽撷芳菶，被以丹黄，申之辨论，为时不及百年，而为体与数人，仿佛乎两宋之盛。"① 邹祗谟把词学的复明推至杨慎以后，并把明末、清初不足百年的词学发展比喻为"两宋"，这样的看法显然是有眼光的，并且也符合词学的发展情况。龙榆生编纂《近三百年名家词选》不以明清立限，首选陈子龙词，认为："词学衰于明代，至子龙出，宗风大振，遂开三百年来词学中兴之盛。"② "词学中兴之业，实肇端于明季陈子龙、王夫之、屈大均诸氏，而极其致于晚清诸老。"③ 他虽然认为词学衰于

①　邹祗谟：《倚声初集·序》，《倚声初集》卷首。
②　龙榆生：《近三百年名家词选》，上海古籍出版社，1979，第4页。
③　龙榆生：《近三百年名家词选》后记，第226页。

明代，但他指出明末实开清代词学中兴之盛。宛敏灏也认为："词在初兴起的时候，无所谓专门的词学，但北宋名家已有词论，南宋更有论词专书。至明、清而词学大盛。"① "词学专著虽起于南宋，而其盛则在明、清。"② 也是把明代词学作为清代词学兴盛不可分割的一部分而相提并论的，这其中当然包括词学批评。

当代词学家吴熊和在谈到清词之盛时认为："明清两代，固然以西元1644 年为界，前此为明，后此为清。但在文学上，却不能一刀切，截然分开……尤其在词史上，有必要把天启、崇祯到康熙初年的五十年间，作为虽然分属两朝，但前后相继、传承有序的一个相对独立的发展阶段来研究。"③ 以上所引，有些虽然谈的是明末词体创作，但词学理论是以词学创作为基础的，明代后期不仅词体创作繁盛，词学理论亦出现繁荣的局面，并且与清代初期的词学关系密切，清代初期的许多词人都是由明而来，词学派别有的在明末已具规模，明、清词学，尤其是明末清初之词学前后发展一脉相承。从清代词学批评的发展来看，明代词学批评几乎在各个方面皆对其产生不同程度的影响，而在以下四个方面影响较为显著。

一　婉约豪放二体说对清代的影响

明人在宋人持续探讨豪放、婉约两种词风的基础上，从中期开始，有意识地区分词体风格的差异，终于抽象出"婉约与豪放"一对词学范畴，这是明代词学批评最值得骄傲的成果，也是其最有价值之所在，当然对清代词学理论影响也最大。

"婉约与豪放"二体说由明代中期的张綖提出后，在明代后期就产生了很大反响，在清代得到了广泛接受。如陆莐思指出："词有两体，闺襜之作，宜于骑旎，登临赠答，则又以豪迈见长，此秦柳之与苏辛，并足千古也。"④ 周大枢亦道："词家两派，秦柳、苏辛而已。秦柳婉媚，而苏辛以宕激慷慨变之，近于诗矣。"⑤ 顾贞观云："温柔而秀润，艳冶而清华，词之正

① 宛敏灏：《词学概论》，上海古籍出版社，1987，第 25 页。
② 宛敏灏：《词学概论》，第 28 页。
③ 吴熊和：《吴熊和词学论集》，杭州大学出版社，1999，第 371 页。
④ 见聂先、曾王孙《百名家词钞》评姜垚《柯亭词》，康熙刻本。
⑤ 见谢章铤《词话纪余》，《赌棋山庄全集·稗贩杂余》卷三，光绪刊本。

也；雄奇而磊落，激昂而慷慨，词之变也。"①皆延续张綖之说。张綖在提出二体说时，只是简约地概括了二者的不同特点："婉约者欲其词情蕴藉，豪放者欲其气象恢弘。"而清人在此基础上进一步追溯二者的源流及创作特点，如沈祥龙指出："唐人词，风气初开，已分二派：太白一派，传为东坡，诸家以气格胜，于诗近西江。飞卿一派，传为屯田，诸家以才华胜，于诗近西昆。后虽迭变，总不越此二者。"②认为东坡诸家之词上接李白，以气格为胜，诗则近于江西诗派刚健瘦硬的诗风；而温庭筠一派之词下传于柳永，诸家以才华胜，诗则近于西昆诗派华艳工丽的诗风。清代词学家还把词人的性情、词作的内容与豪放、婉约两种风格联系起来加以论述。田同之指出："填词亦各见其性情。性情豪放者，强作婉约语，毕竟豪气未除；性情婉约者，强作豪放语，不觉婉态自露。故婉约自是本色，豪放亦未尝非本色也。"③他认为填词与词人的性情关系密切，一定的性情则适合创作一定风格的词作。沈祥龙则指出："词有婉约，有豪放，二者不可偏废，在施之各当耳。房中之奏，出以豪放，则情致绝少缠绵。塞下之曲，行以婉约，则气象何能恢拓。苏辛与秦柳，贵集其长也。"④他把词作的内容与婉约、豪放词风联系起来加以论述，认为艳情之作若以豪放风格去表现，就会削弱词作的缠绵情致，而塞下之曲若用婉约风格去表现，则无恢弘阔达之意境。清人在明人论述的基础上，进一步触及了风格与性情、风格与内容的关系，是风格探讨的进一步深化。

清人在明人二体说的基础上，还把不同的词学观融入风格流派的划分之中。如浙西派词学家吴锡麒指出：

> 词之派有二：一则幽微要眇之音，宛转缠绵之致，夐虚响于弦外，标隽旨于味先，姜、史其渊源也，本朝竹垞继之，至吾杭樊榭而其道盛。一则慷慨激昂之气，纵横跌宕之才，抗秋风以奏怀，代古人而贡愤，苏、辛其圭臬也，本朝迦陵振之，至吾友瘦桐而其格尊。然而过涉冥搜，则缥缈而无附；全矜豪上，则流荡而忘归。性情不居，翩其反矣。是惟约精心而密运，耸健骨以高骞，而又谐以中声，调之穆羽，

---

① 顾贞观：《古今词选·序》，沈时栋辑《古今词选》卷首，康熙五十五年刻本。
② 沈祥龙：《论词随笔》，《词话丛编》，第4049页。
③ 田同之：《西圃词说》，《词话丛编》，第1455页。
④ 沈祥龙：《论词随笔》，《词话丛编》，第4049页。

乃能穷笛家之胜，发琴旨之微，飘飘乎如遗世独立之仙，浩浩乎有御风而行之乐，一陶并铸，双峡分流，情貌无遗，正变斯备。①

吴锡麒为浙西词派后劲，他关于"词之派有二"之立论，显然是以浙西词派尊崇为婉约词添加"清空骚雅"新内涵的姜夔词为基础的，因此其论述中不再涉及婉约词之传统作家，诸如晚唐五代直到北宋晚期的温、韦、晏、欧、秦、周等词家，从而使两分法打上了深深的时代烙印。稍其后的凌廷堪把词分为清空、豪迈二派原因亦如此："填词之道，须取法南宋，然其中亦有两派焉。一派为白石，以清空为主，高、史辅之。前则有梦窗、竹山、西麓、虚斋、蒲江，后则有玉田、圣与、公谨、商隐诸人，扫除野狐，独标正谛，犹禅之南宗也。一派为稼轩，以豪迈为主，继之者龙洲、放翁、后村，犹禅之北宗也。"② 与吴锡麒不同的是凌廷堪仅仅指的是南宋的词分为两派。

可见，清人在明人两分法的基础上作了更深入的探讨与论述，使人们进一步了解词坛的创作状况与特点。同时，明代的二分法也引发了清人深度的思考，即两分法的合理性，因此，清人又在两分法的基础上提出了三分法、四分法，使词体风格流派的分法越来越精细，研究越来越深入。

清人提出的三分法与词学大环境紧密相连。以朱彝尊为首的浙西词派独尊姜张，并在特定的社会环境中得到词坛的高度认同，如顾咸三指出："宋名家词最盛，体非一格，苏、辛之雄放豪宕，秦、柳之妩媚风流，判然分途，各极其妙。而姜白石、张叔夏辈，以冲澹秀洁，得词之中正。"③ 他明显分词体为三派，仍坚持明人的婉约、豪放的分法，而把姜张等婉约新变词凸显出来，另分为一派。此后的王鸣盛、蔡宗茂、谢章铤等继其绪，把三分法发扬光大："北宋词人原只有艳冶、豪宕两派，自姜夔、张炎、周密、王沂孙，方开清空一派，五百年来，以此为正宗。"④ "词盛于宋代。自姜、张以格盛，苏辛以气盛，秦柳以情盛，而其派乃分。"⑤ "宋词三派，曰

---

① 吴锡麒：《董琴南楚香山馆词钞·序》，《有正味斋全集》卷八，清刻本。
② 见张其锦《梅边吹笛谱·跋》引，《清名家词》本。
③ 见高佑钮《湖海楼词·序》引，《清名家词》本。
④ 见谢章铤《赌棋山庄词话续编》四，《词话丛编》，第3549页。
⑤ 见蔡宗茂《拜石山房词钞·叙》，《丛书集成新编》本《拜石山房词钞》卷首。

婉丽，曰豪宕，曰醇雅。"① 到了常州词派兴盛时，三分法又有了新的变化。刘毓盘说："苏词盛而柳词微，铁板铜琶，晓风残月，纤秾修短，划若鸿沟。周邦彦出，乃调停于两派之间，而一轨于正。"② 刘氏变第三派之姜夔为周邦彦，这是常州词派健将周济提出"问途碧山，历梦窗、稼轩，以还清真之浑化"理论后，常州词派词学观在三分法中的具体体现。晚清四大家极力推崇吴文英的词，因而词坛三分法亦随之而变，如朱祖谋指出："两宋词人，约可分为疏、密两派，清真介在疏密之间，与东坡、梦窗分鼎三足。"③ 这种"分鼎三足"的分法很有特点，不同于之前的三分法，它既是晚清词坛词学观的反映，同时又体现了作者对常州词派词学观发展的看法。

随着清人对词体风格流派的认识不断深入，有些词学家对风格流派进行了四分法，比较典型的是浙西词派末期代表人物郭麐，他指出：

> 词之为体，大略有四：风流华美，浑然天成，如美人临妆，却扇一顾，花间诸人是也。晏元献、欧阳永叔诸人继之。施朱傅粉，学步习容，如宫女题红，含情幽艳，秦、周、贺、晁诸人是也。柳七则靡曼近俗矣。姜、张诸子，一洗华靡，独标清绮，如瘦石孤花，清笙幽磬，入其境者，疑有仙灵，闻其声者，人人自远。梦窗、竹屋，或扬或沿，皆有新隽，词之能事备矣。至东坡以横绝一代之才，凌厉一世之气，间作倚声，意若不屑，雄词意唱，别为一宗。辛、刘则粗豪太甚矣。其余么弦孤韵，时亦可喜。溯其派别，不出四者。④

作为浙西词派殿军的郭麐，面对浙西词派末流一味追摹姜、张而出现的过分追求形式的弊端，进而提出四体说，专门把"风流华美，浑然天成"之词列为一体，以纠正浙西词派词学观念上的偏颇与不当。

清人对明人的二体说不但积极应和，而且在此基础上进行了更为详赡的论述，不断丰富着明人二体说的内涵；不仅如此，清人还把不同时期的词学观与二体说联系在一起，试图在富有个性的词学观指导下，重新调整

---

① 见谢章铤《赌棋山庄词话》卷九，《词话丛编》，第 3443 页。
② 刘毓盘：《辑校冠柳集·跋》，《唐五代宋辽金元名家词集六十种辑》，民国铅印本。
③ 朱祖谋：《朱评清真词》，唐圭璋《宋词三百首笺注》引，中华书局，1958，第 86 页。
④ 见郭麐《灵芬馆词话》卷一，《词话丛编》，第 1503 页。

二体说的划分，由此就出现了三体、四体说，以充分张扬一派之词学观，清人的这些努力皆对明人词体流派的划分作出了合乎时代的发展。但纵观清人的三体、四体说，我们会发现清人还是在二体说的基础上生发开去，或者把婉约体之新变骚雅派归为一体，或者把传统的婉约体按艺术技巧运用的不同分为二体，可谓万变不离其宗，由此可见明人对词体风格划分之影响。

清人在对词体流派做进一步划分的同时，对宋代有代表性词人词作之特性研究也更为精细，并以主要词人为中心划分出众多体派。如陈廷焯把唐宋名家词分为十四体。

> 唐宋名家，流派不同，本原则一。论其派别，大约温飞卿为一体，皇甫子奇、南唐二主附之。韦端己为一体，牛松卿附之。冯正中为一体，唐五代诸词人以暨北宋晏、欧、小山等附之。张子野为一体，秦淮海为一体，柳词高者附之。苏东坡为一体，贺方回为一体，毛泽民、晁具茨高者附之。周美成为一体，竹屋、草窗附之。辛稼轩为一体，张、陆、刘、蒋、陈、杜合者附之。姜白石为一体，史梅溪为一体，吴梦窗为一体，王碧山为一体，黄公度、陈西麓附之。张玉田为一体。其间惟飞卿、端己、正中、淮海、美成、梅溪、碧山七家，殊途同归。余则各树一帜，而皆不失其正。东坡、白石尤为矫矫。①

陈氏这样的划分充分表明清人在明人的基础上对词体发展认识的深入，但已与二体、三体、四体说不同，他试图探索唐宋有代表性词人词作之特性以及与其他词人词作之联系，摸清唐宋词体创作发展的轨迹，这种研究是在二体、三体、四体说基础上更微观的研究。

二　正宗变体的确立对清代的影响

明人在抽象出"婉约与豪放"一对词学范畴的同时，进一步提出了以婉约为正体，以豪放为变体，"正宗与变体"这对词学范畴亦应运而生。明代词学中正变观的确立与宋代词学家的讨论分不开。词体从产生直到北宋中期，其主流风格是婉约妩媚，而苏轼以其强烈的创新意识，"以诗为词"，

---

① 见陈廷焯《白雨斋词话》卷八，《词话丛编》，第3962页。

创作出迥异于传统词体风格的豪放词作，他赋予词体诗性本质的创作实践，犹如空谷足音，引起了词坛强烈的反响。苏门弟子首先对其师表示不理解，陈师道云："退之以文为词，子瞻以诗为词，如教坊雷大使之舞，虽极天下人之工，要非本色。"① 指出苏词与传统的婉丽词风有着明显的不同，其批评之意显而易见。晁补之也说："苏东坡词，人谓多不谐音律，然居士词横放杰出，自是曲子中缚不住者。黄鲁直间作小词，固高妙，然不是当行家语，是著腔子唱好诗。"② 晁氏说苏轼词是"曲子中缚不住者"，已婉转地表示对苏词风的不满，而对黄庭坚词的批评则是毫不客气，指出其词似诗非当行本色。陈、晁二人所说的"本色""当行"，即指《花间词》以来所形成的音律和谐、风格婉丽的词体风格。由当时人们对词体的认识可知，"本色""当行"，即后人所说的"正体"。两宋之际，李清照提出词"别是一家"，对苏轼以诗为词不守音律的做法很不以为然，评曰："苏子瞻，学际天人，作为小歌词，直如酌蠡水于大海，然皆句读不葺之诗尔。"③ 显然苏词不在"别是一家"之列。南宋末张炎提倡雅正，他在评论辛弃疾词时云："辛稼轩、刘改之作豪气词，非雅词也。于文章余暇，戏弄笔墨，为长短句之诗耳。"④ 对激昂慷慨之作亦持否定态度。张氏虽未提及"本色""当行"，但崇尚正统风格的立场相当明显。

明代词学家正是在宋人争论、探讨的词学大背景下确立自己的正变观的。张綖提出婉约、豪放风格的划分，并指出"以婉约为正"，以豪放为"非本色"。稍后的王世贞明确提出正变观："李氏、晏氏父子、耆卿、子野、美成、少游、易安至矣，词之正宗也。温、韦艳而促，黄九精而险，长公丽而壮，幼安辨而奇，又其次也，词之变体也。"⑤ 王世贞的正变观提出后，和者众多，并且在明代后期特殊的文化环境中，词学家迅速把此观点推向极致，即重正体轻变体甚至崇正体抑变体。王骥德明确指出："词曲不尚雄劲险峻，只一味妩媚闲艳，便称合作。是故苏长公、辛幼安并置两庑，不得入室。"⑥ 王氏认为词坛上就不应该有豪放派的一席之地。茅暎在

---

① 陈师道：《后山诗话》，《历代词话》本。
② 见吴曾《能改斋词话》卷一，《词话丛编》，第 125 页。
③ 李清照：《词论》，见《李清照集》，第 79 页。
④ 见《词源》卷下，《词话丛编》，第 267 页。
⑤ 王世贞：《艺苑卮言》，《词话丛编》，第 385 页。
⑥ 见《王骥德曲律》，第 264 页。

《词的·凡例》中强调："幽俊香艳，为词家当行，而庄重典丽者次之；故古今名公，率多钜作，不敢拦入。"为了推崇婉约而抑豪放，作为一部词总集，连古今名公之"钜作"都"不敢拦入"，可见其在词体风格取向上所表现出的显著倾向。沈际飞的《诗余别集·序》、鳙溪逸史的《汇选历代词府·叙略》表现出与王骥德、茅暎一致的观点，这种极端的看法显然有悖于词体创作实际，是不可取的。

明人提出的以婉约为正体、以豪放为变体的正变观在清代词坛上激起了千层浪，引发了清人持续不断的争论，这种争论贯穿整个清代，并且随着词学流派的变化而不断变化正变观的内容指向。

清初一些词学家惯性地承接明代后期崇正抑变的观点，如西陵词人沈谦即如此，他在《答毛稚黄论填词书》中认为苏、辛之词"为词之变调"，而《金荃》《花间》、秦、周之作方为"词之正宗也"①。直到清末崇正抑变的观点仍有市场，如范增祥在《东溪草堂词·自序》中指出：

> 综而论之，声音感人，回肠荡气，以李重光为君；演绎和畅，丽而有则，以周美成为极；清劲有骨，淡雅居宗，以姜尧章为最。至于长短皆宜，高下应节，亦终无过于美成者。他若子瞻天才，夐绝一世，稼轩嗣响，号曰苏辛。第纵笔一往，无复纤曲之致、要眇之音。其胜者珠剑同光，而失者泥沙并下，等诸变徵，殆非正声。②

范氏将李煜、周邦彦、姜夔视为词之正声，而认为苏、辛之作"殆非正声"，仍是明人正变观的延续。陈洵亦持此观点，认为"词兴于唐，李白肇基，温岐受命。五代缵绪，韦庄为首。温韦既立，正声于是乎在矣"。之后二晏、六一、美成继之。而"词体之尊，自东坡始。南渡而后，稼轩崛起，斜阳烟柳，与故国月明相望于二百年中，词之流变，至此止矣"。③ 他视温、韦之词为"正声"，苏、辛之词为变体。

清代正变观除了继承明人正变观以外，更多的是在继承明人的基础上呈现出鲜明的时代特色，把正变观同一个词学流派的词学观紧密联系在一

---

① 沈谦：《答毛稚黄论填词书》，《东江集钞》卷七，清康熙刻本。
② 范增祥：《东溪草堂词·自序》，《樊山集》卷二十三，文海出版社，1978，第 691 - 692 页。
③ 陈洵：《海绡说词》，《词话丛编》，第 4837 页。

起，从而呈现出不同的面貌。如清初广陵词坛的王士禛就提出："词家绮丽、豪放二派，往往分左右袒。余谓第当分正变，不当分优劣。"① 进一步纠正明人正变论的偏颇之处，充分肯定豪放词的价值，使正变的探讨不断深入。阳羡词派的陈维崧无论是词体创作抑或词学理论皆力纠明末词坛的香艳淫靡之风，因而在正变观上亦有其特色，认为词体有正变的差异，但他反对厚此薄彼，把词体的某种风格视为当行本色。

> 体制靡乖，故性情不异。弦分燥湿，关乎风土之刚柔；薪是焦劳，无怪声音之辛苦。譬之诗体，高、岑、韩、杜，已分奇正之两家；至若词场，辛、陆、周、秦，讵必疾徐之一致。要其不窕而不摦，仍是有伦而有脊。终难左袒，略可参观。仆本恨人，词非小道。遂撮名章于一卷，用存雅调于千年。诸家既异曲同工，总制亦造车合辙。聊存微尚，讵价前型。②

清代中期的浙西词派又表现出与清初不同的正变观，浙西词派的领袖朱彝尊大力鼓吹以姜夔为代表的婉约词风之新变——清空骚雅词风，形成了崭新的词体风格认识，此后浙派词学家逐渐形成了以"清雅"为正的词学观。如厉鹗指出："豪迈者失之于粗厉，香艳者失之于纤亵。惟有宋姜白石、张玉田诸君，清真雅正，为词律之极则。"③ 王鸣盛论述得更为明确："北宋词人原只有艳冶、豪荡两派。自姜夔、张炎、周密、王沂孙方开清空一派，五百年来，以此为正宗。"④ 俞樾亦曰："词之正宗，则贵清空，不贵饾饤；贵微婉，不贵豪放。"⑤ 浙西词派的正变观是其尊姜、张词学观的体现，因姜张一派是沿着传统婉约一派而来，其实浙西词派的正变观还是明人正变观之变异。

继浙西词派之后取得词坛盟主地位的是常州词派，常州词派的开创者张惠言提出了"正声论"：

① 见王士禛《香祖笔记》卷九，《四库全书》本。
② 见陈维崧《陈迦陵俪体文集》卷七，《四部丛刊初编》本。
③ 见汪沆《籽香堂词·序》引，《槐塘文稿》卷二。
④ 见谢章铤《赌棋山庄词话续编》卷四，《词话丛编》，第3549页。
⑤ 见《徐花农玉可庵词存·序》，《春在堂杂文》三编卷三，《春在堂全书》，清光绪刻本。

　　词者，盖出于唐之诗人，采乐府之音以制新律，因系其词，故曰词。传曰：意内而言外谓之词。其缘情造端，兴于微言，以相感动。极命风谣里巷男女哀乐，以道贤人君子幽约怨诽不能自言之情，低回要眇，以喻其致。盖《诗》之比兴，变风之义，骚人之歌，则近之矣。然其文小，其声哀，放者为之，或跌荡靡丽，杂以昌狂俳优。然要其至者，莫不恻隐盱愉，感物而发，触类条鬯，各有所归，非苟为雕琢曼辞而已。自唐之词人，李白为首。其后韦应物、王建、韩翃、白居易、刘禹锡、皇甫淞、司空图、韩偓，并有述造，而温庭筠最高，其言深美闳约。五代之际，孟氏、李氏君臣为谑，竞作新调，词之杂流，由此起矣。至其工者，往往绝伦，亦如齐梁五言，依托魏晋，近古然也。宋之词家，号为极盛，然张先、苏轼、秦观、周邦彦、辛弃疾、姜夔、王沂孙、张炎，渊渊乎文有其质焉。其荡而不反，傲而不理，枝而不物，柳永、黄庭坚、刘过、吴文英之伦，亦各引一端，以取重于当世。而前数子者，又不免有一时放浪通脱之言出于其间，后进弥以驰逐，不务原其指意，破析乖剌，坏乱而不可纪。故自宋之亡而正声绝，元之末而规矩隳，以至于今，四百余年，作者十数，谅其所是，互有繁变，皆可谓安蔽乖方，迷不知门户者也。今第录此篇，都为二卷。义有幽隐，并为指发，几以塞其下流，导其渊源，无使风雅之士，惩于鄙俗之音，不敢与诗赋之流同类而风诵之也。①

　　张氏把符合"意内言外"之旨、蕴涵比兴寄托的作品视为正声，以此为标准，他把唐之李白、韦应物、王建、韩翃、白居易、刘禹锡、皇甫淞、司空图、韩偓、温庭筠，宋之张先、苏轼、秦观、周邦彦、辛弃疾、姜夔、王沂孙、张炎等皆定位为"正声"之词人。张惠言在词学史上第一次提出了以思想性而不是风格作为正声的标准，有非常重要的意义，且影响深远。

　　常州词派后学周济由于对词体认识的不断加深，正变观也前后不一，前期以婉丽蕴藉风格为正，其后期对前期的正变观进行了根本的改变。他以寄托出入说为根据，提出从王沂孙入门，经吴文英、辛弃疾而达周邦彦"浑化"境界的宋四家词统，将其正变理论具体化为一种创作规程和可以循

---

① 张惠言：《词选·序》，刘崇德、徐文武点校《词林万选　词选》，河北大学出版社，2006，第109－110页。

之以行的模仿步骤。① 谭献的正变论上承张惠言的正声说，体现以儒家的风雅诗教为"正"的标准，是最能体现常州词派特点的正变论。从陈廷焯到晚清四大家的正变观越来越呈现出宏通开放的特点，逐渐转向熔南宋与北宋、豪放与婉约、清空与质实于一炉，也越来越靠近词体的创作实际。明人提出的两大词学范畴不仅对清代词学产生了巨大的影响，就是现当代的词学研究者在论及词体时，亦难以摆脱其影响。

三　诗、词、曲之辨对清代的影响

诗、词之辨是词学史上长期争论的问题，从词体产生以来，词学家们就没有停止过对二者异同的辨析。花间词人欧阳炯在《花间集·叙》中，通过对词创作环境的描绘说明了词体的绮艳特征，但欧阳炯论诗却力倡言志载道，其诗作以体现儒家诗教为己任。同为花间词人的孙光宪对创作诗词的看法与欧阳炯相同。晚唐五代人对诗、词的态度虽然不同，但却未将诗和词的关系作为一个独立的命题予以关注，只是儒家诗教观念在文人创作中的直观反映。

词体创作到了北宋，其特有的抒情娱乐功能应和着当时"歌儿舞女以终天年"的社会大环境，立即被众多的文人所接受，一时词人倍增，创作繁荣，上至至尊皇帝，下到一般民女，皆以能词为荣，词体创作有力地冲击着当时的文坛，批评家开始表达对词体的态度，一些论者将词体与已纳入儒家诗教传统文体的诗作比。王安石是最早将词体与诗体相比较，用儒家诗教批评词体者。他说："古之歌者皆先有词，后有声，故曰：'诗言志，歌永言，声依永，律和声。'如今先撰腔子后填词，却是永依声也。"② 王安石从创作的角度将诗、词做了对比，指出诗、词截然不同。透过王安石对词体的批评可以看出，他无视词体音乐文学的特性，仅在功能作用价值判断上对诗、词进行了区分。此后的王灼在《碧鸡漫志》中亦有相似的论述："今先定音节，乃制词从之，倒置甚矣。"③ 不同意"以词就音"。面对词坛上"以诗为词"的现象，宋词学家有意识地强调词体的音乐特性，因而对词体的音乐特性的强调亦是宋代诗、词之辨之重要内容，李清照就此撰写

① 周济：《宋四家词选目录序论》，《词话丛编》，第 1641—1660 页。
② 见赵令畤《侯鲭录》卷八，《历代史料笔记丛刊》本，中华书局，2002，第 184 页。
③ 王灼：《碧鸡漫志》，《词话丛编》，第 73 页。

《词论》，提出词"别是一家"，对词体的音乐特性作了充分的阐述。诗、词风格的差异也是宋代词学家探讨的对象，沈义父的《乐府指迷》和张炎的《词源》都有相关的论述。沈义父说："作词与诗不同，纵是花卉之类，亦须略用情意，或要入闺房之意。然多流淫艳之语，当自斟酌。如只直咏花卉，而不着些艳语，又不似词家体例，所以为难。"① 张炎亦云："簸弄风月，陶写性情，词婉于诗。盖声出莺吭燕舌间，稍近乎情可也。"② 沈、张二人强调诗、词风格的不同，在一定程度上肯定了词体绮艳婉媚的特性。南宋及元代，一些词学家以儒家诗教评说词体，主张把诗、词规范在儒家思想之下，以达到诗、词一体的目的。

明人的诗、词之辨承接宋元之论并有所深化，宋元词学家讨论中以儒家诗教说词，强调词体的音乐特性，比较诗词风格的差异，明代词学家都有所涉及。由于明代中后期心学及"异端邪说"的影响，词学家有意强化词体的主情特性，表现出与宋元不同的面貌。明代中期何良俊、王世贞对此有精彩及影响深远的论述，明代后期词坛主情说泛滥，词学家更是尽情张扬词体的主情特性，周永年说："诗余之为物，本缘情之旨，而极绮靡之变者也。"③ 词体不仅具有绮靡之特性，而尽其变化，绮丽、绮艳、绮婉，呈现出明显的时代特色。明代词学家还从题材、内容方面的不同，创作的功利性等方面比较诗、词之别，显示出与宋元词学家不同的面貌。

明代是通俗文学繁荣的时期，剧曲的创作取得了辉煌的成就，于是就出现了对词、曲以及诗、词、曲的体性之辨。张慎言、王骥德从语言方面比较诗、词、曲之别，认为词中语入诗会伤及诗体之气格，词体可以脂香粉腻，而曲须随俗自然，才不落入词人手脚，才能创作出为人所喜闻乐见的曲作。潘游龙则从意境方面比较词、曲之别，认为词境朦胧迷离，若即若离，而曲境铺张扬厉，一览无余。沈际飞又从用韵方面比较诗、词、曲之别，认为词韵不能用诗韵，亦不能用曲韵，词体当有其独立的用韵体系。明人的词、曲之辨给清人以启迪，词、曲之辨成为清人词论中辨析的一个热点。

在明代词学家诗、词之辨，诗、词、曲之辨的基础上，清人承其绪，

---

① 沈义父：《乐府指迷》，《词话丛编》，第281页。
② 张炎：《词源》，《词话丛编》，第263页。
③ 见赵尊岳《明词汇刊》，第1779页。

进行了深入细致的探讨。清代前期的广陵词坛之邹祗谟、王士禛对诗、词的不同都有自己的认识，尤其是王士禛举诗、词例句加以辨别诗、词不同明显受明人的启发。

> "平芜尽处是春山，行人更在春山外"，升庵以拟石曼卿"水尽天不尽，人在天尽头"，未免河汉。盖意近而工拙悬殊，不啻霄壤。且此等入词为本色，入诗即失古雅，可与知者道耳。①

明代中后期的陆深、王世贞、胡应麟等都以此种感性的方法比较诗词之不同。王士禛在此基础上又有所发展，他还通过词、曲例句比较诗、词、曲的不同："或问诗、词，词、曲分界，予曰：'无可奈何花落去，似曾相识燕归来'，定非香奁诗。'良辰美景奈何天，赏心乐事谁家院'，定非草堂词也。"② 这种比较方法显然是受明代词学家通过例句对比诗、词之别的影响。西陵词派的毛先舒在进行诗、词比较时更是具体，他将诗中歌行与词中长调进行比较，以显示二者之间的不同特性。③ 浙西派提倡南宋词，推崇姜、张，核心是尚"雅"，因而浙西派领袖朱彝尊诗、词之辨颇为深刻，他认为词体具有特殊的审美功能，尤其是词的香草美人的形式，表达婉曲幽深感情的特点，为诗体所不具备。

> 词虽小技，昔之通儒钜公往往为之。盖有诗所难言者，委曲倚之于声，虽辞愈微，而其旨益远。善言词者假闺房儿女之言，通之于《离骚》变雅之义，此尤不得志于时者所宜寄情焉耳。④

朱彝尊的诗、词之辨主要着眼点在于词体的抒情特点与诗不同，认为词"能言诗之所不能言"⑤，词可以"假闺房儿女之言"，用比兴寄托的手法，抒发在诗歌中不便抒发的"不得志于时"的要眇幽深之情感，显然带

---

① 王士禛：《花草蒙拾》，《词话丛编》，第 679 页。
② 王士禛：《花草蒙拾》，《词话丛编》，第 686 页。
③ 见孙克强辑《〈词辩坻〉汇集》，载《词学》第十七辑，华东师范大学出版社，2006。
④ 朱彝尊：《陈纬云红盐词·序》，《曝书亭集》卷四十，国学整理社，1937，第 487 - 488 页。
⑤ 见王国维《人间词话》，《词话丛编》，第 4258 页。

有"诗词一体""以诗为词"的诗化色彩。

常州词派以提倡词的比兴寄托著称，比兴寄托本是诗学中的范畴，因而常州词派的词学与诗学的联系更为紧密。张惠言认为词体与"诗之比兴，变风之义，骚人之歌，则近之矣"①，几乎可以与诗体等同看待。周济继张惠言之后，继续倡导诗、词同类的观念，他在《介存斋论词杂著》中云"诗有史，词亦有史"②，强调诗、词具有同样的社会功能。常州词派后学宋翔凤、谭献、刘熙载等一方面赞同张惠言、周济的诗词观，另一方面又有自己对诗词体性的看法，如宋翔凤将词体特点与时代氛围结合起来，谭献认为词体的特性是"玲珑其声""屈曲其旨"③，刘熙载将词体特点概括为"寄言"④ 等，都在诗、词之辨方面作出了理论上的贡献。陈廷焯的诗、词之辨与其"沉郁顿挫"说紧密相连，他认为诗、词"同体异用"⑤，所谓"同体"，是指诗词在思想主旨方面具有一致性，与常州词派词学观相一致；而"异用"则表现为诗体可用多种语言表现风格，而词体则仅有沉郁顿挫一种，又表现出自己的理论特点。

宋、元的诗、词、曲之辨沿着重视词体诗性特质的方向发展，明代初期重视词体的比兴寄托与教化意义即是宋、元诗、词之辨的延续与发展；而明代中后期由于哲学思潮与社会环境的变化，诗、词之辨朝着主情的方向发展，强调词体的绮艳婉媚甚至是俗艳的特点。清代词学家在明代诗、词、曲之辨的基础上，结合词坛状况和社会环境，给明人以反驳，继续宋、元重视词体的诗性特质理论，同时又强调词体含蓄蕴藉、婉媚幽曲的特性，表现出不偏执一是的诗词观。其间，明代诗、词、曲之辨显然对清代诗、词、曲差异的辨析起了不可或缺的作用。

四　词选与词谱对清代的影响

词选是词学理论的重要载体，词谱又与词学思想密切相关，明人词选、词谱的编纂对清人也产生了很大影响。明代词学是宋、元词学在新环境中的延续与发展。宋代的词选编纂取得了很大的成就，对此明人难以望其项

---

① 见《张惠言论词》附录，《词话丛编》，第 1617 页。
② 周济：《介存斋论词杂著》，《词话丛编》，第 1630 页。
③ 谭献：《明镜词·序》，江顺诒《词学集成》卷七，《词话丛编》，第 3294 页。
④ 刘熙载：《词概》，《词话丛编》，第 3707 页。
⑤ 陈廷焯：《白雨斋词话》卷九，上海古籍出版社，1984，第 361 页。

背，但明人在宋代词选基础上的创新亦是有目共睹的。龙沐勋（榜生）指出："词选之目的有四：一曰便歌，二曰传人，三曰开宗，四曰尊体；前二者依他，后二者为我。操选政者，于斯四事，必有所据；又往往因时代风气之不同，各异其趋。"①并认为南宋以前词选以"应歌为主"，其批评选录标准以"'声情并茂'为归，而尤侧重音律"②。南宋虽然出现了存人、存史、选派的词选，但选歌型词选仍然流行，如在南宋曾一度非常流行的《草堂诗余》即是。"选词以便歌在宋人原有二例：一以宫调类别，一以时令物色分题。""词集之编次，无论别集与选本，凡以宫调类列，或以时令物色分题者，皆所以便于应歌。"③宋代的词选编纂环境到明代发生了很大的变化，"宋以后则词已不复能歌；而士大夫对于词之观念与鉴赏又稍稍变移方向矣"④。明代即如此，词乐已失，明人不复知道当时宋人歌词之情状，因此明人再按照宫调类别编纂词选成为不可能。所以明人在当时的时代风气中，选择了适宜的编纂方式，一方面保持宋代原有的分类编纂体例，如《草堂诗余》、陆云龙所辑的《词菁》；另一方面采取分调编纂体例，如顾从敬的《类编草堂诗余》，并且分调逐渐成为编纂词选的主流体例，进而演化为更为简洁的按字数多少为序的编纂体例，如卓人月、徐士俊的《古今词统》。尤其是分类、按字数多少排列的编纂体例对清代词选影响很大。以小令、中调、长调与以字数多寡编纂词选是明人在词乐失传的情况下创造性的发明，这两种编纂体例成为清代词选的两大主流，清代出现了众多以小令、中调、长调为序的词选，如邹祗谟、王士禛的《倚声初集》，陆进、俞士彪的《西陵词选》，陆次云、章皭的《见山亭古今词选》，顾彩的《草堂嗣响》，赵式的《古今别肠词选》，陈淏的《精选国朝诗余》，夏秉衡的《历朝名人词选》，黄苏的《蓼园词选》等；以字数多寡排列的词选亦不在少数，如蒋景祁的《瑶华集》，沈时栋的《古今词选》，沈辰垣、王奕清等编选的《御选历代诗余》，陈鼎的《同情集词选》，王官寿的《宋词钞》等。明人发明的以小令、中调、长调与以字数多寡编纂词选的方法对清人产生了重大的影响，对清代词选的繁荣以及清代词学批评起了有力推进的作用。

---

① 龙沐勋：《选词标准论》，《词学季刊》第一卷第二号，第1页。
② 龙沐勋：《选词标准论》，《词学季刊》第一卷第二号，第2页。
③ 龙沐勋：《选词标准论》，《词学季刊》第一卷第二号，第3-4页。
④ 龙沐勋：《选词标准论》，《词学季刊》第一卷第二号，第5页。

词谱的编纂在明代取得了较大的成就。宋人编辑的词之音谱与文字谱，明人都见到过，但随着词体的衰微，这两种词谱渐渐难觅其踪。明人就在词谱失传的情况下开始了艰难的编纂工作，先后编纂有六部词谱。六部词谱有两种体例，一是分调编排，如周瑛的《词学筌蹄》、张綖的《诗余图谱》、谢天瑞的《诗余图谱补遗》、万惟檀的《诗余图谱》；一是分类编排词调，如徐师曾的《词体明辨》、程明善的《啸余谱》。因为后者的编纂目的仅仅出于方便简捷，不符合词谱编纂的内在规律，因而被清代词学家所抛弃，对清代词谱的制定影响最大的是前者。其实清人词谱的制定对明人的沿袭是显而易见的，赖以邠《填词图谱》共有六卷，卷一、卷二小令，卷三、卷四中调，卷五、卷六长调，与张綖的《诗余图谱》如出一辙。即便是万树的《词律》，虽然是以字数多少编排词调，但其制定词谱的思路、理念也是受张綖的启发。王奕清的《钦定词谱》、舒梦兰的《白香词谱》亦以字数多寡编排词调。清代的词谱不仅在词调编排上沿袭明人，在平仄的标注上亦与明人的词谱编纂思想一致，赖以邠的《填词图谱》与《御定词谱》几乎与张綖的做法一样。《填词图谱·凡例》云："图圈即是谱，词字面〇为平，●为仄，谱平而可仄者用◓，谱仄而可平者用◑。"① 《钦定词谱》云："每调一词旁列一图，以虚实朱圈分别平仄，平用虚圈，仄用实圈，字本平而可仄者上虚下实，字本仄而可平者，上实下虚。"② 与张綖《诗余图谱》毫无二致。即便是对明人词谱贬之有加的万树，制定词谱的原理亦与明代相差无几。

清人对明人所编词谱指摘甚多，尤以万树为最，张宏生在《明清之际的词谱反思与词风演进》一文中，把万树对明人词谱的认识和批判罗列为七条：其一为分类不伦；其二为分体序次无据；其三为辨析调式有误；其四为断句错误；其五为失校而致调舛；其六为不顾普遍创作实践，随意标注平仄；其七为不顾时代先后的逻辑，任意命名词牌。③ 作为词谱制定的拓荒时期，明代词谱确实存在着这样的问题，但是清人是在明人的基础上编纂词谱，后出转精是理所当然的，也是必须做到的。清人在明人编纂词谱的基础上，适应清代词学中兴的需要，以研究学问的态度编纂词谱，又助

---

① 赖以邠：《填词图谱》，查继超辑、吴熊和点校《词学全书》本，第143页。
② 《御定词谱·凡例》，见《御定词谱》卷首。
③ 见《文艺研究》2005年第4期。

推清人对词体音律学的研究，使明代稀缺的词韵书籍的编纂在清代出现了繁荣，清代刊刻的著名词韵书籍就有沈谦的《词韵略》、戈载的《词林正韵》等近十部，有力地推动了清代词体创作的繁荣与词学批评的多元化发展。

　　明代词学批评几乎从各个方面给清代词学以影响，清代以及近代、当代词学理论中涉及的词学命题如婉约，豪放，正宗，变体，诗、词、曲之辨都是出自明代词学批评，明代词学批评丰富了清代及近、现代词学批评理论，推动了人们对词体的讨论和认识。清代词体创作的繁荣与明人孜孜不倦地编纂词谱密不可分，明代词选的分类及编纂体例直接为清人所沿用，清代词选、词谱的编纂，为清代词学批评走向深入以及多元化发展作出了很大贡献。可以这么说，没有明代词学就没有清代词体创作的中兴；没有明代词学批评，就没有清代词学理论的繁荣。

明代词话简目

说明：唐圭璋先生《词话丛编》收明代词话四种①，除此之外，还有散见于明人诗话、笔记、曲话、总集序说中的论词文字。今从各种文献中辑得此类词话二十余种，作为本书附录。

1. 单宇　　　　　"菊坡词话"
2. 黄溥　　　　　"石崖词话"
3. 瞿佑　　　　　"归田词话"
4. 叶子奇　　　　"草木子词话"
5. 张綖　　　　　"南湖词话"
6. 徐伯龄　　　　"蟫精词话"
7. 俞弁　　　　　"逸老堂词话"
8. 梁桥　　　　　"冰川词话"
9. 陆深　　　　　"俨山词话"
10. 郎瑛　　　　　"郎瑛词话"
11. 田汝成　　　　"西湖词话"
12. 徐师曾　　　　"鲁庵词话"
13. 汤显祖　　　　"汤显祖词话"
14. 徐渭　　　　　"徐渭词话"
15. 高棅　　　　　"高棅词话"
16. 郭子章　　　　"豫章词话"

---

① 《词话丛编》中所收有些本非词话专著，如从词选、笔记中录出的评语。

17. 胡应麟　　　　"少室山房词话"
18. 许学夷　　　　"许学夷词话"
19. 曹学佺　　　　"蜀中词话"
20. 陆时雍　　　　"陆时雍词话"
21. 蒋一葵　　　　"蒋一葵词话"
22. 王昌会　　　　"王昌会词话"
23. 沈际飞　　　　"沈际飞词话"
24. 徐士俊　　　　"徐士俊词话"
25. 王骥德　　　　"王骥德词话"

附录二
明代词籍序跋篇目

1. 王蒙《忆秦娥·花如雪·序》
2. 刘崧《刘尚宾东溪词稿·后序》
3. 宋濂《跋东坡寄章质夫诗后》
4. 姜福四《跋姜忠肃祠堂白石词钞本》
5. 孙大雅《天籁集·叙》
6. 叶蕃《写情集·序》
7. 马洪《花影集·自序》
8. 陈敏政《乐府遗音·序》
9. 叶盛《书草堂诗余后》
10. 叶盛《李易安春词》
11. 陈谟《张子静乐府·序》
12. 唐文凤《跋杨彦华书虞文靖公苏武慢词后》
13. 井时《玉田词·题辞》
14. 程敏政《天机余锦·序》
15. 李宗准《遗山乐府·跋》
16. 周瑛《词学筌蹄·序》
17. 林俊《词学筌蹄·序》
18. 陈霆《渚山堂词话·自序》
19. 毛凤韶《中州乐府·后序》
20. 李濂《碧云清啸·序》
21. 李濂《稼轩长短句·序》

22. 袁表《江南春词·序》

23. 吴一鹏《少傅桂洲公诗余·序》

24. 杨仪《重刻桂翁词·序》

25. 张綖《草堂诗余别录·序》

26. 张綖《诗余图谱·凡例》

27. 张綖《淮海词·跋》

28. 彭汝寔《近刻中州乐府·叙》

29. 袁褧《江南春词·跋》

30. 文徵明《江南春词·跋》

31. 祝允明《江南春词·跋》

32. 蒋芝《诗余图谱·序》

33. 刘凤《词选·序》

34. 任良幹《词林万选·序》

35. 李开先《乔龙溪词·序》

36. 李开先《歇指调古今词·序》

37. 李开先《西野春游词·序》

38. 朱日藩《南湖诗余·序》

39. 邹流绮《吴冰仙集·小引》

40. 简绍芳《长春兢辰余稿·序》

41. 杨南金《升庵长短句·序》

42. 唐锜《升庵长短句·序》

43. 许孚远《升庵长短句·序》

44. 王廷表《升庵长短句·跋》

45. 何良俊《草堂诗余·序》

46. 费寀《玉堂余兴·引》

47. 石迁高《桂洲集·跋》

48. 皇甫汸《桂洲集·跋》

49. 顾梦圭《玉霄仙明珠集·序》

50. 吴承恩《花草新编·序》

51. 李谨《新刊草堂诗余·引》

52. 刘时济《新刊草堂诗余·跋》

53. 许希良《草堂诗余·跋》

54. 陈如纶《二余词·序》

55. 王九思《碧山诗余·自序》

56. 宋廷琦《碧山诗余·跋》

57. 少岳山人《三词集·序》

58. 杨慎《草堂诗余·序》

59. 杨慎《词品·序》

60. 杨慎《花犯念奴·序》

61. 周逊《刻词品·序》

62. 刘大昌《词品·后序》

63. 陈文烛《花草新编·序》

64. 陈宗谟《草堂诗余·序》

65. 王世贞《跋徐天全词墨迹》

66. 王世贞《题陈同父水龙吟后》

67. 王世贞《山谷书东坡卜算子词帖》

68. 王世贞《跋灵岩胜游卷》

69. 戴冠《和朱淑真断肠词·跋》

70. 孙楼《解连环·次周美成闺情韵·序》

71. 孙楼《跋蝶恋花·闺序四词次韵》

72. 杨慎《花间集·序》

73. 陆深《跋龙江泛舟曲》

74. 李东阳《南词·序》

75. 夏树芳《刻宋名家词·序》

76. 胡震亨《宋名家词·序》

77. 袁中道《平倩归去来词·跋》

78. 谭尔进《南唐二主词·题词》

79. 邹枢《十美词纪·自序》

80. 陈继儒《诗余图谱·序》

81. 陈继儒《秋水庵花影集·序》

82. 施绍莘《秋水庵花影集·自序》

83. 施绍莘《秋水庵花影集·杂纪》

84. 顾乃大《秋水庵花影集·序》

85. 顾胤光《秋水庵花影集·序》

86. 沈士麟《秋水庵花影集·序》

87. 文震孟《秋佳轩诗余·叙》

88. 徐沔《秋佳轩诗余·序》

89. 南洙源《秋佳轩诗余·序》

90. 周永年《艳雪集原·序》

91. 胡应麟《题陈同父水龙吟后之一》

92. 胡应麟《题陈同父水龙吟后之二》

93. 王祖嫡《奉旨拟撰词曲序》

94. 郑以伟《灵山藏诗余·自序》

95. 王思任《屠田叔笑词·序》

96. 张慎言《万子馨填词·序》

97. 毛晋《珠玉词·跋》

98. 毛晋《六一词·跋》

99. 毛晋《乐章集·跋》

100. 毛晋《东坡词·跋》

101. 毛晋《山谷词·跋》

102. 毛晋《淮海词·跋》

103. 毛晋《小山词·跋》

104. 毛晋《东堂词·跋》

105. 毛晋《放翁词·跋》

106. 毛晋《稼轩词·跋》

107. 毛晋《片玉词·跋》

108. 毛晋《梅溪词·跋》

109. 毛晋《白石词·跋》

110. 毛晋《石林词·跋》

111. 毛晋《酒边词·跋》

112. 毛晋《溪堂词·跋》

113. 毛晋《樵隐词·跋》

114. 毛晋《竹山词·跋》

115. 毛晋《书舟词·跋》

116. 毛晋《坦庵词·跋》

117. 毛晋《惜香乐府·跋之一》

118. 毛晋《惜香乐府·跋之二》
119. 毛晋《西樵语业·跋》
120. 毛晋《竹屋痴语·跋》
121. 毛晋《梦窗词·跋》
122. 毛晋《近体乐府·跋》
123. 毛晋《竹斋诗余·跋》
124. 毛晋《金谷遗音·跋》
125. 毛晋《散花庵词·跋》
126. 毛晋《和清真词·跋》
127. 毛晋《后村别调·跋》
128. 毛晋《芦川词·跋》
129. 毛晋《于湖词·跋》
130. 毛晋《洺水词·跋》
131. 毛晋《归愚词·跋》
132. 毛晋《龙洲词·跋》
133. 毛晋《初寮词·跋》
134. 毛晋《龙川词·跋之一》
135. 毛晋《龙川词·跋之二》
136. 毛晋《姑溪词·跋》
137. 毛晋《友古词·跋》
138. 毛晋《石屏词·跋》
139. 毛晋《海野词·跋》
140. 毛晋《逃禅词·跋》
141. 毛晋《空同词·跋》
142. 毛晋《介庵词·跋》
143. 毛晋《平斋词·跋》
144. 毛晋《文溪词·跋》
145. 毛晋《丹阳词·跋》
146. 毛晋《孏窟词·跋》
147. 毛晋《克斋词·跋》
148. 毛晋《云窗词·跋》
149. 毛晋《竹坡词·跋》

150. 毛晋《圣求词·跋》

151. 毛晋《寿域词·跋》

152. 毛晋《审斋词·跋》

153. 毛晋《东浦词·跋》

154. 毛晋《稼翁词·跋》

155. 毛晋《无住词·跋》

156. 毛晋《后山词·跋》

157. 毛晋《蒲江词·跋》

158. 毛晋《琴趣外编·跋》

159. 毛晋《烘堂词·跋》

160. 毛晋《漱玉词·跋》

161. 毛晋《断肠词·跋》

162. 毛晋《花间集·跋之一》

163. 毛晋《花间集·跋之二》

164. 毛晋《尊前集·跋》

165. 毛晋《花庵词选·跋》

166. 毛晋《草堂诗余·跋》

167. 毛晋《中州乐府·跋》

168. 毛晋《词林万选·跋》

169. 毛晋《自跋汲古阁刻宋六十名家词》

170. 陈子龙《幽兰草词·序》

171. 陈子龙《三子诗余·序》

172. 陈子龙《王介人诗余·序》

173. 陈子龙《宋子九秋词稿·序》

174. 无暇道人《花间集·跋》

175. 汤显祖《花间集·叙》

176. 温博《花间集补·序》

177. 顾梧芳《尊前集·引》

178. 茹天成《重刻绝妙词选·引》

179. 顾起纶《花庵词选·跋》

180. 来学行《草堂诗余·序》

181. 陈仁锡《草堂诗余·序》

182. 沈际飞《草堂诗余·序》

183. 黄河清《续草堂诗余·序》

184. 陈仁锡《续诗余·序》

185. 杜祝进《刻杨升庵百琲明珠·引》

186. 陈耀文《花草粹编·自序》

187. 李蓘《花草粹编·序》

188. 陈良弼《花草粹编·序》

189. 潘游龙《古今诗余醉·自序》

190. 陈埏《诗余醉·叙》

191. 范文英《诗余醉·序》

192. 郭绍仪《诗余醉·叙》

193. 管贞乾《诗余醉·附言》

194. 单恂《诗余图谱·序》

195. 张慎言《诗余图谱·序》

196. 万惟檀《诗余图谱·自序》

197. 徐士俊《古今词统·序》

198. 孟称舜《古今词统·序》

199. 陈仁锡《类选笺释草堂诗余·序》

200. 钱允治《类编笺释国朝诗余·序》

201. 钱允治《合刻类编笺释草堂诗余·序》

202. 杭城读书坊《合刻花间草堂·序》

203. 沈际飞《诗余四集·序》

204. 沈际飞《诗余别集·序》

205. 沈际飞《诗余·发凡》

206. 吴鼎芳《徐卓晤歌·序》

207. 胡文焕《文会堂词韵·序》

208. 程明善《啸余谱·序》

209. 马鸣霆《题啸余谱·序》

210. 程明善《啸余谱·凡例》

211. 谢天瑞《重镌补遗诗余图谱·序》

212. 王象晋《重刻诗余图谱·序》

213. 王象晋《秦张两先生诗余合璧·序》

214. 董逢元《唐词纪·序》

215. 董逢元《词原·序》

216. 董其昌《江南春·题词》

217. 沈懋孝《竹枝词·引》

218. 秦士奇《草堂诗余·序》

219. 张师绎《合刻花间草堂·序》

220. 茅一相《题词评曲藻后》

221. 沈瓒《古香岑草堂诗余四集·跋》

222. 徐世溥《悦安轩诗余·序》

223. 朱一是《梅里词·序》

224. 愚谷老人《词林遗响·序》

225. 周懋宗《词品·序》

226. 谭元春《辛稼轩长短句·序》

227. 曹勋《无名氏诗余·序》

228. 陈龙正《四子诗余·序》

229. 陶汝鼐《陈长公选刻名家诗余·序》

230. 于庵瀛《靳将军拟谱诗余题词》

231. 虞淳熙《刘伯坚诗余·序》

232. 王嗣奭《唐词纪·序》

233. 钟人杰《叙刻花间草堂合集》

234. 一得山人《词府全集·后跋》

235. 鳙溪逸史《汇选历代词府·叙略》

236. 吴骐《小词序》

237. 朱用纯《叶九来诗余·序》

238. 朱用纯《书许致远词后》

239. 姜鳌《跋姜忠肃祠堂白石词钞本》

240. 姚希孟《媚幽阁诗余·小序》

241. 陆云龙《词菁·序》

242. 茅暎《词的·序》

243. 朱之蕃《词坛合璧·序》

244. 张东川《草堂诗余·后跋》

245. 宗文书舍《题评释草堂诗余·引》

附录三
明代词选简目

说明：本文所列明代词选简目仅限于明人原创词选及有创造性的改编本，而对明人泛泛改编宋人的词选如各种《草堂诗余》版本以及再刊宋人词选不予列出。

1. 程敏政《天机余锦》
2. 张綖《草堂诗余别录》
3. 杨慎《词林万选》
4. 杨慎《百琲明珠》
5. 顾从敬《类编草堂诗余》
6. 吴承恩《花草新编》
8. 袁表《江南春词集》
9. 陈耀文《花草粹编》
10. 卓人月、徐士俊《古今词统》
11. 茅暎《词的》
12. 陆云龙《词菁》
13. 杨肇祉《词坛艳逸品》
14. 潘游龙《古今诗余醉》
15. 鳙溪逸史《汇选历代名贤词府全集》
17. 长湖外史《续草堂诗余》
18. 沈际飞《草堂诗余别集》
19. 沈际飞《草堂诗余新集》
20. 秣陵一真子《续草堂诗余》

21. 董逢元《唐词纪》
22. 周履靖《唐宋元明酒词》
23. 骑蝶轩《情籁》
24. 钱允治《类编笺释国朝诗余》
25. 温博《花间集补》
26. 徐士俊、卓人月《徐卓晤歌》
27. 陈子龙、李雯、宋征舆《幽兰草集》
28. 王端淑《名媛诗纬初编诗余集》

附录四

明代词谱、词韵简目

1. 周瑛 《词学筌蹄》
2. 张綖 《诗余图谱》
3. 徐师曾 《词体明辨》
4. 程明善 《啸余谱》
5. 谢天瑞 《诗余图谱补遗》
6. 万惟檀 《诗余图谱》
7. 胡文焕 《文会堂词韵》

参考文献

（清）阮元校刻《十三经注疏》，中华书局影印，1980。

（唐）魏征：《隋书》，《四库全书》本。

（元）脱脱等：《宋史》，中华书局，1985。

（清）张廷玉等：《明史》，中华书局，1974 年。

（清）黄宗羲：《明儒学案》，中华书局，1985。

（清）钱谦益：《列朝诗集小传》，上海古籍出版社，1983。

（宋）陈振孙：《直斋书录解题》，《四库全书》本。

（宋）李之仪：《姑溪题跋》，中华书局，1985。

（宋）刘克庄：《后村题跋》，《丛书集成初编》本。

冯惠民等选编《明代书目题跋丛刊》，书目文献出版社，1993。

（清）于敏中等：《清人书目题跋丛刊》，中华书局，1995。

（清）黄虞稷：《千顷堂书目》，《四库全书》本。

（清）永瑢等：《四库全书总目》，中华书局，1965。

王雨：《古籍版本学》，上海古籍出版社，2003。

（五代）孙光宪：《北梦琐言》，中华书局，2002。

（唐）崔令钦：《教坊记》，辽宁教育出版社，1998。

（宋）田况：《儒林公议》，中华书局，1985。

（宋）沈括：《梦溪笔谈》，侯真平校点，岳麓书社，2002。

（宋）黎靖德编《朱子语类》，王星贤点校，中华书局，1986。

（宋）张镃：《仕学规范》，《四库全书》本。

（宋）朱弁：《曲洧旧闻》，《丛书集成初编》本。

（宋）赵令畤：《侯鲭录》，中华书局，2002。

（宋）张舜民：《画墁录》，《丛书集成初编》本。

（宋）《老学庵笔记》，刘剑雄、刘德权点校，中华书局，1979。

（宋）徐度：《却扫篇》，《宋元笔记小说大观》，上海古籍出版社，2001。

（宋）陈模：《怀古录》，郑必俊校注，中华书局，1993。

（宋）谢维新辑《古今合璧事类备要》，《四库全书》本。

（宋）周密：《齐东野语》，《四库全书》本。

（明）周琦：《东溪日谈录》，《四库全书》本。

（明）叶盛：《水东日记》，中华书局，1980。

（明）徐伯龄：《蟫精隽》，《四库全书》本。

上海古籍出版社编《明代笔记小说大观》，上海古籍出版社，2005。

（明）郎瑛：《七修类稿》，中华书局，1959。

（明）田汝成：《西湖游览志》，中华书局，1958。

（明）田汝成：《西湖游览志余》，中华书局，1958。

（明）蒋一葵：《尧山堂外纪》，明万历刊本。

（明）陆深：《俨山外集》，《四库全书》本。

（明）余继登：《典故纪闻》，中华书局，1981。

（明）都穆：《听雨纪谈》，《丛书集成初编》本。

（明）姜南：《风月堂杂识》，文明书局，民国四年。

（明）李贽：《焚书》，中华书局，1975。

（明）陈继儒：《读书镜》，《丛书集成初编》本。

（明）张岱：《陶庵梦忆》，江苏古籍出版社，2000。

（明）夏允彝：《幸存录》，《明季稗史汇编》本。

（明）吴琪：《读书偶见》，《丛书集成初编》本。

（明）冯梦龙：《情史类略》，岳麓书社，1984。

（清）李渔：《闲情偶记》，海南出版社，1998。

（清）王士祯：《香祖笔记》，上海古籍出版社，1982。

（陈）徐陵编、（清）吴兆宜注《玉台新咏笺注》，吉林人民出版社，1999。

李修生主编《全元文》，江苏古籍出版社，1998。

（元）元好问辑《中州集》，吉林出版集团有限责任公司，2005。

（明）程敏政辑《明文衡》，《四库全书》本。

（清）黄宗羲：《明文海》，《四库全书》本。

刘学锴：《温庭筠全集校注》，中华书局，2007。

李谊：《韦庄集校注》，四川省社会科学院出版社，1986。

陶敏、陶红雨校注《刘禹锡全集编年校注》，岳麓书社，2003。

周义敢等：《秦观集编年校注》，人民文学出版社，2001。

（宋）苏轼：《苏诗文集》，中华书局，1996。

（宋）李清照：《李清照集》，中华书局，1962。

（宋）黄裳：《演山集》，《四库全书》本。

（宋）吴潜：《履斋遗稿》，《四库全书》本。

（宋）陆游：《渭南文集》，《四部丛刊》本。

（宋）苏籀：《双溪集》，《四库全书》本。

（宋）刘克庄：《后村先生大全集》，《四部丛刊》本。

（宋）刘辰翁：《须溪集》，《四库全书》本。

（元）赵文：《青山集》，《四库全书》本。

（元）林景熙：《霁山文集》，《四库全书》本。

（元）刘将孙：《养吾斋集》，《四库全书》本。

（元）朱晞颜：《瓢泉吟稿》，《四库全书》本。

（元）戴表元：《剡源戴先生文集》，《四部丛刊》本。

（元）刘敏中：《中庵集》，《四库全书》本。

（元）吴澄：《吴文正集》，《四库全书》本。

（元）虞集：《道园学古录》，《万有文库》本。

（元）杨维桢：《东维子集》，《四库全书》本。

（元）元好问：《遗山先生文集》，《万有文库》本。

（元）元好问：《元好问全集》，山西人民出版社，1990。

（元）王礼：《麟原文集》，《四库全书》本。

（明）崔铣：《洹词》，《四库全书》本。

（明）宋濂：《文宪集》，《四库全书》本。

（明）宋濂：《宋学士文集》，《四部丛刊初编》本。

（明）刘基：《诚意伯文集》，《四库全书》本。

（明）方孝孺：《逊志斋集》，《四库全书》本。

（明）刘崧：《槎翁文集》，明嘉靖元年徐冠刻本。

（明）陈谟：《海桑集》，《四库全书》本。

（明）唐文凤：《梧冈集》，《四库全书》本。

（明）凌云翰：《柘轩集》，《四库全书》本。

（明）叶盛：《菉竹堂稿》,《四库全书》本。

（明）史鉴：《西村集》,《四库全书》本。

（明）高启：《大全集》,《四库全书》本。

（明）陈谟：《海桑集》,《四库全书》本。

（明）李东阳：《怀麓堂集》,《四库全书》本。

（明）陈文烛：《二酉园集》,明万历刻本。

（明）吴宽：《家藏集》,《四库全书》本。

（明）李梦阳：《空同集》,《四库全书》本。

（明）何景明：《大复集》,《四库全书》本。

（明）陆深：《俨山集》,《四库全书》本。

（明）徐祯卿：《迪功集》,《四库全书》本。

（明）杨慎：《升庵集》,《四库全书》本。

（明）李濂：《嵩渚文集》,明嘉靖刻本。

（明）王慎中：《遵岩集》,《四库全书》本。

（明）唐顺之：《荆川集》,《四库全书》本。

（明）李攀龙：《沧溟集》,《四库全书》本。

（明）王世贞：《弇州四部稿》,《四库全书》本。

（明）王世贞：《弇山堂别集》,《四库全书》本。

（明）归有光：《震川集》,《四库全书》本。

（明）谢榛：《四溟集》,《四库全书》本。

（明）胡应麟：《少室山房集》,《四库全书》本。

（明）刘凤：《刘子威集》,明万历刻本。

（明）《吴承恩诗文集》,刘修业辑校,古典文学出版社,1958。

（明）张慎言：《泊水斋文钞》,清康熙三十九年刻本。

（明）袁裹：《衡藩重刻胥台先生集》,明万历十二年刻本。

（明）陈献章：《陈献章集》,孙通海点校,中华书局,1987。

（明）王守仁：《王文成公全书》,上海书店,1989。

（明）钟惺：《隐秀轩集》,上海古籍出版社,1992。

（明）谭元春：《谭元春集》,上海古籍出版社,1998。

钱伯城：《袁宏道集笺校》,上海古籍出版社,1981。

（明）袁中道：《珂雪斋前集》,伟文图书出版社,1976。

（明）李流芳：《檀园集》,《四库全书》本。

（明）虞淳熙：《虞德园先生集》，明末刻本。

（明）姚希孟：《响玉集》，明崇祯张叔籁刻本。

（明）沈懋孝：《长水先生文钞》，《四库禁毁书丛刊》本。

（明）于庵瀛：《费堂集》，《四库禁毁书丛刊》本。

（明）陶汝鼐：《荣木堂合集》，清康熙刻世彩堂汇印本。

（明）曹勋：《曹宗伯全集》，《四库禁毁书丛刊》本。

（明）朱用纯：《愧纳集》，民国十八年排印本。

（明）吴讷：《文章辨体》，明天顺八年刻本。

（明）徐师曾：《文体明辨》，明万历建阳游榕铜活字印本。

（明）陈子龙：《安雅堂稿》，（台湾）伟文图书出版社，1977。

（明）陈子龙：《陈忠裕公全集》，清嘉庆刊本。

（明）杨慎：《杨慎词曲集》，王文才辑校，四川人民出版社，1984。

（明）李开先：《李开先集》，中华书局，1959。

（明）汤显祖：《汤显祖诗文集》，中华书局，1962。

（明）汤显祖：《牡丹亭》，人民文学出版社，1984。

（明）冯梦龙：《山歌》，江苏古籍出版社，2000。

（明）孟称舜：《孟称舜集》，朱颖辉辑校，中华书局，2005。

（清）朱彝尊：《曝书亭集》，《四库全书》本。

（清）郑方坤：《蔗尾诗集》，清乾隆刻本。

（清）卢文弨：《抱经堂文集》，中华书局，1985。

（明）周瑛：《词学筌蹄》，明钞本。

（明）张綖：《诗余图谱》，明万历二十七年谢天瑞刻本。

（明）谢天瑞：《诗余图谱补遗》，明万历二十七年谢天瑞刻本。

（明）程明善《啸馀谱》，《明词汇刊》本。

（清）毛先舒：《填词名解》，吴熊和校点《词学全书》本。

（清）秦恩复辑《词学丛书》，清嘉庆刻本。

（清）赖以邠：《填词图谱》，《词学全书》本。

（清）万树：《词律》，上海古籍出版社，1984。

（清）《御定词谱》，《四库全书》本。

（清）舒梦兰：《白香词谱》，上海古籍出版社，2001。

佚名：《词林韵释》，《四部备要》本。

（明）胡文焕：《文会堂词韵》，明刻《韵学事类》本。

（清）沈谦：《词韵略》，瑶华集附。

（明）吴讷辑《百家词》，天津市古籍书店，1992。

（明）毛晋辑《宋六十名家词》，上海古籍出版社，1989。

（清）王鹏运辑《四印斋所刻词》，上海古籍出版社，1989。

（清）吴昌绶等辑《景刊宋金元明本词》，上海古籍出版社，1989。

（清）朱祖谋辑《彊村丛书》，朱氏，民国十一年。

赵万里：《校辑宋金元人词》，商务印书馆，民国二十年。

赵尊岳辑《明词汇刊》，上海古籍出版社，1992。

龙榆生编《近三百年名家词选》，上海古籍出版社，1979。

华钟彦：《花间集注》，中州书画社，1983。

李冰若：《花间集注》，人民文学出版社，1993。

（宋）黄大舆辑《梅苑》，《四库全书》本。

（宋）曾慥辑《乐府雅词》，商务印书馆，1936。

（宋）黄昇辑《唐宋诸贤绝妙词选》，《四部丛刊》本。

（宋）黄昇辑《中兴以来绝妙词选》，民国陶氏影宋本。

（宋）赵闻礼辑《阳春白雪》，上海古籍出版社，1993。

（元）佚名辑《乐府补题》，商务印书馆，1936。

（元）凤林书院辑《精选名儒草堂诗余》，《粤雅堂丛书》本。

（明）程敏政辑《天机余锦》，《新世纪万有文库》本。

（明）张綖辑《草堂诗余别录》，上海图书馆藏黎仪抄本。

（明）杨慎辑《词林万选》，汲古阁《词苑英华》本。

（明）杨慎辑《百琲明珠》，《明词汇刊》本。

（明）汤显祖：《评花间集》，明朱之蕃《词坛合璧》本。

（明）陈耀文辑《花草粹编》，陶凤楼影印万历本。

（明）杨慎选、（明）钟人杰笺《花间草堂合集》，明天启四年读书坊刻本。

（明）陈子龙等：《云间三子新诗合稿》，《新世纪万有文库》本。

（明）卓人月等辑《古今词统》，《新世纪万有文库》本。

（明）潘游龙辑《精选古今诗余醉》，《新世纪万有文库》本。

（明）茅暎辑《词的》，明朱之蕃辑刻《词坛合璧》本。

（明）陆云龙辑《词菁》，翠娱阁评选行笈必携本。

（明）杨肇祉辑《词坛艳逸品》，明刻本。

（明）骑蝶轩辑《情籁》，明刻本。

（明）董逢源辑《唐词纪》，明万历二十二年刻本。

（明）周履靖辑《唐宋元明酒词》，《丛书集成初编》本。

（明）顾从敬编《类编草堂诗余》，明嘉靖二十九年顾从敬刊本。

（明）田一隽选、唐顺之注《类编草堂诗余》，明万历十二年刻本。

（明）李廷机评《新刻注释草堂诗余评林》，明万历二十三年刻本。

（明）吴从先辑《新刻李玉鳞先生批评注释草堂诗余隽》，明万历四十七年刻本。

（明）鯈溪逸史编《汇选历代名贤词府全集》，明嘉靖三十六年刻本。

（明）杨慎评点《草堂诗余》，明闵瑛璧刻本。

（明）毛晋辑《词苑英华》，明毛晋汲古阁刻本。

（明）沈际飞辑《古香岑草堂诗余四集》，明末刻本。

（明）钱允治笺释《类编笺释续选草堂诗余》，明万历四十二年刻本。

（明）钱允治编、陈仁锡释《类编笺释国朝诗余》，明万历四十二年刻本。

（明）陈子龙等：《幽兰草》，《新世纪万有文库》本。

（明）陈子龙等：《唱和诗余》，《新世纪万有文库》本。

（清）顾璟芳等辑《兰皋明词汇选》，《新世纪万有文库》本。

（清）邹祇谟、王士禛辑《倚声初集》，清顺治十七年刻本。

（清）朱彝尊辑《词综》，中华书局，1975。

（清）沈辰垣等：《御选历代诗余》，《四库全书》本。

（清）张惠言辑《词选》，中华书局，1957。

（清）王煜辑《清十一家词钞》，上海正中书局，1947。

（清）江标辑《宋元名家词》，清刻本。

邓广铭：《稼轩词编年笺注》，上海古籍出版社，1978。

夏承焘：《姜白石词编年笺注》，上海古籍出版社，1981。

（宋）张炎：《山中白云词》，《彊村丛书》本。

徐凌云：《天籁集编年校注》，安徽大学出版社，2005。

赵永源：《遗山乐府校注》，凤凰出版社，2006。

（明）瞿佑：《乐府遗音》，明钞本。

（明）吴子孝：《玉霄仙明珠集》，明嘉靖刻本。

（明）施绍莘：《秋水庵花影集》，明末刻本。

周振甫：《诗品译注》，中华书局，1998。

钟嵘：《诗品》，陈延杰注释，上海开明书店，民国十六年。

龙必锟：《文心雕龙全译》，贵州人民出版社，1992。

皎然著、李壮鹰校注《诗式校注》，人民文学出版社，2003。

（宋）陈师道：《后山诗话》，《历代诗话》本。

（宋）严羽：《沧浪诗话》，中华书局，1985

（金）王若虚：《滹南诗话》，中华书局，1985。

（明）王世贞著、罗仲鼎校注《艺苑卮言》，齐鲁书社，1992。

（明）胡应麟：《诗薮》，中华书局，1958。

王文治主编《明诗话全编》，凤凰出版社，2005。

周维德辑《全明诗话》，齐鲁书社，2005。

中国戏曲研究院编《中国古典戏曲论著集成》，中国戏剧出版社，1959。

陈多、叶长海注释《王骥德曲律》，湖南人民出版社，1983。

唐圭璋：《词话丛编》，中华书局，1986。

朱庸斋：《分春馆词话》，广东人民出版社，1989。

况周颐撰、屈兴国辑注《蕙风词话辑注》，江西人民出版社，2000。

夏承焘等：《金元明清词选》，人民文学出版社，1983。

张璋等辑《历代词话》，大象出版社，2002。

曾昭岷等辑《全唐五代词》，中华书局，1999。

唐圭璋辑《全宋词》，中华书局，1965。

唐圭璋辑《全金元词》，中华书局，1979。

赵尊岳辑《明词汇刊》，上海古籍出版社，1992。

张璋等辑《全明词》，中华书局，2004。

周明初、叶晔辑《全明词补编》，浙江大学出版社，2007。

陈乃乾辑《清名家词》，上海书店，1982。

金启华：《唐宋词集序跋汇编》，江苏教育出版社，1990。

张惠民：《宋代词学资料汇编》，汕头大学出版社，1993。

施蛰存：《词籍序跋萃编》，中国社会科学出版社，1994。

吴梅：《词学通论》，中国书籍出版社，2006。

王易：《词曲史》，东方出版社，1996。

龙榆生：《词曲概论》，上海古籍出版社，1980。

刘毓盘：《词史》，上海书店出版社，1985。

陈忠凡：《中国韵文通论》，中华书局，民国十六年。

胡云翼：《中国词史大纲》，北新书局，1933。

徐珂：《清代词学概论》，上海大东书局印行。

宛敏灏：《词学概论》，上海古籍出版社，1987。

吴丈蜀：《词学概说》，中华书局，2000。

罗忼烈：《词学杂俎》，巴蜀书社，1990。

马兴荣：《词学综论》，齐鲁书社，1989。

吴熊和：《唐宋词通论》，浙江古籍出版社，1989。

吴熊和：《吴熊和词学论文集》，杭州大学出版社，1999。

杨海明：《唐宋词史》，江苏古籍出版社，1987。

刘扬忠：《唐宋词流派史》，福建人民出版社，1999。

陶尔夫、诸葛忆兵：《北宋词史》，黑龙江人民出版社，2005。

陶尔夫、刘敬圻：《南宋词史》，黑龙江人民出版社，2005。

施议对：《词与音乐的关系研究》，中国社会科学出版社，1985。

张仲谋：《明词史》，人民文学出版社，2002。

黄拔荆：《中国词史》，福建人民出版社，2003。

刘永济：《词论》，上海古籍出版社，1981。

谢桃坊：《中国词学史》，巴蜀书社，2002。

谢桃坊：《词学辨》，上海古籍出版社，2007。

徐安琪：《唐五代北宋词学思想史论》，人民文学出版社，2006。

刘锋焘：《宋金词论稿》，中国社会科学出版社，2002。

丁放：《金元明清诗词理论史》，安徽大学出版社，2001。

朱惠国、刘明玉：《明清词研究史稿》，齐鲁书社，2006。

孙克强：《清代词学批评史论》，上海古籍出版社，2008。

孙克强：《清代词学》，中国社会科学出版社，2004。

孙克强：《词学论考》，延边大学出版社，2001。

孙克强：《雅俗之辨》，华文出版社，1997。

况周颐著、孙克强辑考《蕙风词话·广蕙风词话》，中州古籍出版社，2003。

李康化：《明清之际江南词学思想研究》，巴蜀书社，2001。

方智范等：《中国古典词学理论史》，华东师范大学出版社，2005。

朱崇才：《词话史》，中华书局，2006。

朱崇才：《词话理论研究》，中华书局，2010。

龚兆吉：《历代词论新编》，北京师范大学出版社，1984。

梁荣基：《词学理论综考》，北京大学出版社，1991。

余意：《明代词学之建构》，上海古籍出版社，2009。

尤振中、尤以宁《明词纪事会评》，黄山书社，1995。

朱惠国：《中国近世词学思想研究》，上海古籍出版社，2005。

祁光禄：《词艺术研究》，湖南教育出版社，2003。

邱世友：《词学史论稿》，人民文学出版社，2002。

萧鹏：《群体的选择》，台湾文津出版社，1992。

龙榆生主编《词学季刊》，上海书店影印本，1985。

蒋哲伦等：《中国诗学史》，鹭江出版社，2002。

罗芳洲：《词学研究》，文力出版社，1946。

王兆鹏：《词学史料学》，中华书局，2004。

陈良运等：《中国历代词学论著选》，百花洲文艺出版社，1998。

卢冀野：《词曲研究》，上海中华书局，1934。

唐圭璋：《词学论丛》，上海古籍出版社，1986。

郭预衡主编《中国古代文学史》，上海古籍出版社，1998。

傅璇琮、蒋寅主编《中国古代文学通论》，辽宁人民出版社，2005。

郑振铎：《中国俗文学史》，东方出版社，1996。

胡适：《白话文学史》，东方出版社，1996。

刘经庵：《中国纯文学史纲》，东方出版社，1996。

梁启超：《中国近三百年学术史》，东方出版社，1996。

梁启超：《中国之美文及其历史》，东方出版社，1996。

王国维：《宋元戏曲史》，东方出版社，1996。

朱东润：《中国文学批评史大纲》，开明书店，1944。

王运熙、顾易生主编《中国文学批评通史》，上海古籍出版社，1996。

方孝岳：《中国文学批评史》，三联书店，1986。

蔡镇楚：《中国文学批评史》，中华书局，2005。

郭延礼：《中国文学精神》，山东教育出版社，2003。

张伯伟：《中国古代文学批评方法研究》，中华书局，2002。

邹云湖：《中国选本批评》，上海三联书店，2002。

孙琴安：《中国评点文学史》，上海社会科学院出版社，1996。

徐复观：《中国艺术精神》，华东师范大学出版社，2001。

李泽厚：《中国思想史论》，安徽出版社，1999。

余英时：《士与中国文化》，上海人民出版社，2003。

宋克夫、韩晓：《心学与文学论稿》，中国社会科学出版社，2002。

史铁良等：《明代文学研究》，北京出版社，2001。

廖可斌：《明代文学复古运动研究》，上海古籍出版社，1994。

乔光辉：《明代剪灯系列小说研究》，中国社会科学出版社，2006。

程芸：《汤显祖与晚明戏曲的嬗变》，中华书局，2006。

黄仁生：《杨维桢与元末明初文学思潮》，东方出版中心，2005。

李圣华：《晚明诗歌研究》，人民文学出版社，2002。

刘文忠：《正变·通变·新变》，百花洲文艺出版社，2005。

郭英德：《明清传奇史》，江苏古籍出版社，2001。

陈文新：《明代诗学》，湖南人民出版社，2000。

黄卓越：《明中后期文学思潮研究》，北京大学出版社，2005。

方志远：《明代城市与市民文学》，中华书局，2005。

吴建国：《雅俗之间的徘徊》，岳麓书社，1999。

吴承学、李光摩编《晚明文学思潮研究》，湖北教育出版社，2002。

周玉波：《明代民歌研究》，凤凰出版社，2005。

左东岭主编《二〇〇五年明代文学国际学术研讨会论文集》，学苑出版社，2005。

吴存存：《明清社会性爱风气》，人民文学出版社，2000。

嵇文甫：《晚明思想史论》，东方出版社，1996。

赵园：《明清之际士大夫研究》，北京大学出版社，1999。

左东岭：《王学与中晚明世人心态》，人民文学出版社，2000。

吴光：《阳明学研究》，上海古籍出版社，2000。

张治学：《明代哲学史》，北京大学出版社，1973。

关文发：《明代政治制度研究》，中国社会科学出版社，1995。

陈宝良：《悄悄散去的幕纱　明代文化历程新说》，中国社会科学出版社，2005。

　　吴光：《黄宗羲与明代思想》，上海古籍出版社，2006。

　　夏咸淳：《情与理的碰撞》，河北大学出版社，2001。

　　黄果泉：《雅俗之间》，中国社会科学出版社，2004。

　　周明初：《晚明士人心态及文学个案》，东方出版社，1997。

后 记

　　窗外春光淡荡，杨柳依依，几只麻雀就立在触手可及的窗棂上自在地鸣叫。面对书桌上即将付梓的书稿，我的心境与窗外惠风和畅的春景并不一致，颇为激动，思绪万端。

　　2005 年秋，已过不惑之年的我，终于圆了多年来渴望再一次走进学堂的梦，师从孙克强教授攻读博士学位。克强师学问精博，治学严谨，学术视野宏阔，就在暑假期间，我还在为梦圆而激动着的时候，他就与我谈及论文选题的问题，让我考虑以《明代词学文献的整理与研究》作为论文题目。我当时还心存顾虑，认为研究明代词学者比较少，宋代词学与清代词学才是研究的热点，并且明代词学相对而言比较薄弱，研究它是否有价值？孙师看出了我的顾虑，指出词学的薄弱并不等于研究价值的低下，作为词学史的重要一环，对它的研究是必不可少的，也是有价值的。当今词学研究的现状，已经证明了导师当时学术判断的前瞻性。

　　在入学以后的日子里，导师从文献搜集、治学精神、研究方法等各个方面悉心指教，并确定论文题目为《明代词学研究》，勾勒了论文的基本框架。论文分为两大部分：词学文献整理与词学理论研究。明代词学研究的难点是词学文献的搜集与整理，在孙师的指导下，我奔波于上海图书馆、南京图书馆、复旦大学图书馆等各大图书馆查阅相关文献，每得到一则罕见的明代词学文献，欣喜之情无以言表，旅途的劳顿与委屈亦随之荡然无存。复旦大学古籍所资料室所藏明代文学文献丰富，克强师亲自帮我联系查阅事宜。中国古代文学研究中心谈蓓芳女士、郑利华先生的热情帮助，令人感动。资料室周春东老师为我付出了辛勤的劳动，每每想起她为我抱书的身影，总是忍不住热泪盈眶。台湾"中央大学"卓清芬教授帮我购买相关书籍，并用航空邮件寄来，倾诚相助，难以忘怀。导师还提供珍贵文献资料让我参考，且不止一次地告诉我，对明代词学文献的搜集要"竭泽而渔"，充分占有资料，这样所得出的研究结论才客观公正。因此，我尽可能遍览明代相关词学文献，并对它们进行分类梳理，以求明代词学理论的研究有扎实的文献基础。

　　论文的写作过程可谓痛苦而又愉悦，记得著名主持人白岩松有一本书，书名为《痛并快乐着》，我觉得论文的写作过程用这五个字形容再恰当不过了，思维窒塞时一周不著一字，顺畅时一日能为千言。每当弄清楚一桩学术公案，则是我最开心的时候，比如《啸余谱》，几百年来人们一直认为是程明善所撰，当我发现它仅仅是改编徐师曾《词体明辨》的时候，还有杨慎的《词品》，当我发现其中很多内容尤其是对当代词人的评价是辑录他人作品的时候，这时激动与满足之情久久弥漫于心中。每天晚上走出办公室，漫步在灯月交辉、古色古香的河南大学校园，充盈于心中的是收获的快乐与幸福。论文写作的关键时刻，导师正赴韩国水原大学访学，教学研究任务也很重，但时空的变化并没有影响他对我论文的指导。他凭借"空中飞语"，对论文章节的安排、相关内容的处理乃至文句的斟酌，都给予具体详细的指导和修改。令我难忘的是 2008 年 5 月 12 日，正当与孙师在网上讨论论文答辩前最后修改事项的时候，办公室突然晃动起来，恍惚片刻后，马上意识到是发生了地震，很快网上有消息说，四川汶川发生地震。那是一个令整个中国伤痛的日子，也是我论文写作过程中最为刻骨铭心的记忆。我的论文凝聚着克强师大量的心血。我敬佩导师的治学精神，他告诉我要把做学问当作事业而非职业，才能有所发现，有所创新，并对我取得的一点点成绩往往鼓励有加，令我充满信心地前行。就教于孙师有如沐春风之感，导师的治学精神与治学方法将一直影响着我，对我的殷切鼓励也将时时鞭策着我。

　　2008 年，在"花落春仍在"的季节，通过了博士论文答辩。由陈庆元、葛景春、佟培基、王立群、李振宏、杨国安诸教授组成的答辩委员会对论文给予充分的肯定，吴承学、彭玉平、陈引驰、邵炳军等先生所写的评议书也给予了较高评价，同时也提出了宝贵的修改意见。答辩后，克强师就督促我尽快对论文进行再打磨再充实的工作，并鼓励我申报研究项目。2009年，在博士论文的基础上，整合其词学文献部分，充实其词学理论部分，以《明代词学批评史》为题申报教育部人文社会科学研究项目，并顺利获批。在进一步梳理明代词学批评史的过程中，深感有必要弄清楚宋金元词论中的一些理论概念，于是广泛阅读宋金元词学文献，并对宋金元词论中的相关问题作了一定程度的阐释，把它作为明代词学批评的研究基础，由此更好地观照明代词学批评的贡献与不足。经过三年的努力，项目于 2012 年末按时完成，并于 2013 年第一季度顺利结项，本书就是这个项目的最终成果。

在完成教育部人文社会科学研究项目的同时，与导师合作，开始了《金元明人词话》的全面整理编撰工作，以期对金元尤其是明代词学理论文献有一个更加全面的了解。《金元明人词话》辑录金词人 51 家，元词人 134 家，明词人 307 家，合计 492 家，收录民国时期之前有关金、元、明词人的评论资料，此书于 2012 年 8 月由南开大学出版社出版。其间，2009 年初，由孙师推荐，应上海古籍出版社之邀，撰写《〈词品〉导读》，此书于当年 9 月出版。在撰写《〈词品〉导读》的过程中，有感于《词品》的特殊体例，对杨慎《词品》诸条的来源出处进行仔细考查，并在此基础上，以《杨慎词品校注》为题于 2010 年、2011 年连续两年申报教育部高等学校古籍整理研究项目，该项目终于 2011 年获批。在《词品》校注的过程中，发现了新的文献，解决了人们在研究《词品》时一直争论的问题，此项目的最终成果亦于 2013 年 8 月由中州古籍出版社出版。上述文献整理与理论研究，对本书的理论阐释提供了更为坚实的文献支撑，同时也增强了我对明代词学理论整体认识判断上的信心与底气。

在本书即将付梓之际，我对指导和帮助过我、关爱和鼓励过我的所有师友亲朋表示深深的谢意！你们的指导和帮助、关爱与鼓励是我一生中收到的最美好、最珍贵的礼物，也是我自信前行、不敢懈怠的永恒动力。本书的出版得到社会科学文献出版社编审、社会政法分社社长王绯女士的热情帮助，编辑李兰生先生高质量的编辑工作以及尽职尽责的精神，令人感佩，也正因为李先生的催促，使得本书得以早日出版，在此特致谢忱。

虽然自己努力做到精益求精，但由于才学所限，书中一定存在不少疏误与偏失，期盼学界博雅君子不吝赐教。已过不惑之年，始探治学门径，深知起步太晚，唯有勤奋自励，以无愧师友亲朋的奖掖与帮助。

岳淑珍

2014 年春记于河南大学砺学楼

图书在版编目(CIP)数据

明代词学批评史/岳淑珍著. — 北京:社会科学
文献出版社,2014.9
(明伦出版学研究书系)
ISBN 978 - 7 - 5097 - 5630 - 0

Ⅰ.①明… Ⅱ.①岳… Ⅲ.①词(文学) - 文学
批评史 - 研究 - 中国 - 明代 Ⅳ.①I207.23

中国版本图书馆 CIP 数据核字 (2014) 第 021881 号

· 明伦出版学研究书系 ·

明代词学批评史

著　　者 / 岳淑珍

出 版 人 / 谢寿光
出 版 者 / 社会科学文献出版社
地　　址 / 北京市西城区北三环中路甲 29 号院 3 号楼华龙大厦
邮政编码 / 100029

责任部门 / 社会政法分社 (010) 59367156　　　　　责任编辑 / 李兰生
电子信箱 / shekebu@ ssap. cn　　　　　　　　　　　责任校对 / 张　曲
项目统筹 / 王　绯　　　　　　　　　　　　　　　　责任印制 / 岳　阳
经　　销 / 社会科学文献出版社市场营销中心 (010) 59367081　59367089
读者服务 / 读者服务中心 (010) 59367028

印　　装 / 北京季蜂印刷有限公司
开　　本 / 787mm × 1092mm　1/16　　　　　　　　印　　张 / 17.5
版　　次 / 2014 年 9 月第 1 版　　　　　　　　　　字　　数 / 295 千字
印　　次 / 2014 年 9 月第 1 次印刷
书　　号 / ISBN 978 - 7 - 5097 - 5630 - 0
定　　价 / 65.00 元